黄昏《たそがれ》の館《やかた》

笠井　潔

長編小説『昏い天使』で新人賞を受賞し、話題を呼んだ、フランス帰りの美青年作家・宗像冬樹は、同書のあとがきで彼自身が予告した第二作『黄昏の館』を二年過ぎても書きあぐねていた。書けないまま酒に溺れる彼の才能を信じている担当編集者は、書くために記憶に残る〈黄昏の館〉、幼い日に母親と一夏を過ごした山奥の森の中の豪壮な石造りの西洋館を探し出し訪ねるべきだと助言する。あの夏、彼は、そこでこの世ならぬ体験をした。美しくも妖しい夢の日々。母にはそのことを忘れるように厳命されたのだったが。知性派・笠井潔の幻想洋館綺譚。

黄《たそ》昏《がれ》の館《やかた》

笠井潔

創元推理文庫

LE MANOIR DU CRÉPUSCULE

by

Kiyoshi Kasai

1989, 2020

黄昏《たそがれ》の館《やかた》

白い光景

書きおえたと思う。これで、ようやく書きおえたと思う。いまや、「黄金の時」は回復されたのだ。心配なのは、このことを忘れてしまいそうな、どうにも頼りない自分の心だけだ。絶対に忘れてはならない。自己探索の旅は終わったということを、どんなことがあろうと忘れてはならない。

あらゆることを知るというのは、はたして人間に許されていることなのか、どうか。そんな疑惑にも襲われる。それでも、いい。それでも、いいのではないかと思う。

いや、書きあげたのは、ずいぶんと昔のことだ。たったいま、それを思い出した。白い壁のあるこの部屋で暮らしはじめてから、時間の意識がひどく混乱している。

思い出したのは、窓の下に栗《くり》色の髪の女がいるのを見たせいだ。中庭にあるマロニエの樹の下で、ジュリエットはこちらを見あげていた。どこか憂わしげな表情をしていたように思う。翳《かげ》りをおびたまなざしで見つめられて、これまで長いこと狂っていたことに気づいた。そうだ、あれを書きおえたことさえも忘れていたのだから。

確かに書きおえたはずなのに、なにを書いたのかさえ定かではない。書いた中身は、脳髄《のうずい》を絞り器にかけてみても、思い出せないような気がする。どうでもいい。そんなことは、もうどうでもいいのだ。吐きそうなほどに暑い、そして、痛い。不快と苦痛が膚《はだ》に粘りついて、全身が脂汗にまみれる。この不快感を、なんとかできないのだろうか。

なにを書いたのか、そんなことは瑣末《さまつ》だ。とにかく書きおえた。それだけが重要なのだ。忘れてはならない、そのことを忘れてはならない。

昆虫の眼《め》をした男が、こちらを見ている。凝視している。蝿叩《はえたた》きがあるなら、おまえなど、白いはらわたが汚らしくはみ出るほどの力で、とにかく叩き潰《つぶ》してやりたい。しかし、ここに蝿叩きはないのだ。日本にはある。あったはずだ。

しかしフランスでは蝿叩きを見たことがない。いつも自分は、丸めた新聞紙を蝿叩きがわりに使っていた。そう、蝿叩き……。

人間蝿は、ドクトゥールだという。陰険な薄笑いを浮かべながら、自分は医者だと宣告する。なぜ医者なんか、ここにいるんだ。おまけにこいつは、日本人の医者だという。日本人の患者には日本人の医者。いかにも合理的に思える。しかし狂っている。どうして、こんなやつがいるんだ。

汗ばむほどに暑い。眼が痛くなるほどに、壁が白い。なにがあろうとも、この白い輝きを忘れないようにしよう。そして医者。昆虫の眼をした日本人が、わけの判らないことを執拗《しつよう》に囁《ささや》きかけてくる。眼が痛い、頭が痛い、吐き気が込みあげてくる。

白い、白い、白い。白い光景の中心に、ジュリエットの淫蕩《いんとう》な薄笑いがある。そうだ、ジュリエット。わが永遠の恋人。永遠の恋人の濡《ぬ》れた裂け目。

熱いほどに濡れた肉の谷間。そこに戻りたい。一目散に逃げかえりたい。赤ん坊みたいに手足をまるめて、血の色に粘りつく太腿《ふともも》のあいだの傷口に潜りこんでしまいたい。愉悦と充足にみちた、透明な分泌液に濡れそぼり薔薇《ばら》色に輝きわたる、あの肉襞《にくひだ》の洞窟《どうくつ》から追放されたくない。……そうなんだ、ジュリエット。きみを愛している。

日本人の医者が囁きかける。いまだ『黄昏《たそがれ》の館《やかた》』は存在しない。『黄昏の館』は、いつか書かれるだろう最後の書物だ。黄金の時はある。しかし、黄金の時はない。それはあり、そしてないものだ。

そうだろうか。それはあり、そしてないものなのか。嘘《うそ》だ、と思う。医者の襟首を摑み、夢中で叫んでいた。嘘だ、嘘だ、嘘だ。

牛がくる。獰猛《どうもう》な牛だ。ゴムの棍棒《こんぼう》を持った鈍重そうな牛男。

判ったよ、あの暗い場所に入ればいいんだろう。万華鏡の夢がふわふわと漂う、ほの暗く暖かく、沼地みたいに湿り気のある秘密の場所。あそこは好きだ。どこにも、医者だという蝿みたいな男はいないから。ゴムの棍棒を持った牛男もいないから。

だが、そのためには痛い思いをしなければならない。ゴムの棍棒で叩きのめされることが前提なんだ。

だらしなく泣き叫んでいる、自分の声が遠くから聞こえた。愚鈍な牛男に、こんなふうにひざまずいて許しを乞《こ》うなど、想像もできないことだ。それでも自分は、よだれと一緒に「許して、許して」という言葉を垂れながしながら、必死で床を這《は》いまわっている。それがおかしい。痛いことなんか、たいした問題じゃない。

こめかみに、牛男のゴムの棍棒が激突した。白い閃光《せんこう》がはじける。網膜が焦げるような閃光のなかに、またジュリエットの蠱惑《こわく》的な横顔が浮かんだ。

ジュリエット、ジュリエット、ジュリエット。きみを愛しているよ。きみが男を破滅させる魔女であろうとも。ぼくはきみに導かれ、そうして永遠の平安を得る。それだけが望みだ。それだけが、ぼくの望みなんだよ、ジュリエット……。

I

街路に停《と》めた旧型レオーネの窓から、建物の前面にある狭い駐車場を眺めた。またかという不快感で自然に表情がこわばる。乱雑な駐車で、赤いアウディが左の白線から斜めにはみ出していた。

右手には紺のゴルフがきちんと停めてある。アウディは一階の、ゴルフは二階の住人の車だ。駐車場のスペースはぎりぎり三台分しかない。中央のアウディに侵略されて、ほとんど車体の幅しか残っていない自分のスペースに、のろのろと車を入れはじめる。

三度、ステアリングを切り返さなければならなかった。塗装の色があせた青の中古レオーネが、左手の階段に車体を擦《す》りつけるようにして、ようやく停止する。階段に遮られて運転席のドアが開かない。右腕に大きな食料品の紙袋をかかえ、助手席のドアから這いだす以外なかった。

クラクションを鳴らして女を呼びつけ、赤い車を正当な駐車位置まで移動するように命じる。

普通ならだれでもそうするのだろう。簡単なことなのに、それがどうしてもできないのだ。暴力的な雰囲気の男が相手ならともかく、階下の若い女に威圧されるというわけではない。ただ嫌なのだ。女との面倒なやりとりを考えただけで気が萎《な》え、どす黒い嫌悪感と疲労感に全身の血がよどんでいきそうな気分になる。自分の場所を侵害されたという不快感は残るにせよ、まだひとりで耐えた方がいい。

やり場のない憤懣《ふんまん》で乱雑にドアを閉じる。黄昏の街路に鈍い音が響いた。道路までもどり、あらためて玄関前の階段を登りはじめる。

晩秋のひえびえとした光景が夕闇《ゆうやみ》に沈んでいた。中目黒にある住宅地の裏通りはこの時刻、人影もまばらだ。サラリーマンが帰宅してくるにはまだ少しの余裕がある。

短い階段を登りきると、あちこち煉瓦《れんが》色の装飾タイルが剝《は》がれている三階建のビルの正面のガラス扉になる。フロアごとに三世帯の住居が設けられている、古ぼけた小型マンションだった。

建物の玄関ホールまで流行遅れのポップスが大音響で響いてくる。非常識な一階の女が、鼓膜の破れそうなボリュームで聞いているのだろう。粘りつくような不快感が、また胸の底からじくじくと滲《にじ》みだしてくる。

ホールのコンクリート壁には、メールボックスが三つならんでいる。いちばん左手の金属箱には、矩形《くけい》に切られたボール紙の名札がさしてある。『宗像冬樹《むなかたふゆき》』、転居のとき手伝いにきた気のいい友人が、わざわざ書いてくれたものだ。

高校時代からの、日本ではただひとりの友人だった。『昏《くら》い天使』の作者のことを新聞か雑誌で知り、出版社を通して連絡してきたのだ。卒業後デザイン関係の仕事に進んだというだけあり、名札は綺麗《きれい》な仕上がりだが、いまは埃《ほこり》に汚れて黄ばんでいる。

あの友人が癌《がん》で死んでからもう一年になる。再会したのはフランスから帰国したばかりのときだったが、痩《や》せて顔色の悪い友人の体内では、あのころもう、旺盛《おうせい》な生命力で癌病巣が増殖していたのかもしれない。

外出中に郵便が配達されていた。メールボックスの蓋《ふた》を開くと雑誌や書籍の封筒が音をたてて床に落ち、紙の小山をつくる。かがんで拾いあげ、大判封筒の束を買い物の紙袋になかば押しこみ、なかば積みかさねるようにした。不必要な足音をたてないよう神経質な足どりで、屋内の階段を登りはじめる。

一階には二十代の若い夫婦が、二階には額の禿《は》げた中年男がひとりで住んでいる。どんな仕事をしているのか、二階の住人は幾日も続けて家をあけることが多い。そのぶん静かな中年男は、無神経で非常識な若夫婦と比較して、はるかに好感のもてる隣人というべきだろう。

たまたま階段やホールで出遇《であ》うと、こだわりのない微笑を浮かべて会釈《えしやく》してくる。それでも自分から進んで顔を合わせるような気にはなれない。外出しようとして階段で物音が聞こえれば、たとえ二階の住人らしくても人の気配が消えるまで、いつも施錠《せじよう》したドアの内側で息を殺している。

二階の男が引っ越してきたのは半年ほど前のことだ。この三世帯用のマンションでは、いちばんの新参者ということになる。はじめから住んでいる一階の夫婦は、入居したときから陰険な眼でいつもこちらを見ていたような気がする。

あの夫婦にはひそかに監視されているような疑惑さえ覚える。一階の女が三階のメールボックスを開き、封筒を調べている現場を目撃したこともある。そのときも女は厚かましい顔つきで、余裕たっぷりに見返してきた。

なにか弁解の言葉でも洩《も》らしていたのかもしれない。だが記憶にあるのは、赤い蛭《ひる》がおぞましく蠢《うごめ》いている吐きたいほどに不快なイメージだけだ。それは口紅を塗りたくられた、若い女の唇だった。

屋上で洗濯物を干しているとき、自分の部屋のドアが閉じたような気がして、急いで階段を降りてみたこともある。そのときもドアの前にいたのは、あの一階の女だった。鍵《かぎ》がかけられていないのをいいことに、無断で室内まで入りこんだのではないか。そんな疑念に襲われたが証拠はなにもない。

なぜ、そんなふうに干渉してくるのだろう。まるで監視しているみたいに陰険に振舞うのだろう。心を締めつけられるような圧迫感とコールタールみたいに粘りつく不快感が、ぬぐってもぬぐっても消えることがない。

左手で鍵をあけ、金属質の音で陰気に軋《きし》むスチールドアを開く。狭い玄関間には作りつけの靴箱があり、その上で留守番電話のランプが赤く瞬いていた。右腕でかかえていた紙袋を床におき、ためらいがちに再生のスイッチを入れる。スピーカーから中年男の親しげな声が聞こえはじめた。

「……また居留守だな。文芸書房の三笠だがあとから電話してほしい。今月の、きみのエッセイは読んだ。悪くないね。そのことも含めて少しばかり話したいんだが」

録音されていたのは、ありがたいことに親しい編集者からの電話ひとつきりだった。居留守といわれたのは、家にいるときも二十四時間、留守番電話のスイッチを入れ続けているためだろう。

昔から電話のベルの音に耐えられなかった。こちらの都合も気分も関係なく、ふいに何者とも知れぬ相手から一方的に応答することを強いられるのだ。電話が鳴りはじめると、ときとして胸苦しい不安に襲われて竦《すく》みあがることさえある。

キッチンまで紙袋を運び、野菜や肉など必要な品を冷蔵庫におさめた。コーヒーメーカーをセットしてから、リビングのソファにもたれ郵便物を点検しはじめる。毎月この時期になると、かなりの量の郵便が届く。だが、ほとんどは出版社から送られてくる各種の雑誌類で、それにダイレクトメールの封筒が混じる。私信はほとんどない。

意味なく送られてくる多量の郵便物だけが、社会との唯一の通路だ。小説関係の雑誌が寄贈されてくるあいだは、まだ自分も完全に忘れられたわけではない。そう思うと、また苦い焦燥感が湧《わ》きあがってくる。

コーヒーメーカーがピッと音をたてた。封筒から出した本や雑誌をテーブルに重ね、おもむろに立ちあがる。キッチンで熱いコーヒーをマグカップに注いだ。電灯をつけオーディオのスイッチを入れる。室内に加藤和彦の『ルムバ・アメリカン』が流れはじめた。

手にしたのは三笠が勤務している出版社発行の文芸誌だ。雑誌には「ひとつの短篇小説」というエッセイ欄があり、そこに宗像冬樹の名前も印刷されていた。他に書いているのは、戦後派の老大家と若手の女流作家の二人。

死ぬまで終わりそうもない大長篇を書きついでいる老大家は、ポオの『メエルシュトレエムに呑《の》まれて』をあげ、作品よりも華やかな言動でマスコミに登場することが多い若手女流は、グラスの『僕の緑の芝生』について書いていた。

老大家の選択は読者の想像の範囲内というべきだが、若手女流が『ブリキの太鼓』の作者による若書きの短篇をあげているのは少し意外だった。

テーブルの酒壜《さかびん》を取りあげてカルヴァドスを数滴、マグカップに垂らした。熱いブランデーコーヒーを啜《すす》りながら、自分が書いた文章に眼を通しはじめる。タイトルは、『超越の扉』。

ぼくは、短篇小説のよい読者ではない。珠玉の短篇こそ文学の極致と信じておられる先輩作家から、きちんとした短篇を書くべきだという助言、むしろ苦言を呈されたこともある。

子供のときから、とにかく長い小説が好きだった。文庫本で厚さが二センチ以上もある小説を見つけると、それだけで嬉《うれ》しくなってしまう。それが二冊も三冊も続くようなら、喜ばしい気持は、たちまち興奮から歓喜の域にまで達していく。

『戦争と平和』や『カラマーゾフの兄弟』。『ウィルヘルム・マイスター』や『魔の山』。世界の名作と呼ばれるこの種の長篇小説なら、自宅に備えられていた世界文学全集で、中学生時代にあらかた読んでしまっていた。もちろん、長ければなんでもいいというわけではない。長い小説については基本的に寛容な読者のつもりだが、それでも退屈に耐えられないで、途中で捨ててしまった作品もある。よく覚えているのは、『ジャン・クリストフ』と『チボー家の人々』だ。ぼくはロマン・ロランやマルタン・デュ・ガールから、愚劣な大長篇が存在するという真理を学んだように思う。

世界には面白い長篇小説が、一生をかけても読みきれないほど、数かぎりなく存在するように信じられていた。しかし、そんな黄金時代がいつまでも続くわけはない。文学全集に収録されているような大長篇の、ほとんどを読みつくしてしまえば、あとは新作を探す以外にない。高校から大学にかけ、厚さが二センチ以上もある新刊の文庫本であれば、それだけで手にとり読みはじめてしまうという濫読《らんどく》の時期が続いた。この時期の最大の収穫が、おそらくコリン・ウィルソンの『賢者の石』である。

こんなわけで、どう考えても「ひとつの短篇小説」について語るような柄ではないのだが、それでも挙げたい作品が皆無というわけではない。二十世紀の長篇小説の白眉《はくび》は、やはり『失われた時を求めて』であろうという通説を支持するにせよ、その千分の一の分量で、プルーストの主著にも似た感動をもたらしうる作品が存在するのである。『塀についたドア』、作者はH・G・ウェルズ。

ぼくは最初期からの日本SFの愛読者だが、そのころ日本人の手になるSF小説は、いまから思えば信じがたいけれども、全部で二十冊に満たなかった。それだけではない。手にできる翻訳SFさえ、極度に品薄だった。たぶん『宇宙戦争』や『タイム・マシン』の作者が書いたものだということで、普通なら見むきもしないはずの短篇集を手にしたのだろう。時期は中学三年か高校一年か、とにかく十五、六歳のころだ。

以下、『塀についたドア』について多少とも仔細《しさい》に紹介する。森鷗外《もりおうがい》や志賀直哉《しがなおや》の短篇ならともかく、この種の文芸誌の読者で『宇宙戦争』の作者が書いた短篇作品について知識があるような人は、おそらく稀《まれ》であるだろうから。

『塀についたドア』の主人公ウォーレスは、四十歳になろうとしている有能な政治家である。ある時この人物が、不運な事故で死ぬ。ウォーレスは深夜、工事現場にめぐらされた板塀の粗末なドアから、誤って大きな穴に転落し墜死した。

しかし語り手は、それがたんなる事故であるとは信じられない。死の直前に、ウォーレスから奇妙な告白を聞かされていたからである。幼年時代にウォーレスは、「白い塀についた緑のドア」に最初に出遇う。作者によればそれは、「実在の塀を通じて、不滅の実存へみちびいてくれるドア」だった。

偶然に街にさまよい出た幼児のウォーレスは、どこかの路地にある緑のドアを抜けて、現世を超えた至福の楽園にいたる。そこは、ようするに超越的欲望の焦点をなすべきユートピア的世界である。ドストエフスキイ風にいえば、獅子《しし》と羊がたがいに抱擁して「すべてよし、汝は正しかりき」という歓喜の叫びをあげているような、光輝に満ちた特権的な異世界なのだ。

もちろんウェルズは、ユートピアのディテールについて小説的な造型を怠ってはいない。優しい豹《ひょう》や白い小鳥、華麗な花園や緑の並木道、大理石の彫像、美しい娘、子供たちの楽しい遊戯、等々。

それが短篇小説の技法的限界なのかもしれないが、ウェルズの描くユートピア的イメージは、それだけで「この一作」といえるほどに卓越しているわけではない。短篇である以上、プルーストのコンブレ体験を超えるような描写の密度など、そもそも方法的に期待しえないというべきであろう。

といって楽園の可能と不可能を、ユートピア的欲望の必然性と挫折《ざせつ》の必然性とを、執拗な文学的弁証法で飽くことなく追求していくドストエフスキイの長篇小説の域に達しているというわけでもない。こうした点からいえば、やはり短篇は長篇の迫力に及ばないというのが、短篇小説にあまり関心をもてない人間の偏見である。

この作品が印象的なのは、緻密《ちみつ》なユートピアのイメージや、それをめぐる避けがたい論理の葛藤《かっとう》について主題的に探究しているからではない。強いていえば、ときとして淡い夢によぎる人生の断面を、心に触れるだけの深みにおいて、あくまでも象徴的に露呈しているからなのだ。

幼児のウォーレスは、いつか楽園から散文的な日常生活に連れもどされていた。ふたたび現世に追放された幼児は、泣き、叫び、悲しみ、失われた楽園の思い出にふける。だが、記憶は時とともに、いつか曖昧《あいまい》なものに変質せざるをえない。

成長するにつれ主人公の前には、しばしば楽園にいたる緑の扉が出現するのだが、ついに一度たりとも扉を押すことはない。すでに少年は、現実世界の論理に染められていたからだ。最初は小学生のとき、通学途上のことだった。優等生のウォーレスに遅刻は許されない。少年は緑の扉を横目で見ながら、せわしげに学校に急いだ。

このようにしていつも、人生の転機になるような瞬間に、緑の扉が主人公の前に出現する。だがウォーレスは、つねに政治家としての世間的成功にいたる方向を選択し続け、惹《ひ》かれつつも緑の扉に手を触れようとはしなかった。そして最後に、大臣として議会に急ぐ途上に、あの宿命の扉が出現する。

議員としての義務感が、主人公を踏みきらせない。与野党の勢力は伯仲している。ウォーレスが採決に参加することを放棄すれば、政府の法案は否決されるだろう。すでに政治家としての世間的成功に飽いている主人公は、耐えがたい欲望を押しころし、これが最後であると自分にいい聞かせながら、あくまで魅惑的に誘いかける緑の扉をやりすごした。

死の三カ月前、ウォーレスは語り手に、次のように語る。「ちょっといわせてくれたまえ、レドモンド。ぼくは、ドアに入りそこねたことによって、だめになりかけている。この二か月というもの、つまり十週間近くも、ぼくはもっとも必要で、さしせまった義務をのぞいて、なんの仕事もしていない。ぼくの心は、なだめようのない後悔でいっぱいだ。

人々が知ったら、何と思うだろう。内閣の大臣といえば、あらゆる役所のうちでもいちばん枢要《すうよう》なものの責任ある長官だ。それが一人でさまよっているとは――悲しみながら――ときにはきこえるくらいなげきながら――ドアを求め、園を求めて！」

語り手は、それから三カ月後の朝、新聞紙面にウォーレス墜死という記事を読む。少し長くなるが、語り手の感懐を述べた作品の最後の部分を引用しておきたい。

「いずれにせよ、塀についた緑のドアというものが、じっさいに存在したのだろうか。わたしにはわからない。わたしは、彼の物語を、彼が話したままにしるしたのだ。ときとして、わたしはつぎのようにも思いこむ。ウォーレスは、偶然の犠牲者にすぎなかったのではないだろうか。彼は、稀なものではあるけれど前例がなくはない一種の幻覚と、不注意によるわなとによって犠牲者となったのではあるまいか。だがわたしは、心の底からそう信じてはいない。お望みなら、わたしを迷信的と考えてもいいし、おろかだと考えてもいい。だが、じつのところ、わたしは、彼は事実非凡な何ものかの能力と感覚を持っていたのだと半ば以上確信している。その何ものかが――それが何かわからないが――塀とドアの形を通じて、彼に一つの出口を、はるかに美しい別の世界への、秘密の脱出口を提供したのだ。いずれにせよ、それが最後には彼を裏切ったと読者はいわれるだろうか。だが、それは彼を裏切っただろうか？　ここには、他界の幻影と想像力とにめぐまれて夢みることのできる人々のみの持つ、深遠な神秘がほのかに見えるのだ。われわれには、この現実世界は公明で正常に思われる。板囲いも縦穴もそうだ。われわれの日常的な規準によれば、彼は安定した世界から暗黒へ、危険へ、死へと歩み去った。

だが、彼はそのように考えただろうか」

以上で、ぼくに深い印象をもたらした「ひとつの短篇小説」の紹介を終える。読書を好まない最近の少年少女たちに、まさか『失われた時を求めて』を勧めようとは思うまい。しかしウェルズの『塀についたドア』であれば、三十分で読むことができて、もたらされる感動は『失われた時を求めて』に匹敵する。少なくとも、ぼくの場合にはそうだった。ここまで、ぎりぎりに単純化された超越的欲望の運命を目撃するなら、文学作品に関心のない少年少女たちでさえ、なにか感じるところがあるだろうと信じたい。

スピードでもファッションでも、ロックでもディスコでも、およそ若者が熱狂するような特権的体験のどこかには、まぎれもなく「緑の扉」が存在しているのではないか。ぼくは、そう信じている。いや、ぼくは知っているのだ。楽園にいたる「緑の扉」が、確かに存在するということを。幼児のウォーレスが目撃した異世界を、ぼくもまたかいま見たことがあるように思う。

語りえない光輝の体験と、それでも語りたいという欲望のはざまで宙吊《ちゅうづ》り状態を強いられる時に、ふと浮かんでくるのは『塀についたドア』の主人公の運命であり、その渇望の可能と不可能についてなのである。

雑誌をテーブルに投げ、冷めたコーヒーを飲みほした。苦々しい思いが湧いてくる。嘘ではない、意図して虚偽を書いたつもりはない。だが、どうしようもなく無力なのだ。

ほんとうに重要なのは、いまここで自分の「緑の扉」を押してみることなのに、依然として扉の前であてもなく彷徨《ほうこう》しているばかりではないか。

あるものは、たんにあるだけだ。なにもあるなどと、強調の傍点つきで語る必要はない。存在と言葉の裂け目で宙吊り状態になっているのが、この二年以上の自分だと思う。存在においてでもいい、言葉においてでもいい。宙吊り状態を超えるべきなにかをそれ自体として提出することなく、分裂の事実を叙情や説教の類に代えて語るようなエッセイに、ひどい自己嫌悪を感じてしまう。雑誌をテーブルに投げたのは、こんな胸苦しい気分のせいだった。

加藤和彦が演出されたレトロ感覚でパリの歌を歌っている。赤いゼルダのハイヒール……、男を裏切るヴェニスのヴァレリー……、オペラ通りを曲がればアメリカン・バー……。

フィッツジェラルドもコクトーも、どうでもいい。いつもは耳に通りやすいレトロ調なのに、いまは落ちつかない気分にさせるだけだ。

ベランダから外を見ると、いつか晩秋の陽は落ちあたりには青い闇が降りていた。空腹を覚えてキッチンに立ち、深鍋《なべ》に湯を沸かしはじめる。冷蔵庫からニンニク、青ジソ、梅干しを出し順に刻んでいく。

フライパンにオリーブオイルを流し、みじん切りにしたニンニクを軽く炒《いた》める。そこに、ゆであがったばかりのスパゲッティを放りこんだ。皿に盛ったスパゲッティに一ミリ刻みの青ジソの千切りと、よく叩いた梅干しをのせれば和風バジリコのできあがりだ。もちろん味つけはバジルでなく青ジソ、具はアンチョビでなく梅干しということになる。

平凡な料理だからだれでも作っているのかもしれない。しかし、この和風バジリコは自分だけの発明品のつもりだった。日本に帰国してから、ありあわせの材料でバジリコに似た料理を作ろうとして、ひとりでに思いついたのだ。

自分だけのために作る料理は、不思議に気分を落ちつける効果がある。不愉快な階下の住人のことも、どうしても書きはじめられない新しい小説のことも、乏しくなってきた預金のことも、包丁やフライパンを機械的に動かしていくうちにいつか脳裏から綺麗にぬぐわれていく。

アイロンをかけたばかりのテーブルクロスを敷き、グリーンサラダの鉢とスパゲッティの皿、それにワイングラスをかたちよく並べた。カセットを交換すると、リビングに心地よい弦楽四重奏曲が流れはじめる。イ・ムジチのバッハ。

かすかに芯《しん》が残るスパゲッティを噛《か》みながら、今夜こそアルコールなしで眠ろうと誓う。酒は、夕食の白ワインだけだ。

夜ごとに酔いつぶれて眠るような生活では、仕事など進むわけがない。こんな生活を続けていると、また昔みたいな最悪の精神状態に落ちこんでいきそうだ。それだけは避けなければならない、絶対に避けなければならない……。

2

新宿の裏街にある小さな酒場には、息苦しいほどに濃く煙草の煙が渦巻いていた。編集者や作家、批評家の客が多いという店で、新聞や雑誌の写真だけで知っている顔を見かけるのも稀ではない。

カウンターにならんだ三笠が、薄い水割りウイスキーを舐《な》めている。ふてぶてしさと繊細な感覚が言動に奇妙に混ざりあい、複雑な印象をあたえる人物だ。まだ四十すぎだが文芸書房では力のある編集者だという。仕事の面だけでなく社内的な発言力もかなりあるらしい。

文芸書房新人賞を受賞した『昏《くら》い天使』からの収入は、賞金も雑誌の原稿料も印税も半年前にはあとかたなく消えていた。それで帰国し部屋を借り一年以上も生活したのだから、計算からしても当然だろう。この半年は三笠が上司にかけあって仮払いさせた、文庫版の印税二百万ほどで暮らしてきたことになる。だがそれも、もう半分も残っていない。

この預金がなくなるまでに、なんとかしなければと思う。だが問題の第二作は、原稿用紙一枚さえも書けていないのだ。それを考えると心臓が締めつけられるほど息苦しい、不安な気分になる。高校時代からの友人が癌で死んでから、編集者の三笠以外には日本で借金を頼めるような相手などひとりもいない。

このままでいけば、どこかに勤めないわけにはいかない。仕事を選ばなければアルバイトの口くらいはあるだろう。今月で三十歳になった男が、自分の最低生活くらい支えられなくてどうするんだ。励ますように、こういい聞かせてみる。だが、そんな希望のない将来が、狂おしいほどに暗澹《あんたん》とした気分を強いてくるのだ。

ブルターニュの海岸にある避難所を出て、日本に帰国したのが誤りだったのか。小説を書いたり日本の文学賞に応募したりしたのが、そもそも間違っていたのか。しかしそれは、どちらも避難所に保護してくれた親切な人物の勧めであり、自分には拒むことのできない選択だったのだ。

重苦しい気分で生《き》のウイスキーを口に含んだとき、ことりと音をたてカウンターに空のグラスをおいて、三笠が語りかけてきた。夜ごとの酒で胃潰瘍《かいよう》ぎみだという三笠のために、店の女が薄い水割りをつくりはじめる。

「昨日、きみのエッセイを読んだ。電話で褒《ほ》めといたが、なかなかの出来だ。エッセイなら書けるのに、小説の方がなかなか進まないというのはどういうわけなんだろうな」

やはり来たと思いながら、きつく唇を噛んだ。胃のなかでは飲みくだしたアルコールが熱く燃えている。こんな編集者の言葉に、いったいどう答えればいいのだろう。水割りで唇を湿してから、おもむろに三笠が続けた。

「きみが取りあげていたウェルズの短編を、おれは読んでいない。おれみたいな文芸編集者の教養に、ヴェルヌとかウェルズとかいうのは縁が薄いからな。でも判らないわけじゃないぜ。

ウェルズの『塀についたドア』は、きみの『昏い天使』とおなじ種類の作品らしい。どちらもあちらの世界のことを、こちらに残された男の視点から描いているわけだ。それだけではないな。語り手の男は最初から最後までこちらの世界におかれていながら、それでもあちらの世界が実在することを疑っていない。

きみと二年もつきあって、おぼろげながら判ってきたことがあるんだ。きみは第二作で、跳んでしまった男の体験を書こうとしてるんじゃないか。だから、どうしても書けない。あたりまえのことだ。きみは依然としてこちらの世界で生きてるんだからな。ようするに、そういうことになる」

三笠の言葉に、無意識で頷《うなず》いた。知らないうちに、低い声で呟《つぶや》いていた。

「そうかもしれない……」

「自慢じゃないがおれは編集者だ、惚《ほ》れこんだ作家の本が出せればそれで満足という人間なんだ。そのために必要なら、あらかたのことは苦にならない。馬鹿な上役を騙《だま》すのも脅《おど》しつけるのも、編集稼業の芸のうちというわけさ。

賞の応募原稿で『昏い天使』を読んだとき、おれは衝撃を受けたね。こいつはただ者じゃないと直観した。作者は二十八歳で、もう十年もフランスに住んでるらしい。付箋《ふせん》の略歴に書いてあったのはそれだけだ。でもおれは、自分の手でこの作家を世に出したいと思った。

こんな話はこれまで一度もしたことがないが、まあ聞いてくれ。編集部の最終選考では、おれがでかい声でわめき散らしてとにかく『昏い天使』を残した。編集長はようするに馬鹿だから原稿なんてまるで読めない、少しばかり脅せば、どうにでもなるという保身第一の阿呆さ。

あとは選考委員の合議にまかされる。事前の読みでは微妙なところだった。五人の選考委員のうち二人は、『昏い天使』の凄《すご》さが判るだけの能はある。批評家の河野は幻想文学論集を出しているし、作家の香坂も鏡花や谷崎のファンだからな。だが安全のためにはもう一票、どうしても確保しておきたい。

選考会の前日、おれは残り三人のうち、二十年からのつきあいで気心の知れている老作家の家に押しかけたね。一晩かけて飲みながら説得した。こんな根まわしがばれたら社内で問題になるかもしれないが、おれの知ったことじゃない。こうして『昏い天使』はみごと新人賞を獲得した。

そのあとも、おれはかなり積極的に動いた。業界にあるコネや貸しを総動員して、驚異の新人を新聞だの雑誌だのに売りこんだわけさ。航空便で送らせた写真を見ると、線のほそい暗い印象の青年だが、なかなかの二枚目だ。

これなら女性グラフ誌も跳びつくだろう。フランス在住の美青年新人作家というわけだ。きみが授賞式で帰国したとき、すでに宗像冬樹はブームの人になっていた。

なにも、きみのためにしたことじゃない。ここ数年、文芸書房新人賞は地味なものが続いていた。このへんで大きな花火を打ちあげる必要がある。花火は成功で、かなり本も売れたし、会社としては文句のない結果だ。社長まで乗りだしてきて、宗像冬樹に早く新作を書かせろとやかましい。

きみはフランスの住居をひき払って、日本に帰国した。第二作に専念するためだ。だが半年しても一年しても、期待の新作は完成しない。本のあとがきで書いていたな。第二作のタイトルは、『黄昏の館』。それは『昏い天使』と対《つい》をなすような作品になるはずだと。浮気なマスコミは三カ月で宗像冬樹を忘れた。三島か澁澤《しぶさわ》以来の才能だと騒ぎたてた文芸ジャーナリズムも、一年後には、短篇さえ発表しないで沈黙したままの宗像冬樹についてはなにも語らなくなった。あの馬鹿騒ぎから二年後のいまでも、まだきみの新作を待っているのは、『昏い天使』にほんとうに衝撃を受けたごく少数の読者だけだろう。

批評家だの編集者だのという、うぞうむぞうの文壇風見鶏がなんといおうとも、きみの作品を待っている読者は確実にいるんだ。そしておれは、そんな宗像愛読者の代表選手だと自認している。このままきみが、作家として消えてしまうとは信じたくない。絶対に、だ」

熱気のある口調で三笠が語りおえた。その言葉に圧倒されながらも気弱に呟いてしまう。

「……でも、一作だけで消えてしまう新人作家は、少なくないでしょう」

「きみは、違う。二十年来の編集者としての勘でそういうんだ。なによりもきみは、世間的成功に少しも動じていない。

偶然に最初の作品が評価された新人は、その幸運にしがみついて見苦しいほどにあがく。あがくのが悪いとはいえない。それで新境地をひらく新人もいないわけではないが、少なからぬ者が自己模倣の蟻《あり》地獄に落ちて消えていく。

分水嶺《ぶんすいれい》は、見るべきものが見えているかどうかだと思う。きみのエッセイでいえば、緑の扉のむこう側の世界さ。きみは彼方を見ている、だからこそなかなか書けないんだろう。おれはそう信じてるよ。エッセイにきみは記してたな。自分にも緑の扉の彼方にある楽園を見た記憶があると。だったら、そこに一直線に跳びこんでみるのがいい。見送る男を視点にするのでなく、跳んでしまった男の体験そのものを第二作で書こうとしているのなら、きみは是非とも行ってみなければならない。

そうだろう、だから動揺なんかするなよ。金ならまだしばらくはなんとかできる。印税の仮払いが底をついたら翻訳の仕事くらい廻《まわ》せるだろう。心配するな、金なんてどうにでもなるものだし。

だが、それでも判らないことがある。ここで聞いておきたいのは、きみが見たという緑の扉の彼方の世界についてなんだ。きみは、それが実在することを確信している。確信を支える体験が、どこかにあるんだろう。プルーストのコンブレ体験に匹敵するような、失われた黄金の時。きみにとって、それはなになのか。そこのところだけが、『昏い天使』の最良の読者を自認するおれにもどうしても判らないことなのさ」

熱中し血ばしった眼で三笠が語り続けるあいだ、ひたすら生のウイスキーを際限なく胃の腑《ふ》に放りこんでいた。どこかで粘膜が破れかけているらしい胃が、たえかねて鈍く痛みはじめたころ、知らないうちに低い声で語りはじめていた。急激な酔いが舌を滑らせているのかもしれない。

「……三笠さんは、信じないかもしれない。でも、ぼくは体験したことがある。緑の扉の彼方にあるような奇跡の楽園を、この眼で見たことがあるんです。あそこでぼくは、真実、全身の膚を舌にして味わった気がする、至福の極致ともいうべきものを」

「いつ、どこで」

「九歳の夏。いまから、二十年前ということになる。どこかは、判らないんです。オニコベノゴウという地名だけが、かろうじて記憶にある」

「オニコベノゴウ……」

父の顔は知らない。まだ幼児のころに不幸な事故で死んだと聞かされていた。記憶にあるかぎり、いつも母との二人暮らしだった。家は横浜の高台にあり、狭くはないが古ぼけて陰気な家だった。

小学校四年のときに、母と一緒に長い旅行に出た記憶がある。夏休みに入ってまもなく、母は一人息子を連れて横浜駅から電車に乗ったのだ。用意された大きな旅行鞄《かばん》と、いつになく丁寧に化粧し綺麗な外出着をつけた母親の姿が、目的地が遠くにあるらしいことを想像させた。どこに行くのか説明はなかった。見知らぬ大きな駅で長距離列車に乗った。どこかで支線に乗りかえたような気もする。翌日に着いた田舎の駅には黒い高級車が迎えにきていた。その駅に着いたときか車に乗せられたときか、記憶はさだかではない。母の口から、オニコベノゴウという薄気味の悪い地名が洩れた。そのことだけを覚えている。

「たぶん、後半のコベノゴウは判らなくても、最初のオニだけは、子供ながら意味を察したのでしょう。鬼という不気味な言葉を冠せられた、見知らぬ土地。どこに連れていかれるのか判らないままに、目的地に不吉な印象を抱いたのは、そのせいかもしれない」

「駅から目的地まではどんな具合だった」

「判りません。馴《な》れない夜汽車の旅で疲れていたぼくは、車のなかで眠ってしまったらしい。車が一時間走ったのか三時間走ったのかも、よく判らないんです。目的地に着いてから、はじめてぼくは揺り起こされた」

黄昏の森のなかに、それまで見たこともない大きな家が聳《そび》えていた。子供の眼には、横浜駅にあるデパートほどにも巨大な建築に思えた。もちろん錯覚で、比較するものがないため実際以上に大きく見えたのだろう。

眼を閉じればいまでも、森のなかに聳える西洋館の光景が鮮明に浮かんでくる。横に長い石造三階の建築で、正面には半円形の階段が造られている。階段の上にある玄関の屋根は、石の円柱で支えられていた。

建物の正面に露台はなく、一階、二階、三階と、それぞれに大小の矩形《くけい》の窓が造られているだけだ。それが館の印象を、どことなく拒絶的なものにしている。旅行鞄をさげた運転手に案内され、母に手をひかれて少年は黄昏の館に入りこんでいく。

「黄昏の館というのは、ぼくが勝手につけた名前です。最初の印象があまりに鮮烈だったのか、黄昏の森のなかに聳えるというイメージ以外では、いまもその館を想像することができない。

それから夏が終わるまでの一カ月に、ぼくは黄昏の館でこの世ならぬ体験をした。それから何年かあとに読んだ、『塀についたドア』という短篇の印象がとくに強烈だったのは、幼児のウォーレスの楽園体験と黄昏の館で過ごした一夏の記憶が、あまりに似ていたからかもしれない。そんな気もします。

そこでなにを見て、なにを体験したのか、うまく言葉で説明することができない。子供の曖《あい》昧《まい》な記憶にしか残っていない、セピア色の古い写真みたいな薄暮の世界なんです。しかし、はっきりしていることがある。そこが、緑の扉の彼方としてウェルズが描いた、この世に存在しない異界に違いないということ……。

おかしいでしょうね。ぼくはこれまで、一度も黄昏の館について他人に喋《しゃべ》ったことがない。語りえないことだと、はじめから断念していた。『黄昏の館』は、あの西洋館にまつわる美しい夢とおぞましい悪夢とを、記憶の底から掘りだす試みになるでしょう。でも語り手は、いつも館の周囲をあてもなくさまようだけなんです。いまも、ぼくはおなじだ」

腕を組んで、三笠が呟くように反問する。

「そうか。それで『黄昏の館』なのか。そこにきみは、以後一度も足を踏みいれたことがないんだな」

「夏の終わりとともに、ぼくたちは横浜にもどりました。家に着き、しばらくすると、母親が沈痛な口調で告げた。その顔には、いつもの優しさがなく、見知らぬ女のように怖ろしく感じられた。母は厳粛な口調で、この夏のことを残らず忘れろと命じたんです。

あるものをないとせよという母親の言葉は、九歳の子供にも不条理であることが判る。でも、理由をただすことさえできなかった。唯一の肉親であり保護者である母親の言葉には、逆らえない絶対的な力があったから」

高校三年のとき脳溢血《のういっけつ》で母が死んだ。母の死を知ったときまず浮かんできたのは、これで黄昏の館について、永遠に真相を知ることができないということだった。高校を終えてから、遺産になる横浜の土地や家を処分して、その金でフランスに渡った。

葬式の支度から不動産の処分まで高校生に難しい実務は、母に依頼されていた弁護士が代行してくれた。横浜の高台にある私立高校にはフランス人の教師もいて、卒業後そのままフランスに留学するような生徒も少なくない。母の勧めもあり、以前から大学教育はフランスで受けるつもりだった。

「フランスにいるとき、抵抗できない力に強いられるようにして『昏い天使』を書き、ぼくの保護者みたいな友人の勧めで、日本の文学賞に応募したんです。あとの経過は、よく御存知のことですね」

粘りつくような沈黙が続く。息苦しい気分で三笠の痩せた横顔を眺めた。この世代の編集者に愛好されている流行遅れの長髪が、乱れて額にかかっている。ようやく三笠が口を開いた。

「黄昏の館を、きみは再訪しなければならない。それがあらゆる問題解決の鍵になるはずだ。『昏い天使』は黄昏の館というユートピアを暗示するところで終わっている。タイトルが示しているように、第二作では黄昏の館そのものが描かれるだろう。

きみは、そこに自分の足で立ってみなければならない。事実として日本のどこかに存在する西洋館は、きみの幻想を裏切るものかもしれない。いまは朽ちかけた廃屋《はいおく》になっている可能性も少なくない。それはそれでいいんだ。

そこになにがあるにせよ、ないにせよ、きみは緑の扉の彼方をとにかく再訪しなければならない。待望の第二作はそれで実現の途につくはずだおれは、そう思うね。それ以外に、きみが次の作品を書きあげる可能性はない。違うかな」

「……でも、黄昏の館がどこにあるのかも、ぼくには判らない。それを知っていた母親は、十年以上も昔に死んでいるし。どうすれば、黄昏の館にたどりつけるというんですか」

「ほんとうに実際的な才能がない男だな。おれは二十歳のとき、かつて小学校の同級生の女の子に惚れていたということを不意に確信した。女の子は父親の転勤で、遠方に越していったんだ。

十年以上も昔に北海道の山奥から消えた少女を東京にいる学生のおれが探そうとしても、地縁血縁というような手がかりはない。それでも思いついてから二十四時間後には、じかに彼女と顔を合わせていたぜ。

おれがやったのは、あちこちに十本ばかり電話をかけたことだけだ。それで東京に出てきていた彼女の連絡先くらいは知ることができた。とくに私立探偵むきの能力があるわけじゃない。そのくらいだれにでもできる簡単なことさ。

不意に目覚めた十年以上にわたる恋情の結果については、ここで語るまでもない。そんなことはどうでもいいが、きみに与えられている手がかりだけでも、緑の扉にたどりつくには充分だということをいいたかったんだ。

横浜で電車に乗り、どこかの駅で長距離列車に乗りかえたんだろう。つまり方向は西じゃないということだな。東海道線なら横浜で列車に乗ればいいわけだ。どこかの大きな駅は新宿か上野。路線でいえば中央線、上越線、信越線、東北線、このいずれかだろう。

中央線は夜行列車には短かすぎる。どの駅でも早朝に乗車すれば、その日のうちに行き着ける距離だ。上越線と信越線には海という要素がある。車内で一泊するだけの距離があれば日本海まで出てしまう。

きみの記憶では、目的地はあくまで山また山の秘境らしい。上越線でも信越線でも上野発の夜行に乗れば、朝には海岸を走っているという計算になる。そうでないとすれば東北線しかない。終着駅がどこにせよだ。

夜行に乗ったとしても着いたのは翌日だというなら、東京からかなり離れたところだろう。おれなら秋田、岩手、青森あたりを探してみるね。北海道の場合、そのころは連絡船に乗る必要があった。船に乗り降りしたことも、まるで記憶にないとは考えにくいからな。

おそらく問題の駅は東北の北部三県のどこかにある。このくらいなら二十年前の列車時刻表なしでも推理できることだぜ。それにもうひとつ手がかりがあるな。オニコベノゴウという地名だ。オニコベノゴウはたぶん鬼《オニ》の首《コウベ》の郷《ゴウ》だろう。つまり鬼首郷《オニコベノゴウ》。鬼首という地名なら宮城県鳴子《なるこ》の奥にあるのが比較的有名だが、東北には他の地方にもあるかもしれない。

鬼というのは、おそらく蝦夷《えぞ》のことだ。鬼の首とは蝦夷の族長を指しているとも考えられる。

鬼首という地名には蝦夷の族長のいたところ、あるいは大和の軍隊が捕らえた蝦夷の族長を斬《ざん》首《しゅ》したところ、という意味があるとも想定できる。鳴子の奥だけでなく、オニコベは東北のどこにあっても不思議でない種類の地名なんだ。

とすれば、あとは日本地名辞典にあたるしかない。全国の鬼首村や鬼首郷を残らず調べてみることだ。オニコベが平凡な地名にせよ、十も二十もあるとは思えない。なにしろ地名として後世に残るほどの蝦夷の族長だ。何十人もごろごろしていたわけがない。

おれなら岩手、秋田、青森の三県でオニコベという地名を探してみるだろうな。そこまでは、推理の糸を妥当にたぐれる。あとは実際に行ってみることだ。田舎の駅なら昔とあまり変わっていない可能性もある。オニコベに近い駅を廻ってみれば、きみが二十年前に降りた駅を見つけられるかもしれない。

そうだ、ちょっと待てよ……」

こう呟いて三笠が沈黙した。黄昏の館を再訪すること、それは編集者による思いがけない助言であり提案だった。あの西洋館を探しあてるなど、これまで頭に浮かんだことさえもない。そこには幻想を幻想のままにとどめておきたいという無意識の願望が、どこかで強力に作用していたのかもしれない。

朽ちかけた廃屋を見て幻想が砕かれるのなら、それもいいだろう。黄昏の館を再訪することで第二作が書けるならばよし。それでも書けないのなら、それもまたよし。後者でも、たんに職業作家として生き残る可能性を捨てればいいだけのことだ。

問題を、とにかくはっきりさせたい。そう考えながら生のウイスキーを飲みくだしたとき、しばらく黙りこんでいた三笠がまた不意に語りはじめた。

「……そういえば、岩手の山奥に鬼首という地名があったような気がする。そんなことを、かすかに覚えているんだ。おかしなことだな。大学の専攻は民俗学だが、おれはただの不良学生だった。鬼首という地名について調べたような覚えもない。

なぜ岩手の鬼首のことを知ってるんだろう。不思議に思って脳味噌《みそ》を篩《ふるい》にかけていたんだが、ようやく思い出した。学生時代のことでなく、ごく最近のことなんだ。そう、読者カードだよ」

「読者カード」

「読者カードだ。ほかならぬ『昏い天使』の読者カードなんだ。あの本は、まあ十万部は売れたろう。文芸書としてはありがたい数字だ。だが、読者が十万でも戻ってくる読者カードの数は、その千分の一以下というのが普通なんだ。

つまり、せいぜい百通程度ということになる。もちろんおれは、戻ってきた読者カードなら全部に眼を通している。そのなかに岩手の鬼首から発送されたカードがあったんだ。とくに印象に残るほど綺麗な字だった。あれは、書道をやったことのある女の手だろうな。

よく覚えていないが、感想もなかなかに鋭かった。探せばいまでもどこかにあるはずだ。きみのオニコベノゴウと関係があるかどうか判らないが、二、三日うちに調べて連絡しよう。『昏い天使』の文庫解説のゲラと一緒に渡せると思う。とにかくきみは、その黄昏の館を再訪すべきなんだ。それだけははっきりしてる。

それでも依然として『黄昏の館』が書けないというのなら、おれも諦《あきら》めがつくというものさ。『昏い天使』は偉大なマグレだったとな。そういうこともときにはある。作者の才能とほとんど無関係に、偉大な作品は存在する。

それはそれでなかなかに複雑な問題だ。だが『昏い天使』が、その種の作者の顔を必要としない傑作ならば、それでもいいじゃないか。『昏い天使』が稀有《けう》の作品だということだけは疑う余地がない。問題は『昏い天使』の作者が、今後も優れた作品を書いていけるのかどうかなんだ。

それも、きみが黄昏の館を再訪してみれば判ることだ。とにかく足を踏みいれてみるんだ。そこで宗像冬樹は、作家という自分の運命を見出すかもしれない。作家の真似をしてみたことが、とんだ誤りだったという真実を発見するかもしれない。少なくともどちらかであることだけは、きみ自身に明確になるはずだぜ」

そこで言葉がとぎれた。かわりに軽いいびきの音が聞こえはじめる。見ると三笠は、カウンターに顔をつけて眠りこんでいた。編集者というのはハードな仕事だ。前夜もほとんど寝ていないらしい。喋りながら睡魔に襲われたのだろう。三笠を残して酒場を出ることにした。

酒場の女に挨拶《あいさつ》してスツールをおりる。かるい酔いを感じるが、連夜のように酒浸りの人間にはどうということもない酒量だ。熱い息を吐きながら、そっと呟いてみる。……黄昏の館を再訪すること。望めば、それは可能かもしれないのだと。

酒場の扉を押すと、晩秋の冷たい霧雨が髪や外套《がいとう》を濡《ぬ》らした。道に迷いそうな新宿の裏街をぬけて、ようやく表通りに出る。

編集者の三笠とは新宿で飲むことが多いが、そのあと夜の街をひとりで歩くようなことはまずない。それも仕事のうちだと思っているのか、いつも中目黒の家まで三笠がタクシーで送ってくれるからだ。

三笠がうたた寝から醒《さ》めるまで、あの酒場で飲んでいるべきだったろうか。大通りまで出ると、たちまち後悔の念に襲われてしまう。終電の時刻がすぎたばかりなのかもしれない。歩道の縁は一刻も早くタクシーを摑まえようと、たがいの隙《すき》を窺《うかが》っているような男女で溢《あふ》れていた。そこがどこなのかもよく判らない。もともと東京の地理にはうといのだ。高校までは横浜だった。そのあとは二十代の末までフランスで、新宿に詳しくなるような機会はこれまでに一度もなかった。

われがちの男女のあいだに割りこみ、稀に通る赤ランプのタクシーに駆けるような真似はどうしてもできない性格だ。諦めて、人込みからなるべく離れる方向に歩きはじめた。

冷たい雨がなおも降り続いている。歩くにつれ新宿の灯が遠ざかっていく。あと十分か二十分、この通りを歩いていけば、いかに混みあう時刻でもタクシーは拾えるだろう。

中目黒のアパートを中心に半径数キロの地域しか、中古のレオーネでも走らない。買い物は、青山か広尾のスーパーに車で行く。

青山の事務所でデザイン関係の仕事をしていた友人が東京の地理にうといフランス帰りのた

め、わざわざ買い物ができるところを地図で教えてくれたのだ。この区の郵便局や役所や警察の所在地とともに。

それが東京でも一、二という高級店だと知ったのは、通いはじめてしばらくしてからだった。肉や野菜の値段がパリのスーパーと比較して異常に高いのは、常識をはずれた東京の物価高のせいだと信じていた。

いまではダイエーとかセイユーとか、フランスのモノプリやプリゾニックにあたる大衆的チェーンストアが東京にも無数にあることを知っている。もちろん自宅から歩いていける距離にもある。

十八歳から十年以上も外国で暮らしてきた人間には、しばしば日本の方が見知らぬ外国であるようにも感じられた。銀行や区役所で印鑑を持参しなければ何事も進まないことを知って、衝撃をうけた覚えもある。なぜサインではいけないのかどうしても理解できなくて、無愛想な係員に幾度も問いなおしたことさえある。

私鉄の駅前にある大衆的なチェーンストアで買えば、肉も野菜も少しは安いだろう。それでも中目黒から青山や広尾までわざわざ買い物にいくには、それなりの理由がある。高級スーパーなら酒の種類が豊富だからだ。リカールやカルヴァドスが置いてある店でなければ買い物をする気になれない。それは趣味でも気どりでもなく、あくまでも切実な必要の問題だった。

飲む酒がなければ秤《はかり》売りのテーブルワインでも、壜にレッテルさえ貼《は》られていない粗悪なジンやウオツカでも、我慢できないで手をだしてしまうことは判っている。アルコール依存症という言葉が、密林にひそむ蛮族の不気味な太鼓の音のように、まがまがしく頭蓋《ずがい》にこだまする。

だからこそ痺《しび》れるようなリカール、甘く匂《にお》うようなカルヴァドスなど、味わいのある銘柄酒に執着しているのかもしれない。酔えるならなんでもいい。そこまで堕ちてしまえば、もう先はない。こうした無意識の恐怖が、酒類の豊富な店を選ばせているのかもしれない。

だがそれも無力な気休めにすぎない。東京では割高になろうと、それでも好みの銘柄に執着するだけの意思があるなら、まだ自分はアルコール依存症ではない。こう無理にいいきかせて暮らすような日々が、すでに二年以上も続いている。

いつから我慢できないほどに酒に惹かれ、その裏側で異常に酒を怖れるような病んだ人間に転落してしまったのか。

もちろん横浜時代はそうではなかった。高校のころもパリの大学のころも、とくに暴飲したというような記憶はない。とめどない飲酒という悪癖に染められたのは、フランス滞在も後半からのことだ。

それでもパリを離れブルターニュの避難所で静かに暮らしているあいだは、酒の誘惑から自由でいられた。帰国してからのことだ、ふたたび酒なしではいられない最悪の精神状態まで落ちこみはじめたのは。

帰国してアパートを決めたあと、じきに友人の世話で中古車を購入したのは、とにかく電車というものに乗りたくなかったからだ。混雑した車内で他人の吐いた息を吸い、汗ばんだ裸の腕をからめ、体を押しつけあうことにはどうしても耐えられない。

だが、そこには大きな計算違いがあった。とうぜんのことながら、東京はパリではない。オペラ広場やサン・ジェルマン・デ・プレに乗りつけるように、渋谷や新宿に車で乗りつけることなど実際にはほとんど不可能なのだ。

まず繁華街には路上駐車のスペースが存在しない。おまけに飲酒運転が悪魔の所業のごとく憎まれている。新宿や渋谷に出るのは、ほとんど仕事の打ちあわせのためだ。そうしたときには誘われて酒を飲むことになる。これではアパートから半径数キロの地点であれ、車で行くわけにはいかない。

街には違法駐車の車があふれているが、それを真似《まね》する勇気はない。警官に呼びとめられて、居丈高な態度で、しつこくまとわりつかれる可能性を考えただけで気が萎えてしまう。

結果として、買い物以外に車はほとんど使っていない。新宿や渋谷に出るときには、仕方なくタクシーを利用することになる。電車がだめならタクシーに乗る以外ないのだ。

氷雨《ひさめ》にうたれながらあらためて思う。もしも黄昏の館をめざすなら、そのときは自分の車で行こう。あんな中古のレオーネでも、二年以上も半径三キロ以内でしか動かしていないというのは、あまりに惨《みじ》めな扱いというものではないか。あの車にも、ときには新しい光景を見せてやりたい……。

三十分近くも歩いたろうか。髪も外套も雨滴で重たく濡れている。あたりを見わたすと、道は広いがすでにネオンの灯は消えていた。闇のなかをタクシーの赤いランプが接近してくる。片腕をあげた。ウインカーを点滅させ減速しながらタクシーが近づいてくる。暖かい車内に乗りこむと、おもわず安堵《あんど》の息がもれた。
どこに行きたいかを運転手に告げる。それまでどれほど頼りない気分でいたのか、あらためて痛感された。深夜、見知らぬ街を一人で歩いたりすると、ひどい緊張で神経が擦りきれそうになるのだ。

車という硬い金属の鎧《よろい》に保護され、心地よい暖気に陶然としていた。うとうとしながら記憶の襞《ひだ》のあいだを彷徨しはじめる。

奇妙な風景が甦《よみがえ》る。カメラのフラッシュをあびたように、眼底が灼《や》けるほどの衝撃。ぎらつくほどの白い光景。視界の中心にあるのは、狭い中庭に植えられているマロニエの樹だ。石畳に転がる無数のイガ。それを、二階の窓から眺めている。無感動に、ひたすら眺めている……。

季節は晩秋だろう。忘れもしない、ロリアン郊外にある館の中庭だ。マロニエの樹の下に、外套の襟をたてた髪の長い女がいる。樹木の実とおなじ、栗色の髪だ。

白い息を吐きながら、若い女が二階の窓を見あげている。身じろぎもせずに、こちらを凝視している。それでもだれなのか、どうしても顔を見分けることができない。

きみはだれなんだ。日記のなかにだけ痕跡《こんせき》を残しているが、現実には存在しないはずの栗色の髪の女。きみは、いったい何者なんだ……。

体が大きく揺れ、不意に白い光景がはじけた。頭蓋のなかで曖昧な記憶のかけらが、ジグソーパズルの小片みたいに散乱した。

「お客さん、そろそろ目黒警察だけど」

疲れた声で運転手が問いかけてくる。白い幻覚はすでに脳裏から消えていた。運転手の肩ごしに見ると、タクシーは赤信号で停止している。雨に濡れた路面が街灯の光を反射して、しらじらと光っている。

体が揺れたのは信号が変わり車が急停止したからだろう。額が熱く、こめかみが鈍く痛む。雨に濡れたせいで風邪でもひいたのかもしれない。家までの道を呟くように告げ、また乾いて埃臭いタクシーのシートに力なくもたれこんだ。


狭い階段を三階まであがりドアに鍵をさしこむ。ノブを引いてみるがドアは開かない。解いたはずなのに、まだ鍵はかかったままだ。不審な気持でもう一度鍵を廻した。こんどは開いた。後ろ手にドアを閉じ、玄関で電灯のスイッチを入れる。明るい光が室内に満ちた。その瞬間、思いがけぬ光景を目にした驚愕《きょうがく》で、思わず身がこわばる。

玄関に入ると正面には、寝室に使っている六畳間がある。寝室の引き戸は開かれたままで、玄関間からも室内の様子が眺められた。寝台のマットが斜めに床に投げだされている。サイドテーブルが倒れ引出の中身が散乱している。洋服簞笥《だんす》におさめられていた衣類も残らず引きずりだされ、あたりに乱雑にばら撒《ま》かれている。

気ぜわしい思いで靴を脱ぎとばし、リビングと仕事部屋の状態を確かめた。どこも、寝室とおなじような惨状を呈している。とくに荒らされているのは、仕事部屋に利用している六畳間だ。

机の引出はぬかれ、本棚の本も残らず床に叩き落とされている。その上にノートやメモ類などが散乱している。

茫然《ぼうぜん》としてリビングのソファに腰を落とした。のろのろと頭をふる。だれが、いったいだれが、こんなことをしたのか。これまで生まれてから一度も、東京よりはるかに治安状態が悪いパリでさえ泥棒に入られたことなどないのに。

そういえば玄関のドアは開いていた。それを知らないで鍵を廻したため、錠がかけられドアが開かなくなってしまったのだ。もう一度鍵を廻して、ようやくドアは開いた。侵入者はドアに鍵をかけないで立ち去ったらしい。

胸苦しいほどに苛《いら》だち、ひどく追いつめられた気分になる。激しい動悸《どうき》で心臓が苦しいほどだ。この部屋に見知らぬ他人が侵入した。それだけでも我慢できないのに、他人たちはこれからさらに無神経に土足で踏みこんでくるだろう。

たとえば管理人。たとえば警察。まるで非難するような詰問の雨のなかで舌は惨めに強張ってしまう。重苦しい不安が黒雲のように不吉に湧きたち、ひたひたと全身をおし包んでくる。

黒い手帳を片手に、鈍感な顔をした警官が粘りつくような目で見る。……職業は、書けない作家。いや、一作かぎりで忘れられた元作家か。収入は、どうしてるの。なに、全部借金で。定職も身元を保証してくれる家族も、なしか。おまけに、自称被害者はアル中気味ときてる。

ようするに妄想じゃないの、全部きみの。

テーブルの酒壜からカルヴァドスをグラスに注いだ。壜の先とグラスの縁が触れて、かちかちと気ぜわしい音がする。手が震えているのだ。ダブルの量を一息で飲みほし、濡れた顎《あご》を手でぬぐう。落ちつかなければ、とにかく落ちつかなければ……。

熱いものが鳩尾《みぞおち》のあたりで燃えはじめたときには、すでに心を決めていた。管理人にも警察にも事件を届けるのはやめにしよう。どのみち盗まれて困るような品など、この部屋には存在しないのだ。

現金は残らず財布に入れて今夜も持ち歩いていた。預金通帳やカード類が盗まれていたとしても明日の朝、開店前に銀行に連絡すればすむことだ。それ以外は帰国してから買い揃《そろ》えた、安物の家具や家電製品しか置いていない。

部屋を荒らされたことなど黙っていればすむ。なにも事件を公《おおやけ》にすることはない。他人の無遠慮な視線にさらされる苦痛を、無理に耐えしのぶ必要などありはしない。

林檎《りんご》のブランデーを喉《のど》に放りこみ続けながら、それでも考えてしまう。いったいだれがこんなことをしたのだろう。ほんとうにただの空巣《あきす》狙《ねら》いなんだろうか。

それなら右隣にある、家賃だけでも月に五十万はくだらないはずの豪華マンションを狙うのが普通ではないか。そこにはアフリカの小国にしても、外国大使館までが入居しているのだ。駐車してある車も外国製の高級車ばかりだ。大型のベンツやＢＭＷ、それにジャガー。

裏手には有名な歌舞伎《かぶき》俳優の邸宅もある。こんな安アパートをわざわざ狙う必要などないはずだ。

グラスを手にしたまま仕事部屋に入る。急激に酔いが廻って体が重たい。床に投げられた机の引出の下から預金通帳やカードを探すのに、それほど手間はかからなかった。

パスポートもある。健康保険証ははじめから持っていない。身分証明になる書類でも、もしも盗まれれば金銭面の被害に通じかねないということを、新聞かなにかで読んだ覚えがある。サラ金と呼ばれる簡易金融業者が、それで簡単に金を貸し出すからだ。しかし、どうやら金銭上の被害はないと考えていいらしい。安物の家具や家電製品がわざわざ運びだされた様子もない。敗戦直後の混乱期ならともかく、いまどきそんなものを担ぎだすような泥棒など経済大国を誇る日本にいるわけはない。

重要なものはなにひとつ盗《と》られていない。こう考えてふと瞼《まぶた》を閉じた。いや、ほんとうにそうだろうか。不安な予感にせかされるようにして、あわただしく散乱している書類を調べはじめる。次々にノートが投げられ無用の紙片が宙に舞う。

愕然《がくぜん》として顔をあげた。ないのだ。百万ばかりの預金通帳よりもはるかに大切な品が失われていた。フランス滞在中の日記帳と、そして第二作の構想を乱雑に記した大学ノートだけがいくら探してみても見つからない。

だが、どうしてなんだ。そんなものを盗みに入る泥棒なんているわけがないのに。奪われた日記やノートは、どう考えても世界中でただひとり、この自分にしか意味がないはずの品だ。ほかのだれにとっても、そんなものは紙屑《かみくず》同然ではないか。

おぞましい恐怖感が体内にゆっくりと満ちはじめる。謎の人物にどこからか執拗に監視されているという妄想が、旺盛な生命力で増殖する癌病巣のように急激に育ちはじめる。いつか両腕で肩を抱きかかえるようにして、震えそうな体をなだめていた。

帰宅の直後から、興奮を鎮めるため飲み続けたカルヴァドスのせいで、意識は曖昧に濁りはじめている。

なによりも怖ろしいのは、だれがなぜ、あんなノートを盗んだりしたのかどうしても判らないことだ。見えない監視者が実在していることはもはや疑いえない。その正体が謎であるだけに妄想は生臭い恐怖と混ざりあい、全身に息苦しいほどの密度で充満しはじめる。

犯人は階下の夫婦だろうか。郵便物を調べたり部屋を覗《のぞ》きこんだりしていた、あの女の仕業なのだろうか。脳髄を絞り器にかけてみても、思いあたる謎の監視者の正体はそれくらいのものだ。

友人が癌で死んでから、三笠と三笠の紹介で雑誌に短文を依頼してくる数名の編集者以外に、接触のある他人はどこにも存在しない。

額に脂汗が滲《にじ》む。心臓の鼓動が乱打されるドラムの音みたいに響きわたる。だれかに電話しよう。不意に思いついて腰を浮かしたが、こんなことを相談できる友人などひとりもいないことに気づき、またソファにもたれこんだ。

毛布を頭からかぶり、ひたすら震えている。吐き気に耐えながら、グラスに注いだばかりの飴《あめ》色の酒をまた一息で飲みほした。酔いつぶれてしまうよりほか、どす黒い不安に怯《おび》えながら長い夜に耐える方法などどうしても思いつけない。

グラスをあおり、さらにあおる。どこのだれであろうと絶対に許さない。正体が知れたら、そいつの首を両手で絞めあげてやる。アルコールに濁った意識が、あてのない高揚でかすかに熱をおびはじめた。

3

「いい天気だな。小春日和《こはるびより》ってやつだ」

乾いた音とともにカーテンが引かれる。三階のベランダから青空を見あげて三笠が語りかけてきた。ガラス窓も開かれたらしく、新鮮で冷たい外気が室内に吹きこんできた。新宿の酒場で別れてからもう三日が過ぎている。

三日のあいだ夜も昼も、ただ酔うために酒を飲み続けていた。謎の侵入者の手で日記やノートを奪われたという異様な出来事は、二年以上も書けない小説をかかえて呻吟《しんぎん》していた精神に、バランスを狂わせるほどの衝撃をもたらしたのだ。

あの夜から一度も部屋を出ていない。昼もカーテンを閉じたままで、もちろん電話のベルは無視してきた。留守番電話に吹きこまれたメッセージさえ聞いてみる気にもなれなかった。

明け方まで飲み続け泥のような睡眠に身を浸していると、猛烈な音が玄関の方から聞こえてきた。だれかが叩きやぶりそうな勢いでスチールドアを連打しているらしい。枕元《まくらもと》の時計を見ると、もう午過《ひるす》ぎだった。

はてなく無気力で、はてなく快美な泥沼のぬくみに頭からもう一度もぐり込もうとして、いやおうなく目が醒めた。騒々しいノックの音に混じり、「おれだ、三笠だよ」という蛮声が聞こえてきたのだ。

仕方なく起きだしてナイトガウンをはおる。ドアを開くと、痩せて背の高い編集者が玄関に踏みこんできた。

勝手にリビングに上がりこみ、まず最初に締めきりのカーテンを開いたのだ。「三日続きの無礼講かよ。やけ酒か、それとも祝い酒か。どちらにしてもハイティーンの餓鬼《がき》みたいな飲み方はもうやめるんだな。きみが酒に強いのは知ってるが、三十といえばもう若くはない。鏡を見るがいい、頰《ほお》はこけてるし目の下には鉛色の隈《くま》まで浮いてるぜ」

荒廃したリビングルームに明るい陽光がさしこんでいる。床には空の酒壜が五本も転がっていた。テーブルの上には汚れたグラス、吸殻で山のようになった灰皿が三つ。

きみが酒に強いのは知ってる……。三笠の言葉が皮肉に聞こえた。確かに酔って乱れることはない。いくら飲んでも、ほとんど顔色さえ変わらないのだ。それでもアルコールは確実に肉体と精神を、ともに深い部分でむしばみつつある。そのくらいの自覚はある。

高校のときはもちろんパリで学生だったときにも、あまり酒は口にしなかった。母親の影響かもしれない。母親は飲酒癖のある人間をひそかに憎んでいたのではないか。

高校一年のとき、はじめて友人の親に勧められビールを飲んで帰宅したときのことだ。息子の飲酒を強い口調で責めたてる母親の顔は、怖ろしいほどに真剣だった。そこには十六歳の少年が、竦みあがるほどにも激しい感情が認められた。

酒は父親の死となにか関係があるのかもしれない。激情に憑《つ》かれた母親のもの狂おしい非難の言葉の裏には、そんな憶測を強いるようなところがあった。だからこそ長いこと、たとえつきあいでも酒はビールかワインか、せいぜいアペリチフの果実酒を舐《な》めるていどに抑えてきた。

銀行預金をめぐる不可解な事件に巻きこまれるまで、深酒をすることなど一度もなかった。そして想像のなかにだけ存在する、あの美しい娘。酒浸りで荒れた生活の記憶は、ジュリエットという魅惑的な女のイメージとからみあい、狂気じみた妄想のなかに溶けこんでいく。

母が課したタブーにあまり根拠がないことは、じきに判った。過度の飲酒が責められるのは、酔って我を失う人間が少なくないからだろう。飲酒運転による交通事故から酒乱による暴力事件まで。

自分にかぎってそんな事件を惹きおこすわけがない。これまでの経験からそれだけは確信できた。そこにあるのは他人の迷惑になるような暴力行為というよりも自壊であり、肉体と、それ以上に精神にかかわる緩慢な自殺行為にすぎない。

呪《のろ》わしい幻覚に強いられてアルコールに耽溺《たんでき》していくのだ。嫌なことを忘れたくて飲むわけではない。むしろ反対だ。おぼろげな記憶の底にはてもなく沈みこんでいこうとして、手が知らないうちに酒壜にのびていく。

常習化した過度の飲酒で胃粘膜が破れかけているのだろう。ときとして激しい疼痛《とうつう》を背や脇《わき》か。

腹《ばら》に感じるが、おそらく潰瘍の原因はほかにある。重苦しい胃痛もまた心因性の症状ではない

あの白い光景。どうしても、それが現実なのかどうかを確認しえないという精神的なストレスが、アルコールの破壊作用以上に胃に負担をかけている。自分ではそう考えている。

白い幻覚は『昏い天使』という作品の秘密に関係しているはずだ。そして、いまだ書かれていない『黄昏の館』にも。喪《うしな》われた記憶をもういちど完璧に再現できるなら、幻覚は消える。そのためにこそ、黄昏の館は作品に描かれなければならない。

だが、どうしても『黄昏の館』を書くことができない。まるで秘密を宿した心の鍵のように、幻覚は不意に襲いかかり、そして去ることがないのだ。書けないために飲み、秘密の鍵を掌中におさめようとして、幻覚に浸りこむためにまた飲む。

帰国してから二年以上も、この悪循環に閉じこめられてきた気がする。アルコールと無縁に清澄《せいちょう》な気分でいられたのは、フランス滞在の最後の四年間、ロリアン郊外の館《やかた》で生活していたときのことだけだ。あれこそ自分のために用意された、孤独で静謐《せいひつ》な魂の避難所だった。

だからこそ『昏い天使』を書きおえることもできたのだろう。楽園そのものではないが、清潔で人気なく心地よい静寂に満ちた、ありえない楽園のみごとな模造品《シミュラクル》。それがあのロリアン郊外の館だった。

崖上の館からは青い水平線が眺められた。だが、海の色は季節により大きく変化する。澄んだ陽光をきらきら反射している真夏の青から、さむざむしい真冬の青灰色まで。彼方に浮かぶ

グロア島もまた、季節ごとにまるで違う貌《かお》を見せていた。

そこで長いこと暮らしたというのに、ロリアンの町について詳しいことはなにも知らない。地味な駅前広場があり、目抜き通りに小さな映画館と全国チェーンのスーパーと、そして数軒のカフェがある。まともな専門料理店がないので、特別な日に町のブルジョアはホテルのレストランで食事をする。

ロリアンの近郊には巨大な先史時代の遺跡がある。海に面した石造遺跡まで町から車なら三、四十分で行ける。

ロリアンの館でだけ、穢《けが》れない透明な気分でいられた。もちろん導いてくれる保護者がいたからだ。首藤浩之《すどうひろゆき》という男の勧めがなければ、『昏い天使』を書こうなどと思わなかったろう。首藤という保護者の励ましがなければ、あの作品を書きおえることなど不可能だった。

さらに首藤は『昏い天使』の新人賞応募を勧め、日本に帰国するよう命じた。そうしろと首藤に助言されたからこそ、気にそまぬまま日本に帰ってきたのだ。そしていままでは、帰国するべきではなかったという疑念に日々悩まされている。

ロリアンの四年をはさんでその前の半年と後の二年以上は、いつもアルコールで赤黒くただれた意識の迷路を地図もなくうろついていたような気がする。まさにこの三日間のように。

寝室でパジャマを脱いでシャツとジーンズに着替えた。頭からセーターをかぶりながらリビングの三笠に語りかける。

「汚なくて、すみません、寄ってくれることが判っていれば、綺麗にしておいたんですが。いま、コーヒーをいれます」

「ビールの方がありがたいが、きみにはコーヒーがいいだろう。我慢してつきあってやるよ」

ソファにどかりと腰をすえ、三笠がショルダーバッグから大小の封筒をふたつ取りだした。封筒にはそれぞれ文芸書房の社名が刷りこまれている。小さい封筒から中身をとりだしテーブルにならべているうちに、コーヒーメーカーが合図の音をたてる。

大きな封筒の方には本が二冊ほど入っているらしい。それはまだテーブルに置かれたままだ。

空き壜や汚れたグラスを片づけテーブルを布巾《ふきん》でぬぐう。三笠の前に洗った灰皿と客用のコーヒーカップを置いてから、落ちつかない気分でソファに腰をおろした。そして問いかける。

「申しわけありません、わざわざ家まで来ていただいて。それで、なにか緊急のことでも」

「忘れちまったのか。こないだ新宿で飲んだときいっといたろう。三、四日うちに『昏い天使』の文庫解説のゲラが出るはずだって。いくら電話しても出ないから届けにきてやったのさ。

いや、気にすることはない。先生のお宅にうかがうのは編集者の仕事のうちだからな。宗像冬樹みたいな新米でも、まあ著者は著者、先生は先生ということだ。それともうひとつ、こいつを渡したかった」

小さい封筒から出した二、三枚の紙片を三笠が指で叩いた。一枚は葉書だが、ほかは複写紙らしい。複写紙には細かい活字がぎっしりとならんでいる。まず差しだされた葉書をとり、ざっと眼を通した。

文芸書房が新刊書にはさみこむ読者カードの葉書だった。宛名《あてな》のところには版元の住所が印刷されている。裏返してみた。

裏には印刷された質問と肉筆の回答文がある。細い毛筆で書かれた端麗な女文字だ。「芳名」は緒先咲耶《おざきさくや》、「年齢・性別」は二十五歳・女、「ご職業」は無職。これで読者カード裏面の一段目は終わりになる。

二段目は「ご住所」で、岩手県二戸《にのへ》郡鳴神《なるかみ》村大字《おおあざ》骨山《ほねやま》字鬼首とある。次は「お求めの書店名」、「ご購読新聞名」、「お求めの動機」というような質問で、とくに注意を惹くような箇所はない。緒先咲耶という二十五歳の女性は、どうやら友人に紹介されて『昏い天使』を手にしたらしい。

三段目のスペースが葉書の裏面の半分以上を占めている。「本書に関するご感想・今後の小社出版物についてのご希望など」という欄で、そこには次のように書かれていた。

『昏い天使』の続篇として『黄昏の館』という本が書かれるはずだと、著者あとがきにありました。昏い天使が夢見る喪われた黄金郷。天使の手で封印された秘密の時。たぶんそれが黄昏の館という言葉にこめられているのでしょう。この本を読みながら黄昏の館の心象がありありと浮かんでまいりました。一読者にすぎぬ者ですが、わたしもおなじ館のことを知っているように思えてなりません。一日も早い続篇の完成を遠方より心から願っております。

脳裏にふかぶかと刻まれたのは、読者による簡単な感想文ではなく、東北地方の僻地《へきち》に違いない発信者の住所だった。「字鬼首」。

「そいつが先日きみに話した読者カードだ。いかにも美人が書きそうな綺麗な字だろうが。ほんとうのところは実物にお目にかからなければ、なんともいえんがな。

ついでに日本地名辞典から『鬼首』の項をコピーしておいた。読みは『オニコベ』ではなく『オニコウベ』だが。

日本でいちばん詳しい地名辞典でも、載ってたのは宮城県の鬼首だけだった。鳴子温泉の裏手にある鬼首さ。項目としてはほかに『鬼首温泉』と『鬼首峠』が出ているが、どちらもおなじ鬼首に関係した地名だ」

三笠の説明を聞きながら複写紙の小さな活字を追っていく。そこには次のような記述がある。

……地名の由来については、坂上田村麻呂《さかのうえのたむらまろ》が蝦夷経営の際、蝦夷首領大武丸を斬《き》ったとき、その首がこの地に落ちたので鬼首と呼んだという伝説がある（宮城県地名考）。しかし鬼首は本来鬼切部（おにきりべ）と呼ばれていたもののなまりと思われる。鬼切部は平安後期奥六郡の安倍頼時と陸奥太守藤原登任《たかとう》の大戦があった古戦場（陸奥話記）。その安倍館と称するものが鬼切辺館あるいは鬼城と呼ばれ、古塁跡を残している。

コピーに眼を通していると、手帳のメモを見ながら三笠が語りはじめた。

「やはりおれが考えたとおりだ。宮城の鬼首の名は、大武丸という蝦夷の族長の首を斬ったところから生まれたらしい。

鬼首の古名が鬼切部でも結論はおなじことだ。わが恩師が主張するところでは、源氏でも平氏でも関東武士団というのは、ようするに百済《くだら》亡民と日本列島原住民、つまり蝦夷との混血だという。百済のボートピープルが日本に漂着し、原住民蝦夷の跋扈《ばっこ》する未開の地に、なかば強制的に開墾のため送りこまれたというわけだ。

となれば源氏でも平氏でもない奥州藤原氏はさらに蝦夷豪族の臭いが強いし、前代の安倍氏は坂上田村麻呂と決戦した蝦夷軍団の直系子孫だと考えても無理はない。伝説の鬼の正体が蝦夷——当時の奥州人——だとすれば、田村麻呂の遠征軍に抵抗した蝦夷族長とおなじく、安倍氏の館が鬼城と呼ばれても不思議ではない。

ところで岩手の鬼首だが、辞典にも載っていないので、おれはその道の碩学《せきがく》に電話してみたよ。狩野栄吉《かりのえいきち》。ようするに大学の恩師なんだが、いうまでもなく民俗学の大家で岩手のことならやたらに詳しいという爺《じい》さんだ。

爺さんの話では、岩手の山奥にある鬼首の文献初出は鎌倉時代。ということは、それ以前から存在したと考えていい。そこには鬼首の鳴神という記述がある。戦国時代の文書には鳴神郡鬼首という地名が残されている。つまり鬼首と鳴神の比重がすでに逆転しているわけだ。

江戸時代には南部領に属したが、鳴神の鬼首郷という地名が藩誌に散見される。天保《てんぽう》の記事によれば鳴神は三百二十石。家数四十三、人数二百八十、馬数百二十七。たいした村じゃねえよな。

この寒村の、そのまた山奥の小集落として鬼首郷が存在していたというわけだ。明治二十二年から昭和二十九年までは鳴神村大字鬼首。それ以降は大字がとれて、ただの字鬼首になる。いま大字は骨山という地名になっている。

ようするに岩手の鬼首は平安時代には一郡の総称だったらしいが、鎌倉、戦国、江戸と時代を追うごとに落ちぶれて領域を縮小し、いまでは山間の小集落を示すだけの地名になっているわけだ。これでは地名辞典には出てこない。

岩手あたりでも行政区画の整理があれば、次の機会には消えてしまう地名だろう。鳴神村骨山までで、あとは番地だけになるのが常識というものだ。

爺さんには岩手の鬼首の由来についても聞いてみたんだが、それなら自分の著書を参照しろという。戦前に骨山近在をフィールドワークしたときの記録が、そこに収録されているらしい。

書名だけは知っていたが、おれの学生時代でさえ絶版だった。なにしろ三十年以上も昔の本だぜ。登山と学生運動にしか関心のない不良学生は、たとえ恩師の著書だろうと、手にとるため古本屋を漁《あさ》ろうなんて気にはならない。読んでいないのは、まあ当然のことだ。

いくらおれでも先生本人に古い著書を貸してくれとはいいにくい。国会図書館でコピーをとるのも手間がかかる。仕方ないので昔の学生運動仲間から借りることにした。こいつは大学に残って学者に堕落したものだから、おれには頭があがらない。

狩野の爺さんは昔の調査旅行で、いまでも骨山あたりでは顔がきくらしい。いい温泉宿が骨山にあるから紹介してくれるそうだ」

こういいながら三笠が茶封筒から古い本をとりだした。表紙には『鬼とマレビト――奥羽民間伝承の研究』とタイトルが刷りこまれている。黄ばんだ頁《ページ》をぱらぱらとめくっていると、三笠がさらに遠慮なく続ける。

「ついでに昔の仲間が最近書いたという本も捲《ま》きあげて、おなじ封筒に入れておいた。爺さんの本に言及した箇所もあるそうだ。参考になるかどうか判らんが、温泉宿で眺めてみるのもいいだろう。

盛岡までは新幹線。そこから支線に乗りかえて二時間ほどで鳴神の駅だ。鳴神からはバスで骨山に行く。三時間で終点が骨山だから間違えることはない。骨山には爺さんが紹介してくれるという宿をふくめて、温泉旅館が二、三軒ある。最近の秘湯ブームで、ものずきな人間が東京からも出かけることもあるらしい。

五万分の一の地図で見ると、骨山から鬼首まで二十キロあまり。登りなら徒歩八時間という計算だな。歩けば登山になるが骨山から車で行けるはずだ。点線で道はついている。未舗装の林道らしいが、四輪駆動のオフロード車ならなんとか上がれるだろう。

それで無事に黄昏の館の入口までたどりつける。おれの調査報告は以上で終わりだ。ところで、いつ出発するつもりかな。今日これからか、それとも明日の朝か。おれは同行できないが、編集者なしでも取材くらいはできるだろう」

「三笠さん、ちょっと待ってください」

思わず低い声で叫んでいた。どうやら三笠は今日明日にも岩手県の鬼首めざして、担当作家が取材旅行に出発することを期待しているらしい。だが、それでは性急すぎないか。

「待てないね。資金不足ならおれが貸してやる。それ以外になにか出発を延期するような理由があるか」

「ぼくの記憶にあるオニコベノゴウと、その鳴神村の鬼首とがおなじかどうか、どうして判るんです。鳴子の鬼首のほかに第二の鬼首が存在した以上、第三、第四の鬼首だって、どこかにあるのかもしれない」

「ないな。少なくとも郵政省と国土地理院が把握している、公式の地名としては存在しない。中央郵便局に問いあわせ国会図書館でも確認した。過去百年、宮城と岩手以外に鬼首は存在しなかった。明治以前に消えた地名なら、そいつは判らなくてもやむをえないだろう。

とにかくきみは、黄昏の館を探訪するため明日にでも盛岡行きの新幹線に乗るんだ。こいつは担当編集者の命令だぜ。あてはずれなら骨山の温泉にでも浸《つ》かってのんびりしてくればいい。こんなところに閉じこもって酒ばかり飲んでいたら、できる仕事もできないのは目に見えている。的外れだとしても、気分転換にはなるはずだ。うまくいけば絶好の現地取材ということになる。がたがたいうなら、襟首を摑んでも上野まで連れていくぜ」

三笠が冗談めかした脅迫口調でいう。その顔を見ないように唇を噛んでうなだれているだけの自分が、どうにも情けない。

盗難事件の謎が我慢できないほどの精神的負担になっているのだ。だが三笠にも、こんな鬱《うつ》状態の理由を告白するわけにはいかない。どうしてそう感じるのか判らないが、奇妙な盗難の被害者であるという事実が、灼けつくほど強烈に恥の感覚を強いてくる。

被害者である事件に、どうして自分が激しい羞恥心《しゅうちしん》を覚えなければならないのか。不条理なことだと思う。それでも無理に語ろうとすれば、不可解な心理的抵抗のため舌は重たくこわばりそうな気さえする。

「どうした、なにか心配ごとでもあるのか」

真剣そうに口調をかえて問いかけてくる編集者に仕方なく頷いた。短い沈黙。それからうながされるまま、ためらいがちに小さな声で語りはじめる。

「三日前の夜、三笠さんと別れて帰宅すると、部屋のなかが無茶苦茶に荒らされていた」

「なんだ、泥棒に入られたのか。金でも盗られて落ちこんでたんだな」

かぶりをふりながら知らないうちに答えていた。これなら三笠には相談できるかもしれない。

「いいえ。盗られたのはフランスにいたとき書いていた日記帳と、『黄昏の館』の創作ノートだけなんです。預金通帳もカードも残っていた」

「おかしな泥棒だな。もしも大文豪の手になるものなら、日記だのノートだのにも値がつくかもしれん。だが残念ながら、いまのところ宗像冬樹はそんなには偉くない。心あたりはないのか。他人には紙屑同然のノートなんかを、わざわざ盗んでいきそうな野郎の」

三笠が腕を組んで唸《うな》るようにいう。おかしな泥棒だというのにはほかにも理由がある。ノートはともかく日記はフランス語で書かれているのだ。フランス語が読めなければ、それが日記だということさえ判断できそうにない。仏文科出身の空き巣狙いが存在しても不思議ではないが、やはり奇妙な印象がのこる。

「それでもきみは困るだろう。他人には紙屑同然でも作家本人には大事な資料だ。いくら大金を積んでも、ほかでは買えないんだからな」

いつか拳《こぶし》をきつく握りしめていた。掌のなかはじっとりと汗ばんでいる。『昏い天使』の創作の秘密は三笠にも明かしていない。なるべくあたりさわりのないように答えた。

「それは、いいんです。日記は惜しいけれど、資料としては『昏い天使』を書くときに利用しつくしたものだし。三笠さんにはいいにくいけれど、創作ノートの方はほとんど白紙状態でした」

それよりも……。

「なんだ」

「妄想かもしれないんですが、ひそかに監視されているような気がして」

「だれに」

「一階の若い夫婦。とくに女の方に」

三笠が眼を鋭く光らせて反問してくる。とうとう喋ってしまったことを後悔しながら、重たい口で階下の女にメールボックスを覗かれているらしいことなどを、とぎれとぎれに語った。

「どういうことだ」

三笠は真剣な表情で耳を傾けている。それは強迫神経症の症状だ、きみは精神的に病んでいるという内心で怖れていた不吉な言葉の代わりに、三笠はまるで違うことを口にした。

「あとのことはおれにまかせろ。もしも階下の女が犯人なら盗まれた資料は取りもどしておいてやる。そんなことでくよくよしないで、きみは一刻も早く黄昏の館めざして旅に出るのがいい。東京に戻るまでに盗難事件の方はけりをつけておいてやるさ。いいな、明日にでも出かけるんだ」

三笠に肩を叩かれ、誘われるように頷いていた。盗難事件の謎について、とにかく他人に相談できただけでも気は楽になっていた。

……そうだ、明日にでも旅にでよう。黄昏の館にたどりつけるかどうかはともかく、いま自分にはどうしても新鮮な空気が必要だ。灰色に汚れた東京の街を去れば、『黄昏の館』に着手する気力も湧いてくるかもしれない。ほんとうに明日にでも出発しよう。

4

薄暮の空を背景に国境の山々が濃い灰色に滲んでいる。山国の晩秋の大気は膚を刺すほどに冷たく感じられる。腕時計を見ると午後四時を廻ろうとしているところだ。ここまでたどりつくのに、予定より一時間ほど遅れている計算になる。

車をおりて小さな木造の駅舎を眺めた。駅前だというのに人通りはほとんどない。頭蓋の底をかすかに掻《か》くものがある。前かがみの姿勢でブルゾンのポケットに手をいれ、なにかに引かれるようにいつか駅舎の方に歩みだしていた。

盛岡の先で東北自動車道をおり、脊梁《せきりょう》山脈を越えて秋田県にいたる国道をさらに二時間ほど走った。標識のある分岐点で国道から離れると、十五分ほどでうらぶれた田舎町に入る。三笠が説明していた鳴神の町だ。

中目黒のアパートを出たのは今朝まだ早いうちだった。予定より一時間も遅れているのは、都内の道路が予想以上に混雑していたせいだ。東北道の入口にたどりつくまでに二時間もが経過していた。

平日のことで東北道を北にむかう車は多くない。それでもオートルートをおりた時点で、すでに二時を廻っていた。中古レオーネのエンジンに過重な負担をかけるわけにはいかないし、スピード違反でつかまるのも絶対に嫌だ。手帳片手の警官にあれこれと詰問されるくらいなら、できるだけ制限速度を守って走る方がいい。

運転免許は十九歳のときにパリで取得した。フランスにいたころは他のドライバーとおなじで、速度制限など気にしないで車を走らせていたのだが。病的なほどに他人を怖《おそ》れ、どんな理由であれ干渉されることを忌避するようになったのは、あの運命的なブルターニュ旅行以後のことだ。

ゆるい傾斜をなした町のメインストリートには、地味というよりも古ぼけて、どこか埃じみた雰囲気の商店がひっそりと軒をつらねている。郵便局をはじめ酒店、荒物店、写真店がある。肉屋や八百屋や乾物屋など各種の食料品店もある。どの店も閑散としてうらさびれた印象だ。

坂道を下ると町役場と警察署がある。その手前でメインストリートを右に折れると、がらんとした駅前広場にでる。広場の端に車を停め、運転席から這いだして静かにドアを閉じた。朝から八時間以上ものドライブで、肩や背が鬱血《うっけつ》し全身に重苦しい疲労を感じる。

列車が出ていくのか、ホームで発車ベルの音が響いていた。ベルの金属質の音を耳にしながら駅前広場を歩きはじめる。眼をほそめて無意識のうちに首をふる。凝った首がほぐれて骨のなる乾いた音がした。

戦前に建てられたとおぼしいすすけた木造の駅舎、正面に掲げられている塵埃《じんあい》にまみれた『鳴神駅』という看板。駅舎の彼方で陰気に聳えたつ国境の連山。角度の違う大小の三角形を無計画に重ねあわせたような印象の、南北に連なる連山の複雑なシルエット……。

曖昧な記憶の底でなにかが蠢きはじめていた。駅舎の正面に銀鼠《ぎんねず》色の外国車が典雅に滑りこんでくる。田舎町には似つかわしくないイギリス製の高級車だ。

あのときもそうだった。母に手をひかれ駅舎をでると、目の前に黒塗りの大型車が滑りこんできたのだ。

中年の運転手は詰め襟の制服を着ていた。運転手がすばやく車を降り、丁重な態度で後部席のドアを開いた。九歳の子供にはあまりに大きく立派に見える外国車に乗りこもうとして、ふと振りかえり、まじまじと古い駅舎の方を眺めていた。

『鳴神駅』という看板が見えたように思う。建物の屋根の彼方には複雑なシルエットの連山が遠くかすんでいた。

過去と現在とふたつの光景が重なりあい、たがいの輪郭を曖昧に滲ませている。車を降りた運転手が後部席のドアを開いて最敬礼していた。若い女が子供の手をひくようにして乗りこんでいく。

そのとき一瞬だけ見えた女の横顔が、脳裏にふかく刻まれた。その光景が幻覚ではないかと疑って茫然とたち竦んでいるあいだに、デイムラー・ダブルシックスはたちまちメインストリートの方に走りさり、そして視界から消えた。

信じられない光景を目にした衝撃で、時間意識が曖昧に混濁しはじめる。そんなはずはないのに、いま二十年前の母と自分が迎えの車に乗りこむ光景を目撃したような気がする。

おぼつかない足どりで駅舎のなかに入りこんだ。待合室があり改札口があり切符を売る窓口がある。十人ほどの降車客は残らず改札をすませ、待合室は閑散としていた。

壁には何枚か、鳴神駅を起点とする観光地のポスターが貼《は》りつけられている。骨山温泉の写真もあった。紅葉の渓谷と橋の写真で、「秋の黒俣川と骨山橋」という説明がつけられている。

改札作業をおえた若い駅員は、吹きさらしのホームに続く改札口から暖房のある事務室に戻ろうとしていた。その若者をつかまえて問いかけてみる。自分でもせきこんだ口調だと思う。

「いまの女の人、だれだか判りますか」

「いったい、どの人ですか」

駅員が不審な顔で反問してくる。これでは質問が悪い。乾いた唇を舌先でしめらせて、さらに言葉を重ねた。

「いまの列車で着いて、駅前から迎えにきた銀色の外国車に乗った女の人。白い毛皮を着て、小さな子供を連れていた」

「判りませんなあ。そんな人がいたことは覚えてますが、どこのだれかまではねえ。確か切符は盛岡駅の発行でしたが」

若い駅員は朴訥《ぼくとつ》な口調で答える。こんな返答を耳にしているうちに、病的なまでの興奮がしだいに醒《さ》めてきた。駅員も見たというのだから、子供を連れた若い女は確かに実在したのだ。それだけは幻覚でも妄想でもない。

「もういいですか」

寒そうに足踏みしながら駅員が問いかけてくる。みじかい沈黙のあと、常識的なことを尋ねた。ようやく気分が落ちついてきたのだ。

「これから、骨山温泉まで行きたいんですが」

「バスは午後三時で終わりだから、明日の朝一番、七時発のを待つしかないなあ。ハイヤーでも行けるけど料金は高くなるよ。一万円ではきかないだろうねえ」

「いや、自分の車で来てるから」

「それなら、話は簡単だ。国道を秋田方向に二十分も行くと、骨山に通じる別れ道がある。標識があるから迷わんでしょう。その先は温泉地まで山の中の一本道で、途中に小さな村が三つか四つある。その道の終点が骨山です。

四、五日前に降った雪はもう解けたでしょう。根雪になるにはまだ早いから。骨山温泉に東京からも客が集まるようになり、道路も整備されました。これから出れば夕食までには着けますよ」

「ありがとう」

「骨山温泉に泊まるなら、ここで予約の電話をしておいた方がいいね。時期はずれだから部屋はあると思うけど、七時すぎの到着だと、とびこみの客には食事の支度ができないこともあるから」

「いや、予約なら東京から入れました。鬼骨閣という旅館」

「それならいちばん古い旅館だね。骨山温泉には最近できた新しい旅館もあるんですが、土地の者はみんな鬼骨閣の方が風情があるといってますよ」

親切に応対してくれた駅員に礼をいい、駅前広場に停めた青いレオーネにもどる。黄昏の薄《うす》闇《やみ》が次第に陰をましてきている。晩秋の凍えるような風が、また容赦なく吹きつけてきた。

骨山方面の標識で国道を右に折れ、急な山道に入る。黒俣川の渓流ぞいに山腹を抉《えぐ》って造られた登り道は狭く、いたるところに急カーブがある。見通しのきかない曲がりやトンネルの出口では、ホーンを鳴らしながら慎重にステアリングを操作した。

残雪はないだろうという若い駅員の言葉を信じたい。この山道が凍結したらチェーンなしでは走れないはずだ。

鳴神を出て一時間もしないうちに、あたりは闇に鎖《とざ》された。こんな山のなかでも集落はあるらしい。登り坂がゆるくなり山襞《やまひだ》に鎖されていた視界がひらけると、道ぞいに人家の灯が眺められた。

山中の乏しい平地にわずかばかりの畑をつくり、あるいは林業で生計をたてている人々の集落なのだろう。そんな山村を四つ通過すると、道はさらに急にさらに険しくなる。

右手は聳えたつ岩壁で左手は谷底に切れ落ちている。舗装はあるが道幅が狭すぎる。バスやトラックとすれ違うには徐行するか、地点によっては谷側の車が一時停止しなければならないほどだ。

路肩にはあちこち、解け残りの雪が薄く白く凍りついている。だが路面は乾いていた。数日にわたり好天が続いてきたようだ。

第四の集落をすぎてから先、いきかう車は一台もない。人里から離れ高度を稼ぐにつれて、寒気がさらに厳しさを増してきた。身ぶるいしてヒーターのレバーを「弱」から「強」にきり換える。

ガイドブックによればこのあたりは雪崩《なだれ》の巣らしい。そのため冬期には、一時的に交通途絶状態になることも少なくない。そんなときは麓《ふもと》からブルドーザーが出動して除雪作業がおこなわれる。道の終点に骨山温泉があるためだ。だからロードマップを見ても「冬期閉鎖」とは書かれていない。

こんなことを考えながら走っていると、ライトの光に壊れたガードレールが浮かんだ。もちろん谷側で、かなりの長さにわたって破損している。春先の底雪崩で氷塊に潰されたまま放置されているのだろう。

夜間、未知の山道を車で走るために、神経は運転に集中されていた。急坂をあがりカーブを大きく廻りこむと、ようやく道幅が広がる。

前方の闇には家々の灯火が蛍火のように瞬いていた。骨山温泉だ。スピードメーターの横にある時計を見ると、そろそろ七時になろうとしている。鳴神から二時間ほど。路線バスでは三時間かかるというが、それは集落ぞいに廻り道をするせいではないか。

コンクリートの橋で谷川を越えるともう骨山の集落だ。骨山橋のたもとには街灯で照らされた広場がある。そこにはバス停の待合室やガソリンスタンドがならび、食堂や土産物屋らしい店も二、三軒ある。しかし晩秋という季節のせいか遅い時刻のせいか、いまはどの店も閉じられていた。

広場をすぎると、道の右手にコンクリート造りの旅館が見えた。かなりの規模で建物もまだ新しい。玄関前には、ボディに旅館の名前が書かれたマイクロバスが何台か停車していた。これが最近できた方の温泉旅館らしい。

鳴神と骨山をむすぶ路線バスは一日三便しかない。シーズンには旅館のマイクロバスが、湯治客を鳴神まで送迎するのだろう。

三笠の勧めで予約しておいたのは古い方の旅館だ。どこにあるのか尋ねようとしても道には人通りもない。仕方なく車のスピードを落とし、左右に注意しながら進んでいく。山間の温泉町らしい風景はたちまち終わり、街灯の光も背後に消えた。

道路はまた狭く急になり、あたりから漆黒《しっこく》の闇が押しよせてくる。このまま山のなかに入ってしまうのではないか。不安な気持になりかけたとき前方に黄色の光点が見えた。どうやら懐中電灯の光らしい。

徐行して車をよせながら運転席の窓を開いた。顔の皮膚も凍りつきそうな寒気が車内に吹きこんでくる。ヘッドライトの光の輪に浮かんだのは和服姿の若い女で、やはり懐中電灯を手にしていた。

「鬼骨閣の者ですが、狩野先生から御紹介いただいた方でしょうか」

「そうです」

「こんな山奥までようこそ。わたくしどもの旅館は、こちらです」

女が道路から分かれる小道を指さし、小走りに進みはじめた。女の後ろ姿を追い、ステアリングを切って小道に入りこんでいく。

松と樺《かば》の林のあいだに続く砂利道を三十メートルほど徐行していくと、つきあたりに古びた和風建築の玄関が見えた。これでは旅館があるのに知らずに、通りすぎてしまう客もいることだろう。宿の女が道まで出て客を待っていた理由が判る。

女の指示で玄関前の車寄せに駐車する。後部席からボストンバッグを運びだしている女に言葉をかけた。

「寒いのに、申しわけありませんでした」

「いいえ。橋のうえに車のライトが見えたので出てみただけですから。そんなに長いこと、待っていたわけではありません」

この旅館からは、どうやら骨山橋やバス停の広場が眺められるらしい。広場から道は登りになり左手に大きく曲がっていた。骨山の集落を見おろす山腹に鬼骨閣は建てられているのだろう。

そのとき丁寧な挨拶の言葉が聞こえた。まだ娘らしい雰囲気の若い女が手荷物をかかえ、小走りに進みはじめる。女将《おかみ》らしい年配の女がふかぶかと玄関先で頭をさげていた。

ひなびた山村の旅館とは思えない、格式のある玄関広間だ。そこから長い廊下をたどって客室まで案内された。

客室は二間続きで、それぞれ二十畳もある。さすがに古めかしいが立派な造りの座敷だ。歳月で艶《つや》のでた柱も太く、堂々とした印象をあたえる。

奥の間にはもう布団が敷かれているらしい。どちらの部屋も大型の灯油ヒーターで充分に温められていた。居間には炬燵《こたつ》があり茶菓が用意されていた。

風呂はあとにするというと、じきに夕食になる。料理は会席風で、一度に二品ほどが順に運ばれてきた。煮物、焼物、汁物のいずれにも山菜や川魚、野生の鳥獣肉のひなびた味わいがある。膳《ぜん》を運んでくるのは先ほどの若い女で、給仕は女将がじきじきにあたる。

「わざわざすみませんね」

女将に声をかけると、年輩の女が手をふりながら応《こた》えた。

「いいえ。今夜のお客さまは宗像さまおひとりですもの」

そういえば玄関前の駐車場にも客が乗りつけてきたらしい車はなかった。やはりシーズンオフということなのだろう。

雀《すずめ》の天麩羅《てんぷら》をつまみながら熱燗《あつかん》にした地酒を舐める。朝の八時から十時間以上もの長距離ドライブで芯まで疲労していた。心地よく酔うにつれ、肩や背や全身のこわばりがゆるゆると溶けはじめる。

五十代なかばに見える女将が二重顎をふるわせ愛想よく微笑しながら、あれこれと語りかけてくる。肥満体だが膳の世話をする身ごなしには無駄がない。

「狩野先生、お元気でしょうか」

女将にほとんど訛《なまり》のない標準語で尋ねられる。テレビの普及のせいか、いまではどんな田舎でも相手を東京者とみれば標準語で話しかけてくる。

「狩野先生の紹介でうかがいましたが、先生とは直接の面識がないんです。親しい編集者が先生の教え子だという縁で、宿をお願いすることになりました」

「そうでしたか。先生から電話をいただいたのは、ずいぶんと久しぶりのことでしたのよ。還暦をむかえられるまでは、毎年かならず骨山においでbeing でしたが」

「先生は、古くからのお客だったんですか」

女将は「それはもう」といいながら大仰な身ぶりで口許を隠した。どうやら袖《そで》で忍び笑いをおさえているらしい。

「わたしが子供のときからですもの。先生もそのころはまだ学生さんでした。うちの爺《じい》さまに昔話させては懸命に帳面に書き写していたものです。いまでもそんな先生の様子をよく覚えていますわ」

「そうなんですか。ぼくも、鬼首《おにこうべ》のことを書いた狩野先生の本を鞄に入れてきました。骨山にいるうちに、ぜひ読んでみたいものです」

新しい料理が運ばれしばらくは座に沈黙がおりた。川魚の塩焼きを骨にしていると、女将が問いかけてくる。

「狩野先生から、お客さまの滞在は一週間ほどの予定とうかがいました。こんな山奥ではなんのおもてなしもできませんが。雪の降る季節では宴席に旬のものも用意できませんし」

「いいえ、ぼくにはこれで充分おいしい。感激しました。明日もおなじ品ぞろえで頼みたいほどです」

それは嘘ではない。次々と供される山里風の料理は、帰国してから口にした和風料理のなかでも一番といえる味だ。女将は邪気のない目で、しかし痛いことを問いかけてくる。

「お客さまは小説をお書きになる方だとか。それで本をお書きになるため、こんな山奥に逗《とう》留《りゅう》する気になられたのですね」

「……まあ、そうです」

こう呟きながら、嘘だ、と思う。執筆などとんでもない。鞄のなかには一枚の原稿用紙さえないのだ。だが女将は本気で感心している。

「まだ若いのに、お偉いこと。戦前には鬼骨閣にも、東京から学者さんや文士の方などがよくみえられたということです。でも、わたしの代になってからは狩野先生くらいだわ。東京の先生がお客でみえるのは」

「戦前からの旅館なんですか、鬼骨閣は」

「そうです。このあたりの山を残らず持っている旧家から戦前に趣味人というか、面白いお人がでましたの。その石裂《せきれつ》先生という名前のお人が、東京の知人を接待するため庄屋《しょうや》屋敷を改装して旅館にしたというのが鬼骨閣の由来です」

「庄屋屋敷を旅館に改装したんですか。ということは、自分の屋敷を新築したわけですね」

「それはそれは豪勢な屋敷を建てられたということですわ。父の話では東京にもないような石造りの西洋館だといいますもの」

「あなたは見たことがないんですか」

いつか詰問めいた口調になっていた。女将が奇妙な表情でのろのろと首をふる。喋りすぎたことを後悔しているのかもしれない。動揺している女将をさらに問いつめる。

「新しい屋敷は、骨山にあるわけじゃないんですね。では、どこにあるんですか」

「……鬼首に」

運ばれてきたばかりの銚子《ちょうし》を袖でとりあげ熱い地酒を杯にそそぎながら、女将が仕方なしに答える。

「鬼首というのは、この骨山温泉から、さらに山奥にある秘境だということですが」

「いつだったか狩野先生が教えてくれました。千年も昔には鳴神村全体が鬼首と呼ばれていた。明治より前はこの骨山も鬼首にふくまれていた。鬼首という地名がいまの字鬼首——わたしたちはオニコベノゴウと呼んでいますが——にまで小さくなったのは、たかだか百年ほど前のことにすぎないと。

爺さまの話では、骨山にある家はみな分家だとのこと。本家はどの家もほんとうは鬼首にあるとか。骨山の庄屋の家に生まれた石裂先生は、ご先祖の墓があるという鬼首に新しい屋敷を建てられた。そう聞いています」

「骨山温泉の人たちは、鬼首まで行くことはないんですか。行けば、新しい屋敷も見物できるはずなのに」

「若い者が遊び心で出かけることはあります。湯治客の方が好奇心で山に入ることもあります。でも、わたしみたいな歳の者は自分から鬼首には行きません。子供のとき爺さまにクロサマの昔話を聞かされて、ほんとうに怖い思いをしたからかもしれませんが」

ようするに鬼首はタブーの地ということなのだろう。骨山温泉から歩けば八時間だが、車の通れる林道があるはずだ。車を使えば一時間ほどで行きつける。事実、鬼首の住人は骨山まで、買い物や郵便物の受けとりのため車で山を降りてくるというのだ。

それなのに女将もおなじ年代の村人たちも、鬼首には足を踏みいれたことがないという。湯治客など村人でない連中の方が、わりあい平気で鬼首見物にでかけていくらしい。

「ぼくも明日、鬼首見物に行こうかな」

独語のように呟いてみた。予想したとおり女将の顔色が変わる。

「およしなさい、お客さん。湯治客のなかには鬼首まで車で行こうとして、たいへんな目にあった人が多いんです。事故で死んだ人もいるんですよ。無事に行きつけても壊れかけた古い農家があるだけで、なんの面白みもありはしない」

「でも、立派な屋敷がある」

「いいえ。だれもお屋敷には近づけません。なんとか鬼首まで行けても、遠くからお屋敷を見るのさえ難しいんです」

「どうして」

質問は沈黙でむかえられた。これ以上、女将は鬼首について語る気がないらしい。白けた顔で、あわただしく皿や小鉢を片づけはじめていた。

食事は終わり卓は綺麗に片づけられている。鞄から出したリカールを運ばせた氷水で割り、かすかに黄味をおびた白い酒を啜りはじめる。普通はアペリチフで飲む酒だが気にすることはない。

寝るには早い時刻だ。それにこのままでは眠れそうもない。いくつもの謎が脳髄で激しく渦を巻いている。

女将から聞きだした話や三笠から聞かされた話を整理してみよう。このあたりの山林を残らず所有している明治以前からの旧家が、どうやら骨山にはあるらしい。昔は庄屋の家柄だったともいう。

この家から戦前に石裂——たぶん号だろうが——と称する人物がでた。この人物は先祖以来の屋敷を旅館に改装し、他方で鬼首の山中に新しい屋敷を建てた。鬼首を本拠とする一族は古代、鳴神にまでおよぶ広大な領域を支配していたという。それが時代を下るにつれ零落し、いまでは鬼首郷も廃村寸前という有様らしい。

鉄道駅のある鳴神の町ではともかく骨山温泉まで山に入ると、太古の鬼首の威勢はなお老人たちの記憶に残されている。骨山では——黒俣川下流の集落でもおなじかもしれないが——鬼首はタブーの地なのだ。祖先の地であるゆえに、みだりに立ちいることが許されないタブーの地。

タブーにはたぶん、「クロサマ」にまつわる伝承も関係している。それについては狩野教授の著書が参考になるだろう。

石裂の新屋敷があるという鬼首はタブーによって地元民の侵入を阻止しているだけでなく、観光客などの余所者《よそもの》が入りこむことも可能なかぎり拒んでいる。しばしば倒木や巨石のために林道が塞《ふさ》がれ途中でひき返さなければならない訪問者がほとんどだし、ときには不慮の事故で死者がでることさえある。

それでも鬼首に立ちいろうとする者を完璧に阻止するわけにはいかない。なんらかの公的な資格がある人間――戸籍問題や福祉問題で訪れる鳴神の役場の職員、観光客の遭難事故についての調査しにくる警官、等々――は、こともなく鬼首訪問に成功している。

そうした人々の話では鬼首は壊れかけた古い農家があるだけの、廃村寸前の小集落にすぎない。戸数は八戸、人口は三十人ほど。

明治憲法では納税、兵役、教育が国民の三大義務とされていた。鬼首の村人は国民の三大義務を果たしていたのだろうか。国家の方がとくに問題にしなかったところを見ると、義務遂行という体裁だけは保っていたらしい。戦前には鬼首にも分教場があったし、鬼首出身者で戦死した者もいる。

最近は秘湯ブームで東京の客さえ少なくない温泉場から、歩いてもせいぜい八時間という山中に、そんな秘境があるとは信じられない。ほんとうにそこが、少年の日に訪れたことのあるオニコベノゴウなのだろうか。

冷たい酒をふくみ、卓上からホチキスでとめられた数枚の紙片をとりあげる。昨日、三笠が届けてくれた『昏い天使』の文庫解説のゲラだ。筆者は河野英嗣《こうのえいじ》。文芸書房新人賞の選考委員で本業はフランス文学者だが、日本の幻想文学にも造詣《ぞうけい》が深い文芸評論家だ。去年からは全国紙の文芸時評を担当している。解説は次のように書きだされていた。

　永遠の時、黄金の時、至福の時……。こうした言葉が、いまほど虚《むな》しい印象を誘うような時代は、かつてない。時代のキイワードは差異であり、戯《たわむ》れであり、脱構築であり、リゾームである。とりわけ、本邦特有のモード的変奏がほどこされたそれらである。たとえ微温的なモードであるからといって、教条左翼さながらに勇ましく拳《こぶし》を振りあげ、ドゥルーズの真意は、デリダの真意は違うところにある、日本で流行しているのは、そこから批判性という毒をぬいて、ひたすら消費社会や天皇制国家に迎合するだけの言説にすぎないなどと、野暮なことはいうまい。

海の彼方では、永遠の時に固執するような精神こそが理性中心主義的で、西洋中心主義的で、男根中心主義的な抑圧権力の元凶であるという主張がなされ、それが周到な手つきで立証されてもいる。立証の手続きをはぶいて、結論だけ輸入するのがけしからんというわけにもいくまい。

それでも、これらの論者の著書を、二、三翻訳したこともある文芸愛好家としていいたいのだが、問題はそれほど単純ではない。

永遠の時というイリュージョンを拒むことは、理性だとか、構築だとかを拒むより以上のことだ。そうではないだろうか。プラトン主義にことよせて、永遠の時を安直に否定されては困る。この手の論者は、概して西洋以外の文物に無知である。

永遠の時に憑かれることが、プラトン以来の形而上学《けいじじょう》的抑圧に加担することであると主張したいなら、ヘレニズムともヘブライズムとも直接には関係のないインドや中国の古代哲学を、アフリカやアメリカの原住民の神話や伝承を、残らずおなじ論法で否定してもらいたいものだと思う。

そこには明らかに、理性とも近代とも西洋とも無縁に模索された永遠の時のイリュージョンがある。

永遠の時は、人類のあらゆる美的・宗教的活動の根底にあるオブセッションである。それを否認することも、あるいは可能かもしれない。だが論者はそのとき、ヒューマニティというような近代的に限定されたものではない、おそらく氷河期以来の「人間」の概念を安直に足蹴《あしげ》にしているのではないだろうか。

そうした蛮勇の持ち主には、それぞれの運命をたどってもらうべきだろう。だが、たとえ権力や抑圧という汚点と無縁でありえなかったにせよ、決してそこには還元されえない種類の果敢な探究の系譜が存在する。ダンテ、ゲーテ、ドストエフスキイ、プルーストと、鬼面人を驚かすような人名をあげるのも気がひけるが、近代文学という限定された世界においてであれ、永遠の時という探究の系譜は歴然としている。そして『昏い天使』という作品もまた、このような探究の末流に位置すべき冒険的な試みというべきである。

作品の構造は、ゲーテよりもダンテを、ドストエフスキイよりもプルーストを思わせる。フランス留学十年という経歴からして、おそらく本場で西洋文学の精髄を学んだに違いない作者は、意図的にダンテとプルーストを重ねあわせる構成を選んだのかもしれない。

それでも『昏い天使』を読みながら浮かんできたのは、プルーストに続く、西洋文学最後のビッグネームともいうべきマイナー作家のことだった。マイナーなビッグネームとは矛盾のようだが、もちろんそれはカフカのことである。『昏い天使』の印象は、カフカの

『城』にあまりに似ているのだ。

パリに住む日本青年は、『マルテの手記』の主人公を思わせる、貧しい孤独な生活を送っている。だが、その中心には灼けつくような美的な渇望がある。彼の野望は、黄昏の館という言葉に象徴される永遠の時を、虚構の言語において、作品のただなかに回復するということだ。

青年はある日、理解できない運命に翻弄《ほんろう》され、乏しい財産のすべてを奪われてしまう。この設定は重要だ。貨幣は、私と社会を結ぶための、現代では普遍的な絆《きずな》だろう。財産の喪失という事件は、主人公の青年が社会の軛《くびき》から解放されたことを意味している。あるいは追放されたことを。

おそらくコンピュータの誤作動で、ある日、青年の銀行預金残高はゼロということになる。青年は銀行員を相手に、日本の大使館員やパリの警察官を相手に、延々と続く徒労に似た交渉を強いられるのだが、この経過はカフカの『城』というよりも『審判』を思わせる。

ここまでは、高度情報社会のシステムに翻弄される滑稽《こっけい》で惨めな主人公を描いているのだが、作者により狙《ねら》いをつけられた真の主題は、そこから徐々に輪郭を明らかにしていく。

理由の判らない財産喪失事件は、あくまでも青年に、イニシエーションの旅にでる資格をもたらすため作者の手で設定されているのだ。そのために青年は、貨幣という社会との絆を失わなければならない。

無一文になった青年のまえに、いわば導師の役をふられて、異様なまでに蠱惑《こわく》的な女があらわれる。ジュリエットという美しい不良少女は、いかにもアンビバレンツに描かれている。そこには秘教的ともいえる美の象徴と、おぞましい背徳の誘惑が、ともに背反しつつ共存している。

一方でジュリエットは、ホームから地下鉄の線路におちたカンボジア人の幼児を、命がけで救うよう主人公に命じる。しかし他方で、貧しい娼婦《しょうふ》を暗闇に連れこみ、その子宮を鋭利なナイフで抉るようにも誘惑するのだ。

自分の命を賭金《かけきん》にした極限的な愛他的行為と、暴行、強奪、殺人という呪われた犯罪行為の数々。ジュリエットに魂を奪われた青年は、謎の女の操り人形さながらに、愛他的な善行と忌まわしい犯罪を繰り返すようになる。それだけではない。善と悪の激しい分裂に心身を裂かれることにより、奇怪な悦楽の境地を味わうようにさえなるのだ。

作品の前段は謎めいた財産喪失事件を、中段は青年とジュリエットの、このようなパリでの交渉を描くのに充《あ》てられている。そして後段は、自己分裂の極点で幻覚に憑かれ、病的な精神状態に陥った青年がジュリエットに導かれて、ブルターニュの古代遺跡を彷徨《ほうこう》するという筋だてになる。

ちなみに、作中に描かれたカルナックの古代遺跡は実在のものである。海辺の列石で、青年はついに天使の啓示をえる。いまや青年は、ジュリエットの正体を察している。この不思議な美女は、青年が求めてやまない永遠の時を、そこに参入するための鍵を衣の下に隠したこの世のものならぬ存在、つまり天使に違いないのだ。

ジュリエットという天使は、白く輝く天使ではない。彼女はあくまでも、作者が呼ぶように昏い天使である。なぜなら守護すべき男に、善行のみでなく悪行のかぎりを舐めつくすように強い、憎悪と苦悩と病んだ快楽の沼地にさえ案内するのだから。

ひときわ高い太古の石柱に舞いおりた天使は、震えて沈黙する青年に澄んだ声で告げる。汝はなお、生と死の秘密を知るには未熟にすぎる。わたしとともに天上の館、黄金色にまどろむ黄昏の館にむかうなら、その身は焼けただれ、瞬時にして消滅するだろう。永遠の時に呪われた者は、決して死ぬことがない。待つがよい、百年後、あるいは千年後に、ふたたび天使が降臨するそのときを、待つがよい……。

『昏い天使』の結末は、いかにも曖昧である。青年は身の消滅を覚悟して天使のあとを追ったのか。呪われた不死の身で、百年後、千年後の機会を待つことにしたのか。読者は、どちらとも判断しがたい象徴的な描写の渦に巻きこまれ、そして作品は終わるのだ。

主人公の日本青年と化肉した天使ジュリエットとの関係は、パリ時代に関するかぎり、ヘッセの『荒野のおおかみ』に登場するハリー・ハラーとヘルミーネの関係に似ている。最後の天使昇天の場面は、バルザックの神秘的作品である『セラフィタ』を髣髴《ほうふつ》させる……。

だがこのように、先行作品との類似をあげつらうことに、さほどの意味はない。大切なのは『昏い天使』という作品が、先の言葉でいえばネアンデルタール人（とりわけネアンデルタール人にこだわるわけではない。シナントロプス・ペキネンシスでもピテカントロプス・エレクトスでも、もちろんかまわない）以来という人間存在の宿命そのものを、豊《ほう》饒《じょう》なイマジネーションでありありと描きだしている点にのみある。

近代的なヒューマニティに還元されえない人間の定義とは、いわば「存在の欠損」であり、不可能であると知りながら、それでも永遠の時めがけて決死のジャンプを敢行してしまう呪われた宿命である。

過去百年、あるいは千年にもわたり、読むにあたいする文学作品は例外なしに、飽くことなくおなじ主人公のおなじ運命を描いてきたともいえるだろう。作者など存在しないというポストモダンな文学理論は、とくに誤りではない。あらゆる文学作品は、ただひとりの主人公が遍歴するために造られた、仮設舞台の数々にすぎないのだから。

ダンテとファウスト。『失われた時を求めて』の話者と『城』のK。マルテとラスコーリニコフ。すべての主人公は、ようするにひとりなのだ。そこにはラマンチャの騎士から、パミラという名の小間使いまでがふくまれることだろう。

『昏い天使』の日本青年もまた、このようなヒーローやヒロインの、二十世紀末という時代における受肉にほかならない。彼の誕生は、無数の先行者の存在からして不可避の結果である。しかし、ポストモダンを自称するわたしたちの時代の乏しさを考慮するならば、なお彼が再生しえたという事実は一箇の奇跡でもある。

読者はそれを肝に銘じつつ、この幸運な作品にむかうべきだろう。疑いなく『昏い天使』は、二十世紀文学が十九世紀から継承した核心を、さらに来世紀にまで贈りとどけようと企てた、小さいながらも輝かしい黄金の連環のひとつである。

読み終えて、ゲラを卓上にもどした。文庫解説としては比較的長文といえる。内容にもとくに不満はない。もちろん自分がダンテやゲーテに対照されるような天才だとは思わないが、それは解説者の修辞というものだろう。まずは熱意のある解説文として、作者が感謝すべき文章だ。

それでも『昏い天使』を書いた本人としては、見のがせない箇所が二、三ある。解説の筆者の責任でないことはもちろんだ。それはただ、作者自身にのみ関係する私的な事情にすぎない。『昏い天使』のため不可欠の資料として活用されたのが、フランス滞在時代の日記だった。日記といっても大判ノート一冊だけで、それほどの量ではない。ノートは頁のほとんどが、日付のあるフランス文で埋めつくされていた。それでも前後十年にわたる滞仏記録としては少なすぎる。

もともと日記をつけるような習慣はなかった。日本にいたときはもちろん十八歳で渡仏してから大学を中退した二十三歳の春まで、日記をつけたような覚えもない。六年がかりでじきに卒業というところまで学業は進んでいた。語学のハンディを考慮してみれば、とくに悪い成績とはいえないだろう。

最初の二年ほどは語学能力に問題があり、ほとんど授業についていけなかったのだ。それでも二十歳をすぎるころには、言葉の困難はほぼ解消していた。結果としてフランス人の学生より余分な時間が多少必要だったとはいえ、二十三歳で卒業は目前というところまで漕《こ》ぎつけていた。

フランス文学一般、近代フランス文学、象徴主義文学運動。そしてマルセル・プルースト、とりわけ主著『失われた時を求めて』。学業が進むにつれて専攻分野はしだいに限定され、焦点が絞られていった。『失われた時を求めて』を主題にした小論文を完成し提出すれば、それで卒業証書は手にしえたはずだ。

論文のテーマは決まっていたし資料も充分に集めていた。小論文くらいなら書いて書けないはずはない。だがある日、書きかけの原稿もダンボール箱一杯の資料も残らず処分してしまった。

この作家について考えれば考えるほど、進めている作業が無意味に思われてきたのだ。書くべきなのは、いかに偉大であろうと他人である作家を主題にした研究論文などではありえない。「明日こそは、自分の小説を書きはじめよう」。作家はくりかえし日記にこう書きつけていた。しかし、どうしても書きはじめることができない。そしてまた日記には書きつけられる。「明日こそは……」と。

はてなく続いた苦悩と失意と絶望の土壌にこそ、黄金の時を回復する特権的な作品はやがて芽ばえたのだ。高校生いや中学生のころから一篇の小説を書きたいと念願していた。『黄昏の館』というタイトルだけがいつからとなく決められていた。

九歳のときに体験したあの至福の一夏を、自分が編みあげる言葉の森のなかに再現し、そして封じこめる。そのほかに生きて存在することの意味はないという切迫した気分が、プルーストを読むにつれ確固たる信念にまで成長したのだ。

であれば『失われた時を求めて』について書くのでなく、なによりも自分のための『失われた時を求めて』に着手すべきではないか。「明日こそは……」というプルーストの日記の言葉に刻まれている、熱望と失意の果てない交錯をこそ、まず今日から自身に課すべきではないのか。

論文を放棄すること、そして大学をやめること。それは夢想の書物に接近するため課せられている、避けられない試練であるとさえ思われた。

エコール通りの大学事務所に中退届けを提出したあと、その足でサン・ミッシェル広場にある文房具店に行き新しいノートを買った。翌日から書かれるべき小説のために日記をつけはじめるつもりで。

横浜の土地と家を売った金はまだ半分以上も残っていた。これまでのように学生とおなじ質素な生活を続けていくなら、あと五年は充分に暮らしていけるはずだ。どんな迂回《うかい》も妥協も自分に許すことなく、一冊の本を書くことのみに専念する線のように単純な生活をはじめること。

しかしまもなく、決意してはじめた純粋に小説を書くためだけの生活は、異様な事件のため土台から破壊されてしまう。ある日、オペラ通り裏にある銀行の窓口で、女子行員から預金残高がゼロだということを告げられたのだ。

そんなわけはない。以後五年もの生活を支えるだけの預金が確実に残っているはずなのだ。そう主張してもフランスの銀行には通帳というシステムがない。残高が打ちこまれた通帳を振りかざすこともできず、その日は不安な気持で行員に預金データの再調査を頼みこむだけに終わった。

夏のあいだは、ほとんど『昏い天使』に書いたのとおなじ災厄の渦のなかでもがいていた。バカンスの時期でがらんとした暑苦しいパリの街の無愛想な窓口から窓口へと、官僚機構の迷路のなかを山ほどの書類をかかえて、無意味にうろつき廻らなければならなかった。日記にはこれまで一度も顔をあわせる必要がなかった種類の人間たち、銀行員やさまざまな種類の役人相手の会見記録が残されている。その記録は自身の記憶ともよく一致する。不可解なシステムの作用で強奪された預金が手元にもどることなどもうありえないという不吉な結論が、いつか疑いがたいものになった。懐中にあるのは数枚の五百フラン札だけ。バゲットだけを齧《かじ》っていれば、あと何カ月かは生きのびられるかもしれない。だが家賃を払い続けることはできない。

生まれてはじめて逃れがたい生活苦に直面し、神経はいつか蒼黒《あおぐろ》く病みはじめていたのかもしれない。狭い屋根裏部屋に閉じこもり安酒を浴びるように飲み続けた。不安を忘れるためアルコールに依存するという悪癖は、あの時期にはじまったのだ。

寝ているとき以外は飲み続けていた、ひどい酒浸り生活のせいだろうか。それとも不安と疲労と強迫観念のため、精神に狂いが生じはじめていたのだろうか。そのあたりから、記憶に空白や隙間《すきま》がみられるようになる。『昏い天使』では、そこにジュリエットという不良少女が登場するのだが。

だがジュリエット、きみは生身の女として、ほんとうに存在したのか。考えても考えても脱落だらけの記憶が頼りでは、なにが現実でなにが妄想だったのか少しも明瞭《めいりょう》にならない。日記には確かにジュリエットのことが書かれている。そこには曖昧に混濁した記憶の断片と符合するところもある。

だがそれもまた、『審判』のヨーゼフ・Kのようにシステムの複雑な迷路に踏みまよい意思を砕かれ、疲労困憊《こんぱい》し、酒浸りのはてに幻想を現実ととり違えるほど衰弱した頭脳の産物なのかもしれない。狂いはじめた意識が分泌した、奇怪な妄想にすぎないというのは充分にありうることだ。

翌年の夏にロリアン郊外の館《やかた》——海を見おろす崖《がけ》の上に建てられた精神病院だった——で、手元に残された日記を参照しつつ『昏い天使』を書きはじめたとき、あくまでも自分は混濁し脈絡の乱れた記憶をとり戻そうとしていたのだ。創作それ自体が目的だったのではない。『昏い天使』の前半は、システムに翻弄される卑小な個人の運命を自分の体験に即して書いたものだ。それは確かなことだ。事実そのままではないが、作中に登場する「銀行員」や「警官」や「大使館員」にはモデルがいる。かれらの言動を幻想的な手法でデフォルメすることにより、作中にそれら虚構の人物が生じた。

しかしジュリエットが登場するあたりから、すべては曖昧になる。本人でも虚実をさだめがたい日記の記述に、ふと思い出された光景や心象や気分などを重ねあわせるようにして『昏い天使』の後半部分は書かれた。

他人の証言で客観的に確認できたのは、その年の九月に長年住んだ下宿をひき払い突然に姿を消したこと、十二月にブルターニュの海岸で錯乱しているのを発見されたこと。ようするに、それだけだ。

二十四歳の誕生日をふくむ四カ月のあいだ、自分がどこでなにをしていたのかまるで判らない。もちろん手元に日記はある。だが日記の記述では人名や地名などが故意に隠されていて、それを頼りに失われた四カ月の出来事を客観的に再構成することなど不可能なのだ。日記の文章はすでにそれ自体が虚構なのかもしれない。そのころなおも小説を書こうと努力していたのであれば、日記に創作の断片を書きつけていたとしても不自然ではない。かりに日記が小説なのだとしても、とても完成された作品とは評価できない。いまだ作品としての骨格をあたえられてはいない、断片的な描写や独白の集積にすぎないのだ。『昏い天使』の後半部分は曖昧な日記の記述を話者の視点から大幅に整理し、構成上必要のない部分を削り欠けた部分を想像でおぎない、浮かんできたエピソードをつけくわえて日本語の小説の文体で語りなおしたものだ。

錯乱状態で発見されてから、さらに半年以上ものあいだ輪郭の鮮明な記憶はない。それから、失われた時を回復するために『昏い天使』を書きはじめたのだ。

文庫解説では、このような特殊事情が考慮されていない。もちろんそれで執筆者を責めるというのは筋が通らない。作品が成立した経過について熟知しているのは、『昏い天使』の新人賞応募を勧めてくれた首藤という日本人医師ひとりだけなのだから。

医師は一種の自己治療として、創作を課題にするよう命じたのだ。日記の記述と曖昧な記憶の断片をつづりあわせること。それが記憶の回復に効果的かもしれないと、治療者の立場から期待したのだろう。

完成した『昏い天使』を読んで医師は落ちついた口調で告げた。「これできみも、幻覚を虚構の世界に封じこめるのに成功したわけだ。記憶が充分に回復しなくても、それはそれでいい。きみの頭のなかでは現実とも妄想とも判別できない、ジュリエットという魅惑的な少女もまた、こうして虚構の人物にみごとに再構成された。これでもう、きみは失われた記憶に悩まされることはないだろう」

医師の言葉の意味はそれなりに理解できる。真なのか偽なのか判らない曖昧な記憶だが、それは現実よりも現実的な虚構の世界に統合されることで、真と偽の決定不可能な対立の地平を超える。

『昏い天使』という小説のなかに真偽さだかでない記憶の破片はうまく統合されたのだから、もう失われた記憶という強迫観念に悩まされることはない。日本人医師はそう語りかけてきたのだ。

現実でも幻想でもどちらでもいい。いまではそう思っている。医師の言葉によれば、ジュリエットという女が客観的に実在した証拠はない。たとえば遺跡にちかい海岸のホテルには、日記の記述でも朦朧《もうろう》とした記憶でもジュリエットと二人で泊まったはずなのに、実際には若い東洋人の男だけしか現れていないというのだ。

ジュリエットとはふいに生存の危機に陥った青年、人生経験の乏しい夢見がちな性格の青年が、過酷な現実から逃れるためにつくりだした幻影にすぎない。

もちろんどんな妄想にも心理的な根拠はある。だがジュリエットにまつわる幻影の根拠は、いまや小説作品のなかに対象化され封じこまれた。これできみは、ふたたび外の世界に出ていけるだけの心理的安定を回復した……。

医師の言葉を信じたい。いや、信じようと努めてきた。それでも白い幻覚がぬぐいえない不信を強いてくるのだ。

ロリアン郊外にある精神病院の窓から、マロニエの樹が植えられた中庭を見おろしている。中庭には冬にむかう服装をした若い女がいる。その女が二階の窓を見あげる。……ジュリエットだ。

ジュリエットだと確信した瞬間に、記憶のなかの映像はたちまち白く混濁していく。いつもそうなのだ。マロニエの樹のある光景もまた病者の妄想なのだろうか。だが、それは記憶がさだかでない入院初期のことではない。入院して一年近く、『昏い天使』を書きついでいたころのことだ。

石畳の中庭に職人の手が入りマロニエの樹が植えられたのは、その年の春のことだった。この事実は病院の記録でも証明されている。つまりマロニエの樹の下にいる女を見たのは、最初の秋ではなく翌年の秋ということだ。どう考えても、そうなる。

そのころには、いまとおなじくらいに精神状態も落ちついていた。なにしろ日々、小説の執筆に励んでいたくらいなのだ。いまよりももっと安定していたかもしれない。そんな自分が病院の窓からジュリエットの姿を目撃した。

問題なのはそれからの記憶が脱落していることだ。凶暴性のある精神錯乱の発作に襲われ、しばらくのあいだ病院の特別室に拘禁されていたという。その時期のことは記憶が曖昧で、確かなことはなにも覚えていない。主治医はそれを、精神障害からの回復過程にみられる一時的な退行現象だと説明していた。医師によれば、病室の窓からジュリエットの幻覚を見たという時点で、すでに精神錯乱の発作に襲われていたことになる。

発作は二週間ほどでおさまり、ふたたび『昏い天使』を執筆する日常生活にもどることができた。それでもマロニエの木陰からこちらを見あげているジュリエットの映像が、ときとしてあまりに鮮やかに甦るのだ。

やはりジュリエットは実在しているのではないか。曖昧な日記の記述と混濁した記憶のかけらに残されたあの半年の出来事もまた、やはり現実のことだったのではないか。ジュリエットにまつわる記憶を虚構のなかに封じこんで、それで精神的な健康を回復したと思いこんでいる自分は、たいへんな誤りを犯しているのではないか……。

白い幻覚を見るたびにどうしようもなく、こんな不気味な疑惑にとらわれてしまう。ほんとうのところは、どうなのだろう。ジュリエットは存在するのか、それともしないのか。

考えあぐねて炬燵から足をぬき、タオルを手に廊下に出た。三合ほどの日本酒と二、三杯のリカールだ。酔うにはまだ早すぎる。女将の説明を思いだしながら、さむざむしく人気《ひとけ》ない廊下をたどり短い階段を降りた。まもなく浴場に着く。

浴場は男湯と女湯、それに露天風呂に分かれているらしい。露天風呂は混浴だというが、どのみち客は自分ひとりきりだ。この深夜に旅館の者が、わざわざ露天で入浴していることもあるまい。そのまま備えつけのサンダルをはき、木戸から表にでる。

十一月とは思えない寒気に全身がぎりぎりと締めつけられた。常夜灯の黄色い光に、踏み石のある小道がぼんやりと浮かんでいる。踏み石のあいだには数日まえの残雪が白く凍りついている。平たい踏み石に木のサンダルを鳴らして小走りに進んだ。

小道の突きあたりに脱衣場らしい粗末な小屋がある。自然石を組みあわせた階段の下は濛々《もうもう》とした湯気に隠されていた。階段を降りれば湯壺《ゆつぼ》になる。

帯をとき丹前を脱ぎすてる。膚がそうけだつ寒気のなか濡れて滑りやすい石段を駆けおりて、跳びこむように湯に身を沈めた。冷えきった膚が心地よく痺れはじめる。寒気のため縮んでいた血管がゆるみ、凍えた手足の先がじんじんする。

熱い湯と凍《い》てつく大気が触れあい、大地の窪《くぼ》みに造られた湯壺には白い湯煙が濛々とたちこめていた。タオルを湯壺の縁におき顎まで熱い湯に浸していく。

どれくらいのあいだ温泉に身を沈めていたろう。湯のなかにいるかぎり夜の寒気はぴたりと遮断され、全身が心地よいぬくみのなかに溶けだしていきそうだ。首から上を氷点下の外気にさらしているせいだろうか。かなりの長湯だが、もうしばらくは我慢できそうだ。

濡れタオルで汗ばんだ顔をぬぐう。そのとき湯のはねる音がした。露天風呂には先客がいたらしい。見るともなく白煙に鎖された湯壺の奥に目をやる。

かすかに湯面が揺れている。そろそろ上がろうと、先客が脱衣場にいたる石段をめざしているのだろう。岩の窪みに造られた湯壺に階段はひとつしかない。

湯壺に満ちた白い湯煙のなかに、朦朧とした人影が浮かびはじめた。蒸気の幕をかきわけるようにして近づいてくるシルエットは上半身だけだ。腹部から下は湯のなかに隠されている。

まもなく先客が湯気の奥から姿をあらわした。腕をのばせば触れられそうな距離だ。思わず息を呑んでしまう。人の気配を感じたのだろうか。濡れ髪をかきあげた若い女が裸身に熱い霧をまとい、こちらに頭をめぐらせる。

困惑して、湯壺にかがんだまま後ずさりしていた。そんなつもりではないのに、女の裸身を盗み見ていたなどと疑われたくはない。

長湯のせいで艶やかな膚がほのかに紅をおびている。綺麗なかたちの乳房、肩から腰にいたる流麗な線。若い女は全身から熱い湯滴をしたたらせ、海の泡から生まれたアフロディテのように膚をあらわにしている。

白煙の彼方に男の視線が隠れていることを察したのかもしれない。それでも女は恥じらう気配もなく、胸や腹を隠そうともしなかった。大胆に美しい裸身をさらしながら、不思議な微笑をのこして石段の方に消えていく。

視界をよぎる女の横顔に息を呑むように見いる。あの女だ。夕方、子供を連れて鳴神の駅から迎えの車に乗りこんだ、あの美貌《びぼう》の女に違いない……。

女が湯壺から石段をあがりはじめた。尻《しり》のふくらみが、すんなりした腿が、しだいに湯面からあらわれてくる。石段で身をかがめたとき、それまで隠されていた女の左肩に、一瞬だけ小さな赤い痣《あざ》を見たように思う。

消えた女の残像を追って湯に浸りながら茫然としていた。ふいの衝撃に混乱した思考が、輪郭のさだまらない自問の渦に巻きこまれていく。

鳴神駅で見た女に、なぜジュリエットとおなじ赤い痣があるんだ。百合のかたちをした赤い痣。なぜおなじ左肩に、おなじ百合形の痣があるんだ……。

酒気をおびたままの長湯にのぼせたのだろうか。あるいは異様な体験のせいだろうか。このままでは意識が昏くなりそうだ。それでも、もういちど自分の眼《め》で確かめてみないわけにはいかない。倒れそうな体で立ちあがり、よろよろと石段をあがる。浴衣ごと丹前を着こみ、帯を締めるのもそこそこに踏み石のある小道に踏みだした。

足をもつれさせて倒れこみ、また身を起こし、なかば這うようにして浴場の入口までたどりついた。体重をかけるようにして板戸を押しあけ、浴場から廊下に転げでる。

だがそこには、燭光《しょっこう》のよわい常夜灯で薄ぼんやりと照らされた、さむざむしい廊下が続いているばかりだ。謎の女はどこにも見あたらない。

動悸が激しく体を立てていることができない。首筋のあたりが虚ろで全身から力が抜けていく。膝《ひざ》が折れ、そのままずるずると冷たい廊下に崩れおちた。頼りなく薄れていく意識に、赤い百合形の印だけが鮮やかに刻まれている。

5

野鳥の羽ばたく音でふいに目覚めた。脳裏にはまだ呪わしい悪夢のかけらが漂っている。淫蕩にくねるジュリエットの裸身、白い膚に刻印された不吉な赤痣。ひどくうなされていたらしい。全身が汗まみれだ。

昏い日光が障子から弱々しく差しこんでいる。布団のなかから片腕だけを伸ばし、枕元の時計をとる。十時になろうとしていた。どんな旅館でも朝は早い。起こされずにすんだのは、あらかじめ女将に、朝食は遠慮したいと告げておいたからだろう。布団も自分で上げるから気をつかわないでほしいと。

酔いつぶれて、ようやく明け方に眠りにつくような生活を続けてきた三十男に、朝七時や八時から供される食事など負担以外のなにものでもない。目覚めの曖昧な気分に浸りながら、しばらく布団のなかであれこれと考えていた。

どれほどのあいだ冷たい廊下で昏睡《こんすい》していたのだろう。意識をとりもどした時は、全身が無感覚になるほど冷えきっていた。古い旅館のことで、暖房されていない廊下や空き部屋は明け方には屋内でも氷点下になる。

もしも目覚めなければ、あのまま凍死していたかもしれない。這うようにして部屋にもどり、炬燵にもぐりこめたのが幸運というものだ。

これからは注意しなければならないと思う。母方の家系には高血圧体質の遺伝がある。祖父は脳動脈が破裂して死んだというし、母もまた脳溢血で倒れ半年もしないうちに死んだのだ。

それでも納得できない気分が残る。泥酔して入浴したとしても、昨夜のように昏倒したという記憶などこれまでに一度もないのだ。それに昨夜は、飲んだともいえないほどの酒量だった。ウイスキーに換算すれば、せいぜいダブルで三杯というところだろう。

あのていどの酒で倒れるなど、どう考えてもありえないことだ。体の方に原因が見つからないなら心の領域を探ってみる以外にない。露天風呂で謎の女を目撃したという心理的衝撃が、一時的にせよ意識を喪失した、その直接の原因ではないだろうか。

鳴神の駅で子供を連れて高級車に乗りこんだ女。それに二十年前の記憶が自然に重ねられていた。まるで連れられている子供は自分であり、女は母親であるかのような幻覚。

九歳のとき母に連れられて降りた田舎の駅が鳴神駅に違いないと、いまでは確信している。頼りになるのは子供のときの曖昧な記憶だけで、他人を納得させられるような証拠など皆無であるにしても。

見る者にのしかかるように幾重にも重畳《ちょうじょう》する陰気な峰々《みねみね》。駅舎のかなたに連なり聳える国境山脈のシルエットは、まさに記憶に残るものに一致していた。

その衝撃的な発見が、現在に過去を重ねあわせる錯視を強いたのかもしれない。二十年前に母に連れられて鳴神駅を降りた自分。いま子供を連れて鳴神駅を降りてきた女。両者いずれもが駅前で見なれない高級車に乗りこんだのだとすれば、現実の光景に記憶の光景を重ねてしまった錯覚にも理由は見いだされるというべきではないか。

その女がふたたび骨山温泉の古い旅館で、濛々とした白い湯煙のなかにあらわれたのだ。女将は確か季節はずれの湯治客は、その夜ひとりきりだと洩らしていた。女将の言葉どおり旅館の駐車場には、客が乗ってきたとおぼしい車など一台も見あたらなかった。もちろん濃い銀色の高級セダンも。

百合形の赤い痣については、あまり考えないようにしよう。あれこそ長湯にのぼせた頭に、一瞬だけ浮かんだ幻覚ではないか。あるいは左肩に、よく似たかたちの痣をもつ女がいたとしても、それはそれで異様というほどの例外事ではない。

あれこれと布団のなかで考えていると、これから試みるべきことが頭のなかで徐々に輪郭をととのえはじめた。とにかく調べられるだけ調べてやろう。こう自分にいい聞かせ、布団から身を起こした。

古い旅館のため客室内に洗面の設備はない。浴衣を脱ぎシャツとジーンズを着ける。荒織りのセーターを頭からかぶり、タオルを手に部屋を出ようとする。そこで妙なものを見つけた。柱と襖《ふすま》のあいだに折られた紙片がはさまれているのだ。旅館の者が客を起こすまいと遠慮して、襖のあいだに伝言を残していったのだろうか。身をかがめて紙片をとりあげ、不審な気持で開いてみる。紙がすれてかすかな音をたてた。

鬼首にいくな。鬼首にいけば、クロサマの呪いのために狂い、そして死ぬことになる。

鬼首にいくな、東京に帰れ。

簡単な文面で署名はない。読みながら眉《まゆ》をひそめていた。鬼首行きを阻止するための警告状、あるいは脅迫状に違いない。しかし、いったいだれがどんなつもりで……。

冷たい水で顔を洗い口をすすいだ。そのあいだもあの時代がかった脅迫状の文章は脳裏を去らなかったが、午後の鬼首訪問をとりやめるような気にはなれない。

障子にさした光が重苦しく濁っていたのに無理はない。旅館の玄関から見あげると、空は暗澹とした鉛色の雲で切れ目なく分厚く覆われている。いつ雪がちらつきはじめても不思議ではない、いかにも不安定な空模様だ。

ブルゾンのポケットには、襖にはさまれていた無署名の脅迫状がある。鉛筆で書かれた稚拙《ちせつ》な文字で、どうみても女将の手になるものとは思えない。食事のときに見せられた会席の品書きは達者な筆文字だったが、女将は遠慮がちな口調で自分の手だと答えていた。

客の鬼首訪問をとめようとした女将だが、それだけで脅迫状の主だと考えるのには無理がある。あるいは女将にあやつられた人物の仕業だろうか。女将の指示があれば、脅迫状の文面くらい命じられたとおりに書く使用人など旅館にはいくらもいるはずだ。

他人とかかわることには異常なまでに臆病《おくびょう》な人間なのに、脅迫状にはそれほど動揺していない。午後に鬼首まで行くという決意はすこしも揺らいではいなかった。

身の危険について、わりあいに鈍感な性格なのかもしれない。肉体的な被害などなにほどのものでもない。正体のしれない人間から死ぬとか殺すとかいわれても、とくに怖ろしいとは感じない。

それは日々、いつ心が壊れるかもしれないという可能性を、異常なほど真剣に怖れて生きているせいかもしれない。そのため、ありうる物理的な危害にまで神経をまわす余裕がないのだ。それだけのことで、なにも勇敢だからというわけではない。

玄関前に停めたレオーネに乗りこみ、アクセルを二、三度踏みこんでからキイを廻してみる。不機嫌そうな唸り音をたてていたが、まもなくエンジンが始動した。これだけ冷えこんでいたのだから、そこそこの調子というべきだろう。

暖機運転の状態にしてレオーネを離れた。そのまま何気ないそぶりで旅館の建物を左に廻りこんでいく。

この旅館にも営業のために必要な車が二、三台はあるはずだ。玄関前にはレオーネしか停められていない。ということは、旅館の車を格納してある車庫がどこかにあるという結論になる。砂利敷の前庭に残るわだちを見れば、建物の左手に車庫があるらしいのはほぼ確実なことだ。

予想した位置にかなり大きなガレージが見えた。ガレージの裏手には旅館の建物よりこぢんまりしていても、やはり邸宅というにふさわしい大きな家がある。土塀にかこまれているが贅《ぜい》沢《たく》な和風建築ということだけは判る。あるいは旅館経営者の一族の住居なのかもしれない。

車庫に収納されている車は全部で四台。旅館のマイクロバス、四輪駆動の軽トラック、レンジローバー、それに銀鼠色のデイムラー・ダブルシックスだ。

知らぬまに頷いていた。やはりあの女は鬼骨閣に泊まっていたのだ。左肩の痣はともかく、鳴神駅で見た女が露天風呂にあらわれたことだけは幻覚でも妄想でもない。このイギリス車が証明しているように確かな事実なのだ。

そのとき建物の陰から和服を着た娘があらわれた。昨夜、旅館の前で迎えてくれた娘だった。両手に一杯、洗濯物をかかえている。あたりを散歩していた風をよそおい、さりげなく問いかけてみた。

「この車、昨日、鳴神の駅で見たような気がするんだけど。やはり鬼骨閣の車だったんですか」

「いいえ。それはお嬢さまの……」

なにげなく応えてから、娘は掌で口許《くちもと》をおさえた。どうやら禁句を口にしてしまったらしい。

「お嬢さんというのは、女将の娘さんですか。ずいぶん綺麗な人だ。ほんとうのことをいうと、昨日の夜に露天風呂で顔をあわせているんです」

しかし娘はもう答えようとする様子がない。顔を強張らせてうつむいたまま足早に消えていく。どんな秘密を隠しているにせよ、娘の態度はいかにも大袈裟《おおげさ》に思われた。女将に娘や孫がいるのだとしても客に隠すようなことではない。

いくら隠しても調べる気にさえなれば、女の正体はじきに判るはずだ。あの態度からみて旅館の使用人に聞くのは無理でも、骨山の村人のなかには英国製の高級車で送り迎えされている若い女の正体について、教えてくれる者がいないわけはない。

散策の足どりで玄関の方にもどりはじめた。そろそろエンジンも暖まっているころだ。

旅館の建物の角を廻ったところで、ぎくりとして足をとめた。レオーネの脇《わき》に見覚えのある男がいたのだ。昨日、デイムラーを運転していた初老の男に違いない。五十男は油の染みた布袋を手にして、陰険な目で威嚇《いかく》するようにひたすらこちらを凝視している。

視線の圧力に耐えながら一歩一歩、男の方に近づいていく。だが男はぷいと後ろをむき、そのまま足早に建物の右翼部の陰に姿を隠してしまう。脅迫状はあの男の仕業ではないだろうか。とくに理由はないが、ふとそんな気がした。

鬼骨閣を出て橋にちかい広場までもどる。昼食をすませてから鬼首をめざすつもりだった。バス停のあるコンクリート敷の広場には、いつ雪まじりになっても不思議でない木枯らしが遮るものなく吹きつけてくる。

まもなくバスの着く時刻なのだろう。待合室には土地者らしい五、六人の乗客がいて、凍りつきそうな強風を避けていた。バス停の裏手に一軒だけ雨戸をひらいて営業している店がある。寒空に幌《ほろ》さえかけられていないジープが店先に駐車していた。

それにしてもみすぼらしい店だった。手前が土産物売り場、奥が簡易食堂らしい。農家の土間を素人《しろうと》の手仕事で売り場に改装したという感じの、いかにも粗末な造りだった。建物自体が古びているうえ掃除もいきとどいていない。売り場では土産物のこけし人形が、埃まみれで大小まちまちに並んでいる。

傾いたテーブルが数脚と粗末な丸椅子《いす》があるだけの食堂。店内にいるのは汚れたジーンズに革ブルゾンという恰好《かっこう》の、いかにも頑健な体つきの中年男がひとりきりだ。労務者めいた風体の男は、脇目もふらずに熱そうなウドンを啜りこんでいる。屋内だというのに毛糸の帽子をかぶったままで、陽灼けした額に大粒の汗を滲ませていた。

店員が注文をとりに来るまで、隅のテーブルで待つことにする。しばらくして店の奥から、汚れた前かけで店の者とわかる老婆がのろのろと姿を見せた。下手な字で麺《めん》類や丼《どんぶり》物など料理名の書かれた短冊が、煤《すす》けた土壁に錆《さ》びた鋲《びょう》でとめられている。

注文を決めるため壁の短冊を眺めはじめた。小刻みに震える手で番茶をテーブルに置いてから、老婆が唐突に語りかけてきた。

「ウドンならできるけんど、ほかのもんは」

「ウドンでかまいません。少しばかり、話を聞きたいんですが」

老婆がこちらを皺《しわ》に埋もれて線のように細い眼で見ている。濁った眼には余所者にたいする拒絶的な光がある。気を励まして言葉を続けた。

「鬼骨閣のお嬢さんというのは、どういう人なんですか。女将の娘さんなんですか」

「……あれは、オニンゴじゃ。クロサマに呪われた女子《おなご》じゃ」

「オニンゴとは、クロサマとはなんですか」

たて続けの問いはみごとに黙殺された。背に拒むような雰囲気を滲ませて、老婆が店の奥に消えていく。もうこれ以上のことは聞きだせまい。

「あんた、東京からきたのかい」

戸口の方で人のよさそうな胴間声が響く。食事をすませ店を出ようとしている先客だった。不審な気分で顔をあげ、誘われるように頷いた。

「そいつを知りたければ、黒寺の和尚《おしよう》に聞いてみることだ。なんでも大変な物知りで、頼りになる男らしいぜ」

にやりと笑い、男が戸口から消えた。力強いエンジン音が轟《とどろ》き、そして遠ざかっていく。男がカーキ色のクライスラー車で走り去ったのだろう。

老婆が湯気のたつ丼をテーブルまで運んできた。音をたてて箸《はし》をわり、熱い湯気にむせながら自家製だというウドンを啜りはじめる。

オニンゴは鬼ん子かもしれない。しかしクロサマというのはなんだろう。黒様だろうか。脅迫状にも出てきた言葉だがどうもよく判らない。おまけに聞いた寺の名前も黒寺だ。たまたま店にいた男は、疑問があるなら黒寺の住職に尋ねればいいと忠告してくれた。黒寺というのは地元で使われている通称だろう。正式の名称は他にあるに違いない。

寺の所在なら調べればじきに判るはずだ。しかし男の言葉に従って住職に会うにしても、それは明日以降のことになる。雪が降りはじめる前に、とにかく鬼首の集落だけは見ておきたい。腕時計を眺めて席をたつ。まもなく一時だ。骨山から鬼首まで地図では二十キロほど。これから出かければ日暮れまでには骨山にもどれる。車が通れる道はあるのだから、中古レオーネでもなんとか行きつけるだろう。警戒すべきなのはあくまでも雪だ。

正午の天気予報では夜半から雪になるらしい。四輪駆動車でも地上高の低いレオーネだから、明日以降は鬼首まで行けなくなる可能性がある。とにかく今日のうちに、鬼首にあるという西洋館をひとめでも見ておきたい。

子供のときに降りた駅が鳴神であれば、記憶にあるオニコベノゴウという地名が、鳴神村の字鬼首だという可能性は充分にある。おまけにそこには戦前に造られた豪壮な洋館があるというのだ。その洋館こそ黄金の時が流れる黄昏の館そのものではないのだろうか……。

三笠に勧められ半信半疑で鳴神まできたのだが、あるいは黄昏の館を見つけだせるかもしれないという熱い予感が、いまでは意識の底で濃く渦巻きはじめている。真相はどうなのか。オニコベノゴウはほんとうに鳴神村字鬼首なのか。

一刻も早く鬼首に行きたい、古い洋館を目にしたいという胸苦しい渇望。鬼首訪問の予定を明日以降にくり延べるなどとてもできることではない。どんなことがあろうと今日のうちに、自分の眼で真相を確かめなければならない。

昨夜のようにバス停広場から坂道をあがり鬼骨閣を通りすぎると、まもなく舗装道路はとぎれた。ギアを四駆に入れて林道に乗りいれる。

左右から木の枝が、音をたてて車体をこする。狭い林道の中央は流水のため大きく抉られていた。大小の岩がころがり、倒木が道をなかば塞いでいるようなところもある。路肩には雪が残り、あるいは泥濘《でいねい》が凍結したような箇所もある。

しばしば岩角で車の底をこすった。ギアをローまで落とし、時速十キロ以下で慎重にステアリングを操作する。わずかでも運転を誤れば厄介なことになりそうだ。タイヤが溝にはまり進退に窮する結果にもなりかねない。

森のなかにはまだ雪が残っている。林道の路面状態は想像していたよりもはるかに悪い。地上高のあるオフロード車なら気楽だろうが、なにしろ八年前の中古セダンだ。いつ立往生しても不思議ではないが、それでも骨山にひき返すような気にはなれない。

とにかく行けるところまで行ってみよう。車が動かなくなったらそこから歩けばいい。骨山と鬼首の中間地点でも、どちらに向かうにせよ十キロほどしかない。下りなら二時間以内で骨山にもどれる。鬼首まで五キロ以内の地点で車が立往生したら、登り方向に歩けばよい。それでも二時間ほどで人家のあるところまでたどりつける計算だ。

雪が降りはじめるまではこのまま鬼首をめざす。少しでもちらつきはじめたら、そのときは骨山にひき返そう。この難路に雪ではどうにもならないからだ。フロントガラスから鉛色に凍りついた曇り空を見あげ、そう考えていた。

三時すぎに林道が渓谷の縁に達した。骨山温泉を流れる谷川の上流だろう。そこからコース最大の難所にさしかかる。

幅三メートルほどの、あちこち路肩の崩れかけた危険な道が続いている。左手は谷底まで切れおちる断崖《だんがい》、右手も岩の急斜面で、冬場には雪崩で埋めつくされそうな難所だ。道は山襞を縫い幾重にも弧を描いているから、谷沿いのルートを終点まで見通すことはできない。

車を停めて慎重に地図を検討した。林道の点線と川の実線が重なるように並行している箇所がある。地点は骨山まで十五キロ、鬼首まで五キロというあたりだ。並走部分を地図で見ると小指の爪《つめ》ほどの長さになる。距離は五百メートル前後とみていい。

かろうじて大型トラックでも通行できそうな道幅だから、普通のセダンが通るのに問題はない。気になるのは空模様で、雪が五ミリでも積もれば帰路ははなはだしく危険になる。さて、どうしようか。

行こう……。暗澹とたれこめる暗い雲を見あげながら、決意するように独語した。まだ二時半だし、ここはもう鬼首の入口にあたる地点なのだ。雪にさえならなければ、夜までに骨山にもどるのは充分に可能だろう。

ここのところは、雪は夜半からだという天気予報をとにかく信じることにしよう。一刻も早く鬼首にあるという西洋館にたどりつきたい。それが黄昏の館なのかどうか自分の眼で確かめなければ、今夜は落ちついて眠ることさえできそうにない。

自分に頷きかけてそっとアクセルを踏んだ。車体をできるだけ山側によせて慎重に前進していく。

渓谷に突きだした岩尾根を注意しながら廻りこんだ。廻りこんでみると、あたりには白い斑《はん》点《てん》があちこちに見える。岩尾根の日陰にあたるため路面に残雪が少なくないのだ。そこから先、道はかなり急な下り坂になっている。

このままではやはり危険だろう。残雪地帯の坂道に乗りいれるまえに、ここでチェーンを巻いた方がいい。こう考えて車を停めようとする。

あまりのことに愕然とした。フットブレーキがきかないのだ。ブレーキを床まで踏みこんだが、なおも車体は急坂をずり落ちていく。

じきに残雪が白く凍りついた地帯に前輪が乗りあげてしまう。左は谷底まで続く険しい断崖で、もちろんガードレールなどはない。考えるよりも早く左手が動いていた。猛烈な勢いでハンドブレーキが引かれる。なんとか停車した……。

だが安堵するいとまもない。ハンドブレーキは効いているが、それでもタイヤがずるりと滑る。がちがちに凍りついた雪のせいだ。崖縁にむけて、さらにずるりと滑る。

どうすることもできない。夢中でステアリングを右に切りながらアクセルを踏んでいた。心臓が喉から飛びだしそうになる。車体が滑り大きく回転しはじめたのだ。ハンドブレーキだ。ハンドブレーキを引いたことを忘れていた……。

フットブレーキを蹴とばすが、やはり効かない。冷たい汗で全身が濡れている。車体が横滑りしながら崖縁にじりじりと接近していく。不吉な衝撃を感じた。後輪のひとつが路肩から外れ、車の底が岩角にこすりつけられたのだ。

エンジンを切る。シートベルトを外す。運転席のドアに肩をあてるようにして、必死で車外に転げだした。左の足首に激痛がはしる。凍結した大地に叩きつけられて、関節がねじれたのかもしれない。

路面に転がり車の方を見た。レオーネが崖縁から大きく車体を乗りだしている。じきにバランスが崩れ、そして谷底に転落していく。谷底から巨人の槌音《つちおと》みたいな轟音《ごうおん》が吹きあげてきた。谷をわたる強風に、いつか白いものが混ざりはじめている。

傷ついた足をかばいつつ、のろのろと身を起こした。崖縁からのぞきこむと、レオーネの潰れた車体がなかば渓流に沈んでいるのが見えた。エンジンをとめなければ爆発炎上していたかもしれない。

事故の原因は、いうまでもなくフットブレーキの故障だ。ブレーキさえ作動していれば残雪に乗りあげる以前に車を停め、タイヤにチェーンを巻くこともできたろう。

しかしなぜ、それまで順調に機能していたブレーキがふいに壊れたりしたのか。脳裏に初老の男の陰険な顔が浮かんだ。デイムラーの運転手らしい男、そして旅館前の駐車場にいた男。あの男は油の染みた布袋を手にしていた。

工具袋を手にレオーネの横に立っていた男。あの男がブレーキになにか細工をしたのではないか。証拠はないが、そんな気がしてならない。

とにかく偶然の事故とは思えない。昨夜は旅館の女将に鬼首行きをとめられた。今朝は襖のあいだに脅迫状が残されていた。そして今度はブレーキの故障だ。何者かが、どんな理由でか自分の鬼首訪問を阻もうとしている。それだけは疑いないことだ。

小雪はたちまち横なぐりの吹雪にかわる。猛烈に痛む左足を引きずり、よろよろと鬼首の方に歩きはじめた。吹雪のなか十五キロ以上の山道を下るわけにはいかない。

あと二時間もしないうちに足下が見えなくなるだろう。懐中電灯は車と一緒に谷底に落ちた。吹雪の夜に山中で照明具がなければ進むことも退くこともできない。ようするに遭難ということになる。

たとえ登り道でもあと四キロほどなら、夜までに鬼首の集落までたどりつけるはずだ。心配なのは捻挫《ねんざ》したらしい左足だった。痛む足で四キロの山道を這いのぼることができるだろうか。早くも道は新雪に覆われはじめている。猛烈な寒気に膚が痛む。手袋も防寒着も車のなかで、吹雪の山道をセーター一枚という軽装なのだ。短靴が雪で濡れる。手先も足先もまもなく痺れはじめた。

急坂で靴が滑り雪のなかに倒れこんでしまう。全身凍えているのに左足首だけ激痛で燃えるように熱い。雪まみれで立ちあがり、また這うように進みはじめる。喉が、肺がひどく苦しい。胸郭のなかで暴れまわる心臓はいまにも爆発しそうだ。

ますます天候は悪化していく。強風が轟々と鳴りわたる。雪粒が猛烈に舞い狂う。視界は白い紗幕《しやまく》にさえぎられて、ほとんど前方を見わたすことができない。

吹雪の紗幕にいつか翳りが生じてきた。ポケットから腕時計をだしてみる。そろそろ四時半だ。一時間以上も雪のなかで悪戦苦闘してきたということになる。もう体力も限界だ。いつか雪に倒れこんで荒い息を吐いていた。

雪粒で濃密にみたされた空間に眼をこらしてみる。白濁した光景がぼんやりと浮かんでくる。

知らないうちに痛いほどきつく唇を噛《か》んでいた。林道がそこで二股《ふたまた》に分かれているのだ。もちろん標識らしいものなどない。

どちらが鬼首の集落にいたる道なのか。違う道に迷いこんでしまえば結果は破滅的だろう。まもなく日暮れなのだ。吹雪はますます激しい。

誤りに気づいても、分岐点にひき返して正しい道を選びなおし鬼首の集落までたどりつける余裕など、時間、天候、体力と気力、いずれにせよありはしないのだ。両腕で自分の体を抱き寒気に歯を鳴らしながら、どれくらいのあいだ雪に埋もれていたろう。

しだいに意識が朦朧としてくる。駄目だ、立ちあがらなければ駄目だ。自分にいいきかせてみるが体は思うように動かない。そんなことをしているうちにも、日没は刻々と迫りつつある。右でも左でもいい。いますぐに決断して、さっさと歩きはじめるんだ。

道を決められないというのが、口実にすぎないことは判っていた。もう一歩でも歩きたくない。とにかく動きたくない。その口実に分岐点を持ちだしているだけなのだ。

最後の力をふりしぼり、なんとか身を起こしはじめる。その瞬間、足首で灼熱するものが爆発した。全身が苦痛の炎に炙《あぶ》られ小刻みに痙攣《けいれん》する。左足をかばうように雪のなかに倒れこみ、きつく瞼をとじた。

捻挫している足が耐えられる負担の限界を超えたらしい。これから先は一歩も歩けそうにない。まもなく夜になる。ここで雪に埋もれたまま凍死するのかもしれない。そんな運命を考えてみても、寒気と疲労と苦痛に麻痺《まひ》した体はとても動いてくれそうにない。

知らないうちにうとうとしていたのかもしれない。ぼんやりしていた意識が、なにかの刺激で徐々に焦点を合わせはじめる。そう、音だ。鼓膜を連打する強風の轟きに、遠いドラムのような音が混ざりこんでいる。

音の聞こえる方にのろのろと頭をめぐらせた。吹雪の彼方に黄色い光の染みが滲んでいる。エンジン音はさらに近づき、ライトの強烈な光が白濁した空間を裂きはじめる。

どれほど努力しても立ちあがることができない。両手で雪をかき道路の中央まで這いだしていく。そこで路面に膝を突き、ようやく身を起こした。大きく腕をあげ必死で叫んだ。

吹雪の奥から英国製の四輪駆動車の鼻先があらわれる。膝だちで腕をふる遭難者のすがたを認めたのか、車体を震わせて静かに停止した。胸に安堵の念が満ち、体がまた雪道に崩れおちた。

「さあ、わたしに摑まりなさい。早く車に乗るのよ」

レンジローバーの運転者が頭上で叫んでいる。瞼をひらくと雪まみれのスノーブーツが、青いキルティングのオーバーズボンが見える。

毛皮の防寒着をつけた運転者が身をかがめ、こちらを覗きこんだ。フードになかば隠されている顔を目にした瞬間、衝撃のあまり唇から呻《うめ》き声が洩れていた。

「……あなたは」

錯覚ではない。鳴神駅の女、露天風呂の女だ。綺麗な眉を心配そうにしかめて、若い女がこちらを見つめている。女に腕をとられ、ようやく身を起こした。足首の激痛に渾身《こんしん》の力で耐えながら、車の方にのろのろと進みはじめた。

6

灰色の霧が頭蓋をみたして濃密に渦巻いている。霧のかなたに、記憶の底からあらわれた西洋館が曖昧な輪郭を滲ませはじめる。

いつか霧は風に吹かれて消え、館の壮大な全景が眺められるようになる。緑の蔦《つた》が這う高い石塀と唐草模様をえがいた鉄製の門。黒塗りの錬鉄門の後方には薄茶色の石材で造られた建築物が、左右に翼をひろげた伝説の巨鳥めいてはるかに聳えている。

門から館にいたる広い石畳道にはほぼ中央に矩形の池があり、噴水からは清冽《せいれつ》な飛沫《ひまつ》が吹きあげられている。石畳の左右にはギリシャ風の彫像が点々とならび、さらに芝生と花壇とが幾何学的に配置されている。

西の山稜《さんりょう》に沈もうとしている夕日が、あたりに惜しげもなく黄金の滴を撒きちらしていた。スレートぶきの屋根や切石の壁やフランス窓のガラスに、きらめく光の驟雨《しゅうう》がたえまなく降りそそいでいる。

黄昏の館は落日の豪奢《ごうしゃ》な炎につつまれ、光と影の華麗なまぼろしを織りあげていた。それは魂の深みに染みとおり、見る者を陶然とした心地に誘うほどのあまりに夢幻的な光景だ。

夕日は稜線のかなたに消え、いつか空が翳りはじめていた。影の微粒子が空中に漂いはじめ、それとともに館も庭園も穏やかな薄闇にひたされていく。

姉を呼ぶ幼女の叫び声が薄暮の庭園に遠くこだました。噴水のある池から館の正面階段をめざして、菫色《すみれ》のスカートの少女が走りはじめる。妹の声に応え懸命に駆けていく。薄闇に幼女の歓声がきれぎれに響きわたる。少女のしなやかな四肢が踊り、長い髪が風にながれる。黄昏の館の心象風景があざやかに甦る。二十年のあいだ意識と無意識のはざまでまどろんでいた黄昏の館の光景。

いつか空は暗鬱《あんうつ》に曇りはじめていた。可憐《かれん》な姉妹の声もいまはもう、どこからも聞こえてこない。まがまがしい唸り音をたて身を切るほどに冷たい風が吹きはじめる。草の香にみちた夏の黄昏から北風の吹きすさぶ晩秋の黄昏に、風景は一瞬のうちに変貌《へんぼう》していた。

雪まじりの強風が容赦なく叩きつけてくる。たちまち石畳道が、芝生が深い雪に埋もれていく。枯れた草花の残骸《ざんがい》に覆われた花壇も一面の雪で隠されてしまう。吹雪のなか鉛色の空を背景に聳えたつ館。破れた屋根と崩れかけた石壁。館はいつか不気味に荒廃していた。

荒れはてた廃墟《はいきょ》の印象。半円形の正面階段は雪と泥にまみれ、窓はどれも塗装の剝《は》げかけた鎧戸《よろいど》で厳重に鎖されている。そこに暖かい生活の気配はなく、人よりも魔物の棲《す》み家というにふさわしい古ぼけて陰気な館だった。

みずみずしい美女が、瞬時にして病みおとろえた老婆に変貌するという衝撃。夏そして冬と、脳裏に刻まれたふたつの黄昏の館はあまりに鋭角的な対照で、それに似た衝撃をもたらした。

吹雪が舞う暗澹とした夕空を背景に、荒廃した館がくろぐろと聳えている。正面玄関の階段のところに小さな女の子が蹲《うずくま》っていた。

この寒空に薄い夏服一枚きりだ。膚を凍えさせる寒気だけでなく、まがまがしい脅威からも身を守ろうとしているのだろうか。こきざみに震える肩を、ほそい両腕でしっかりと抱きしめている。

ひとりで山にでも迷いこんだのかもしれない。白い子供服はあちこちにかぎ裂きがある。泥に汚れているところもある。顔にも腕にも擦り傷があり、破れた皮膚には乾いた血がこびりついている。

なにかの気配を感じたように、おずおずと女の子が顔をあげた。稚《おさ》ない顔が涙によごれ、怯えに頬をひきつらせている。その眼《め》がまなじりの裂けるほどに見ひらかれた。無力な抵抗のため小さな拳が振りあげられる。そして全身の血が逆流するようなおぞましい悲鳴。

赤い霧が舞う。雪が、白い子供服が鮮血に染まる。吹雪のなかに怖ろしい絶叫が響きわたる。腥《なまぐさ》い血の奔流があたりを浸しはじめる。濃密な血の色の渦に巻きこまれ、意識がしだいに昏くなっていく。

夢と覚醒《かくせい》のはざまでまどろむ意識を、くりかえし揺りうごかすものがある。にぶい反響めいた異物感。どこからかコツコツと乾いた音が聞こえてくるのだ。寝室の扉がノックされているらしい。その音で目覚め、ぼんやりした気分のまま低い声で応えていた。

「どうぞ」

こめかみが鈍く痛み、全身に重苦しい疲労感がある。一滴の酒も飲んでいないのに、まるで宿酔《ふつかよい》の気分だ。悪夢にうなされていた記憶がぼんやりとある。昨日の黄昏時にレンジローバーの窓から見た、吹雪のなかに蹲る荒廃した西洋館の夢。

瞼をひらくと朝の白い光が室内に満ちていた。朝陽はレースのカーテンごしに差しこみ、二十畳ほどもある洋室をしらじらと照らしている。部屋には廊下に通じる扉と、それよりも少し小さな扉がある。第二の扉の奥は、この部屋専用の化粧室や浴室になっている。

それだけで目黒のアパートの床面積全体に匹敵するような、広い豪華な寝室だ。インテリアはアンピール様式を模しているのかもしれない。中央に天蓋のある大きな寝台、窓際に書きもの机、扉の方に安楽椅子が三脚とテーブル、壁には暖炉と鏡、それに洋服箪笥や飾り棚などがならんでいる。

家具はどれも飴色の鈍い光沢をおびている。年代ものだが贅沢で値のはりそうな品ばかりだ。たぶん戦前に輸入された西欧産の家具だろう。壁紙は緑色で白塗りの扉には金の縁どりがある。板張の床は磨きこまれ、幾何学模様のペルシャ絨毯《じゅうたん》が敷かれている。

銀色に塗られた蛇腹《じゃばら》状ヒーターは旧式だが、室内を効率的に暖房している。金属パイプのなかを通過していく熱い蒸気のため室温は汗ばむほどの高さだ。

長いこと使われていなかった部屋らしく、暑苦しい大気に埃の臭気が混ざりこんでいる。掃除はいき届いているがいかにも古めかしい部屋で、壁紙やカーテンに染みついた歳月の汚点までは隠しきれない。

「おはようございます」

挨拶の言葉とともに白い扉が開かれた。朝食のカートを押してエプロンを着けた小間使いらしい娘が入ってくる。まだ二十歳前の、ういういしい素朴な印象の娘だ。

上体を起こそうとして身動きした瞬間、捻挫した足首に激痛がはしり思わず顔をしかめてしまう。

それを見た娘が重ねた枕に背をもたせかけられるよう、無駄のない身ごなしで手を貸してくれた。この館には長く寝ついている病人がいるのではないか。看護に慣れているらしい娘の手つきから、ふとそんなふうに思う。

カートから寝台に皿や茶碗《ちゃわん》の載せられた盆が運ばれる。食事にかんするかぎり館の主人は大陸風の趣味ということらしい。メニューはパンとコーヒーだけで、朝食にも卵やハムの料理がつく英国風ではない。

食事の支度をすませ一礼してさがろうとする娘に、口ごもりながらも問いかけてしまう。

「とんだ面倒をかけてしまい、申しわけありません。できれば今日のうちにも、骨山温泉の宿にもどるつもりですが、麓まで行く自動車があれば便乗させてもらいたいんです。この足では、歩いて下山する自信がないものですから」

娘が窓辺に歩みより、からからと心地よい音をたててレースのカーテンを引いた。三階の窓からは、よく晴れた空の下に山深い雪景色が眺められる。

「ごらんのとおりです。昨日の雪で骨山にくだる道は通れません。まだ十一月で根雪にはなりませんから、二、三日すればいったんは解けるでしょう。食事が終わるころ佐伯《さえき》さんがみえるはずです。お客さまの希望があれば佐伯さんがうかがうはずですわ」

こんな言葉を残して娘は廊下に去った。空腹を覚え食事をはじめる。考えてみると昨日の昼食からなにも食べていないのだ。

熱いカフェ・オ・レを飲み焼きたてのパンを齧る。香ばしい、なかなか上質のパンだ。こんな山奥にパン屋があるわけはない。館のキッチンで焼かれたものだろう。

佐伯郁子《いくこ》というのは五十歳ほどに見える痩せた女で、邸《やしき》の家事をとりしきっている人物らしい。昨夜、捻挫した足首を湿布してくれたのも、どこか冷たい印象がある佐伯という家政婦だった。

レンジローバーが停まると、そこは古びた洋館の正面玄関だった。緒先咲耶と名のる若い女に肩を支えられ、苦痛をこらえながら一歩一歩、玄関前の階段をあがる。そこで咲耶は、迎えにでた家政婦にあとを託し、車に乗せていた三、四歳くらいの幼女の手をひいて広大な館の奥に消えた。

緒先咲耶という名前を聞いたとき、『昏い天使』の読書カードのことが頭に浮かんだ。住所まで一致しているのだから、まさか同名異人ということはあるまい。葉書を書いたのは、この若い女に違いないのだ。

三笠に見せられた葉書の女とは、吹雪のなかで倒れているところを救《たす》けられるより前に、すでに二回も顔を合わせていたことになる。鳴神の駅前と鬼骨閣の露天風呂と。こんな偶然には驚いたものだが、女の自己紹介に応えて宗像冬樹という名前を告げたときも、咲耶は憂い顔のまま美しい眉をひそめただけで無言だった。

読んだ覚えのある小説の作者だということに、とっさのことで思いあたらないのか。疲労困憊している相手を気づかい無用の質問でわずらわせることを遠慮したのか。あるいは本を読んだことも読者カードを出したことも、もちろん作者の名前もとうに忘れているのかもしれない。

和洋折衷《せっちゅう》ではない本格的な石造洋館で、屋内でも靴を脱ぐような必要はない。石壁に埋めこまれた小さな室内灯が、あたりに点々と黄色い光の輪をなげていた。それでも照明は充分でない。広大な玄関広間にも大理石の手摺《てすり》がある幅広の階段にも、あちこちにコールタールのような闇だまりが残されていた。

一歩、玄関広間に踏みこんだ瞬間のことだ。ふいに胸苦しい気分になり思わず足をとめていた。電灯の光に薄ぼんやりと照らされた陰気な広間。そこにはなにか不吉なものが、身ぶるいするほどに冷たいものが濃密によどんでいた。

新鮮な大気をもとめて喘《あえ》ぎたくなるほどの、ひえびえとして重苦しい雰囲気。外部の存在を拒絶する不気味な静寂。広間や階段の闇だまりには異形《いぎょう》のものが息をひそめて隠れ、悪意のまなざしで来訪者を監視しているのではないか。そんな薄気味悪さが館のいたるところに充満している。

三階の寝室で足首の治療が終わるころには、それでも激しい睡魔に襲われていた。遭難の危機からまぬがれたという安心感で精神の緊張がとけ、粘りつくような疲労感の渦に呑みこまれたのだろう。

夕食の勧めをことわり、ひとりになるとじきに音をたて寝台に倒れこんだ。暖房のきいた室内は心地よく捻挫の痛みさえも忘れて、そのまま眠りこんでしまったらしい。

だが熟睡できたとはいえない。幾度もひどい悪夢に襲われたような気がする。氷滴のように冷たい汗にまみれて目覚めかけたのも、一度や二度ではなかった。

ようやく黄昏の館にたどりついたのかもしれない。そんな気がしてならないのだ。昨日の夕方、吹雪のなかに浮かんだ石造建築は、遠い記憶にある黄昏の館とおなじような輪郭を見せていた。西欧の貴族の館にも見える豪壮な石造建築。

二十年前の夏の午後、母に連れられて下車したのは鳴神駅。高級車に乗せられて山道をたどり、夕刻に着いたのは鬼首の西洋館——つまりこの館だ。そう考えたいのだが依然として疑惑はのこる。

おなじ建物とは思えないほど、与える印象が二十年前とあまりに違うのだ。晩秋の夕暮、雪まじりの強風をあびて陰気に聳えたつ館は、廃墟のように人気なく荒涼としていた。そこに黄金の時が封じられているだろう異界の館と、惨めに崩れかけた石材の集積。あるいはすべてが錯覚にすぎないのかもしれない。

昨夜のうちに自己紹介はすませてある。しかしこの館の女たちが、宗像冬樹という名前に特別の感情をいだいた様子はない。女主人の咲耶だけでなく、家政婦の佐伯も素気ない初対面の挨拶を口にしただけだ。

『昏い天使』の読者カードのことを度外視すれば、若い緒先咲耶の場合にはそれも当然かもしれない。二十年前の咲耶はまだ五歳か六歳の幼女だったろう。五十歳ほどに見える家政婦の佐伯郁子なら、あの夏のことも記憶しているはずだ。もちろん当時から館で働いていたとしての話だが。

あの時に咲耶が五、六歳だったとしたら、自分には思いあたることがある。黄昏の館には、五歳と三歳くらいに見える愛らしい姉妹がいたのだ。おぼろげだが、その姉妹と遊んだような記憶もある。

重ねた枕にもたれコーヒー茶碗を手にして、あれこれと考えてみる。これからどうしたらいいのだろうか。

計算したわけではないが遭難の危険をおかした結果、鬼首の館の内部にごく自然に入りこむことができた。普通ならこうはいくまい。鬼骨閣の女将が語っていたように好奇心の旺盛な観光客でも、この館を見物することなどできないというのは充分に理由のあることなのだ。

分岐点を右に入り山道をしばらく登ると、頑丈そうなコンクリートの門柱とスチール製の門扉に行きあたる。そこから先は館の敷地ということらしい。

気象条件がよくても、招かれざる訪問者が車で入れるのはそこまでのことだ。徒歩で左右に廻りこもうとしても、あたりは密生した原生林で、いいかげんな気持では簡単に踏みこめるようなところではない。

おまけに門の奥には、何頭もの獰猛な番犬が放し飼いにされている。よほどの決意がないかぎり門から先に入りこむことはできそうにない。門扉は電動式で、専用のコントローラーを所持している者以外は開閉できない。

この門をぬけてさらに坂道をあがると、左右に高い石塀をつらねた館の正門にいたる。機能第一という印象の下の門にたいして、上の門はロココ風の錬鉄門で装飾用に造られたのだろう。

車で運よく下の門まで行けたとしても、それ以上先には入れなかったに違いない。遭難者として館の住人の車に収容され看護のため館のなかまで案内されたというのは、途方もない幸運だった。

としても、これからどうしたらいいのか。

子供のとき、この館に一夏のあいだ、母とともに滞在したという気がしてならない。自分は作家なので、そのときの思い出を小説に書きたいと思う。記憶にある館なのかどうか、曖昧な記憶を確かめるため、できれば館の内外を見せてはもらえまいか……。こう率直に頼んでみたらどうだろう。

しかし、そんなわけにもいくまい。最大の難問は、かつて自分がこの館を訪問したことがあるという主張に根拠がないという事実だ。どういう縁で一夏ものあいだ滞在することになったのか、それさえも説明できないのだから。

これでは疑わしげな眼で見られるだけだろう。わけの判らないことを叫びたて、館の生活に侵入しようとしている不審な男。そう思われても反論のしようがない。この館にせめて一人でも自分のことを記憶している人物がいるなら、話はまた違ってくるのだが。

どうやら偶然に遭難しかけているところを救われた男として、館の住人の親切に礼の言葉を述べたうえ、おとなしく骨山温泉の宿にもどる以外なさそうだ。それでも、あと二、三日は余裕がある。雪が解けるまで下山は難しいだろうと小間使いの娘は洩らしていた。

そのあいだになにか新しい展開があることを期待しよう。あるいは館のだれかが、二十年前の夏のことを思い出してくれる……。ここが黄昏の館に違いないという証拠を、記憶の底から掘りだすのに成功する。

そうなれば編集者の三笠が期待しているように、『黄昏の館』という待望の新作を書きはじめるため決定的な一歩が踏みだせるかもしれない。かつて体験した黄金の時を作品のなかに甦らせ、作品のなかに封じこめるという奇跡さえもが、この手で実現しうるかもしれないのだ。

ノックの音がする。旅行鞄を手に佐伯郁子が寝室に入ってきた。昨日、骨山温泉の旅館に残してきたはずの布製のボストンバッグだ。

「それ、ぼくの鞄ですね」

「ええ」

佐伯が無愛想な声で答える。飾り気のない黒い服、白髪まじりの断髪。痩せた顔、脂気のない膚。線のようにほそい眼、薄い唇。

全体に陰気な感じのする女だが、鼻梁《びりょう》だけが猛禽類《もうきん》の嘴《くちばし》めいてたけだけしく削《そ》げている。不気味に荒廃した洋館で、外敵を威嚇するために飼われている魔鳥。その魔鳥に声をかけてみた。

「でも、どうして」

「お嬢さまが黒田《くろだ》に、運んでくるよう命じたんです」

黒田源治《げんじ》というのはやはり館の使用人だという。どうやらデイムラーを運転していた初老の男のことらしい。咲耶はレンジローバーで昨日のうちに鬼首の館に帰宅した。その途中、遭難寸前の男を見つけて館につれ帰ったということになる。

以前は骨山から鬼首までの林道も、乗用車が楽に通行できるよう整備されていた。もちろん鬼首の館が人夫と資材を調達して、毎年のように道路の補修を続けてきたのだ。

だがいまは道も荒れはてた。そのため館の住人は乗用車は骨山に残し、鬼首との往復には小型トラックや四輪駆動のオフロード車を利用するようにしている。鳴神駅までデイムラーの出迎えをうけた女が、骨山からレンジローバーで鬼首をめざしたというのはこうした理由からなのだ。

所用で二晩目も骨山に泊まることになった黒田は、今朝の四時に鬼骨閣を出発し徒歩で鬼首の館までたどりついた。出かけるまえに鬼骨閣の女将から旅行鞄を預かり、六時間がかりで館まで背負ってきたのだという。昨夜のうちに女主人から、そうするよう電話で命じられていたのだ。

「あと三日は歩かない方がいいでしょう。骨山まで車が通れるようになるのも、そのころのことです。お嬢さまは、これもなにかの縁でしょうから、お邸に遠慮なく滞在してくれるようにと申しておりました」

「厚かましいようですが、歩けない、車も動けないというのでは、お言葉にあまえる以外ないようです。ご迷惑でしょうが、よろしくお願いします」

「滞在なさるのはかまいませんが寝室からは出ないように。歩きまわらないでいるのが捻挫した足にはいいのです。化粧室にはバスもトイレもありますし、食事は三度とも運ばせます。よろしいですね」

「ええ……」

仕方なく応えた。無表情に頷いて佐伯郁子は朝食の盆を手際よくカートにもどし、そのまま廊下の方に押していく。扉が閉じられ鍵の廻る音がかすかに聞こえた。

体のためという理由はあるにせよ、ようするに軟禁ということだ。だが、こんな事情では文句をつけるわけにもいかない。鍵をあけておけというのは、勝手に邸内をうろつきまわらせろという要求に等しいからだ。

三階の窓から外を眺めると白銀の山景色がまばゆいほどだ。室内にも戸外の風景にも、昨夜の不気味な雰囲気はかけらもない。吹雪のなかで歩けなくなり遭難しかけたという精神的衝撃と疲労が、館にあんな不吉な印象をもたらしたのかもしれない。

館に滞在して三度目の夜を迎えた。昨日も今日も寝台で本を読む以外には、なにもすることがない。もちろん提供された客室からは一歩も外に出ていない。出たいと思っても扉には鍵がかけられている。

読んでいたのは、鞄に入れておいた民俗学関係の本二冊だ。『鬼とマレビト――奥羽民間伝承の研究』と『異人の民俗学』。

三度の食事は慶子《けいこ》という小間使いと家政婦の佐伯郁子の手で、寝室まで運ばれてくる。もう三日も館に滞在しているというのに、この二人以外には寝室にあらわれる人間はいない。

できれば咲耶に会いたいのだが、こちらから館の主人らしい女に挨拶にでむくよう要求するわけにもいかない。それでも咲耶とは、この館を去るまえに一度どうしても話をしてみたかった。咲耶が記憶にある黄昏の館の少女なのかどうか、話さえできれば明らかになるだろう。あの美貌の女が『昏い天使』の読者カードの送り主であることだけは確かなのだから、それが話の切り口になるはずだ。

夕食を運んできたのは慶子という娘ひとりきりだった。佐伯が一緒のときは、表情のない顔で指示されるまま無言で食卓の用意をするだけだが、ひとりのいまは態度が違う。愛想のよい微笑を浮かべて自分から問いかけてきた。

「お客さまは東京からですか」

「そう」

佐伯郁子の監視があればこんな会話は不可能だ。できるときに、なるべく詳しい話を聞きだしておきたい。食卓をととのえている娘に思いきって問いかけてみた。刺激のない山奥の生活に退屈しているのか、慶子は遠慮がちながら問われたときは熱心に喋る。

「この館には、全部で何人の人が住んでいるのかな」

「六人です。雅代《まさよ》奥さま、咲耶お嬢さま、それに麻衣《まい》ちゃん。使用人が佐伯さん、黒田さん、それにわたし」

雅代はこの館を建てた緒先倫太郎《りんたろう》の長男邦彦《くにひこ》の妻で、その娘が咲耶、咲耶の娘が麻衣という親子関係になるらしい。鳴神駅で咲耶に連れられていた女の子が娘の麻衣だ。

鬼骨閣の女将が話していた石裂というのは倫太郎の号らしい。石裂は戦後じきに死亡、息子の邦彦も咲耶が幼いときに死んでいる。咲耶の夫については慶子も言葉を濁して語ろうとしない。おそらく離婚したのだろう。

使用人は三人とも鬼首の出身だという。父親が戦前から館の執事を務めていたという佐伯郁子は、黒田とともに三十年以上もこの館で働いている。佐伯は慶子を使って料理をはじめ屋内の家事万端をとりしきり、黒田源治は庭の手入れなど屋外作業と運転手の仕事をしている。二十歳の慶子は佐伯郁子の親類で、去年、盛岡の高校を卒業してから館で働きはじめた。

「まだ若いのに、こんな山奥にいて寂しくありませんか」

「いいえ、たとえ東京であってもこれほどのお邸は絶対にありませんから。子供のときから鬼首郷の生家で、このお邸を見あげて暮らしていました。いつかこのお邸で働くというのが夢だったんです」

「三人の使用人だけで、この館を維持していけるのかな。二十人いても不思議でないくらい広いのに」

「庭の手入れや建物の修理なんかに人手がいるときは、下の郷から手伝いにくるんです。男手の十や二十はすぐに集められますから」

下の郷というのは鬼首郷のことだろう。吹雪のなか行き倒れになりかけた二股道を左手に行くと、まもなく鬼首の集落になる。右手の道をたどると鬼首の集落を麓に見おろす台地のいただきに出る。

館があるのは頂上の平坦《へいたん》な土地だ。館から集落までは葛《つづら》おりの険しい小道があり、二十分ほどで降りることができる。もちろん自動車が通れるような道ではない。

「雪で道が鎖されたら、奥さんやお嬢さんは、どうするんだろう。鬼首と骨山のあいだは、真冬の二、三カ月、交通途絶状態になるという話だけど」

「十二月の末から三月までは骨山で過ごされます。そのために鬼骨閣には立派なお屋敷があるんです」

温泉旅館の裏手で見た屋敷は、つまり緒先家の別邸ということになる。慶子の話では鬼骨閣そのものが緒先家の所有で、代々の使用人である女将の一家は温泉旅館の経営をまかされているだけらしい。

しかしなぜ女将は、鬼骨閣と緒先家の関係を客に隠そうとしたのか。主筋の女である咲耶の正体をどうして隠そうとしたのだろう。慶子という娘にそれを問うのははばかられた。クロサマとかオニンゴとかいう謎めいた言葉についてもおなじことだ。

そこにはなにかまがまがしい秘密のようなものが隠されていて、そうした質問を投げた瞬間に娘はたちまち牡蠣《かき》のように口を鎖してしまう。なぜか、そんな気がしてならなかった。こんな思いが質問を無難な方向にむけさせた。

「ぼくはフランスに長いこといたけれど、これほど立派な邸宅に住んでいるのは大富豪か貴族だけだ。緒先家というのはずいぶんお金持ちなんだね」

「戦前は岩手でも一、二をあらそうという大地主だったとか。鳴神にある田畑のほとんどが緒先家のもので、何百軒もの小作がいたそうですよ。いまでも骨山一帯の山は残らず緒先家の所有で、自分の土地だけを歩いて岩手から秋田まで行けるといいます。こんな山持ちは全国でも少ないという話ですよ」

　戦災で死んだ緒先倫太郎の父は貴族院の議員で、一年のほとんどを東京の邸で過ごしていたという。だが息子の倫太郎は東京の生活を好まず、長期にわたる外遊のあと隠棲《いんせい》のため故郷の山奥に豪壮な洋館を建てさせた。戦前に東京邸のあった土地は、いまでもまだ半分ほどが残っている。

　現在の貨幣価値でいえば、建設には何十億円もの膨大な費用が要求されたはずの大邸宅だが、それほどの富豪ならさして苦にならない出費だったろう。

　農地解放をともなう戦後の混乱期も緒先家はたくみに切りぬけた。戦災で死んだ祖父実隆、戦後まもなく死んだ父倫太郎のあとを継ぎ、新しい当主の邦彦は所有している山林の木材資源を活用して製紙関係の新事業をおこしたのだ。朝鮮特需と高度経済成長の波にのり、製紙事業はみごとに成功した。

国産ティッシュ・ペーパーのブランド名で知られる有名企業は、邦彦の死後も共同経営者の手でいまなお順調に規模を拡大しつつある。つまり緒先家は、全国でも有数の山林地主であり著名な企業の大株主であり、そして東京の都心に何千坪という土地を所有している財産家ということになる。

邦彦が健在だったころ一家は東京の邸で暮らし、夏のあいだのみ鬼首の館に滞在していた。邦彦が死んでから雅代は娘の咲耶を連れて東京を去り、岩手の秘境にある古い洋館に退いた。主人一家が留守のあいだ館は佐伯や黒田の手で守られていた。

慶子の断片的な言葉をまとめると、おおよそこんな具合になる。その話を聞いたうえで、あらためて館の荒廃ぶりが疑問として浮かんできた。緒先家の富をもってすれば、館の状態を昔のままに保つことくらい容易なことではないだろうか。こんな問いかけに慶子が答えはじめた。

「佐伯さんの話ですが、咲耶お嬢さまが東京の女子中学にいかれてから、病気がちの奥様は館を昔のまま維持することに関心を失われてしまったということです。十年以上ものあいだ、この館には奥様と佐伯さんや黒田さんの三人しか住んでいなかったのです。荒れたとしてもとうぜんのことですわ。

長いこと東京で暮らしていた咲耶さまですが、三年前に赤ん坊の麻衣ちゃんを連れて鬼首にもどられました。わたしが雇われたのはそのあとのことなんです。これからはお客さまも増えて、きっと昔のように華やかなお邸になると思いますわ」

たくさんの客が集まる華やかな邸……。慶子の言葉に二十年前の記憶が甦る。大食堂の晩餐《ばんさん》には二十人もの男女が席についていた。客のほとんどは東京方面から避暑に訪れていたようだ。使用人の数も十人以下ということはなかったと思う。

そのころはまだ女主人の雅代も健在で、夏には東京から少なからぬ数の滞在客を招いていたということなのか。それでも緒先家の家族は極端に少ない。邦彦の死後は、母の雅代と娘の咲耶の二人しか残らなかったことになる。咲耶に娘の麻衣が生まれて、ようやく三人になったのだ。

あの客たちは緒先家の親戚《しんせき》だったのだろうか。ふと思いついて慶子に問いかけてみた。

「咲耶さんにも、そのお父さんにも、兄弟はなかったんですね」

さして意味もない質問なのに慶子はほとんど過剰な反応をみせた。緊張に顔をこわばらせ、きつく唇をむすんで、そそくさとテーブルの食器類をかたづけはじめたのだ。

「どうしたんですか」

驚いて声をかけたのだが、小間使いの娘は固い表情で無愛想に黙りこんでいる。カートを押して無言のまま慶子が立ち去った。拒絶的に閉じられた扉を見てため息が洩れた。

いったい、どうしたというのだろう。咲耶や邦彦に兄弟がいたかどうかを尋ねられただけで使用人の娘は、なぜあのようにも過剰な反応を見せたのか。それまでは愛想よく館の事情について問われるままに答えていたのだ。まるでその質問が怖るべき禁忌に、無自覚のうちに触れてしまったとでもいいたげな態度。

左足を引きずりながら寝台にもどる。最初は壁や家具づたいでなければ洗面所にも行けない状態だったが、三日間の静養で捻挫した足首もほとんど回復した。何時間も山道を歩くというのは無理でも、室内を歩きまわるには充分だ。

小間使いの慶子が用意してくれた部屋着をぬぎ、寝台の毛布にもぐりこんだ。スリッパも借りものだが、着ているパジャマだけは鞄にあった自分の品だ。

サイドテーブルには民俗学の本が二冊、無造作に重ねてある。昨日と今日で二冊ともほとんど読みおえてしまった。古い方の一冊を手にとって、サイドテーブルのスタンドの光で頁をめくりはじめる。

三笠の恩師だという民俗学者の著書『鬼とマレビト——奥羽民間伝承の研究』には鬼首や骨山で語りつたえられてきた伝承の紹介があり、それがさまざまの連想をさそう。

著者はまず折口信夫のマレビトの定義を引用していた。

『まれと言ふ語の溯れる限りの古い意義に於て、最少の度数の出現又は訪問を示すものであつた事は言はれる。ひとと言ふ語も、人間の意味に固定する前は、神及び繼承者の義があつたらしい。其側から見れば、まれひとは來訪する神と言ふことになる。ひとに就て今一段推測し易い考へは、人にして神なるものを表すことがあつたとするのである。人の扮した神なるが故にひとと稱したとするのである』

ようするにこういうことだ。人間が神に仮装して、ときたま村落世界を来訪する。あるいは時期が定められていたのかもしれないが、これを迎えて村では盛大な祭がおこなわれる。神は声や身振りにより悪しき霊を調伏し、人間たちに幸運を約束して去ることになる。

神の来訪とはいえ実際は仮装した村人が演じる宗教劇なのだが、これを神そのものの出現であると信じる古代的な心性がわが国には古くから存在した。折口信夫はこのような神の言葉や呪的な効果をもつ身振りなどが、わが国における文芸や舞踏や演劇など、広く民間芸能の起源に位置するものとみなしたらしい。

折口信夫の所説を検討したうえで、著者は次のように述べていた。

『本書の関心は、再三にわたり述べてきたように、鬼とマレビトの関係について考察するところにある。秋田のナマハゲに見られるように、来訪神が鬼の仮装であらわれる事例は奥羽地方にも稀ではないが、神と鬼と来訪者の三者関係は、いまなお不明瞭のままであるといわなければなるまい』

この点で興味深いのが岩手県二戸郡鳴神村の骨山または鬼首に残るクロサマ伝承だと、著者は強調していた。著者自身により採集されたという伝承はおおよそ次のようなものだ。あるいは鬼骨閣の女将の祖父から聞きだした話かもしれない。

……かつて鬼首に汚れた旅装束の山伏が来訪した。村人は山伏のため宿をあたえ酒食を供して歓待した。だがオザクという者は山伏の荷に砂金が隠されていることを知り、それを奪いとろうとたくらんだ。

数日の逗留を終えた山伏は旅を続けるため村境の森まで足を進めた。そこで待ちぶせしていたオザクは、背後から山伏に斬《き》りかかり首を切り飛ばして殺害した。

こうして砂金の袋を手にしたオザクだが、怖ろしい呻き声を聞いて震えあがりおそるおそる背後を振りむいてみた。なんと山伏の首が見るまに異形の鬼の首に変化していく。

鬼の首は牙《きば》を剝《む》きだして、自分は出羽山中に棲む鬼の黒童子であると名乗り、続いてオザクに呪詛《じゅそ》の言葉を吐いたという。「村人に幸運をもたらすため山を降りてきたが、卑怯《ひきょう》な不意打ちで首を切り飛ばされた以上は、ただではすませぬ。これよりおまえの家にとり憑き、代々、幼女をかどわかしては頭から喰《く》い殺してくれよう」。

凄《すさ》まじい笑い声とともに、鬼の首は出羽山のある西方に飛びさった。伝承によれば、これが鬼首の地名の由来だという。まもなく鬼の言葉通りにオザクの一人娘が神隠しにあった。娘の行方を案じたオザクは、鬼の呪詛を解くため山伏の首なし死体を埋葬し、供養として村境に大きな石塚を築いた。その石塚は鬼塚と呼ばれている。

時代を追うにつれオザクの一族は、近在にも稀な分限者にのしあがるが、最初の富が山伏から奪った砂金の袋であるため、鬼の呪詛により当主の娘が神隠しにあうという不運は代々続いて絶えることがない。

鬼首では古くからクロサマを祀《まつ》るホンガン祭儀がおこなわれていた。ホンガンの語源は、土着信仰と浄土宗に由来する阿弥陀《あみだ》仏の「本願」が習合したものとも考えられる。詳細は不明であるにしても、それが山に棲む鬼を祀り鬼の呪詛を解き、豊饒にむけ鬼の威力を借りるための宗教的行事であることは確かだろう。

鬼首には天覚寺という山寺があるが、これもオザク一族が鬼を調伏するために建立《こんりゅう》したものと伝えられている。そのため天覚寺は地元では黒寺の通称で呼ばれている、等々。

著者の関心は村落に幸をもたらす神と災いをもたらす鬼の両者を、マレビトつまり来訪神の二つの顔として抽出することにむけられている。鬼首のクロサマ伝承は、そのために意義のある資料として紹介されているわけだ。

『鬼とマレビト――奥羽民間伝承の研究』にあるクロサマ伝承の紹介部分を読んで浮かんできたのは、山伏殺しの犯人として伝承に登場するオザクと、古くからの豪農で幕藩時代には庄屋の家柄だったという鬼首の緒先家とのあいだに、なんらかの関係があるのではないかという疑問だった。

オザクとオザキ、音から考えても無関係とは思われない。それに緒先家は何百年も昔から土地の長者だったらしいし、他方でオザクの子孫は山伏から奪った砂金を元手にして、近在にも少ない分限者になり上がったのだという。この点からもオザクと緒先家には関連があるような気がする。

著者は明記していないが、この伝承にはオザクと緒先家の関係を指摘する部分がもともと含まれていたとは考えられないだろうか。土地の古老に聞いてみれば判るはずだが、この推定には多少の根拠がある。

幕藩時代の鬼首は骨山など黒俣川下流に位置する集落までをも併せた、かなり広い地域の名称だったらしい。そして骨山の住民は、現在でも鬼首や緒先家にたいして強い禁忌の感情を抱いている。

たとえば鬼骨閣の女将は、客の鬼首訪問という計画に不快そうな態度を見せた。緒先家の娘の存在をできるだけ隠そうとしていた。土産物屋の老婆は緒先咲耶のことをオニンゴと呼んでいた。オニンゴとは鬼に呪われた一族の娘という意味ではないだろうか。

これらは幕藩時代の鬼首の民衆にとって緒先家とその在所である鬼塚の地がタブーであり、それが今日まで曖昧に伝承されているという事実をひそかに暗示しているのかもしれない。

この本を読んで黒寺が骨山でなく鬼首にあるということが判った。骨山の安食堂で男に忠告されたように、やはり天覚寺の住職には話を聞いてみるべきだろう。

三笠の大学時代の友人が書いた『異人の民俗学』という本には、緒先家や鬼塚の地がタブーであることの根拠をしめすような記述がある。

新進学者の著者は民俗学に社会人類学の方法や成果を導入して、鬼首のクロサマ伝承を新しい角度から検討していた。この著者が注目しているのは、鬼とマレビトの関係よりもむしろクロサマ伝承に刻まれた異人殺害の主題だろう。

著者によれば日本の全国各地で、クロサマ伝承と構造的に類似した異人殺害の伝承や民話を、少なからず採集することができる。たとえば日本各地に座頭沼とか琵琶《びわ》ケ淵《ふち》という名の池があるが、由来をたどると多くのばあいに、そこで実際に座頭や琵琶法師が村人の手で突き落とされ溺死《できし》したというような伝承にいきあたる。

殺害されるのは例外なく村落社会を来訪する山伏や巡礼や座頭などであり、ようするに定住の農民社会の外部に位置する流浪の宗教者や芸能民などの異人である。そこで著者はこのように述べていた。

『各地に残る異人殺害伝承とは、民俗社会の内部に生じた構造的不均衡に合理的な解釈をもたらし、そこに虚構的な再均衡化を実現するために要請された、共同体により不可避に分泌される物語群であるように思われる』

村落に来訪した異人は殺害され、多くの場合に所持していた財貨を奪われる。殺害者の家は強奪した富により繁栄するようになるが、まもなく異人殺害の応報により没落したり、あるいは家系にさまざまな不幸があらわれたりする。

著者によれば鬼首のクロサマ伝承に典型的な異人殺害伝承は、おそらく民俗社会に生じた経済的不均衡という謎を合理的に説明するための虚構なのだ。相互に依存しあう貧しくて平等な民俗社会の内部に、急激に富栄える家が出現する。だが半面、繁栄する家には没落の危機をはじめさまざまの不幸が宿されてもいる。

富の起源としての異人の殺害、その応報としての不幸……。多くの事例に共通する物語の構造は、民俗社会における構造的不均衡——とりわけ経済的不均衡——の発生を虚構的に説明するものとして存在するのではないか。

貨幣に象徴される過剰な富は、構造的に共同体の外部からもたらされる。民俗社会の経済的均衡を攪乱《かくらん》するほどに過剰な富の蓄積は、外部と交通しうる特権により生じたものだ。

民俗社会にとって外部とは、あくまでも排除されるべき有徴的空間である。ケガレとしての外部と交通することで富を蓄積しえた家もまた、経済的優越者であり権力者であるような場合にさえ、依然として隠微な差別感情の対象とならざるをえない。

『このように異人殺害伝承は、伝統的な民俗社会が自己循環構造を維持するため呼び寄せた、禍々《まがまが》しい外部の影なのである。村人は異人殺害という物語により、共同体の循環的構造を攪乱し、破壊さえしかねない経済的不均衡を虚構的に解消しようと努めたのだ』

伝承のなかで殺害されたのは外部から訪れた異人だけでなく、村落経済を内部から喰い荒らすような危険要素、ようするに富を急激に蓄積した新興の分限者や長者であったともいえる。

著者の分析を援用すれば、事実として緒先家の祖先により異人殺害が犯されたのかどうかは、あまり問題ではないということになる。

反対に、伝統的な村落経済を破壊しかねないほどに膨大な富を蓄積した、緒先家という経済的優越者の存在が大前提にある。そして村人の日常意識では理解に苦しむような緒先家の富をめぐる異常事態を、合理的に解釈するため紡《つむ》ぎだされた虚構が鬼首のクロサマ伝承だというわけだ。

もちろん著者は異人殺害という事実の存在を否定しているわけではない。しかし個々の伝承の真偽を確定するのは困難であり、それよりもこの種の伝承は、民俗社会の内部と外部をめぐる共同意識の資料として活用される方が、民俗学的研究にも有益だろうといいたいらしい。

長者として鬼首一帯に君臨していた緒先家が、同時に村人からタブーの対象として忌避されていたという奇妙な二重性も、この分析で明快に説明される。莫大《ばくだい》な富を蓄積したからこそ、緒先家は隠微な差別感情の標的となることを強いられた。

骨山の住民による鬼首や緒先家にたいする異様な反応もまた、このように考えれば納得できる。
伝承の真偽を問うのは、決定不可能であるがゆえに意味のない試みだ。伝承をかつての現実的な出来事の反映や象徴化であるとみなし、その背後から事実という固い核を掘りだそうという作業も、最終的には恣意《しい》性をまぬがれえない。どんな伝承であろうとも村落社会の民衆が要求したからこそ生みだされ、語りつがれてきたという事態だけが確実ではないだろうか。伝承の真偽も、その背後に仮定される事実の断片もさしたる問題ではない。異人殺害伝承であれば、伝統的な民俗社会がなぜそれを要求したのかと問うことのみが創造的な設問でありうる。

著者の意をくめば、おおよそこんな主張になるはずだ。だが、ほんとうにそれだけなのだろうか。『異人の民俗学』の著者による合理的で説得的な分析でも満たされない部分が、やはり残るような気がしてならない。

勇猛で貪欲なオザクという男。オザクに首を斬られ鬼の正体をあらわした山伏……。それは素朴な物語であるために、むしろ逆説的なリアリティを感じさせる。クロサマ伝承には、合理的な解釈に還元されえない不気味な現実感がある。どうしてもそんな気がしてならない。

7

悪夢にうなされ冷たい汗にまみれて目覚めた。また、白い子供服の幼女が惨殺されるおぞましい夢だった。

おなじような夢を三晩、続けてみた。館の正面階段や庭園の噴水のところや暗黒に満たされた地下室など夜ごとに背景は少しずつ違うのだが、なまなましい恐怖にゆがんだ幼女の顔、心臓が破れるほどの無残な悲鳴、そして血の洪水に浸される子供服という夢の大筋に変わりはない。

知らないうちに裂けるほどの力でシーツの襟を摑んでいた。意識の底部ではまだ、幼女の断末魔の絶叫が執拗に尾をひき不気味にこだましている。瞼をひらいてもあたりは漆黒の闇に鎖されていた。

真夜中に違いないが正確には何時なのだろう。時計を見るため点灯しようとして、サイドテーブルのスタンドに伸ばした腕がふいに凍りついた。氷のかけらみたいなものが、裸の手首にちらりと触れたのだ。

たぶん指先だ。寒さにこごえ、血の気なく青ざめて冷たい指先。何者か寝台の横にいる。息を殺して闇の底にひそんでいる。

全身がそうけ立つ。氷の海に漬けられたように、体が冷たく痺れて身じろぎもできない。鼓動が激しくなる。心臓が恐怖にふくれあがり、爆発して喉からとびだしてきそうだ。スタンドに腕を伸ばしかけた無理な姿勢で、ひたすら身を凍らせていた。

どれほどのあいだそうしていたろう。かすかな衣ずれの音が人の気配とともに闇を遠ざかりはじめた。どうやら深夜の訪問者は部屋から立ち去るつもりらしい。陰気に扉の軋む音がして、ようやく金縛りがとけた。胸の底から安堵の息が洩れる。

　こわばりの残る指でなんとかスタンドを点灯した。シェードランプの曖昧な光に半開きの扉が浮きあがる。夕食のあと小間使いが鍵をかけていったはずの、廊下に通じる扉だ。

　室内に満ちた仄明《ほのあか》りが、暗黒とともに脳髄を浸していたおぞましい恐怖を徐々にぬぐいさっていく。だが侵入者の存在は夢でも錯覚でもない。半開きの扉が確かな証拠だ。それだけではない。侵入者の痕跡はほかにも残されている。

　サイドテーブルにはスタンドや灰皿とともに、クリスタルの水差しが置かれていた。そして水差しの口には、わずかだが白い粉末が付着しているのだ。

　二冊ある民俗学の本の頁をくりながら、鬼首郷や緒先家の謎について考えているうちにいつか睡魔に襲われていた。スタンドの灯を消すまえに水を飲んだ覚えがある。そのときは壜の口に白い粉末などこびりついていなかった。

　白い粉末がついたのは、ふたたびスタンドを点《つ》けるまでのあいだに違いない。おそらく室内に侵入した謎の人物が、手探りで水差しに薬物を投入しようとしたのだ。

　悪夢から目覚めスタンドを点けようとして伸ばされた腕に、偶然、相手の指が触れた。そのため薬物が微量だが壜の口にこぼれた。もちろん薬物の大半は水差しの水に溶けこんでいるに違いない。

　物音をたてないように扉を閉め、手廻しの内錠をかけてしまう。こうしておけば鍵を持ちだせる人間でも、扉を破らないかぎり部屋には入れない。クリスタルの水差しを手に化粧室にむかった。迷う気持はあったが、壜の水は残らず洗面台に流した。

謎の人物がどんな薬を飲ませようとしたのか、真相を知りたいとは思う。しかし鬼首や骨山に、そのための分析を依頼できるような施設はない。水に溶けた薬物の正体をつきとめるには、鳴神の病院か保健所まで行かなければならないだろう。

二日続きの晴天で林道の雪は解けたに違いない。車が通れるようになれば館に滞在する理由はなくなる。このままいけば、たぶん明日にも山を降りる羽目になりそうだ。

下山してしまえば二度とこの館を訪問することはできない。そう考えるべきだ。鬼首の館を再訪するのに必要な、説得的な口実というものがないのだから。

とにかく自分ひとりの手で、館を出るまえに決着をつけなければならない。あの粉末が毒薬だったとしても、犯人を見つけるために鳴神の病院や警察の手を借りるわけにはいかないのだ。

鬼骨閣の脅迫状、車のブレーキの故障、そして今夜の事件……。この数日、何者かに狙われているという事実に疑問の余地はない。しかし、だれにどんな目的で狙われているのかまるで判らない。ブレーキの件で疑わしいのはこの館の使用人である黒田源治だ。それにも確証というほどのものはない。

あれこれと考えているうちに、しだいに空が白みはじめた。内錠は下ろしてあるが安眠できるような精神状態ではない。車のブレーキの故障、水差しに投入された白い粉末。鬼首に足を踏みいれてわずか三日のあいだに、二度も謎の攻撃にさらされたのだ。

それでもおとなしく山を降りるような気にはなれない。黄昏の館にまつわる謎はあまりに神秘的であり、あまりに魅惑的だった。

命を狙われているのだとしても、謎を残したまま東京に逃げもどるわけにはいかない。たぶん緒先邸の滞在には、運命的な第二作『黄昏の館』の成否が賭《か》けられている。どんな脅しがあろうとも、おめおめと逃げることのできない立場なのだ。

慶子が朝食のカートを押して部屋を出た。食後の煙草をふかしていると、まもなく朝の訪問者が寝室の扉を叩いた。まるで食事が終わるのを待っていたようだ。

返事をすると白い扉が静かに開かれた。戸口に立ち、こちらを穏やかなまなざしで見つめている若い女。空はよく晴れて、広大な室内には明るい陽光が溢れている。

「足の怪我はどんな具合ですか。手当てをした家政婦は、そろそろ歩けるはずだと申しておりましたが」

安楽椅子に腰をおろし、すんなりした脚を無造作にかさねながら咲耶が問いかけてきた。声は、透明な感じのするソプラノだ。スカートは濃緑色のベルベットで、シルクのブラウスに厚手のカーデガンを羽織っている。

「もう歩けます。足の方は大丈夫です。なにからなにまでお世話になってしまって、いったい、どんなお礼をしたらいいものか」

「それで安心しました。雪のなかに倒れているあなたを見つけたときは、ほんとうに驚きましたわ。鬼首の村人ではない、これまで見たこともない人でしたし。風邪でもひいたのか朝から気分がすぐれないで、あのときもぼんやりしながら車を運転していたのです。あなたを最初に見つけたのは娘の麻衣でした。感謝するならあの子にしてください。そこにだれかいる、雪のなかに倒れていると麻衣が耳元で叫んだの。でなければあなたのことに気づかないで、そのまま通りすぎるところでしたわ」

咲耶は陽光にとけそうな淡い微笑を浮かべ、落ちついた口調で語りかけてくる。その顔を見てあらためて綺麗な女だと思う。背まである長い髪、黒目がちの大きな眼。そして艶のある白い膚、柔らかそうな薔薇色の唇。

人形みたいに整いすぎた顔だちだが、そんな場合によくあるような冷たい印象ではない。顎から頬にかけてのふくよかな線が、穏やかな性格をあらわしている。瞳《ひとみ》にはひたむきな輝きがある。

ふと鬼骨閣の露天風呂で見た女の姿を思いだしていた。男の眼に白い裸身をさらしながら、恥じらう様子もなく淫蕩な薄笑いを浮かべていた咲耶。ここにいる清楚《せいそ》な印象の女と、湯煙を身にまとい裸身をくねらせていた妖艶《ようえん》な美女が同一人物とはどうしても思えない。顔はおなじ女のものでも、雰囲気が別人のように違うのだ。

しかし、そんなことは口にできなかった。雪道で顔をあわせたのが初対面だったと、どうやら咲耶は言外に強調したいらしい。露天風呂のことをいわないのは羞恥心のせいだろうか。それが咲耶のひそかな希望なら、こちらとしても言葉をあわせる以外にない。

「電話で鬼骨閣の女将から聞いたのですが、次の作品を書くためにわざわざ骨山までこられたとか。こんな偶然で『昏い天使』の作者にお会いできるとは、わたし、思いもしませんでしたわ」

「ぼくのこと、知ってたんですか」

思わず顔をあげて小さく叫んでしまう。咲耶は吹雪のなかで倒れていた男の正体を、はじめから察していたらしいのだ。

「お顔を見たときに、もしかして、と思いました。本の口絵写真とあまりに似ていらしたので。ですから宗像冬樹という名前を聞かされたときも、あまり驚きはしませんでしたわ。わたし宗像さんの愛読者ですから、お会いすれば病床でもなにかとわずらわしい質問などしてしまいそうで、お体がよくなるまで面会を遠慮していたんです。回復されてほんとうによかったわ。もう、いろいろお聞きしてもいいわね」

誘惑に負けて客の寝室に入りこんでしまわないよう、わざわざ扉に鍵をかけさせたのか。こう問いたい気もしたが、口にすれば皮肉になりそうだ。その代わりにわざと明るい声で答えた。

「もちろんですとも。大袈裟なようだけど、とにかく、あなたは命の恩人ですからね。咲耶さんが見つけてくれなければ、あのまま遭難して、あげくの果ては凍死という運命だったかもしれない。ほんとうに、ありがとう」

真面目な口調で礼の言葉を述べた。柔らかな微笑で頷き咲耶が続ける。

「だれでもそうでしょうけれど、愛読者が知りたがるのは次作の完成がいつかということですわ。それと、どうして骨山なんかに滞在する気持になられたのかも。こんな山奥ですもの」

鬼首の地に思い出の館があるような気がしたから。こう告げようとして、やはり口を濁してしまう。館の女主人にはまだ真実を語るような時期ではない。咲耶には質問を投げかえすことにした。

「文芸書房の編集者から、あなたが書いたらしい読者カードを見せられました。骨山温泉に湯治にきたわけじゃないんです。最初から鬼首が、旅行の目的でした。葉書で読んだ、あなたの言葉に興味を覚えたからです。

あなたは書いていました。自分にも、黄昏の館の記憶があるように思うと。それは、どういうことなのですか」

かすかに頬を染めてうつむき、咲耶が小さな声で語りはじめる。

「恥ずかしいわ、宗像さんにあんな葉書を読まれてしまって。でも、あそこに書いたことに嘘はありません。

『昏い天使』にはごく暗示的にしか描かれていないけれど、それでも主人公が彼岸の象徴として夢想する黄昏の館には、なぜか心を惹かれるところがありました。

深い森のなかに聳える石造の洋館。蔦のからむ塀と黒塗りの錬鉄門。矩形の池と噴水がある庭園。半円形をした館の正面階段……。わたしが育った鬼首の館に、あまりに似た印象があるのですもの。

熱心すぎる読者が作品を自分の方にひきよせて解釈した結果の、意味のない錯覚なのでしょう。それでも読書カードには、我慢できないで、そのことを書いてしまいました。

足の方がよろしければ、これから館のなかをご案内しますわ。いまは荒れはてた邸ですが、わたしどうしても宗像さんに見ていただきたいんです。『昏い天使』の主人公が夢想する黄昏の館。それが自分の育った邸に酷似していると感じた理由を、ご迷惑でしょうけれど作者の宗像さんにも判ってほしいから。

鬼首郷に関心があるのでしたら、午後にでも慶子に案内させましょう。鬼首郷といっても天覚寺の本堂と鬼塚くらいしか、見物するようなところはありませんが」

この館に強烈な関心をもつ者には絶好の申し出というべきだ。一刻もはやく邸内を見てまわりたいという気持をおさえ、いちおう遠慮の言葉を口にした。

「ありがとう。でも、いつまでも世話になっているわけにはいきません。道が車で下山できる状態なら、今日のうちに骨山温泉にもどるつもりです」

「旅行の目的は骨山でなく鬼首だとか。それなら鬼骨閣にもどることはありませんわ。一週間でも二週間でも予定の許すかぎりいつまでも、この邸に滞在してください。たいしたおもてなしはできませんが、遠慮だけはなさらないで」

咲耶が真剣な口調で館に滞在することを勧めた。儀礼的な言葉という印象はなく、どうやら本気らしい。厚かましい態度にならないよう控え目に頷きながら、咲耶に続いておもむろに席を立った。

この邸が記憶にある黄昏の館かどうかを確認するのに、それほどの時間が必要だとは思えない。満足できるまで調査するための条件が、幸運にも女主人から保障されたのだ。

深夜の訪問者の正体をはじめ咲耶に問いただしたい謎は少なくない。だがいまは、その種の不穏な話題を持ちだすのはよそう。機会をあらためて尋ねる方がいい。三階の廊下を案内していく咲耶のほっそりした後ろ姿を見ながら、そんなふうに考えていた。

「三階には使われていない寝室が、左右に十室あります。わたしが子供のころは、夏になると二十人ものお客が避暑のため滞在していたものですわ。

三階にある大きな広間はふたつだけ。右翼と左翼のはずれで、それぞれ遊戯室と談話室、英国風にいえば喫煙室になっています。でもいまは見てのとおり、やはり閉めたきり」

咲耶の言葉どおりビリヤード台やカードテーブルがある遊戯室も、安楽椅子やテーブルが何種類も配置された談話室も家具には埃よけの布がかけられて、窓の鎧戸は厳重に鎖されていた。

咲耶はふたつほど客室の扉を開いて見せてくれた。どれも内装や家具の配置は似たようなもので、綿埃と黴《かび》臭い空気、うそ寒い室内の様子が、ながいこと未使用で放置されたままの部屋だということを歴然と示していた。

左翼部の談話室からフロアの中央までもどる。階段の前の壁には額におさめられた巨大な肖像画が飾られていた。古めかしい礼服をつけた老人の絵だ。白髪の老人は安楽椅子に腰かけ、鋭いまなざしで前方を睨《にら》んでいる。

「貴族院議員だった曾祖父《そうそふ》、緒先実隆《さねたか》の肖像です。緒先家は曾祖父の代で県内でも一、二というほどの大地主になり、莫大な資産を築いたとか。自分の先祖ですがいかにも冷酷そうな顔をしていて、あまり好きな絵ではないわ」

肖像画について説明しながら、咲耶は玄関広間まで吹きぬけの階段を下りはじめる。左右に大理石の手摺がある豪華な階段で、二階の踊り場には等身大の女神像が台座の上に飾られていた。頭部に兜《かぶと》をつけた裸身像で優美な肩先には梟《ふくろう》がとまっている。

「アテナの像ですね」

「戦前、外遊先で祖父が手に入れたそうです。十八世紀のレプリカですが名のある彫刻家の作品だとか。祖父は二十代のほとんどをヨーロッパで過ごしました。そのころは緒先家も資産家でしたから、趣味のためにつかうお金に不自由はなかったのでしょう。

そんなわけで祖父がヨーロッパで蒐集《しゅうしゅう》した美術品や骨董《こっとう》品、古書などがいまでも山ほど。これから美術品の展示室にご案内しますわ。

二階にはわたしや麻衣や、家族の部屋があります。祖父と父の書斎。大小の居間、朝の間、画廊や図書室も」

咲耶は二階の右翼部を案内していく。死んだ父親のものだという二十畳もありそうな書斎、美術関係の蒐集品が飾られている広間、それに何万冊とも知れぬ蔵書がおさめられた図書室。

咲耶は二階の左翼部には足を踏みいれないで、そのまま階段を下りていこうとする。寝室や居間など家族の生活の場だから訪問者の眼にさらすのを避けたのだろうか。階段を下りる咲耶に続こうとして、ふと足をとめてしまう。

薄暮に鎖された頭蓋の底部から曖昧な記憶が漂いだしてきたのだ。ふいに懐かしい気分に襲われる。自分はこの場所をよく知っている。この踊り場にたち大理石の彫像を見あげていたことがある。

梟を肩にとまらせた半裸の女神像。そこから左手に進み、子供の背丈よりも大きな絵と絵のあいだにある重たい扉を押しあける。薄暗い、巨人の洞窟みたいな雰囲気の部屋だ。自分には大きすぎる立派な机や椅子。天井まである書架にぎっしりと詰めこまれた革表紙の書物の群。そのなかの一冊の本。そう、アリスだ。破れたアリスの挿絵……。

「そちらには病人がおりますから」

階段の下から咲耶の声が遠慮がちに聞こえる。そのときにはもう、なにかに憑かれたように踊り場から二階の廊下に迷いこんでいた。

あまりの緊張で胸苦しいほどだ。心臓の鼓動が胸板を連打する巨大な槌音めいて轟きわたる。操り人形みたいな足どりで、おぼつかなげに化粧タイルの床を踏んでいく。

そう、ここだ。廊下を左手に進むと、その扉がある。壁に飾られた二点のルネッサンス様式の肖像画。残忍な眼をした貴族の肖像と、あわあわしい微笑を浮かべた若い貴婦人の肖像。そのあいだで飴色の光沢をたたえている大きな扉。これこそ記憶の底でまどろんでいた、秘密の園にいたる神秘の門に違いない。

真鍮《しんちゅう》のノブを摑み力をこめて廻してみた。だが扉は微動もしない。背後からわずかにとまどいの調子をふくんだ、女の警告する声が聞こえる。

「いけませんわ、そこは祖父の書斎なんです。昔から入ることが禁じられていた、祖父の書斎」

振りかえり、ためらいなく若い女の眼を直視した。前歯のあいだから言葉をしぼりだすように、低い声で語りかける。

「いいですか、咲耶さん。あなたがなぜ、小説のなかの黄昏の館と、自分の育った邸が酷似していると感じたのか。この扉の奥には、あなたの疑問にたいする解答が隠されているはずなんです。迷惑は承知で、お願いしたい。どうかぼくに、一目でいいから、この部屋を見せてください」

口調にこもる気迫に押されたのかもしれない。憂いに眉をひそめながらも、咲耶は小さくうなずいた。

「判りました、金庫から鍵をだしてきます。でも静かにしていて。こんなことが母に知れたら大変な騒ぎになりますから。ながいこと病気で寝ているせいか母には頑固なところがあって、館によその人が立ちいるのをとても嫌うんです。あなたが滞在していることも母には内緒だわ」

「判りました。物音をたてないよう、注意します」

母親の寝室があるらしい廊下の奥を不安な表情で窺っている咲耶に、声の調子を落して応えた。耳元に唇をよせ「気づかれないように。きっとよ」と囁きかけてから、咲耶は階段の方に忍び足で消える。

それで判った。佐伯郁子が客室に鍵をかけたのも咲耶が二階の左翼部の案内を避けたのも、訪問客の存在が偏屈な老女に知られるのを警戒したせいなのだ。

敷地に猛犬を放しているなど館の警戒が異常なほどに厳しいのは、招かれざる客を拒もうとする緒先雅代という老女の意思によるものに違いない。

まもなく鍵を手にして咲耶がもどった。急いだせいか息をはずませている。ブラウスの下で、荒い息とともに起伏する胸のふくらみが目にまぶしい。

「これです、鍵は」

錆びた鍵をうけとり、緊張に震える指で鍵穴に差しこんだ。軋み音をたてながら扉が開きはじめる。咲耶が暗い室内に腕を差しいれ、手探りで扉の横にある電灯のスイッチを入れる。照明の光が広い室内に満ちた。

邦彦の書斎よりもさらに大きな部屋だ。中央のテーブルや安楽椅子など、家具類はやはり埃よけの布で覆われている。物音をたてないように咲耶が慎重に扉を閉めた。

破損した革表紙の豪華本をかかえ、落ちつかなげにあたりを見まわす少年。動揺したまなざしが窓を背にして据えられているデスクをとらえる……。いまや記憶は昨日のことのように鮮明に甦っていた。

「デスクの袖の引出を開けてください。いちばん上の引出です」

不審な表情で咲耶が胡桃《くるみ》材のデスクに歩みよる。灰色の埃がつもったデスクの背後に廻り引出の真鍮把手《とって》に手をかけた。

「開けると、本があるはずです」

いわれたとおりに咲耶は、引出のなかから古ぼけた書物を一冊、緊張に震える手で取りだした。表紙についた埃をはらうため掌で本をかるく叩いている。

「英語版の『不思議の国のアリス』。違いますか」

「確かに『不思議の国のアリス』だわ。でも、どうして宗像さんがそれを……」

茫然として咲耶が呟いている。だが咲耶の呟きなどほとんど耳に入らない。やはりそうだった。熱病のような興奮で全身がぶるぶると痙攣している。追いつめるような口調でさらに続けた。自分でも声が掠《かす》れていると思う。

「アリスが、戸棚や本棚のある井戸のなかを落ちていく場面の、最初の方にある挿絵の頁を見てください。その挿絵が、半分ほど破れているはずだ」

デスクに本を置き、咲耶がおぼつかない指で指定された挿絵の頁をひらいた。そのまま無言で口絵の頁を凝視している。足音を殺してデスクに近より、女の肩ごしに問題の頁を覗きこんでみた。

『不思議の国のアリス』の最初の挿絵はやはり破れている。初版以来のジョン・テニエルの挿絵だった。古ぼけた本を手にとる。緊張で指先がこまかく震えていた。奥付を見て思わず呟いてしまう。

「これは、たいへんな稀覯本《きこうぼん》だ」

咲耶が問いかけるように、眉をあげた。奥付にある「一八六五年」という年号をしめしながら、興奮のため掠れた声で説明していく。

「これは、世界で最初に印刷された『不思議の国のアリス』です。それだけではない。一八六五年版の『不思議の国のアリス』は、挿絵の印刷がよくないという画家のテニエルの反対のために回収され、全冊が慈善団体に寄付されたといわれています。新版は翌年の一八六六年に印刷され、これが普通『不思議の国のアリス』の初版本として珍重されている。お判りでしょう。この本は、廃棄処分どうぜんの扱いをうけた一八六五年版なんです。どうして、こんな稀覯本を手に入れることができたのだろう。たぶん全世界で十冊、いや五冊と残っていないような本ですよ」

この書斎の主である緒先石裂が、戦前にヨーロッパで購入したものに違いない。挿絵の印刷状態がよくない欠陥品だというが、どこがどう悪いのか手にしただけではとても判別できない。乾燥した用紙は黄色に変色し、挿絵の印刷状態の是非などいまでは問題にもならないほどだ。

「とても珍しい本だということは判りました。でも宗像さんはどうしてこの本がデスクの引出にあることを、そればかりか口絵の頁が破れていることまでも御存知だったのですか」

だれかに聞かれるのを怖れるように声をひそめて、咲耶が問いかけてくる。表情はあまりの驚愕のため面のように硬い。

「昔のことを、ふいに思い出したんです。これで確信がもてましたが、ぼくは二十年前に、この館に滞在したことがある」

「宗像さんが、鬼首の館に二十年前に……」

咲耶の唇から低い呻き声が洩れた。信じられないというように、左右に首がのろのろとふられている。正面から咲耶の眼を見つめ、自分に語りかけるように静かな声で続けた。

「あの夏の出来事はあまりに膨大な時間の堆積《たいせき》におし潰され、記憶の底ふかく埋もれてしまった。それでも光線のかげんで一瞬だけ土砂にまじった砂金の粒が水底で燦然《さんぜん》ときらめくように、二、三の記憶の断片が鮮やかに脳裏をよぎることがある。

そんな体験が『昏い天使』のなかで暗示的に書いたような、そこでは黄金の時が流れているだろう黄昏の館の鮮烈なイメージをもたらしたんです。

あなたが『昏い天使』を読んで、この鬼首の館こそ小説の主人公が幻想する黄昏の館ではないかと感じたのも、思えば当然のことでした。事実そうだったのだから。第二作として構想されている『黄昏の館』は、あの夏の出来事を完璧に再現する作品になるはずなんです」

学業を放棄してまで書こうとしたのは『黄昏の館』という小説だった。それが奇妙な経過で後まわしになり、第二作として構想される結果になったのだ。そのためか、『昏い天使』と『黄昏の館』には不思議な共通点がある。

どちらも失われた過去、失われた記憶を回復することが作者には中心的な主題なのだ。『昏い天使』のばあいそれは明瞭だろう。二十三歳の夏から四カ月のあいだ、自分がどこでなにをしていたのかはっきりした記憶がない。四カ月間の失われた記憶を回復するためにあの作品は書かれた。作品としての是非はともかく、この試みが成功したとはいえない。小説を書きあげた後も、依然として記憶は曖昧に混濁したままなのだから。

最初に書こうとしていた『黄昏の館』もまた、記憶の喪失を前提とし記憶の回復をめざしための物語だといえる。考えてみればそれは奇妙なことかもしれない。

あきらかにアルコール依存症で精神的にも病んでいた二十三歳の青年とは違って、九歳の少年だった自分は肉体的にも精神的にもきわめて健康だった。そこに病的な意識の混乱などあったわけがない。

それでも鬼首の館で過ごした一夏の記憶には、核心にどこか曖昧なところがある。毎日のように森や川で遊んだという都会の子供には新鮮な体験。着飾った客たちがつどう夜ごとの豪華な晩餐会。ひとりで探険した宏大《こうだい》な邸内、そして公園よりも広い庭園。

思い出の数々は、いまもありありと脳裏に刻まれている。あの一夏の経験が生涯忘れることのできないような、特権的なきらめきをおびて思い出されるのも当然のことだ。

だが、それだけではない。黄金の輝きにみちた無数の記憶の破片。その中心には、さらに光まばゆい体験が秘められているような気がする。鬼首滞在をめぐる記憶の断片はそれ自体で発光しているというよりも、月のように見えない太陽の光を反射して夢幻的にきらめいているのではないか。

そんな気がしてならない。あの夏の体験を細部までひとつひとつ思い出そうとしてみる。光のなかの光、輝きのなかの輝き、きらめきのなかのきらめき。それを記憶に甦らせようと必死で努めてみる。

だが、そのために精神を集中すると、記憶はさらに曖昧になり、手ごたえのない不確かなものに変貌してしまう。硬い石を握りしめているつもりなのに掌のなかのものがたちまち無数の砂粒にかわり、みるみるうちに指のあいだからこぼれ落ちてしまう。そんな頼りなさがあの夏の思い出にはある。

だからこそ九歳の夏の出来事を完璧に再現するため、『黄昏の館』という作品が書かれなければならない。森や川、館や庭園、午後のお茶や晩餐。これらの思い出は体験した本人には確かに素晴らしいものだろう。だがそれが小説に書かれたとき、だれにでもある少年の日の思い出に、平凡な追想にならないという保証はないのだ。

あの夏に体験したさまざまの出来事が、この世ならぬものとして言葉でつくられた宝石箱さながらに完璧な作品として再現されるには、なにかしら特権的な支点のようなものが要求される。記憶のどこかに埋もれているはずなのに、その支点がどうしても見つけだせないのだ。

黄昏の館は昏い天使ジュリエットがめざす彼岸の象徴であり、美と超越の王国である。それはまた、ジュリエットに導かれ煉獄《れんごく》をさまよう青年には、記憶の底に秘められた至福の異界でもある。

『昏い天使』が書かれた以上、次にはどうしても、『黄昏の館』が書かれなければならない。意識の底に黄昏の館の記憶を秘めた青年は残忍な美の天使に導かれ、ふたたび黄昏の館に回帰するのだ。

この構想によれば『黄昏の館』は『昏い天使』の単純な続篇ではない。起源の黄金の時と終極の黄金の時。第一と第二の作品は一体となり、この両者のあいだをウロボロスのように果てもなく循環しなければならない。

日本に帰国して一年半にわたる苦闘は、意識の底から黄昏の館をめぐる記憶の核心を、ふたたび掘りだそうとする努力に費やされた。それこそが『黄昏の館』を書くためには欠かせない前提であると思われたからだ。

浮遊する記憶の破片を一点にまとめあげ、あの夏の体験を一挙に彼岸の象徴たらしめる特権的な支点。それなしに書きはじめたなら、惨憺《さんたん》たる結果になるのは明らかだろう。原稿用紙を埋めるのは少年時代の平凡な追想に終わってしまう。

第二作のためには黄昏の館を再訪しなければならないという編集者の三笠の助言は、本人が期待した以上に的の中心を射ぬいていたのかもしれない。失われていた『不思議の国のアリス』をめぐる記憶はふたたび二十年前の現場に、緒先石裂の書斎に足を踏みいれることによってのみこのようにありありと回復されえたのだ。

それだけではない。『不思議の国のアリス』をめぐる記憶は、あの夏の出来事の秘められた核心を構成する、主要な断片のひとつであるような予感さえする。

少年の背後の赤い影という漠然とした心象。二十年前のある日、この書斎にはたぶんもうひとりの人物がいた。それが何者だったのかを思い出せるなら、探究はさらに一歩、曖昧にぼやけた記憶の核心に近づくはずなのだが。

「わたし、信じられませんわ。宗像さんが以前、この邸にみえたことがあるなんて」

ふいに咲耶が低い声で語りかけてきた。現実に引きもどされ、とまどいながらも言葉を選んで話しはじめる。

「『不思議の国のアリス』のことを思い出すまでは、自分でも信じられなかった。でも、いまは確信がある。その本は二十年前の夏の終わりに、デスクの引出に隠されたんです。まちがいありません。その年の夏に、九歳ほどの男の子が母親と一緒に、この館に滞在していた。あなたはなにか、覚えていませんか」

「二十年前の夏といえば、まだ五歳かしら。いいえ、すこし待ってください」

指を折って年数を計算しながら、咲耶はなにか熱心に考えはじめた。反問する声に思わず熱気がこもる。

「なにか、思いあたることがありますか」

「わたしが三歳のときに父が亡くなりました。それまでは東京の邸で暮らしていて、鬼首で過ごすのは夏のあいだだけでしたわ。父の葬式をすませると身重の母は東京の邸をひきはらい、わたしを連れて鬼首にひき籠《こ》もったのです。妹の華子《はなこ》はこの館で生まれました。

それから三年ほど、とくに夏のあいだは鬼首の館も賑《にぎ》やかでした。東京から親戚や父の会社の人や母の友人などが、家族で避暑に訪れたりしていたからです。夏の盛りには毎年、二十人ものお客さまが滞在していました。専門のコックをはじめ、全部で十人以上もの使用人が雇われていたはずです。

あの年の夏を最後に、母は二度とお客を招かないようになりました。母にはとても耐えられないような残酷な事件が起きたんです。事件の衝撃で病院に入らなければならなかった母は退院後も、そしていまでも寝たり起きたりの生活を続けています。計算してみたんですが、それが宗像さんのいう二十年前の夏ということになるんです。

でも、その夏のことで詳しい記憶はありません。子供のころ夏にはたくさんの来客があり、家がとても賑やかだったことは覚えています。子供づれで滞在する夫婦もいたし、そんな子と遊んだような思い出もありますが、そこに宗像さんがいたかどうかまでは、とても」

それはそうかもしれない。すでに少年の年齢に達していた自分でさえ、記憶には曖昧な部分があるのだ。五歳の少女では、とくに毎年のように二十人もの滞在客がいたという環境であれば、自分のように平凡な少年のことなど覚えていなくて当然かもしれない。

「咲耶さんは無理でも、大人なら覚えているかもしれない。佐伯さんとか、お母さんとか」

「二十年前なら佐伯はもう、この邸にいたはずです。折をみて、わたしから尋ねてみましょう。でも、母には……」

複雑な表情で咲耶が言葉をとぎらせる。母親には自分を泊めていることさえ秘密にしているというのだ。宗像冬樹という少年が二十年前に、この館に滞在していたかどうか理由もなく質問するわけにはいかない。たぶんそういうことだろう。

「宗像さんはどんな縁で鬼首に滞在していたのでしょう。まるで無関係な人が邸に招かれたわけはありませんし」

「それが、ぼくにも判らないんです。もちろん母なら、なぜ招かれたのかを教えることができたはずだ。でも死ぬまで、あの夏のことについては口を噤んだままでした」

「まさか宗像さんの家が、遠い親類だということはないわね。それともお父さまが、うちの会社に関係してらしたとか」

無言のままかぶりをふる。宗像は母の姓だ。戸籍を調べても父親のことは判らない。父についても早くに死んだということ以外、母はあまり語ろうとしなかった。生前にどんな仕事をしていたか推測のしようもない。

「その夏のことで、宗像さんはどんな思い出があるのでしょう。わたしのこと、なにか覚えていますか」

「自分でも奇妙に感じるんですが、生涯にも稀な素晴らしい夏を体験したという印象が鮮やかな半面、記憶にはどことなく曖昧なところがある。忘れたことのなかに、なにか重要な出来事があったように思えてならない。それなのに詳しいことを思い出そうとすると、記憶は薄明に輪郭を滲ませて消えてしまう。

館の人のことでよく覚えているのは、フミヤさんという中学生のことくらいかな。四、五歳上のフミヤさんは、毎日のように、ぼくと遊んでくれました。森で昆虫採集をしたり、谷川で一緒に泳いだり、キャッチボールの相手をしてくれたり、夜には勉強もみてくれた」

「そうでしたの。史也《ふみや》さんは天覚寺の息子さんですわ。史也さんのお祖父さまにあたる和尚さんと、祖父がとても親しかったとか。それで史也さんも子供の時分から、この邸にはよく遊びにきていたんです。

そんな縁で宗像さんの遊び相手を頼まれたのかもしれません。史也さんは高校は盛岡、大学は東京のはずですが、いまは鬼首にもどりお寺で住職を勤めています。史也さんと話してみれば、昔のことも詳しく思い出せるかもしれませんね」

「それから、女の子が二人いたような気もします。どうも記憶が曖昧なんですが、あるいは、それが咲耶さん姉妹だったのかもしれない。

ほとんど覚えていないところをみると、年もだいぶ違うし、一緒に遊んだりはしなかったのでしょうね。鬼首にはおられないようですが、いま妹の華子さんは東京ですか」

咲耶は東京の中学にあがり、親戚の家から通学していたという。おそらく妹もおなじようにしたのだろう。二歳下ならまだ大学を卒業したばかりの年頃《としごろ》で、そのまま東京にいても不思議ではない。そんなふうに考えて気軽に口にしたのだが、咲耶の反応が異様だった。

なにかに魂を奪われたように、蒼白な顔で虚空を凝視している。もちろん無言だ。うつろな視線が宙をただよい、無意識のうちに舌が乾いた唇を舐めている。思わず手を伸ばし、指先でカーデガンの薄い肩先にふれていた。

「どうしました」

咲耶がぎくりと身をこわばらせる。のろのろと首をふりながら、悪夢から目覚めたばかりという顔で怯えたようにこちらを見た。しばらくしてようやく語りはじめたが、表情は沈痛で声にも張りがなく、聞いている方まで重苦しい気分を強いられる。

「……妹の華子は、宗像さんが鬼首を訪れたという夏にどこかに消えてしまったの。妹が失踪《しっそう》してから母は半狂乱でした。医師の勧めで盛岡の精神病院に送られ、一年後に退院しました。それから二十年も寝たり起きたりの生活で、とても健康とはいえません。

体も弱いのだけど、事件いらい心にいびつなところが残ってどうしても治らないの。日常生活に支障はありませんが、ときとして夢と現実の境が曖昧になるんです。被害妄想の傾向もあって、来客を病的に怖れるのもたぶんそのせいだわ」

「それは……」

咲耶の姉妹について尋ねたとき小間使いの慶子が急に態度をかえたのも、この話を聞けば納得できる。陰気な声で咲耶が続けた。

「事故で幼い子を奪われるという不幸を体験した母親は、少なくないことでしょう。それでも精神病院で治療を受けなければならないほど激しいショックをこうむるような人は、それほど多くはないわ。母は特殊だと思われるかもしれませんが、違うんです。

父には芳枝という妹がありました。戦前のことですが芳枝叔母も、やはり三歳で失踪しているんです。その怖ろしい意味が、宗像さん、あなたに判りますか」

きつく唇を噛んで咲耶がこちらを凝視している。本で読んだばかりの伝承が、いやおうなく頭に浮かんできた。

出羽山中に棲む鬼の黒童子は、「村人に幸運をもたらすため山を降りてきたが、卑怯な不意打ちで首を切り飛ばされた以上は、ただではすませぬ。これよりおまえの家にとり憑き、代々、幼女をかどわかしては頭から喰い殺してくれよう」という呪詛の言葉をオザクに吐いたのだという。

伝承によれば、鬼の呪詛のためオザク家の当主の娘が神隠しにあうという不運は、代々続いて絶えることがない。それだけではない。緒先家では二代にもわたり、三歳の幼女が行方不明になっているというのだ。

「そんな、馬鹿な」

「わたしだって鬼首の昔話なんか信じてはいません。でも母には戦前の叔母の事件をそのままになぞるような妹の失踪が、あまりに残酷な衝撃でした。妹はたんに行方不明になったのではない、妹の失踪の背後には叔母の失踪がある。その背後にはさらに、神隠しにあったという緒先家の無数の幼女たちがいる……。

こんな妄想めいた疑惑のために、母は神経を病むようになったのかもしれません。ほんとうのことはだれにも判らないけれど。

母がわたしを東京の中学にあげるよう手配したのは、たぶんそのせいです。三代続いて、悲惨な事件が起きるのを怖れたのかもしれない。東京で結婚し、東京で生活することを望んでいた母の期待にそむいて、わたしは鬼首に帰ってきました。生まれたばかりの娘を連れて。

娘の麻衣はこの夏で三歳になりました。なにか事件が起きるとしたら、それから一年以内のはず。叔母も妹も、三歳のときに行方不明になったのですから、それでもわたしは鬼首から逃げようとは思わない。

自分の代で出羽の黒鬼にまつわる呪いを解いてみせる。そんなものがただの伝説にすぎないことを証明したい。わたし、絶対にそうするつもりなんです。緒先家のためだけでなく、それは自分にとっても大切なことだと思うから」

決意をこめて咲耶が語りおえた。伝説が伝説にすぎないと証明することになぜそれほどこだわるのだろう。興味はあるにしても、東京でなにがあったのか、なぜ鬼首に帰郷する気になったのか、それ以上は問えない気がした。

たぶんそこには、失敗に終わった結婚生活も関係しているのだろう。それも親しくなれば、咲耶の方から詳しく話してくれるに違いない。親しくなれば、もっと親しくなれば……。そんなふうに考えて、いつか咲耶という若い女の謎めいた魅力に、心を奪われかけていることに気づき愕然とした。

8

二階建ほどの高さがある老朽化した木造建築のまえで、案内役の慶子が館から出てくるのを待った。一階の半分がガレージに利用されている建物は、倉庫と呼んでも大袈裟でないほどの規模だ。倉庫は館の左翼部の裏手に位置している。

倉庫の入口と調理場のあいだには、屋根のある短い石畳道が造られていた。調理場にある裏口から靴を汚さないで倉庫まで行けるようになっているのは、そこに保存用食料をはじめふだん使用されない食器や調理用具などが収納されているからだろう。

戦前のことだがこの館ではときとして、来客が百名を超えるほどの大宴会が開かれたという。

館にはレストランでも営業できるような大調理場があるが、それでも大型の器具類や百人分の各種食器まで収納しておく余裕はないようだ。

午前中には晴れていた空が、いまは薄い鼠色《ねずみ》に曇りはじめていた。吹きつけてくる強風が痛いほどに膚に冷たい。倉庫のまわりには残雪の白い斑点があちこちに見える。日当たりのよくない建物の裏手だから、普通よりさらにさむざむしく感じるのかもしれない。

身につけている防寒具は、スノーブーツも帽子も手袋も狩猟用だという半外套も、残らず咲耶の指示で慶子が用意してくれたものだ。どれも外国製の高級品らしい。ブルゾンなど東京から着こんできた防寒具は谷底に落ちた車のなかで、外出のため寒くない恰好をするには、咲耶の好意をあてにするしかない事情だった。

半外套をはじめ借り着はいずれも、ほんの一、二度しか袖をとおしていない新品同然の品だが、よほど長いことクローゼットにしまいこまれていたらしい。布地にはきつい樟脳《しょうのう》の匂いが染みこんでいた。古めかしい材質やデザインから考えて、二十年以上も前に死んだという咲耶の父親の服かもしれない。

足音をしのばせて石裂の書斎を出たあと、咲耶はさらに館の案内を続けた。その説明を聞きながら広大な邸内を見物していると、まもなく広間の大時計が陰気な音で正午を告げた。配膳《はいぜん》室の入口で、昼食の盆を運んでいる家政婦の佐伯郁子と顔をあわせる。

「ごめんなさい。おひるは慶子の給仕で召しあがって。わたしは郁子さんと二人で、これから母の食事の世話をしなければならないの。娘の麻衣も一緒です。でも夕食のときはお相手ができますから。郁子さんが何年ぶりかのお客さまのために、ぞんぶんに料理の腕をふるうことでしょう。宗像さんの回復を祝う晩餐にもなるわけだし、期待していてくださいね」

こんな言葉をのこして、咲耶は家政婦とともに階段の方に姿を消した。代わって慶子が、調理場の一角を独立させたような小さな食堂に案内する。おそらく佐伯など使用人が食事をするための部屋なのだろう。

日本で造られたものとしては、信じられないほどに本格的なルネッサンス風建築だが、あまりに古めかしく広大にすぎて、人気《ひとけ》ない陰気な印象はぬぐえない。そんな邸内をうろついたあとでは、案内された家庭的なぬくもりのある小空間が安心感をもたらした。

食後のコーヒーを飲んでいると、慶子が両手いっぱいに防寒具を運んできた。そして、外出の準備ができたら館の裏手で待っていてほしいという。咲耶に命じられて、午後は鬼首の黒寺まで案内するというのだ。

あの夏の記憶から曖昧な部分を消しさるには、史也という人物が大きな役割を果してくれるだろう。いまは鬼首の天覚寺で住職を勤めているという史也こそ、かつて自分がこの館に滞在していたことをはっきりと証言してくれるはずだ。

こんな事情を考慮してか、咲耶は天覚寺訪問のために必要な手配をたちまち整えてくれたらしい。咲耶の親切に、もちろん不満などない。午後にはひとりでも天覚寺を訪れ、和尚に面会したいものと考えていたのだ。

三階の寝室までわざわざ着替えに戻るまでもない。その場でスノーブーツをはき、セーターの上に半外套を着こんだ。帽子と手袋を手にして調理場にある裏口から表にでる。倉庫の陰で容赦なく吹きつけてくる北風を避けながら、昼食のかたづけをしているらしい慶子を待つ。

五分ほど待ったが、案内人の娘はまだ調理場から姿をあらわさない。見えない手に押されるような気持でふと背後を振りむいた。背筋に粘りつく執拗な監視の視線を感じたのだ。見あげると館の左翼部二階にある鎧戸が壊れたままの窓で、厚手の生地のカーテンが揺れていた。どうやら乱暴に閉じられたばかりらしい。

こちらを眺めていたのは咲耶でも佐伯郁子でもない。この二人なら相手に気づかれても、あわててカーテンの陰に身をひそめたりしないはずだ。あるいは咲耶の母親、緒先雅代かもしれない。

神経を病んでいる雅代には、滞在客の存在を秘密にしてあるという。館の裏手に見知らぬ男がいるのを目にしたら雅代はどう反応するだろう。怒り狂い、咲耶に不審な男を追いはらうよう命じるかもしれない。

面倒なことになりそうな嫌な予感がする。第二作のための現地調査がようやく軌道に乗りはじめたところだというのに、鬼首の館から追い出されるのではたまらない。沈みがちな気分で凍結した残雪を踏み、さらに倉庫の裏手に廻りこんだ。吹きさらしだが館の窓から見とおせない地点で慶子を待つことにする。

館があるのは鬼首の集落を見おろす台地の平坦な頂上部だ。倉庫の裏手まで廻りこむと前方が急な斜面になる。斜面の縁にたち眼前にひろがる光景を眺めた。灰色に塗りつぶされた空のもと、すでに雪化粧をおえた国境山脈の峰々が視界の果てまでとぎれることなく続いている。山脈の彼方には、鬼の黒童子が棲んでいたという出羽山もあるはずだ。

眼下の急斜面は深緑色をした針葉樹の枝々で埋めつくされている。そこを葛おりにくだる小道がある。集落にいたる細い山道のはじまりは、倉庫の真裏から三十歩ほど離れた杉の巨木の下にある。

標高で二百メートルほど下になるだろうか。鬱蒼《うっそう》とした森林にかこまれた掌に入りそうに小さな窪地だ。そこには、わずかの耕地と十軒にみたない農家の屋根が点々と眺められる。鬼首は予想よりもはるかに貧弱な、時代に見捨てられた山間の小集落だった。

鬼首に見るほどのものなどなにもないと鬼骨閣の女将は語っていたが、その言葉に嘘はなさそうだ。目につくのはせいぜいのところ、反対側の山腹で木立のあいだからのぞいている古びた瓦屋根くらいのもので、窪地にはほかに大きな建築物はない。あの瓦屋根が天覚寺の本堂なのだろう。

「お待たせしました。これからお寺まで案内しますから」

背後から若い娘の声がする。振りかえると、ジーンズにキルティングのブルゾンを着けて青いゴム長をはいた慶子がいた。仕事着のエプロン姿から普段着にもどると、気分的にも解放されるのかもしれない。館のなかにいるときより親しげな口調で娘が言葉を継いだ。

「お寺までは四十分ほどかしら。東京にもいたことがあるし、ほんとうに面白い和尚さんですから、お客さんとも話がはずむと思いますわ」

そうかもしれない、と思う。骨山温泉の土産物屋で土木作業員めいた風体の男が、「オニンゴ」や「クロサマ」について詳しく知りたければ黒寺の和尚に会うべきだと助言してくれた。あのときはまだ知らなかったのだ、黒寺の和尚が古い記憶にあるフミヤさんらしいことを。とにかく一刻もはやく会うべき人物に違いない。

「咲耶さんから、なにか伝言は」

なにげなく尋ねてみたのは、二階の窓からこちらを監視していたらしい謎の人物の正体を気にしていたせいだろう。若い娘は大きくかぶりをふりながら答える。

「お客さまにはとくにありませんでした。日暮れまでに館にもどるよう、わたしに命じられただけです」

どうやら雅代に気づかれたわけではないらしい。とすると、窓辺にいたのは何者だったのか。

「館の二階の窓、左端から八つめの鎧戸が壊れている窓だけど、あの部屋はだれが使っているのかな」

「八つめの窓というと……」

慶子は唇をすぼめるようにして思案していたが、二、三度自分に頷くようにしてから答えはじめた。

「そうだわ、あの部屋ね。わたし入ったことがないんです。大掃除のときも締めきられたままで、室内がどんなふうになっているのかも判りません。昔は書斎だったらしいんですが、いまは物置がわりにでも使われているんでしょう」

だが、それはおかしい。鎧戸の壊れた窓が書斎にあるなら、石裂の書斎の窓は全部で五つという計算になる。しかし書斎に窓が四つしかないことは、さきほど自分の眼で確認したばかりなのだ。どうやら二階には明かずの間がふたつあるらしい。第一は石裂の書斎で、第二は書斎の隣にある問題の部屋だ。

奇妙なことに、その部屋には通路に出るためのドアがない。書斎からしか出入りできない部屋、ようするに書斎の続き間ということになる。それでも判らないのは、書斎には通路にでるドア以外に第二のドアなど存在しないことだ。窓が四つしかないのと同様、これも歴然とした事実で疑う余地はない。

慶子に事情を説明されても謎はますます深まるばかりだが、それ以上の追及は断念しなければならない。疑惑があることを相手に納得させるには、自分が石裂の書斎に足を踏みいれた事実を告白せざるをえないからだ。咲耶との約束がある以上、慶子にそれを喋るわけにはいかない。

「あれが、黒寺かい」

カーテンの陰にかくれて監視していた人物については、あらためて考えることにしよう。気分をかえるため彼方に見える瓦屋根を指さしながら問いかけると、娘が大きく頷いた。

「それでは、鬼塚というのは」

「ここからは見えません。千年も昔の石塚なので、鬼首一帯にもめずらしい大木にかこまれているんです」

「まわりに巨木があるとしても、それで鬼塚が造られた年代が判るというものでもないだろう」

「いいえ、まわりだけでなく塚のなかにも大きな木があるんですよ。なかには樹齢千年以上という杉の大木も。塚のそとの木もなかの木も、鬼塚ができたあとに植えられたことだけは確かなんです。お客さんも自分の眼で眺めれば納得できるはずですわ」

慶子が先にたち、鬼首の窪地にいたる小道の方に歩きはじめる。娘がいうように見ればじきに判ることだが、いくらなんでも樹齢千年以上というのは大袈裟だろう。そう村人が信じているにしても、確かな根拠などあるわけがない。

伝承であれ習俗であれ儀礼であれ民俗学の調査対象になるのは、どれほど時代を遡行《そこう》しても室町時代が限界だといわれている。戦前に三笠の恩師が採集したという、オザクと黒童子をめぐる民間伝承も例外ではない。とすれば鬼塚が千年以上もの昔に造られたということなど、常識的には考えられない。千年昔といえば平安時代の中期という計算になる。

もしもそれが事実なら、鬼塚の遺跡と黒童子の伝承には直接の関係がないという結論にならざるをえない。だが、そんなことはないはずだ。鬼塚の遺跡が千年以上もの歴史をもつというのは、おそらく鬼首の住人の村自慢にすぎまい。

鬼塚は館の裏手から急な葛おりの山道を下って十五分ほどの、鬱蒼と繁《しげ》る森林に埋もれていた。だいたいの見当では、館が建てられている台地の北麓直下ということになる。

最初に観察されたのは、一メートルほどの間隔で配列された立石の列だった。樹木にさえぎられてはっきりしないが、成人の背の半分ほどある立石の列はゆるい弧をえがき、全体として大きな円をなしているらしい。いつの時代にか倒れたらしく、腐植土に埋もれている石も少なくない。

ゆるやかな下りの小道は立石と立石のあいだを抜けていく。さらに森のなかを二十メートルほど進むと、地上部分だけで成人の背の倍ほどもある大立石が二メートルほどの間隔で列をなしている、第二の環状列石が見えてきた。

「こいつは、信じられないほど大規模なストーン・サークルだ」

知らないうちに呟いていた。先を歩いていく慶子がふりむいて微笑する。客が本気で感心しているので、案内人としても満足なのだろう。

「これほど大きなストーン・サークルが日本にあるなんて、これまで考えたこともない。考古学の知識はないけれど、日本でも有数という大列石じゃないかな」

「お客さん、まだ驚くのは早いわ」

慶子が、気をもたせるように笑いかけてくる。小道は森のなかを、巨石と巨石のあいだをすり抜けるようにして前方に延びていた。興奮ぎみで歩いていくと、なにか異様な気配が漂いはじめた。

「どうしたんですか」

不審な声で慶子に問いかけられてしまう。娘のあとを追って第二の環状列石のなかに踏みこもうとした瞬間、ふいに足が進まなくなった。ひどい眩暈《めまい》に襲われて、崩れようとする体を支えるのが精一杯だ。

吐き気がするほど胸苦しい。あたりの光景が波のように揺れはじめる。体がいまにも倒れていきそうだ。全身が冷たい汗で濡れている。

かろうじて頭上の枝々のあいだからのぞいた、陰鬱な灰色の曇天。樹木の根方に残る雪とぬかるんだ小道。太古の遺跡を隠して森は怖ろしいほどの静寂に満たされていた。遠方から若い女の囁き声がかすかに聞こえてくる。思いだすのよ、思いだすのよ、思いだすのよ……。

たちならぶ立石と樹木のあいだには、膚にからみついてくる陰惨な気配がある。それは遺跡の中心部に近づくほど密度を増していくようだ。あたりに充満する不気味なものは、見えない毛むくじゃらの手で禁域に侵入する者の心臓を摑み、握り潰そうとしているのではないか。

「だいじょうぶ」

娘の言葉に応えたつもりなのに、喉からは意味のない掠《かす》れ声が洩れただけだ。澄んだ女の声が頭蓋のなかで反響し轟きわたる。ひどい頭痛がする。断片的なイメージが無数に、どこからともなく湧きだしてくる。

無数の巨石だ。それに血。太古の祭儀場だ。裂かれた心臓から噴出する血。巨石を濡らして流れおちる血。白い衣を血にそめた若い女。誇らしげに乳房を剝きだしにした半裸の女祭司。

……ジュリエット。

つめたい粘液をかきわけるようにして、よろよろと進んでいく。一歩一歩、渾身の力で歩きつづける。

薄気味わるい気配は、どうやら遺跡の中心部から漂いだしてくるらしい。二重に造られた大小の環状列石の中央にあるのは、信じられないほどに巨大な縦長の大立石だ。円形に造られた石造台座の高さを除いても、本体だけで四メートルもある。自然石の中央構造物はゆがんだ円柱状で尖端《せんたん》は根元よりも多少ほそい。

自然石だが人の手がくわえられたとおぼしい箇所もある。立石の上部には円柱の全体をとりまくような窪みがつけられ、半球状をした頂上部にはどうやら縦溝が刻まれているらしい。中央立石がなにを模しているのか推定するのに、それほどの想像力は要求されない。上部に節のある石柱は、巨大な男根を象徴しているに違いない。

小道は巨大な石製男根の下をとおり、さらに前方に延びている。それをたどると、蔓や下草に埋もれた分厚い円板状の石造遺物にいたる。直径三メートル以上もの平たい丸石で、そこにも細工の跡がある。円板の中央には深い縦線が刻まれており、あたりには腐敗した蜜柑《みかん》や団子など供物《くもつ》の残骸とも見える品々が散乱していた。

「お客さん、具合がわるいんですか、そんな青い顔をして。すこし休みましょうか」

懸命の努力でかぶりをふる。吐き気をおさえ荒い息をととのえながら、蜜柑や団子の残骸について問いかけてみた。

「……これは、なに」

「きっと西屋の三津子さんが、子授けの神さまに供えたものだわ。三津子さんは三十になるというのに、まだ子供ができないいんです」

ためらいがちに慶子が答える。羞恥心のためだろう、娘は頬を紅潮させていた。理由は問いただすまでもない。

鬼塚の中央立石が男根の象徴であるとすれば、円形石板は女陰をあらわしたものに違いない。鬼首の村人は女陰の象徴である太古の遺物に、子授けや安産の呪力《じゅりょく》をみとめて信仰しているようだ。妊娠を願う女が供物をそなえにきたとしても、とくに不思議ではない。

「郷では昔から、これを一の陣、二の陣、オトさま、メナさまと呼んでいるんです。一年に一度、夕陽がオトさまの影をメナさまの真上におとすとき、それがホンガン祭の日ということになるんです。

鬼塚はこの地に千年以上も昔からあります。いまはお客さんも納得できたでしょう。一の陣と二の陣のあいだに、これほどの大木が生えているんですもの。この木を切らないでは二の陣は絶対に造れません。あんなに大きな石ですから、木を残したまま運びこむことなんか不可能ですから」

外郭の環状列石を「一の陣」、内郭のそれを「二の陣」と鬼首では呼びならわしているらしい。中央立石が「オトさま」、溝のある円形石板が「メナさま」ということになる。

慶子が語るように、この森林を切りひらかないかぎり鬼塚の建造は不可能だ。内郭の環状列石や中央立石はもちろん、外郭部分でさえ同様だろう。巨石と巨石のあいだに樹齢千年という ような巨木が存在している以上、鬼塚が千年以上も前に造られたと考えるのは妥当なことだ。

「だが、それは違う……」

のあいだを縫って左手の山襞に消えていく。この道をたどれば、館にむかう分岐点を通過して骨山温泉まで行けるはずだ。ところどころに雪の残る田園風景を見わたしてみても、窪地にはひとつとして人影が認められない。あたりはしんとしてかすかな物音さえもない。聞こえてくるのは吹きつのる北風の音ばかりだ。

「ここが鬼首郷か。でも、ほんとうに人が住んでるのかな」

「住んでいますとも。みんな家のなかで手内職をしているんです。まもなく十二月で畑仕事にはむかない季節ですから」

こんな会話をかわしながら歩いていくと、砂利道が大きく左に曲がる地点にでる。前方にあるのは森林におおわれた山の斜面だ。歩いて二十分もしないうちに人家と農地のある窪地は終わり、また山になる。南北だけでなく東西も似たようなものだろう。

どうやら慶子は、館のある台地のむかいに位置する山をめざしているらしい。骨山に続く砂利道を離れると枯れ葉に埋もれた空き地があり、泥だらけのジープが乱雑に停められていた。空き地からは山膚につけられた石段を登ることになる。石段の左右はどちらも奥深い原生林だ。

「お寺はこの上なんです。体の具合が悪そうでしたけど登れるかしら。この階段、百八十八段もあるんですよ」

摩滅して中央部がへこんでいる石段は胸をつくほどの急傾斜だった。おまけに踏み石は解けかけた雪に濡れて滑りやすい。頷いて大きく息を吸う。それから先に立って登りはじめた。

一度も休まずに百八十八段を登り終え、荒い息で石段の上に聳えている山門の柱にもたれた。門の左右には筋骨隆々とした木彫の仁王像が配置されている。二体とも三メートルはありそうな巨像で、荒々しく鼻腔《びこう》をひらき仏敵を威嚇するように大きな眼をむいている。

山奥の寺には贅沢にすぎるほど壮大な寺門建築だが、仔細に観察するゆとりがない。風雨にさらされて白い地膚を剝きだしにした大人でも抱けないほど太い柱に寄りかかり、なんとか息をととのえようと努力する。

過度の飲酒をはじめとする長年の不摂生で、心臓にも肺にも二十歳のころの半分の力さえないということらしい。それでも慶子にはなんとか弱音を吐かないですんだ。このくらいで満足しなければなるまい。

門を抜けると寺の前庭がある。庭のむこうに見えるのが天覚寺の本堂だろう。山門とおなじようにかなりの規模の建築物だが、ほとんど廃屋というほどに荒れはてている。できるだけ早い機会に根本的な修復作業をおこなわないかぎり、土台から崩壊するのも時間の問題という印象だ。

庭に面して右手にある小ぢんまりとした建物が庫裏《くり》だろう。庫裏は、建てられてから数百年は経過しているはずの山門や本堂ほどに老朽化した建物ではない。土台はコンクリートだし、濡れ縁の奥に見えるのは障子でなくガラス戸なのだ。

庫裏は古くからそこに存在したにせよ、いまあるのはおそらく戦後に改築された新しい建物ではないか。

庫裏のガラス戸が開き坊主頭の男が縁先に顔をだした。ジーンズにセーターという軽装だが綺麗に剃《そ》りあげた頭からみて、この寺と無関係な人物とは思われない。隣にいる慶子が男をみて呟いた。

「あら、和尚さんだわ。お客さんを連れてくること、和尚さんは知ってたみたい」

天覚寺の若い住職は縁先で大きく腕をあげ、こちらに合図している。そんな住職の顔を見て愕然としてしまう。年のころ三十五、六の住職は骨山温泉の土産物屋で顔をあわせた、あの労務者ふうの男に違いない。

そういえば思いあたるふしはある。石段の下に駐車してあったジープは土産物屋の店先に停められていた車とおなじ型、おなじカーキ色の塗装だった。あのときの労務者こそ、ほかならぬ天覚寺の住職自身だったらしい。

9

庫裏の建物を廻ると玄関の引き戸がある。書庫や書斎にはおさめきれないのか、玄関間にも廊下にもスチール製の本棚が列をなしている。棚に詰めこまれているのは民俗、宗教、歴史などの関係書が多いようだ。

案内された庫裏の居間で、勧められるままに炬燵に足をいれた。賄《まかない》など住職の世話をするために雇われている老婆も、いまは留守らしい。そのため住職に命じられた慶子が、台所から魔法壜や急須や茶碗を運んできた。黒寺の主は生まれたときから慶子のことを知っているのだという。戸数が十あるかないかという僻地の小集落だから、それも当然のことだろう。

挨拶をすませたあと話の切り口を考えながら渋茶を啜っていると、坊主頭の男の方から語りかけてきた。なにが面白いのかにやにや笑っている。

「そんなに驚くなよ。鬼首の民間伝承について知りたければ、おれに会うべきだと忠告したことに嘘はない。きみのまえに坐ってるのが、日本で唯一の鬼首民俗研究家というわけだ。だが、この和尚さんも驚いたぜ。たまたま骨山のウドン屋で顔をあわせた東京者が、なんと二十年も昔に鶴亀算《つるかめざん》を教えてやった子供だったとはな」

からかうように話しかけてくる和尚は、もう来客の正体を知っているらしい。

「咲耶さんから、連絡があったんですね」

「そう、三十分ほど前に電話があった。鬼首で電話がひかれているのは緒先の邸と天覚寺、それに慶子の実家の三軒だけなんだ。鬼首の連中は必要があれば、村の世話役ということになる慶子の実家の電話を使う。そんな必要など、どの家でも年に一度あるかないかだろうが」

意志的な頑丈そうな顎をした男だ。かるく目を剝き、肉の厚い唇を舌で舐めるようにして喋る。態度に遠慮はないが、厚かましいわけではない。ふてぶてしい印象のなかにどことなく妙な愛嬌《あいきょう》を感じさせる。

この人物をなんと呼ぶべきか迷いながら、おもむろに口を開いた。慶子にならい和尚と呼ぶのがいいだろう。

「やはり和尚さんが、あのときのフミヤさんだったんですね」

「おれが天覚寺の史也だ。電話の咲耶の言葉で思いだしたんだが確かに二十年前の夏、東京からきた子供の面倒をみた覚えがある。子供はその夏、母親と二人で館に滞在していたんだ。名前は冬樹、宗像冬樹にまちがいない」

「……やはり」

呟きながら頷いていた。二十年前に鬼首に滞在していたことを、ようやく証言してくれる人物があらわれたのだ。こちらを覗きこむようにして和尚が続ける。

「よく見ると子供のときの面影があるような気もするが、はっきりせんな。きみもおなじことだろう。いまのおれから二十年前の紅顔の美少年を想像することができるか」

「和尚さんたら」

笑いをおさえながら慶子がいう。冗談で顰《しか》め面《つら》をして見せてから、こんどは真面目な顔で続けた。

「きみがほんとうに宗像冬樹なら、あの夏の子供だということになる。同姓同名の別人でないかぎりは」

「顔写真のある運転免許証やパスポートで、ぼくが宗像冬樹だということは証明できます。同名異人の可能性は、和尚さんや咲耶さんには問題かもしれませんが、ぼくには関係のないことだ。なによりもぼくには、子供のとき、鬼首の館に滞在したという記憶があるんですから」

「おれだってそれは疑わんよ。たまたま『昏い天使』という本を読んだときのことだ。宗像冬樹という作者は、もしかしてあのときの少年のことではないかと考えた。名前がおなじだし、きみの小説で暗示的に描写されている黄昏の館は鬼首の緒先邸を髣髴させた。咲耶に『昏い天使』という本のことを教えたのはこの和尚さんなのさ」

坊主頭をふりながら住職が自慢げにいう。なるべく早く話を核心に運びたい。もどかしい思いで問いかけてみた。

「ぼくはどんな縁で、あの館に招かれたんでしょう」

「残念だがそこまでは知らんな。咲耶のおふくろに頼まれて、あの夏のあいだだけ宗像冬樹という子供の面倒をみただけなんだ。だが、その子の正体について考えたことが、ないわけじゃない」

「なんですか、それは」

その子の正体……。緊張のあまり唇の端がかるく痙攣していた。住職は首をふり、眉をよせながら低い声でいう。

「残念だがおれの口からはいえないな。なんの証拠もないことだし、自分の言葉が思わぬ結果をもたらすようでは困る。そうなったりすれば、村人の魂の平安をまもるのが先祖代々の仕事だという黒寺の住職としての立場がなくなるんだ。

どうしても関心があるというなら館にある絵をとっくりと鑑賞してみることだ。『栗鼠《りす》と遊ぶ少年』。確かそんな題の絵で、咲耶に頼めば出してくれるだろう。最近は飾ってあるのを見たことがないが、おれが子供のころは二階にある広間の壁にかけられていた。大きい方の家族の居間だ。たぶんいまは物置にでも放りこんであるんだろう」

追及してみてもこれ以上は語りそうにない。仕方なく話題をかえることにした。

「和尚さんは緒先家の人々と、ずいぶん親しいんですね」

「それはそうさ。こんな見捨てられたような山奥でそこそこの教養人というのは、緒先家の人間か寺の住職のどちらかなんだから。幕藩時代から庄屋の緒先家の当主と天覚寺の住職は代々、鬼首と骨山を往来しながら遠慮のない友人づきあいをしていたらしい」

緒先氏は古くからの豪族であり、かつては鳴神までを支配していたという。いまルネッサンス風建築が聳えている台地は、戦国時代まで緒先氏により難攻不落の山城として利用されていた。のちに南部藩に帰属し緒先氏は麓の骨山に館を移すことになる。南部藩のもとで骨山一帯の庄屋を務めるのに鬼首ではあまりに不便すぎたのだろう。

住職の説明によれば、骨山の庄屋屋敷から鬼首に西洋館を建てて移住した石裂は理由なく山奥に隠遁《いんとん》したわけではない。たんに邸を緒先氏の父祖の地に戻しただけということになる。和尚の話は自然と鬼首や緒先家の由来をめぐる方向にむきはじめた。やはりそこにいちばんの関心があるのだろう。

「和尚さんは、鬼首の伝承について知りたいなら天覚寺の住職に聞けばいいと、骨山の店でいいましたね」

「最初に話したようにそれは事実だぜ。おれは鬼首民俗研究の先達である二人の唯一の継承者なんだ。日本でひとりきりの鬼首専門家だともいえる」

住職は誇るわけでもなく、むしろ淡々とした口調でいう。

「二人というと」

「おれの祖父にあたる天覚寺の慈念和尚と石裂だ。緒先倫太郎石裂、なんとも喰えない人物さ。石裂との運命的な出会いが祖父《じい》さんにとって幸運だったのかどうか、いまでもおれにはよくわからない。中学生時代から二人は、それが人生の中心になるような探究の主題を共有していたんだ」

「というと」

「二人とも鬼首にまつわる歴史の謎に、猛烈な興味を抱いていたというわけさ」

あるとき中学生の石裂がふいに鬼首の天覚寺を訪れ、寺に保管されているはずの古文書を見せてくれと頼んだらしい。石裂は父親の実隆から天覚寺文献の存在を聞かされたのだろう。もともと鬼首の民俗や伝承に関心があった住職の息子は、それをきっかけに石裂と親しく交遊するようになった。

「二人は金も時間も惜しまないで、鬼首にまつわる歴史の謎を究明するため執拗に研究を続けた。石裂が大学で考古学を学んだのものちに渡欧したのも、二人の共同研究がそれを要求したからだ。

石裂は鬼塚の遺跡とイギリスやフランスに残るドルメンやメンヒルとの関係を現地調査するためにこそ、貴族員議員だった父親の不満を無視してまで長期にわたり欧州に滞在したんだな」

石裂を「喰えない男」と呼んだ住職の口調は吐きすてるようで、そこには侮蔑《ぶべつ》とも憤懣とも
つかないものが滲んでいた。どうやら緒先石裂にたいして言葉にならない複雑な感情があるようだ。

石裂にたいする住職の感情について追及すれば藪蛇《やぶへび》になりかねない。そんな気がして質問は平凡なものにとどめた。

「二人は、鬼首についてどんな研究をしていたんですか」

「そいつは簡単には話せんな。なにしろ日本史を書きかえるほどの秘密なんだ」

住職は顎をなでながら思わせぶりにいう。だが、笑い皺をきざんだ目尻が言葉を裏切っていた。喋る気がないわけではない。嬉しそうな顔で勿体《もったい》をつけているだけなのだ。

「そんなこといわないで、お願いします。和尚さんの話を聞きたいからこそ、ぼくはこの寺まで来たんですから、そのために吹雪で死にかけたんですよ」

必死で頼みこんでみると、和尚は揉《も》み手しながら頷いた。聞き手の懇願は舌を滑らかにするための潤滑油というところだろう。

「そこまでいうなら話してやろうか。大雑把な輪郭だけ喋るにしても話は長くなるぞ。いいかな」

「暗くなるまでに、館にもどればいいんです。時間は充分ありますよ」

住職はしばらく口を噤んでいた。どんなふうに語りだせばいいのか考えているのかもしれない。しばらくしておもむろに口を開いた。

「親父はとんと関心がない様子だったが、祖父さんの血をひいたおれは鬼首の由来に子供のときから関心があった。

祖父さんはおれが生まれる以前に死んでいたが、親父やおふくろから祖父の奇矯《ききょう》な研究についてはよく聞かされていた。中学生になるころには、祖父さんが書きのこした行李《こうり》一杯もの資料類を端から読みちらしてもいたのさ。

高校生のときにはもう、祖父さんの研究を継承することこそ人生の目的だとはやくも確信していたほどだ。家業の必要から東京の大学では仏教学部に籍をおいたんだが、真剣に学んだのは民俗学や人類学や歴史学の方だ。多少とも関係があると思えば、ほかの大学の講義を聴講したりもしたよ。

こうして日本で唯一の鬼首民俗研究家ができあがったわけだ。岩手に帰郷したのは死んだ親父の跡を継ぐためだが、現地で鬼首研究を続けるという目的もあった。そのうちに研究成果をまとめたいとも思うが、いまの学会やジャーナリズムが相手ではまともな反応など期待できそうにないな。

岩手の山奥で奇人変人の類が妄想を書きつらねた本を自費出版したというのが、予想できる大方の反応というものだ。なにしろ日本史ばかりか世界史までも根本的に書きかえるような異端説を唱えようというのだから、そのくらいは覚悟の上さ。

ところできみは『鬼とマレビト――奥羽民間伝承の研究』という本を読んだかい。おれは学生時代に、著者の狩野栄吉という民俗学者の講義も聴講したことがある。鬼首伝承について学者が言及した、これが日本で最初の本なんだ」

遠慮がちに頷いた。斜め読みはしているが、一週間前までは書名さえ知らなかったと正直にいうのは気がひける。なにしろ相手は日本で唯一の鬼首研究家なのだ。

「それなら話がはやい。きみはクロサマやホンガン祭、オザクや鬼の黒童子について、いちおうの予備知識があるというわけだ」

「ええ、少しは」

「ところできみ、クロサマとかホンガン祭とかいう言葉を耳にして連想することはないかな。岩手在住のすこしばかり癖のある郷土史家なら、これだけで思いつくことが確実にある」

「クロサマとホンガン祭……」

「そうだ、クロサマとホンガン。クロサマのクロは九郎、ホンガンは判官だと考えてみたらどうかな」

「そうか。九郎判官《くろうほうがん》義経、つまり義経北行伝説ですね」

呟いて唇を噛んだ。どうして和尚に指摘されるまで、思いつかなかったのだろう。岩手の山奥でクロサマとかホンガンとかにまつわる伝承や民俗が残されているなら、まず義経北行伝説との関連を考えてみるのが筋というものだ。

義経は衣川《ころもがわ》で戦死することなく、戦場を脱出して北に逃れたという異説がある。さらに津軽から蝦夷地に渡り、サハリンから大陸にまで達したともいう。これだけなら反証が不可能である以上ありえたかもしれないという仮説で終わるが、話はさらに続く。

大陸に足を踏みいれた義経は遠く蒙古《もうこ》の地にいたり、のちにジンギスカンとして歴史に再登場する。このように主張する論者が戦前には実際に存在したらしい。ここまでくれば歴史学上の仮説というよりもただの妄想だが。

こんな異端説について多少とも知識があるのは、フランス滞在時代に奇妙な知人がいたからだ。洋行という死語がふさわしいような、どこか時代錯誤的な雰囲気の画家志願青年だった。どうやら二度、三度と芸大に落ちて、それならパリでという発想で渡欧してきたらしい。作品を見せられたがたいして才能があるとも思えない。このていどの絵描きなら早めに日本に帰り、高校の美術教師にでも就職する方がいいのではないか。気の毒だがそんな感想を抱いたことを覚えている。

エコール・デ・ボザールの試験に三年続けて落ちたあと失意の画学生は、突然に義経がジンギスカンだという空想的な説を異端宗教的な熱情をこめて主張しはじめたのだ。そんなことが書かれている本をどこかで目にしたものらしい。

残忍なモンゴル軍がパリを壊滅させることなく東方に撤退したこと。そこに歴史の誤謬《ごびゅう》があるというような主張にはほとんど説得力がない。それでも青年の狂気すれすれまでに屈折した心理は、漠然とながら理解できるような気がした。

おそらく青年の自尊心は、画学生としての失敗の理由が自分の才能不足にあるという結論を拒んだのだ。西洋文明の傲慢《ごうまん》が日本人としての自分を拒絶した。だからこそあのようにも不当な挫折が強いられた。

日本で、そしてフランスで画家としての将来を二度にわたり否定され、ぎりぎりまで追いつめられた青年はアイデンティティの崩壊をまぬがれるためにも、このように信じこまなければならなかった。

モンゴル軍がヨーロッパを破壊しつくしていれば、差別的で抑圧的な権威として頭上に聳えたち、自分を無能者よばわりした西洋近代絵画の世界など最初から存在しえたわけがない。それは歴史の偶然の結果、たまたま生じえた無意味な虚構にすぎない。青年は傷ついたプライドを慰めるためこんなふうに思いこんだのだろう。

かつてヨーロッパを恐慌状態におとしいれたモンゴル軍の総帥がもしも日本人であったなら、自己回復の物語は完璧なものになる。幻想のモンゴル軍よ、自分を拒絶した世界を焼きつくし奪いつくし殺戮《さつりく》しつくせ。その総帥は義経、つまり日本人なのだ。

青年は多くもないパリ在住の知人たちを相手に、この物語を憑かれたように語り続けた。狂信者のゆがんだ情熱で飽くことなく義経＝ジンギスカン説を喋りまくる青年に、まもなく周囲の者たちも辟易《へきえき》しはじめた。

いつか知人たちからも相手にされなくなり、そのうちにパリから青年の姿は消えた。噂《うわさ》では帰国を強いられ、日本の精神病院に入院したということだ。

日ごとに妄想をつのらせていく青年を眺めて、以前パリにオランダ人女子学生を殺して、その肉を嗜食《ししょく》したという日本人がいたことを思いだした。二人ともおなじような心理的倒錯に陥り、おなじような妄想にとらわれたのかもしれない。ふとそんなふうに考えたのを、いまでも覚えている。

西欧崇拝の背後にある劣等意識、そこから生じる反感や憎悪。自分たちの世代はこの種のコンプレックスからは解放されていると思っていたのだが、実際はそうでもないらしい。挫折した画学生の運命はこんな感懐をもたらした。

しだいに熱気がこもる住職の話を聞きながら、文字どおり洋行時代の人物である緒先石裂はこの種のコンプレックスにどう対処したのだろうかと、本筋に関係のないことを考えそうになる。

「ようやく判ってきたようだな。岩手の山奥にクロサマとかホンガンとかいう言葉が残されているなら、まず義経北行伝説との関係を疑うのが郷土史家としては自然な発想ということになる。

鬼首から直線距離で十五キロほど北、稲庭岳の反対側に黒森という町がある。ほとんど青森との県境だ。黒森は九郎森だという説があるし、青森に入ると大黒森という地名も残されている。

クロサマのクロを九郎義経の九郎だと解釈しても、それほど無理な発想ではない。石裂と祖父さんの共同研究は、鬼首と義経北行伝説の関係を調査するところからはじめられたんだ」

研究には発想の背景となる古文書が存在した。天覚寺には門外不出、外来者には閲覧不可という極秘の古文書が残されており、そこには義経が北行の途上に鬼首を通過したという記事がある。中学生の石裂が天覚寺を訪れたのもこの文書に関心を抱いたからだ。

「天覚寺文献は行李何杯分もある膨大なものだ。義経に関係するような部分、平安後期から鎌倉時代にかけて書かれたらしい部分は日本式の漢文だが、その何倍もの量の異様な文書も残されている」

「異様な文書……」

「これを見れば判るはずだが、ようするに神代文字文献なんだ」

おもむろに住職が座卓の下からとり出したのは、褐色になるまで古びた一枚の和紙だった。乱暴にあつかえば崩れてしまいそうに古い紙片だが、そこには薄れかけた墨筆で奇怪な紋様が、隅から隅まで無数に描かれていた。これが住職のいう神代文字なのだろうか。

ひとつひとつの形状にそれほどの多様性はない。文字であるにしても、象形文字とは思えない。それぞれに微妙な変化はあるが、どれも基本はおなじ渦巻き模様に見える。

象形文字に代表される表意文字でなくアルファベットや仮名のような表音文字なのか。そうともいえない気がする。基本はおなじ渦巻き模様なのにそれぞれの形状はあまりに多様だ。一枚の和紙には二百か三百の模様が描かれているはずだが、どれひとつ完璧な相似形をなしてはいない。仔細に観察すればどこかしら微妙に異なっていることが判る。

漢字渡来より以前に、日本列島には固有文字が存在したという異説がある。著名な人物では江戸時代の国学者、平田《ひらた》篤胤《あつたね》がこの主張をしている。そして住職は天覚寺文献のほとんどが、渦巻き模様に似たこの神代文字で書かれているという。

「天覚寺文献の神代文字についてはあとから説明しよう。とにかく鬼首の民間信仰の焦点は古来、クロサマと呼ばれる神か仏かもさだかでない謎めいた存在だった。神仏どころか、出羽から飛んできたと伝承されている鬼かもしれない。鬼の名前は黒童子なんだから。

それに鬼首のホンガン祭は社会的な意味では秋の収穫祭だが、もともとクロサマを祀るための宗教行事だった」

「判ります、それで」

「衣川を脱出した義経は郎党を従えて北に活路を求めた。その途上この鬼首の地を通過したというのは、義経生存説をとるならありうる仮説だ。衣川の館から脱出した義経が山を越えて鬼首の地に達したとしても不思議はない。たんに迷いこんできたのか、意図して鬼首をめざしてきたのかはともかく」

和尚はさめた茶で唇を湿している。クロサマ信仰と義経北行伝説に関係があるなら、そこからは次のような仮説が導かれるはずだ。和尚の言葉を待つことなく、曖昧な思考を整理しながらいつか語りはじめていた。

「クロサマは九郎様、黒童子を祀るホンガン祭は判官祭。とすれば、伝承のなかの義経は鬼の黒童子ということにもなる、そうですよね。

八百年昔、鬼首の村人は迷いこんできた義経を異人として歓待した。しかしオザクという男は、義経が用意していた逃走資金の砂金を奪いとるために、次の亡命地にむかう一行を村外れで襲撃した……。

鬼首に、古くから伝わる黒童子とオザクをめぐる伝承は、このように読むこともできる。しかし、この解釈ではどうしても、辻褄《つじつま》のあわない点が残ります」

できのよい生徒を眺める教師という顔つきで、住職は嬉しそうな顔をしている。さらに言葉を続けた。

「伝承では、黒童子を葬るために造られたとされている鬼塚ですが、どう見てもあれは縄文時代の遺跡ですよ。すくなくとも二千年以上昔のものだ。考古学の知識はないんですが、素人でもそれくらいのことは判ります。

義経が活動したのは、せいぜい八百年ほど昔のことですね。であれば鬼塚を、鬼首の地で横死した義経の墓だとするのには、どうしても無理がのこる」

決定的と思われる疑問をなげたのに住職は動じる気配もない。にやにや笑いながらおもむろに答えはじめた。

「そうさ。鬼首の環状列石は秋田の大湯遺跡や岩手の樺山遺跡、北海道の忍路《おしょろ》遺跡、西崎山遺跡なんかと無関係ではない。これらの古代列石を考古学者は縄文後期に造られたものと推定している」

「縄文後期というと、三千年くらい昔のことですか」

「普通は四千年から三千年ほど前とされているな」

「鬼首遺跡は、どれくらい古いものなんでしょう。考古学者に研究されているんですか」

「いいや。鬼塚は一度も学者の手で調査されたことはない。おれも学者たちに教えてやるような気はないね。鬼塚は現代にいたるまで、ながいこと現地住民の厳重なタブーで守られてきたんだ。

骨山の住人でさえ鬼首を訪れることはまずないし、年に一、二度、税務署や教育委員会の役人だの酔狂な観光客なんかが迷いこんでくるにしても、深い森に埋もれた遺跡まで目はいかない。この連中は廃村寸前の鬼首にたどりついても、なにも見るものがないことを確認しただけで、山を下りることになる。

とにかく鬼塚は縄文遺跡で、義経の墓ではありえない。そう結論したうえで二人は、さらに異様な仮説を組みたてはじめたんだ。でなければ石裂がフランスやイギリスに残された巨石文化を調査するため、わざわざ渡欧したわけがない」

「異様な仮説……」

「どうみても異様な仮説さ。最近では祖父さんたちの時代よりも多少は受けいれられる余地があるかもしれないがね」

「なんですか、その仮説というのは」

住職は無言のまま、眼をほそめるようにしてこちらを凝視している。表情は真剣だ。自分の話を相手が真面目に受けとるかどうか値ぶみしているのかもしれない。低い声でようやく語りはじめた。

「大和地方に天皇家の勢力が根をはるようになっても、関東以北はなお人外の魔境だった。魔境というのはもちろん大和勢力にとっての話で、縄文以来その地を支配してきたのはいうまでもなく日本列島の先住勢力だった。そのなかにはオザク族という特異な部族が存在したらしい」

「……オザク族」

「そう、オザク族だ。栃木県の足尾山地の奥にいまでもオザクという地名がある。石裂という字をあてる。祖父さんの相棒になった男の石裂という号はこの地名からとられたものだ」

足尾山地を勢力圏としたオザク族は、のちに石裂という字をあてられたようにきわめて優秀な石工集団であり、巨石崇拝をめぐる祭儀集団でもあったらしい。この部族が栃木県西部にあたる支配圏を放棄し新たな生存の場を求めて北上したのは、大和勢力による軍事的圧力がしだいに強化されてきたせいだろう。

オザク族は北行のはてに四方を山にかこまれた要害の地を発見し、新しい本拠地とすることに決めた。鬼首の地はこうして開拓されたのだ。

「それでも、辻褄のあわない点が残りますね。オザク族が鬼塚の建設者だとすれば、あの遺跡はせいぜい千五百年ほど昔のものということになる。大和勢力が北関東にまで進出してきたのは、おそらく古墳時代からのことでしょう。

鬼塚が縄文後期、三千年以上も昔の遺跡だとすれば、オザク族が鬼首に到達したときには、すでに鬼塚は存在していたはずです。オザク族が鬼塚を建設したということは、ありえないことだ」

この反論に頷いて住職がさらに続ける。

「だからこそ石裂たちは考えたんだ。オザク族は父祖の伝説の地を求めて北上したのではないかと」

「伝説の地……」

「オザク族には北の地に聖地があるという伝説があった。そこにはオザク族の優秀な石工技術でさえ建設不可能な巨大な環状列石がある。オザク族はそれを探しもとめて列島を北上したのではないだろうか。長年にわたりオザク族の探索はつづき、ついに伝説の地は見出された。聖なる巨石は確かに存在したんだ、ここ鬼首の地に」

「とすると、鬼塚を造ったのはオザク族ではないということになる」

「だからこそ、石裂は海外調査を志したのさ。どうやら石裂は鬼首遺跡に代表される縄文巨石文化と、先史時代にイギリスやフランスで栄えた巨石文化とのあいだになにか共通するものがあると信じていたらしい。

鬼塚を人目から隠している森は、おそらく千年以上まえに植林されたものだ。ちょうど大和勢力が関東からさらに北に、宮城や岩手のあたりにまで侵出しはじめた時代のことだ。桓武《かんむ》帝が坂上田村麻呂の東征軍を、蝦夷と呼ばれた日本列島先住民の勢力圏にまで送りこんできた時期にあたる。

どう考えてもこいつは偶然じゃない。鬼首の窪地にひそんでいたオザク族は、もしも侵略軍がここまで攻めこんできても見つけられないように、鬼塚を深い森の中に隠すことに決めたのかもしれない。こう考えれば、環状列石が森のなかにあるという謎にも合理的な解釈が可能になる」

「なぜ窪地の住民は、鬼塚の秘密を、外部に対してそれほどまで厳重に守ろうとしたのでしょう」

「鬼塚が聖地だからだ。たぶん鬼塚遺跡は野中堂遺跡や万座遺跡のオリジナルなんだ。規模だけをみてもそれは明らかなことだろう。鬼塚は日本最大の環状列石だし、おそらく建造された年代もほかの遺跡よりはるかに古い。祖父さんたちはエジプトの大ピラミッドよりも古く、おそらく五千年以上も昔の遺跡ではないかと推定していた」

住職によると、環状列石のほとんどは、関東、東北、北海道など日本列島の東部に分布している。ようするに鎌倉時代まで中央権力の支配がおよばないような辺境であり、その原住民は侵略者により蝦夷と呼ばれていた。

もちろんオザク族も大和勢力からいえば原住民蝦夷の小部族ということになる。石裂《オザク》という呼称からも判るように、原住民のなかでもオザク族は巨石を掘りだしたり運んだり削ったりする技術にすぐれた石工集団だった。

この部族の起源は不明だが、おそらく祖先は縄文中期には日本列島に到達している。オザク族はまず鬼首の窪地に定着し、鬼塚の環状列石を建設したのではないか。人口の増加とともに新世代のオザク族は日本列島東部の各地に散っていき、あらたに定着した土地それぞれに、父祖の地にある鬼塚を模した小型の環状列石を建設した。

野中堂遺跡をはじめとする巨石建造物はこのようにして造られたのだ。ようするに日本列島にのこる環状列石はどれも、オリジナルである鬼塚を模したものということになる。

各地に移住したオザク支族も時とともに土着民のあいだに溶けこんでいった。それとともにオザク族であるという自覚も失われた。祖先から伝えられた優秀な石工技術も、しだいに忘れられた。

だが足尾山地に定住した一支族だけはオザク族の自覚を失うことはなかったし、太古からの技術も忠実に伝承しつづけていた。父祖の地が北の山奥にある鬼首の窪地だということも正確に語りつたえられていた。

縄文時代という永遠の至福の時にも、ついに終焉《しゅうえん》のときがきた。年ごとに強まる大和勢力の圧力のため、足尾の支族は父祖の地をめざし北上することを強いられた。

最後のオザク族は長年の遍歴のはてに鬼首の地に到達し、しかも窪地が無人であることを知った。新天地をもとめて若者たちが次々に流出した結果、最初の定着地として選ばれた鬼首の地も時とともに衰微したのだろう。

かろうじて窪地に帰還した一族は、祖先が日本列島で最初に建設した聖なる巨石建造物を祀ることにあらたな使命を見いだした。住職は太古の物語をなおも語り続ける。

「オザク族はそれでも古くからの有力な部族だ。大和勢力に追われ父祖の地である鬼首に帰還したのちも、山奥の窪地の暮らしに満足していたわけではない。桓武帝に任命された最初の征夷大将軍、坂上田村麻呂が奥羽の地に大軍をひきいて侵入してきたころには、現代の行政区分でいう鳴神村を中心とした広大な地域がオザク族の勢力圏だった」

安倍氏や藤原氏が奥州を支配した時代にもオザク族は依然として強大な土着豪族だった。衰亡しはじめたのは奥州政権の独立性がうしなわれた鎌倉時代からのことだろう。戦国時代にはすでに鳴神など平地にある支配地は放棄されていた。

オザク族は鎌倉時代以降、周囲から土着の武士団として扱われるようになり、部族民の意識もそれに染まるかたちでしだいに変化していった。戦国時代までは骨山に割拠する土着豪族として存続したが江戸時代にはそれも許されない事態になり、やむなく南部藩に帰属することになる。

部族の有力者はいつか緒先という姓を名のりはじめた。そのころには鬼塚の由来も、縄文時代にまでさかのぼるオザク族の自覚も忘れられていたのだろう。オザクという蒼古《そうこ》からの部族名は、骨山一帯に君臨する土着豪族の姓としてのみ後世に残される結果になった。

「つまり和尚さんは、咲耶さんの祖先が何千年も昔に日本列島に漂着して、山奥の窪地に定住し、鬼塚を建設したといいたいんですね。しかし、とても信じられないことだ」

知らないうちに呟いていた。住職が真面目な顔で頷いた。

「もちろん咲耶自身、そんなことは信じてもいない。オザク族の歴史について講義してみても馬の耳に念仏というやつさ。まあ無理もないが。鬼塚で植林事業がおこなわれた時代でさえ古い伝承はゆがめられ、なかば失われていたに違いない。あとは風化の一途というわけだ。

蒼古の巨石宗教は形骸化し、窪地の住民のあいだで義経北行伝説と習合したクロサマ信仰に変形されていく。巨石をめぐる秘密祭儀もまた、ホンガン祭という秋の収穫祭に変貌したんだな」

「でもなぜ、そこに義経が出てくるのですか」

「祖父さんたちは義経＝ジンギスカン説はともかく、義経生存説には根拠があると考えていた。奥州藤原氏が滅亡するまで京都の権力から独立を保持していた、日本列島先住民の勢力の影が義経という人物にはとても濃いんだ。

京都からみれば山人であり蝦夷であり象徴的にいえば鬼であるような縄文以来の先住勢力は、鎌倉時代にいたるまで日本列島の山岳部と東北部を勢力圏にしていた。義経を京都から平泉まで連れてきた金売《かねう》り吉次《きちじ》なる人物は、奥州の先住勢力代表である藤原氏が送りこんだ情報員だったと考えるべきだろう。

それだけじゃない。鞍馬《くらま》で義経に剣術を教えたのは山の天狗《てんぐ》だという話がある。柳田國男《やなぎたくにお》によるまでもなく、天狗もまた鬼とならんで山人や蝦夷の象徴だ。奥州縄文勢力は武家の棟梁《とうりょう》である源氏宗家の血をひいた義経少年を利用して、京都を中心とする西日本勢力の内部分裂を狙ったのではないか。

逆境におちた義経は亡命先の平泉からさえ追われることになる。定説に反して義経が衣川の戦場を脱出したのだとしたら、北行の途上この鬼首に立ちよっても不思議ではない」

「たんに迷いこんだのではなく、意図して鬼首をめざしたわけですか」

「そうかもしれない。その存在はオザク族の末裔《まつえい》により秘密にされていたにせよ、鬼塚という縄文勢力の聖地の存在は安倍氏や藤原氏など奥州の支配者のあいだで、畏怖《いふ》とともにひそかに語りつたえられていたのかもしれない。

それを耳にはさんだことのある義経が、伝説の聖地に参詣《さんけい》し武運の回復を祈願しようと考えても話の筋はとおる」

こうして義経は逃避行の途上に鬼首を訪れた。そして歓待されたが、オザク族の末裔の警告を無視して鬼塚に近づこうとしたためタブーを侵した罪を問われ殺害された。こんな事件があったとしたら、異人歓待の風習や外来神信仰とまざりあいクロサマにまつわる伝承が残されたとしても不思議ではない。

「でも、なにを根拠にして」

知らずに呟いていた。住職の口から語られたのは壮大であるにしても、あまり空想的な物語だ。蒼古の時代に日本列島に漂着した謎の一族。足尾に定住した一支族による父祖の地をめざしての旅。窪地に帰還したオザク族の歴史と義経北行伝説との関係……。

住職の祖父や緒先石裂はなにを根拠に、このようにも信じがたい物語を紡ぎだしたのか。頷いて住職が応えた。

「天覚寺文献だ。天覚寺文献に依拠して、祖父さんたちはこんな仮説をたてたのさ」

どうやら自分の手で天覚寺文献を検討してみなければ、この物語の信憑性《しんぴょうせい》について判断することはできないらしい。納得できないまま質問の角度をかえてみる。

「この寺が黒寺という通称で呼ばれてきたのも、もちろん義経北行伝説と関係があるわけですね」

「もちろん。黒寺の黒はクロサマのクロで、つまり九郎義経の九郎に由来している。天覚寺が緒先氏の手で建立されたのは南北朝末期のことだ。最初の建物は戦国時代に焼失している。緒先氏の本拠まで攻めこんできた南部系の豪族との合戦で焼けたんだな。

この合戦でも緒先氏の山城は難攻不落で、侵攻軍も最後には窪地から押しだされたというが。焼けた天覚寺は江戸中期に骨山の緒先長者の援助で再建された。それがいまの本堂や山門ということになる。もともとは現在よりもはるかに大規模な寺院建築だった」

「緒先氏は、どうして仏教寺院などを建立したのでしょう。太古の巨石信仰にしても、それが変形された後代のクロサマ信仰にしても、あまり仏教とは縁がないように思えるんですが」

「南朝の皇子が岩手まで逃れてきて鬼首の豪族である緒先氏に保護されたというのが、天覚寺建立の由来らしい。そのあたりのことも最近の歴史学では徐々に洗いだされてきているが、義経と同様に南朝もまた日本列島の先住勢力との関係が見えがくれしている。

南朝系の豪族が青森の山奥まで逃げてきたという話もある。南朝の皇子が亡命地に鬼首を選んでもそれほど不自然なことじゃない。

亡命地で死んだ皇子の供養のため、緒先氏は天覚寺を建てることにしたわけだ。伝承のなかで義経と南朝の皇子は高貴な来訪者という点でしだいに同一視されるようになり、この寺もいつか黒寺と呼ばれはじめた」

ここまで語りおえて住職は湯飲み茶碗に手をのばした。時計を見るとすでに四時をすぎている。縁側のガラス戸から見える前庭にも、まもなく黄昏の薄闇が漂いはじめるだろう。そろそろ話をもどさなければならない。

「ほんとうに緒先石裂は、フランスやイギリスの巨石遺跡を調査したんですか」

「石裂はそのために洋行したんだ。やつが書きのこした日録風の覚え書もある。残念ながら前半だけだがね」

「前半だけというと」

「石裂の欧州滞在は前後五年におよぶ。おれの手元にある古い手帳は滞欧前半に書かれたもので、三年にわたりフランスやイギリスの巨石遺跡を調査した記録なんだ。この手帳を読めば石裂がどんな調査をしたのかは推測できる。だが、そこからどんな結論を引きだしたのかまでは判らない。滞欧後半に書かれた二冊目の手帳さえ出てくれば問題はないんだがね」

「どうして石裂は、鬼首遺跡とカルナックやストーンヘンジに共通点があるなんて思いついたんでしょう」

「天覚寺文献には義経北行にまつわる記事があるだけではない。そんな記事など古文書のなかではごく瑣末《さまつ》な部分なんだ。文献の中心部分には神代文字で先史時代からのオザク族の歴史が書かれている」

「先史時代からの……」

「そう。足尾の支族が鬼首に帰還するまでの経過やその後の義経訪問に関係するような箇所は、後代に記されたものらしい漢文だがね」

「そんなに大昔の文書が、まともに残っているわけがない。それが紙なら、はるか昔に朽ちて消滅しているはずだ」

「確かに原本はな。この寺の住職は古文書を筆写して残すのが代々の仕事だったのさ。寺ができる以前にもおなじような仕事をする人間はいたんだろう。こうして天覚寺文献は幾度となく書きなおされ、おれの代まで伝えられてきたんだ」

「それで、神代文字で書かれたオザク族の歴史というのは」

「……判らない」

眉をよせて住職がいう表情にはおさえがたい憤懣の色がある。

「解読できないんですか」

「石裂と祖父さんは解読に成功したらしい。祖父さんが残したノートは全部で二十冊もあるが、その最後の一冊には、神代文字を解読するための鍵が見えてきたという文章がある。鬼塚とヨーロッパの巨石文化には隠された関係があるらしいとも記されていた。

最後のノートの日付からみて続きが二、三冊は書かれていたと考えるべきだ。しかし続きのノートはいくら探しても見つからない。何者かに持ちさられたと考える以外にないんだよ。

最後のノートの日付から一年ほどして祖父さんは事故で死んだ。鬼塚にちかい断崖から転落したんだ。どうしてそんな危険なところに行ったのか、だれにも判らない。翌年に石裂は渡欧する。おそらくヨーロッパの巨石文化を調査するという目的で。おかしな話だ。おかしな話だぜ、こいつは」

住職は石裂という人物にたいしてなにか複雑な感情を抱いているらしい。その理由がなんとなく理解できたような気がした。おそらく住職にはぬぐいがたい疑惑があるのだろう。

神代文字の解読に成功した石裂は研究成果を独占するため、長年の協力者を事故にみせかけて殺害した。研究ノートを奪いとり、そして渡欧した。解読の成果を現地で実証するために……。

「緒先石裂というのは、どんな人物だったんですか」

「祖父さんは趣味といえばそれしかない地味な郷土史家だ。だが祖父さんを相棒にえらんだ石裂は、異様に強烈な個性の人物だったらしい。悪魔のように精力的で非常識で横暴で、おまけに謎めいた人格的な魅力があった。

やつは生真面目な郷土史家を野望のために利用したのさ。おれはそう思うね。そして必要がなくなるとあっさり処分した。二十年もおれは天覚寺文献の神代文字を解読するため努力してきたが、まだ充分な成果はあがらない。それでも石裂が摑んだはずのオザク族の秘密を、いつかは解明してやるつもりだ」

「お祖父さんの慈念和尚が石裂に殺されたという疑惑に、なにか証拠でもあるんですか」

「……証拠か。あるといえばあるし、ないといえばない」

住職はしばらく無言で庭先をぼんやりと眺めていた。木立のあいだに闇がたまりはじめている。いつか曖昧な口調で住職が語りはじめていた。

「石裂に殺されたのは、たぶん祖父さんだけじゃない。祖父さんの研究ノートの残されている最後の部分には、『鬼塚、黒童子伝承と女児の神隠し、英仏の先史巨石文化、女児の人身供儀』というような意味不明の走り書きがある」

「女児の生贄《いけにえ》……」

「帰国した石裂は鬼首に豪華な洋館を建てた。その館では戦前に芳枝《よしえ》という石裂の娘が失踪《しっそう》している。戦後には咲耶の妹華子の失踪事件があった。かわいそうに二人ともまだ三歳だったが」

信じられないことを住職は暗示しようとしていた。思わず低い声で叫んでしまう。

「和尚さんは二人の女の子が、お祖父さんとおなじように石裂に殺されたというんですか。石裂の娘だけなら、ありえないことではない。しかし二十年前の、咲耶さんの妹の事件に関するかぎり、どうみても石裂は無罪ですよ。この人物は敗戦の年に死んでいるんだから」

「敗戦の年に死んだというのか、あの石裂が……」

あざけるように唇をまげて住職が独語する。どういうことなのか。石裂は死んでいないとでもいうつもりなのだろうか。

「まだある。麻衣の父親は何者だと思うかね」

「咲耶さんは、結婚していないんですか」

「未婚だよ」

「それでは、麻衣という娘の父親は」

「盛岡の郊外にある精神病院の院長の息子さ。咲耶は母親が治療をうけている病院に見舞いにいき、そこで院長の息子に親切にされたんだ。咲耶はまだ小学生で院長の息子は中学生だった。咲耶が院長の息子と再会したのは東京の大学時代のことだ。二人は恋に落ち一年後に咲耶は子供を宿した。精神医の卵である男には外国の精神病院で学びたいという希望があった。二人のあいだでどんなやりとりがなされたものか、そいつはおれにも判らない。ところできみは咲耶という名前の由来を聞かされたかい」

「いいえ、少しばかり風変わりな名前だとは思いますが」

「あの娘の名前は木花咲耶姫《コノハナノサクヤヒメ》からとられたという。木花之佐久夜毘売《コノハナノサクヤヒメ》とも表記されるが、ようするに古事記や日本書紀に登場する日本列島の先住勢力の女神なんだ。石裂は生前から息子の邦彦に、孫娘が生まれたときには咲耶という名前をつけるよう命じていたらしい。石裂がなぜ孫娘に咲耶という名前を与えようとしたのか、その理由も判らないではないな」

コノハナノサクヤヒメは国津神の女神で、降臨した天孫ニニギノミコトに召されたが、一夜にして妊娠したことでニニギに貞潔を疑われる。ヒメは「わが妊《はら》みし子、もし国津神の子ならば、産むこと幸《さき》くあらじ。もし天津神の御子ならば幸くあらむ」と告げて、みずから戸のない産屋に籠もり火をかけてしまう。

「ヒメは火中で三児を出産して身の潔白を証明するが、もちろん本人は焼死したことだろう。コノハナノサクヤヒメが富士の山神として各地の浅間《せんげん》神社に祀られたのも、こんな説話が残されているためだ。

　これはニニギノミコトの子孫と称する天皇家のサイドからまとめられた神話だが、石裂はそこに日本列島の二大勢力の抗争が暗示されていると解釈したようだ。石裂の解釈によれば、コノハナノサクヤヒメは日本列島の先住勢力の女祭司であり、侵略してきた天孫族の王ニニギノミコトの手で火中に投じられた悲劇の女性ということになる。

　こんな名前のせいかどうか咲耶も相手の男に逃げられてしまった。まさか恋人の不倫を疑ったせいではないだろうが、とにかく男は外国に去り咲耶は未婚のまま子供を産んだ。まもなく子供の麻衣を連れて故郷の鬼首に帰ってきたわけだ。咲耶はなかなかの美人だが、あの娘の人生は小説家が興味をもつほど面白いものじゃない。あまり幸福とはいえないが、どこにでもありそうな月並な話さ」

「緒先麻衣の父親だという男は、いまどこにいるのですか」

「フランスのブルターニュだ。先史時代の列石遺跡にちかい町で地元の病院に勤務しているらしい。こいつは偶然だろうか。おれはそうは思わんね。何者かの意思が咲耶の恋人をブルターニュに追いやったのではないか」

ブルターニュの日本人精神医。衝撃のあまり住職の顔がゆがんで見えた。呻くように問いかける。

「咲耶さんの恋人の名前は」

「浩之、首藤浩之だ」

判っていた、聞くまでもなく判っていた。ロリアン郊外の精神病院に勤務する日本人医師の名前が、住職の口から洩れるだろうということは。

「ところできみに頼みたいことがあるんだ。外遊時代に石裂が書いた手帳はおそらく二冊ある。第一の手帳は手元にあるが、おれとしては第二の手帳も読んでみたい。きみが宗像冬樹なら、たぶん第二の手帳を手に入れることができる。

ここのところは協力しようじゃないか。きみも第一の手帳の中身を知りたいだろう。きみが第二の手帳を手に入れたらおたがい見せあうことにしないか。それでふたりとも、二冊の手帳を納得いくまで検討できるというわけだ」

台所にいる慶子の耳を気にしているせいか、秘密めかした住職の囁き声がはるか遠方から聞こえてくる。住職がなにをいおうとしているのかよく理解できない。

記憶喪失の治療のために『昏い天使』を執筆するように勧めた日本人医師。あの青年医師こそ咲耶の恋人だった。衝撃は薄らいでも脳裏にはひどい混乱が渦をまいていた。回転する思考の断片のあいだから不安な疑念が浮きあがってくる。

人形のように操られているだけなのかもしれない。すべては何者かに演出されていたのかもしれない。『昏い天使』を書いたのも日本に帰国したのも、こうして鬼首に招きよせられたのも……。

10

住職に礼の言葉を述べて庫裏の玄関をでた。山門をぬけ、ながい石段を降りる。慶子にせかされて険しい山にかこまれた鬼首の窪地を歩いているうちに、はやくも太陽は西の稜線《りようせん》に没した。冬枯れの畑や古びた農家は、みるみるうちに紫色の薄闇に浸されていく。

薄闇は刻々と翳りをますが、曇天で空には星も月も見えない。窪地から鬱蒼とした森林に足を踏みいれた。

すでに夜だ。森には漆黒の闇がよどみ、先をいく同行者の背中さえ見わけられないほどに暗い。慶子が懐中電灯を用意していなければ、森のなかで進退に窮したことだろう。

懐中電灯の光をたよりに夜の鬼塚に足を踏みいれる。円形の光の輪に浮かぶのは熊笹《くまざさ》に埋もれかけた森の小道だけだ。太古の石造遺跡はふかい闇の底に沈んでいる。往路に体験したような心身の異常現象に、ふたたび襲われるのではないかと心配していたのだが、なにごともなく無事に通過することができた。

足下に注意しながら険しい山道を這いあがり、ようやく台地の上にでる。館の大小の裏窓から温かい電灯の光がもれていた。崖縁から明るい窓を見あげて安堵の息をついた。夜の山道を歩かなければならないので、かなり緊張していたらしい。

立ちどまると汗ばんでいた膚がたちまち凍りつきそうになる。白い息を吐きながら倉庫の建物を廻りこみ、館の裏口めざして足を急がせた。調理場につうじる裏口の扉を押しながら慶子が問いかけてくる。

「食事は八時からですが、それまでどうなさいますか」

「ひさしぶりに歩いて疲れたし、できれば三階の部屋で休んでいたいな」

「かまいませんとも。あとから正餐《せいさん》用のお洋服をおもちします」

客室にもどり寝台で寝ころんでいると、まもなく慶子が新品同然のディナージャケット一式を運んできた。天覚寺を訪問するために借りた衣裳《いしょう》とおなじで、やはり咲耶の父親の服かもしれない。

用意された服を寝台にひろげてみたが、おとなしく勧められたようにする気になれない。寒さをしのぐため防寒具を借りたのはやむをえないことだ。しかし正餐のためとはいえ、借り着のタキシードを身につけるというのは、どことなく滑稽な感じがして納得できない。

シャワーをあび髭《ひげ》を剃り、簡単に髪をととのえる。それからスーツとネクタイ、新しいシャツと靴下を旅行鞄の底からとりだした。皺をのばしてスーツを着こむ。

黒いベルベットスーツに臙脂《えんじ》のネクタイではとても正装とはいえないが、これしかないのだから仕方がない。鬼首旅行でディナージャケットが必要になることなど、どうして出発前に予想できたろうか。遊び着ふうのスーツでさえ、荷物が苦にならない自動車旅行でなければ鞄に詰めたわけがない。

「お客さん、服のサイズがあいませんでしたか」

時刻になり客室まで食事の用意ができたと知らせにきた慶子は、いかにも残念そうにいう。借り着はやめにしたという理由を、小間使いの娘にまで説明することはないだろう。面倒なので曖昧に頷いて応えた。

慶子に案内されたのは一階の右翼部にある食堂だった。緒先邸は二階が家族の居住空間、三階が来客用の空間として利用されている。

客室がある三階をはじめ大小の居間、応接間、寝室、咲耶の父および祖父の書斎がある二階の空間は規模や造作、内装や家具などヨーロッパの格式ある高級ホテルのような贅沢さだが、それでも個人の住宅というコンセプトで設計されている。

だが一階は設計思想が根本的に違うらしい。どんな富豪の大家族であろうと、一階にあるような空間を日常的に使いこなすのは無理だろう。ルネッサンス様式の石造建築という外観にふさわしい、西欧近世の国王や大貴族の宮殿を髣髴とさせる豪華な大広間が、一階のスペースのほとんどを占めているのだ。

表から半円形の正面階段をあがると、ギリシャ風の石製円柱でささえられた張出し屋根の下にでる。複雑なレリーフで飾られた張出し屋根の下にはアーチ状の入口があり、観音開きの大扉がとりつけられている。歳月に黒ずんだ扉板には装飾用の青銅製ノッカーがあり、大きな六角形の金属鋲が点々とうたれている。

扉をあけて館内に足を踏みいれると、光沢のある黒い石材で造られた豪華な玄関広間になる。玄関広間の突きあたりは白大理石で造られた大階段だ。登り口の左右には、石の台座に等身大のギリシャ風の彫像が飾られている。左がアポロン、右がディオニュソスだ。

階段の裏手に廻ると調理場、配膳室、使用人の私室などに通じる扉がある。大階段の真下からは、はるか彼方にドーム状の三階の天井が眺められる。玄関広間の奥は一階から三階まで吹きぬけに造られているのだ。正面階段は中二階の踊り場で方向が反対になり二階でまた方向が変わる。吹きぬけにするため、このように設計されているのだろう。

中二階に踊り場があるのは一階と二、三階の天井の高さが大きく異なるせいだ。この館は三階建だが実際の高さは普通の四階分以上もある。最初の階だけでゆうに二階分を占めているのだ。なぜそうなのかは、「竜の間」など一階にある大広間を見れば判る。

玄関広間からアーチ状の通路を左手にいくと館の左翼部にはいる。左翼部の全体が「竜の間」という巨大なホールで、床も天井も体育館や講堂のように広くそして高い。テニスコートを二面いれても余裕が残りそうだし、参加者が百人、二百人という舞踏会を開くのも充分に可能だろう。

広間の内装はロココ様式で、床には薄茶と白に磨きあげられた正方形の石板が市松模様に嵌めこまれている。巨大な丸天井をささえる十二本の大石柱は、かすかに緑色をおびた乳白色で、あちこちに金色の装飾がとりつけられている。

巨大な柱と柱は上部がアーチ状の構造物でつながれている。そこでは楽園の光景を模したらしい精密なレリーフを背景に、翼のある金色のエロス像が十二体、宙を舞うように嵌めこまれている。

広大な丸天井一杯に火焔《かえん》を吐きつつ荒れ狂う巨竜、槍《やり》をかまえた騎馬の勇者、雲のあいだを舞いながら竜と勇者の死闘を見まもる天使たちの姿などが精緻《せいち》に描かれていた。

サン・ジョルジュの竜退治を主題にした宗教画だろうが、奇妙なのはサン・ジョルジュでなく竜の方が構図の中心に位置していることだ。それだけではない。伝説では退治されるはずの竜が、この闘いではなぜかサン・ジョルジュよりはるかに優勢らしい。

猛烈な迫力で火焔を吐きちらし、鎧みたいな金属質の鱗《うろこ》を波うたせ鋭い鉤爪《かぎづめ》で騎士をひき裂こうとしている巨竜をまえに、勇者の乗馬は力なく前肢をおり恐怖のために鼻腔をふくらませている。サン・ジョルジュも敗北を予感してか苦悶《くもん》に顔をゆがめているようだ。四方から死闘を見まもる天使たちの表情にも憂色が濃い。

とにかく印象的な天井画で、巨大な丸天井を舞台にのたうつ巨竜からこの大広間が「竜の間」と名づけられたのは確かなことだ。

右翼部には食堂と大小三つのサロンがある。左翼部のホールとおなじく二つの大サロンも王侯貴族の宮殿にふさわしい規模で、とても普通の家庭で居間として利用できるような雰囲気ではない。内装も家具もホールにひけをとらない豪華さだ。

玄関広間からアーチ状の通路を右手にすすみ、じき裏手には食堂がある。通路をはさんだ庭園側には小サロン。通路はその先で最初の大サロン「赤の間」の扉に突きあたる。第二の大サロン「青の間」はそれよりさらに奥にある。どちらの広間もインテリアの色調からそう名づけられたのだろう。

館に五十人、百人という数の客が招待されるときは、食堂では席がたりないため、「赤の間」に宴会用のテーブルが用意されるらしい。とはいえ食堂が家庭的にこぢんまりと落ちついた空間というわけではない。二十席以上もある大テーブルが食堂の中央には据えられているのだ。

「竜の間」はもちろん「赤の間」も「青の間」も、ふだんは締切りになっている。開かれるのは、大掃除や虫干しのときなど年に数回だけらしい。ひとりやふたりの人数では掃除だけでも大変な作業になるはずだ。

食堂でさえ例外ではない。緒先家では朝食はそれぞれの寝室で、昼食と夕食は館の女主人である雅代の居間でとる習慣だ。使用人は三食とも調理場の隣にある小部屋ですませる。ようするに食堂も日常生活では利用されていないわけだ。

一階にある大小の広間のなかでは、庭園を眺められる小サロンだけがいつでも使えるように整えられている。それほど親しくない客は玄関広間にちかいサロンに通されるらしい。

三階から一階まで石造の大階段をおり玄関広間からアーチ状の通路をたどる。慶子が食堂の扉を叩いた。薄紫のソワレを着けた咲耶が扉を開き、食卓に用意された席まで案内してくれる。女主人のもとまで客をみちびいた慶子はそのまま調理場の方に消えた。

客の衣装について咲耶はとくに話題にはしない。わざわざ出してくれた服を着ていないことについていちおう弁解の言葉は用意してあるが、それを口にする必要もなさそうだ。

「テーブルの前後の席では話ができません。そんなことをしたら声が枯れてしまいますもの。それで左右に席をつくらせました」

咲耶が微笑しながら説明した。大理石のテーブルは縦長で左右それぞれに十人分の椅子がある。前と後の椅子をあわせれば、全部で二十二人が食事できるという巨大なテーブルだった。女主人が暖炉を背にした上席に、客がその反対の席につけば相手の顔は十メートルも遠方になるわけで、確かに普通の会話など不可能だろう。

「めずらしいポルトがあるけれど、アペリチフにいかが」

客を晩餐に招くような機会があまりないのかもしれない。正装した咲耶は上機嫌で、全身から溢れるような生気が若々しい美貌をまばゆく輝かせている。酒壜を手にした若い女がテーブルに上体をかがめた。白い首筋からは香水の痺れるような芳香が匂いたつ。

グラスに黒とみまがうほどに濃い赤い色の酒がそそがれる。舌にねばるポルトの甘味を味わいながら、それとなく咲耶の表情を窺った。

ルージュやアイシャドーなど夜会服にふさわしい濃いめの化粧をしている。綺麗にゆいあげられた髪。ネックレスはイヤリングとペアで、どちらもプラチナの地に精緻な細工で大粒のダイヤが象嵌《ぞうがん》されている。

「お寺ではどうでしたの。史也さんから奇想天外な話を聞かされて退屈しませんでした」

アペリチフのグラスをもてあそびながら、若い女が悪戯《いたずら》めいた口調で問いかけてきた。奇想天外な話というのは、オザク族の歴史にまつわる住職の仮説のことだろう。どうやら咲耶は、あの男の郷土研究をあまり真剣には受けとめていないらしい。

「天覚寺の訪問は、大成功でしたよ。和尚さんは、この館に二十年前の夏、確かに宗像冬樹という子供が滞在していたことを証言してくれました。『昏い天使』を読んだときから、そんな可能性も考えていたようですが」

海老《えび》と牡蠣の前菜が運ばれてきた。慶子が新しいグラスに白ワインを注ぎわける。海老も牡蠣もこんな山奥にしては信じられないほどに新鮮だ。晩餐の材料をそろえるため運転手の黒田が、昨日から盛岡まで買い出しにでかけていたのだという。

午前中、咲耶の案内で館をあちこち見物したとき運転手の姿はどこにも見えなかった。それが気になっていたのだが、咲耶の話を聞いて納得した。黒田は午後にようやく館に帰着したのだろう。

しかし咲耶の説明のため謎はさらに深まる結果になった。運転手の黒田には脅迫状やブレーキの故障を仕組んだ犯人ではないかという疑惑がある。この男が倉庫のところで慶子を待っているときに、こちらをひそかに監視していたのではないか。

こんな想定は咲耶の証言で完璧に否定された。館の裏窓からこちらを見ていた人物は、黒田ではありえないということになる。謎の監視者は運転手以外のだれかなのだ。

「おひる御飯は、お母さんと一緒だったのですね」

「ええ。いつものように母の居間で母、麻衣、わたしの三人でとりました。給仕は家政婦の佐伯が」

「何時ころまで、お母さんの居間に」

「昼食が終わるのはいつも一時半。そのあと昼寝させるために麻衣を寝室に連れていきました。佐伯は調理場で夜の料理の下ごしらえをはじめたはず。でもどうして」

不審そうな表情の咲耶に無言で首をふる。裏窓に謎の人物の影を見たのは一時半から二時のあいだ、たぶん一時四十分前後のことだ。すでに昼食は終わり三人とも邸内のそれぞれの場所に散っていたのだから、咲耶にも雅代にも家政婦の佐伯郁子にも書斎の隣の小部屋に入るチャンスは与えられている。

「咲耶さん、『栗鼠と遊ぶ少年』という絵を御存知ですか」

フォークを手に前菜をつつきながら、なにげなく問いかけてみた。咲耶が静かにかぶりをふる。

「和尚さんの話では、以前、二階の居間に飾られていたとか」

「知りません、たぶん母がどこか見えないところに隠してしまったのでしょう。妹の事件のあと昔のことを思い出させるような絵はみんな、母がどこかに仕舞わせたんです」

スープをはじめ魚料理、肉料理など供される皿はどれも本格的なフランス料理だった。佐伯郁子は咲耶の父の指示で、若いときにフランス料理を専門的に学んだことがあるのだという。

最後に運ばれてきたのは栗のタルトにコーヒー。食事が終わると咲耶の指示で、席は通路のむかいにあるサロンに移された。

「あとはかまわないで。片づけがすんだら先にやすんでください」

銀のトレイにのせてコニャックの壜とグラスをふたつ運んできた慶子に、安楽椅子にもたれた咲耶が命じる。白いエプロンをかけた娘が女主人の言葉に頷き、頭をさげて通路の方に消えた。時刻は九時半を廻ろうとしているところだ。

そろそろいいだろう。胸の底にわだかまる重苦しい疑念を解消するために、いまここでためらわず咲耶に問いかけるべきだ。そう、首藤浩之という男について。

食事中も脳裏にはこの人物にまつわる謎が渦をまいていた。首藤浩之について一刻もはやく咲耶と語りあいたい。だが給仕のためテーブルから離れない慶子が気になり、さし障りのないことしか話題にできなかったのだ。

しかし、いまはもう二人きりだ。使用人の耳を気にする必要はない。ブランデーグラスをかたむけ、躊躇《ちゅうちょ》する気持をおさえこむように一気に飲みほした。三日ぶり、いや四日ぶりということになる強いアルコールが喉をやいた。

「……咲耶さん」

掠れ声で呼びかけると、咲耶が不審そうに綺麗な眉をあげた。首藤浩之について尋ねるにはまず、できれば語りたくない自分の秘密を告白しなければならないのだ。

「三笠という親しい編集者にも話していないことですが、ぼくはブルターニュのロリアンで、四年ものあいだ精神病院に入院していました。土地者の漁師に人気ない海岸で発見されたときは、ひどい錯乱状態だったらしい。その前後半年ほどの記憶は、いまでもほとんど空白のままなんです」

「あなたがロリアンの病院に……」

驚きのあまりのけぞるようにして咲耶が低い呻き声をもらした。表情がゆがむほどの驚愕はとても演技とは思えない。大きく頷いて言葉を続ける。

「入院後半年ほどして、たまたま日本から若い研修医が派遣されてきました。おなじ日本人なので、その青年がぼくを担当することに決まりました。それまではフランス人の医者の世話になっていたんです。

『昏い天使』は空白の記憶を回復するために、新しい主治医の勧めで書かれた作品でした。その病院はロリアンの郊外にあり、そして担当医の名前は……」

「首藤浩之なのね」

咲耶の呟きははげしい衝撃のために掠れている。しばらくのあいだ女の唇は沈黙に凍えていた。相手が気をしずめて語りだすまで無言で待つことにする。

「わたし、冬樹さんが入院していたという病院をたぶん知ってますわ。聖マリ病院。ロリアン郊外に日本人の若い精神医が研修にきていた精神病院が、そういくつもあるわけはないもの。フランスに旅行してその病院を訪問したこともありますJ

咲耶がようやく口をひらいた。自分を落ちつかせるためか無理に一語一語くぎるような、あまり自然ではない喋り方だ。

「咲耶さんが、聖マリ病院に」

「そう。首藤は麻衣の父親ですから」

ためらいながら、それでも覚悟をきめて問いかけた。無神経に咲耶の過去を嗅《か》ぎまわっていると思われたくはないが、やむをえない。

「それは、和尚さんが教えてくれました。でも咲耶さんが、どうしてロリアンに」

咲耶が眉をひそめたのは、お喋りな住職や知りたがり屋の客にたいしてではないらしい。自分を強いるように緊張した表情で女は質問に答えた。

「麻衣のことであとから問題がおこらないように、首藤と話しあう必要があったから。ふたりのあいだで決めるべきことを決めるため、あの子が生まれてまもなく渡仏したんです。あの人が今後、麻衣のまえには絶対に姿をあらわさないという確認書にサインして、話しあいは終わったわ。もちろん、わたしたちも二度と顔を合わせないことに決めました。首藤は麻衣の父親ですが、いまでは麻衣ともわたしともなんの関係もない人です。あの人も日本にもどるような気はないらしいわ」

断ちきるように咲耶が語りおえた。表情にはこれまでにない不自然なこわばりがある。性格のきつい芯のようなものが、美しい顔の背後から頑固に浮きだしているのだ。女はフランス留学のために自分を捨てた男を、まだ許してはいないらしい。

咲耶が体験した不幸な恋愛について、これ以上話題にするのはためらわれた。それよりもはるかに重大な問題が残されている。

「ぼくには、とても偶然とは思われない。麻衣さんの父親だという人物に、三年ものあいだ治療されていたなんてことは」

「わたしもよ。あの人のことを冬樹さんが知っているなんて、いまでも信じられないわ」

咲耶がひくい声で呟いた。身をかばおうとするように両腕でほそい肩を抱きしめている。

「首藤さんは、ぼくがあの病院に入院していることを知り、それでロリアンを研修先に志望したのかもしれない」

「わたしには判らない。フランスの病院に勤務したいというのが、学生時代からあの人の夢だったのよ。でも諦めていたみたい。いつかは盛岡にもどり父親の病院を継がなければならない立場だから。

フランス行きの話はふいに舞いこんできた幸運なの。婚約していたわけでもないし恋人といえるのかどうかも判らないような曖昧な関係だったから、わたしと別れて渡仏するのにどんなためらいもなかったはずだわ。

別れの言葉は電話でうけた。フランスに渡るまえにそれから一度だけ食事したわ。詳しい話なんか聞きたくもないし、あの人も話さなかった。あの人が自分の意思でロリアンの聖マリ病院を選んだのかどうかも、だからわたしには判らない。

でも、もしもそうだとしたら、首藤は以前から冬樹さんのことを知っていたということになる。どうしてあの人はあなたのことを知ったのでしょう。どう考えてみても首藤と冬樹さんのあいだに接点はないのに」

「ぼくにも、それは判らない。判らないことは、それだけじゃないんだ。この十日ほどで、ぼくは泥棒にはいられ、脅迫状を送られ、おまけに二度も殺されかけた。わが人生で、これほど頻繁に犯罪か、それに類する事件に巻きこまれたことはない。東京の泥棒騒ぎはともかく、それ以外はのこらず骨山と鬼首で起きたことなんだ」

「……殺されかけた」

信じられないという表情で咲耶がこちらを見つめる。

「相手は嫌がらせのつもりかもしれないが、こちらにしてみれば命を狙われたと思うしかない」

宿の襖に差しこまれていた脅迫状、車のブレーキの故障、水差しに投入されていた毒薬らしい粉末……。骨山に到着してから体験した出来事をできるだけ詳しく説明していく。眉をひそめながらも咲耶は無言で耳を傾けていた。

「鬼骨閣の女将が冬樹さんの鬼首行きをとめようとしたのには、理由があるわ。母は未知の訪問客にひどく怯えるんです。母の病気を心配している女将は、どんな客にもおなじように応対したことでしょう。それでも脅迫状なんて考えることもできない。

冬樹さんの話にでた骨山の土産物屋のお婆さんはたんに迷信深いだけ。骨山の老人にとって鬼首はいまだに怖ろしい禁忌の地なの。でも若い人たちは違います。若い人たちはたんに鬼首に無関心なだけ。あと十年もしないうちに廃村になるはずの、山奥にある惨めなほどの小集落だって考えている。

ブレーキの故障というのも、わたしには理解できないことです。ほんとうにそれが人為的なものなら怖ろしいことだけれど。毒薬の話にしてもおなじこと。脅迫状とブレーキの故障について冬樹さんは運転手の黒田が犯人ではないかと疑っているようだけど、そんなことはありえないわ。

愛想のない男ですが実直な性格です。訪問客を嫌う主人がいるにしても犯罪まがいのことまでして、部外者の鬼首訪問を阻もうとするほど非常識な男ではありません」

咲耶は冷静な声で使用人にかけられた疑惑を否定した。そういわれてみれば、咲耶の意見に反論できるほどの根拠はない。運転手にたいする疑惑にはほとんど証拠というものがないのだ。

「ブレーキの故障は、あるいは偶然の事故かもしれません。車を谷底からひきあげて、故障部分を調べてみれば、はっきりしたことが判るかもしれないけれど。白い粉末がついた水差しは、洗面所で綺麗に洗いました。だから、証拠といえるようなものはなにも残っていない。

それでも、脅迫状は手元にあります。実物を手にすれば、咲耶さんも納得してくれるはずだ。

なにも夢をみていたわけじゃない」

「ほんとうに深夜、あなたの部屋に侵入した者がいるとしたら、それは館にいる六人のだれかということになります。わたし、母、娘。それに黒田、佐伯、慶子の六人。でも、だれがあなたの水差しに毒薬なんかを入れたというのです。どんな理由でそんなことを」

「それでは咲耶さんは、いま話したことの全部が、ぼくの妄想だとでも……」

知らぬまに責めるような口調になっていた。咲耶の眼《め》から意思的な光が消えた。そして力なく首をふる。

「判らない、判らないわ。冬樹さんが嘘をついているとは思いません。幻覚や妄想でないことも信じます。それでもこの館のだれかが冬樹さんを殺そうとしたなんて、わたしには信じられないわ」

客の疑惑をなんとか否定しようとしても、意に反してどうしても否定できない部分が残る。それが不安な気持を強いるのだ。咲耶の表情は子供のように頼りなげで、なにかに怯えているようにさえ見えた。

「咲耶さん。あなたは口でいうほど、脅迫状や殺人未遂にまつわる話を信じていないわけじゃない。この館では咲耶さんの叔母さん、そして妹さんと二代にわたり、小さな女の子が謎の失踪をとげていて、真相はいまだに不明だという。きみはいま、そのことを考えて怯えているんだ。違うだろうか。

「わたし、麻衣のことが心配なの」

ぽつりと呟いた咲耶の顔は蒼白でほとんど血の気がない。叔母や妹の失踪事件は、はるか昔のことだ。娘の麻衣とは関係がないことだ。そう信じようと努力してきたのに、東京からきた客は、何者かに二度も殺されかけたと主張する。鬼首の地にいまもなお、まがまがしい暴力の臭気がよどんでいるといいたいのだ。

過去の失踪事件と、訪問客が体験した殺人未遂事件とのあいだに関係があるとはかぎらない。おそらくは無関係だろう。それでも鬼首の地に訪問客の命を奪おうとするような凶悪人物がひそんでいるのなら、つぎは娘の麻衣が狙われないともかぎらない。

だからこそ、そんな可能性は否定しなければならない。殺人未遂事件など存在しなかったのだと、あくまでも結論づけなければならない。しかし否定の言葉をかさねるほど、おぼろげな不安は現実味を増していく。

こんなふうに咲耶の内心を推測してみても、それほど見当違いではないだろうと思う。自分に語りかけるように、咲耶が言葉を紡ぎはじめた。注意しなければ聞きとれないほど低い、抑揚のない単調な声だった。

「首藤に惹かれたのは、あの人が自分と似ていたからかもしれない。ふたりとも、なにかから逃げて東京に来たんです。

妹の失踪という怖ろしい記憶、そのために心を病んだ母、陰気な館、いまだにクロサマの呪いが信じられている因習的な村。こんなところから、はやく逃げだしたい。どこか遠くに逃げだしたい。いつも子供心に、そればかりを念じていたわ。

母は、わたしの気持を察していたのでしょう。ほんとうは手元におきたいはずなのに、東京の学校に行かせようとしました。でも華やかで活気のある都会に身をおきながらも、逃げてきたという負い目から最後まで自由になれないで、いつもなにかに脅かされていたような気がするわ。

首藤も精神病院の裏手にある古めかしい家から、継母のいる複雑な家庭環境から、頑固な父親の支配力から必死で逃げてきた人だった。おなじ東北の田舎から逃げてきた娘と逃げてきた息子。似たような境遇の相手にたいする興味と同情を、わたしは愛情だと錯覚したのかもしれません。

でも愛していると信じられたのは、つきあいはじめたころだけ。そのあとは惰性で、女と男の関係が続いていたような気がするわ。電話でフランス行きのことを告白されたとき、自分でも不思議なほど無感動だったのは、たぶんそのせい。

はじめから終わるはずだったものが、とうとう終わった。受話器を手に、そんなふうに感じていた。あの人はひとりで東京よりも遠くまで逃げようとしている。でもわたしは、あの人とは反対に鬼首に帰ろう。

もう逃げるのはやめよう。生まれる子供を鬼首で育て、クロサマの呪いが迷信にすぎないことを証明しよう。そうすれば母も長年の強迫観念から解放されるに違いない。この邸も見ちがえるように明るくなるに違いない。これまでそう信じてきたの。そう信じて努力してきたのに……」

最後の方は言葉が激して、追いつめられた女の悲鳴のようにも聞こえた。興奮のため小刻みに震える肩に気分を落ちつかせるため静かに手をおいた。

咲耶が顔をあげてこちらを見る。その動きで手が肩先から胸元に滑りおちる。指先に乳房のやわらかな感触があった。

誘われるように咲耶の肩を抱いていた。女の表情には驚きと不安の色があった。腕のなかで咲耶が小鳥のように身を震わせる。静かに唇をあわせてから女の顔を覗きこんだ。

「いけないわ、あなた」

腕のなかで身を固くして困惑したように呟く。さらに強く抱きしめ唇をかさねていく。女のなめらかな唇が開き熱い舌先が小魚のように逃げる。

抱擁を拒もうとする意思が崩れはじめ、愛撫《あいぶ》に身をゆだねてしまいたいという欲望が炎のように燃えあがろうとしている。脇腹にあてられた咲耶の指の反応から、それがありありと判る。

そのとき陰気なノックの音が聞こえた。ふいに咲耶の身がこわばり突きのけるように体をもぎはなした。ドレスがみだれ左肩が肩甲骨のあたりまで剝きだしになっている。手ばやく身づくろいをすませ声を落ちつかせて咲耶が応える。

「お入りなさい」

扉が開き幼女がおずおずと室内を覗きこんだ。どうやら顔が涙で汚れているようだ。麻衣の背後にいるのは家政婦の佐伯らしい。

「麻衣さまが眼をさましてどうしてもお母さまの顔が見たいと泣くもので」

「判ったわ、麻衣。お母さまもじきに寝室にいきます」

「すぐ来るのね。約束よ、ほんとうよ」

麻衣が稚ない声で念をおした。「それでは」といいながら佐伯が扉を閉じる。子供をなだめる声が通路を遠ざかりはじめる。

「ごらんのとおり娘が待っています。わたしは寝室に引きとらなければなりません。まだ足りないようでしたら、おなじ銘柄のコニャックが用意してありますからお部屋で召しあがってください」

咲耶が宣告する。とりつく島もない他人行儀な口調だ。それもそうだろう。女がまさに官能的な肉の誘惑に屈しようとした瞬間、舞台に稚ない娘が踏みこんできたのだ。一時にせよ子供の存在を忘れ、女に変貌しようとした母の不実を責めるように。

このように拒絶的な態度を見せられた以上は、こちらも可能なかぎり儀礼的な言葉で応えるしかない。なれなれしい男だとは絶対に思われたくない。

「……判りました。もちろん、お邪魔はしません。ただ、最後にひとつだけ質問させてください。咲耶さん、ぼくたちは鬼骨閣の露天風呂で、顔を合わせたことがありますね」

「そんなこと、ありませんわ。あの日は、まだ宵のうちに女風呂に入りましたが、露天風呂は覗いてもいません」

咲耶の回答ははじめから判っていたような気がした。先ほどノックの音に驚いて、女がむりに身をもぎはなしたときのことだ。ドレスが乱れ左肩が剝きだしになった。それを見て信じられない事実に愕然としていた。裸の肩には染みひとつなく、百合形の赤い痣などどこにも認められなかったのだ。

三階の客室にもどり、上着をぬいで椅子の背になげた。ネクタイをゆるめる。暖房が熱すぎる。シャツの腋《わき》が汗で濡れていた。鼓動が速く胃にかすかなむかつきがある。食後のブランデーで悪酔いしたのだろうか。あるいは心理的な衝撃のせいかもしれない。靴をぬぎとばして寝台に倒れこんだ。拳でこめかみを揉んでみる。

咲耶の左肩には百合のかたちをした赤い痣など存在しない。いま自分の眼で確かめたことなのにそれでも信じられない。鬼骨閣の露天風呂で見た女は咲耶ではないということなのか。だが、そんなことはありえない。

あの夜、旅館に泊まっていた若い女客は緒先咲耶ひとりきりだ。女将と咲耶が口をそろえて虚偽の証言をしたのか。ほんとうは旅館にもうひとり若い女客がいたのだろうか。

だが、この仮説さえも成立しがたいのだ。湯壺の女はかりに咲耶でないとしても、咲耶とおなじ顔をしていた。見まちがいではない。長湯にのぼせた頭でもそのくらいは誤りなく判別できる。

謎の女客は、年が近く顔が酷似した咲耶の姉妹とは考えられないだろうか。それなら辻褄はあう。この仮説の最大の難点は、咲耶には姉妹がいないということだ。ただひとりの妹は二十年も昔に失踪したままなのだから。たぶん死んだのだろう。

どう考えても結論はひとつしかない。鬼骨閣の露天風呂で見たと信じていた女は、ほんとうは存在しないということ。肩に痣のある美女は病んだ脳髄が分泌した幻覚にすぎないということ……。

また五年前のように妄想に憑かれはじめているのではないか。こう考えると耐えられないほど不安な気持になる。疑惑はさらに昂進《こうしん》していく。二度にわたる殺人未遂事件さえ、あるいは妄想の産物だったのではないか。

いや、違う。露天風呂の女は実在した。水差しに毒を投じた人物は確かに実在した。妄想でも幻覚でもない。そう信じなければならない。拳でこめかみをさらに強く、痛いほどに揉んでみる。謎は果てもなく増殖していくばかりだ。不可解な謎の大波にさらわれ、いまにも窒息しそうに息苦しい気分。

鬼塚をめぐる太古の謎については、さしあたり考えなくてもいい。それは天覚寺の住職にまかせておこう。問題は自分自身をめぐる事件であり、奇怪な謎の数々なのだ。

脅迫状の送り手は、二度にわたり訪問者を殺そうとたくらんだ犯人はいったい何者なのか。そしてその動機は。

二十年前にどんな縁で緒先邸に滞在していたのか。その謎を解くかもしれない証拠として、和尚があげた『栗鼠と遊ぶ少年』とはいったいどんな絵なのか。

咲耶の恋人だった人物がロリアンの精神病院に赴任してきたのは、はたして偶然だったのか。首藤医師が『昏い天使』の執筆を勧め、それを読んだ咲耶が読者カードを送り、その葉書をたよりに自分は鬼首にたどりついた。この符合のすべてがたんなる偶然だというのだろうか。

それだけではない。ながいこと締切だという二階の窓から訪問者を監視していたのは、何者なのか。石裂の死をめぐる住職の暗示的な言葉の意味は。二代も続いた緒先家の幼女失踪事件と、これらの謎はどんな関係にあるのだろう。そして鬼骨閣の露天風呂で目撃した女の正体は……。

考えれば考えるほどますます判らなくなる。頭蓋が割れそうに痛みはじめた。おそらく、あらゆる謎の背後には何者かの意思が隠されているのだ。そう考えるべきだろう。いや、そう考える以外ない。これらすべてを偶然という言葉で片づける方が、むしろ非現実的な態度ではないか。

テーブルからコニャックの壜をとり飴色の酒をグラスの縁まで注いだ。咲耶の好意であらかじめ寝室に運ばれていた酒だ。

熱い液体が喉をやき胃粘膜にしみわたる。グラスを一息で飲みほした瞬間、やかましい音で旧式電話のベルが鳴りはじめた。

たぶん屋内電話だろう。咲耶からに違いない。抱きしめたときの汗と香水の匂いがふいに甦った。熱い息、紅潮した膚、乱れた髪……。拳で酒に濡れた唇を乱暴にぬぐう。受話器をとり耳に押しあてる。

「おれだよ、三笠だ」

「……三笠さんですか」

電話の相手は思いもかけぬ人物だった。拍子ぬけした応答に三笠が苦笑まじりで応じる。

「なんだよ、その声は。おれでは不足か」

「いや、そんなわけでは」

「どうやら美女からの電話でも待っていたところらしいな。ところが聞こえてきたのは、鬼編集者のどら声というわけだ。残念だろうが我慢してもらうしかない。どうだ、元気か」

館に着いた翌日、三笠の出版社には連絡をいれておいた。いつものように三笠は不在で、代わりに電話口にでた社員に事情を簡単に話し、伝言するように頼んでおいたのだ。もちろんこちらの電話番号も伝えておいた。

館には全部で四本以上の電話回線がひかれているらしい。使用人室には交換機があるが、いまは使われていないはずだ。

雅代、咲耶、それに使用人たちが、それぞれ違う回線を利用しているが、それでもまだ余裕がある。自由に電話が使えるようにという咲耶の配慮で、そのうちの一本はこの寝室につながれていた。三笠にはこの直通電話番号を伝言しておいたのだ。

「ぼくの方から連絡しなければと、気にはなっていたんですが」

「伝言は聞いたよ。無事に黄昏の館にたどりついたらしいな。鬼首に黄昏の館があるはずだというおれの勘は、みごとに的中したというわけだ」

「ここが二十年前の思い出の館だということに、まちがいはありません。昔のぼくを知っているという人にも、今日の午後、会うことができました」

「第二作の構想が充実してきたころだろうが、わざわざ電話したのは他でもない。調査するのを約束した例のノート泥棒の件だ」

「なにか、判りましたか」

「ああ。職業的な泥棒のしわざでないとすれば、犯人は一階の女か二階の男ということになる。その前提で調べてみたんだが面白いことが判ってきたぜ。ところでこの電話、大丈夫だろうな」

どうやら三笠は館の人間に盗聴されるのを警戒しているらしい。

「そのはずです。この電話は外線直通ですから」

「それならいい。ノート泥棒の首謀者がその邸にいるという可能性もあるんだ。そいつに話を聞かれるのはうまくない」

「どういうことなんです」

思わず反問していた。ノート泥棒の首謀者がこの館のなかにいる……。三笠はいったいなにを告げようとしているのか。

「いいか、よく聞けよ。きみのマンションの二階に住んでいる男はオザキ製紙の社員だ。それも調査課に籍のある男らしい。読者カードの女は緒先咲耶。きみのあとから転居してきたという二階の男はオザキ製紙の調査課員。緒先とオザキ、これが偶然の一致だろうか」

「オザキ製紙は咲耶の父親がおこした会社です。その死後、緒先家は実質的に会社経営から離れたんですが、いまでも最大株主であることに変わりはない」

「そういうことだ。十年前に株が上場された際には、なんと二百億という創業者利得を手にしている。途方もない大金持なんだぜ、きみのいる邸の主は。ほかにもある。オザキ製紙と緒先家という岩手の旧家の関係をつきとめて、おれは膝を叩いたね。

帰国以来きみはひそかに監視されていた。郵便箱をかきまわしたのもノートを盗んだのも、おそらくオザキ製紙の社員のしわざだろう。きみを監視するように、緒先家がオザキ製紙の有力者に命じたと想定するのに無理はない。とすれば、ノート泥棒の首謀者が鬼首の緒先邸にひそんでいるという可能性も無視はできない」

「しかし、なぜだろう」

思いがけない三笠の話に茫然と呟いていた。三笠が確信ある口調で続ける。

「きみは二十年前に、鬼首の緒先邸に招待され滞在したことがある。宗像冬樹は緒先家となんらかの縁があるんだ。とすれば緒先家が二十年後のきみに関心をもち、ひそかに監視していてもとくに不思議ではない」

あるいは帰国以前から監視されていたのではないか。咲耶をつうじて緒先家と関係のある人物がロリアンの精神病院に研修医として配属され、記憶喪失症患者の主治医をつとめていたという事実がすでに判明している。

「この件に関係してるかどうか判らんが、ほかにも面白い話がある。オザキ製紙を創業した緒先邦彦の父親、緒先倫太郎という人物のことを知ってるか」

「倫太郎石裂ですね。あちこちで話を聞かされましたよ。この西洋館を建てたのも、その石裂なんです」

「それなら話がはやい。面白い話というのはこの人物に関係しているんだ」

緒先倫太郎の父親は岩手の大地主で貴族院議員の緒先実隆。倫太郎は大学卒業後に渡欧。帰国したのは昭和初年代のことで、五年以上もドイツ、フランス、イギリスなどに滞在していた。帰国した倫太郎は宗教的奇人ともいうべき常識はずれの人物たちと熱心につきあいはじめた。日本人とユダヤ人は同祖だとか、キリストは日本で死んだとか、ピラミッドは日本にもあるとか、日本は何億年もの歴史をもつ世界の中心で人類発祥の地だとか、この種の奇説をとなえる人々がつぎつぎと倫太郎の周囲にむらがりはじめた。

倫太郎はかれらの運動に経済的援助をあたえた。それを支援するために父親の政治力や影響力も活用されたらしい。石裂は宗教的奇人のパトロンあるいはスポンサーだった。

かれらの妄想的な国粋主義は、大陸浪人や右翼勢力とも無関係ではなかった。緒先家が経営する骨山の旅館にはこの種の宗教的奇人だけでなく、大陸浪人や右翼の大物などもしばしば逗留していたという。

戦前の日本には右翼や大陸浪人や異端的宗教家や、さらに軍部の中枢にまで張りめぐらされた地下ネットワークが存在した。大本教事件や二・二六事件の打撃で弱体化した地下ネットワークだが、緒先倫太郎はそれを再編強化して黒幕的な影響力を強めていったのだという。

「以上は簡単な背景説明でその先が重要なんだ。昭和十六年、軍部の支持をとりつけた考古学調査団をひきいて倫太郎はカロリン群島の小島をめざした。

事実は謎につつまれているんだが、どうやら秘密調査団は現地で無抵抗の現住民を多数殺戮《さつりく》するという血みどろの事件をひきおこしたらしい。ジャングルのなかで巨石遺跡を発掘調査するのが仕事だというのに、どうして住民の大量虐殺なんかをしでかしたのか詳しいことはまるで判らない。

というのも調査団の関係者で日本まで帰りついたのが、緒先倫太郎ひとりきりだからだ。最高顧問の倫太郎は調査活動が終了するよりも一足はやく、島に寄港した海軍艦艇で日本に帰国した。残りのメンバーも昭和十八年には帰国の途についたが、輸送船が米軍の潜水艦に攻撃されて沈没し全員が死亡している。

その倫太郎も昭和二十年の八月二十日に死亡した。こうして調査団による虐殺事件の真相は謎のまま残された。生きていれば緒先倫太郎が戦犯リストにあげられたことはまちがいない。おそらく南太平洋で犯した住民虐殺の責任者として処刑されたはずなんだ。それにしても敗戦の五日後に病死とは、話がうますぎると思わないか」

「というと」

「緒先倫太郎は生きている、連合軍の摘発から逃れるため死亡が偽装された。そのころ一部ではこんな噂が流れたらしいぜ。

黄昏の館というのは、こういう人物の手で造られたわけだ。きみの小説構想に関係があるとも思えないが、おれの方が面白くなって余計なことまで調べあげたわけさ。ほかにも新しい事実が判ったらまた連絡するよ。元気でな」

こんな言葉を最後に電話はきれた。落ちつかない気分で広い客室を歩きはじめる。

頭のなかでは、「緒先倫太郎は生きている」という三笠の言葉が不気味にこだましていた。おそらく天覚寺の住職も、戦後こんな噂が流れたということを暗示していたのではないか。緒先石裂は敗戦の年に死んだのではない。戦犯として摘発されるのを避けるため、おそらく死亡を偽装してどこかに身を隠したのだ。

興奮に震える手で受話器をとり天覚寺の番号を廻した。住職は石裂の死亡にまつわる裏の事情を、ほかにもなにか知っているのではないか。その暗示的な言葉について考えているうちに、どうしてもそんなふうに思えてきたのだ。

電話に出たのは住職の身のまわりの世話をしているらしい老婆だった。十二時になろうという時刻なので無理もないが、いかにも眠そうな声だ。

館に滞在している者だと自己紹介すると、それだけで「和尚さんは、もう寺を出た」と老婆が答えた。それから訛のつよい言葉できれぎれに、こんな意味のことを喋りはじめる。

……和尚は、三十分以上もまえに出かけた。どうやら館の客人と、十二時に鬼塚で待ちあわせているらしい。夜中に鬼塚に足を踏みいれたりすれば、クロサマに祟《たた》られる。こう忠告したのに笑うだけでとりあわず、ひとりで懐中電灯を手に出かけたところだ。

混乱した気分で受話器をおいた。住職が深夜の鬼塚に呼びだされたのはどうやら事実らしい。おまけに住職を呼びだした謎の人物は宗像冬樹という名前を利用している。なぜ住職が簡単に騙されたのか判らないが、とにかく自分と会うつもりで出かけたのは事実らしい。

立ちあがりあわただしく衣服を着こんでいく。わざわざ偽の名前で呼びだしたからには、なにか陰険なたくらみがあるのだろう。住職の身に予期せぬことが起きてからでは遅いのだ。

借りたままの半外套をはおり、寝台の横にある小テーブルの引出から懐中電灯をとりだした。この客室に通された最初の晩に家政婦の佐伯が電話やバス、トイレなど部屋の使い方を教えてくれたのだが、そのときに懐中電灯のことも説明されたのだ。

こんな山奥では風や雪による停電が稀ではない。そうしたときのため、どの寝室にも小型の懐中電灯が常備されているらしい。電池の確認のためスイッチを押してみる。豆電球は力強く点灯した。

客室の扉をわずかに開き隙間から通路に滑りでた。物音をたてないように注意して、そっと扉を閉じる。薄暗い常夜灯の光が通路をぼんやりと照らしていた。足音をしのばせて階段を下りはじめる。

常識的には咲耶にまず相談すべきかもしれない。だが、それはためらわれた。咲耶は館の周辺でおきる異常事にほとんど神経過敏という状態で、相談をもちかける相手にはふさわしくない。

咲耶の気持も判らないではないが、今夜の別れぎわの冷淡で他人行儀な態度を思いだすとどうしても心がこわばるようだ。こちらから相談をもちかけたりなにかを依頼したりは、できれば避けたい気分だった。

住職を呼びだしたのはおそらく館の内部の人間だ。運転手の黒田源治がいちばん疑わしいが、相棒の佐伯郁子という可能性も無視できない。陰気な館の奥ふかくに閉じこもり決して人前に姿を見せようとしない女主人の雅代にも、嫌疑はかけられる。しかし、それは咲耶本人かもしれないのだ。

咲耶の寝室に内線電話をかけても、ベルの音が鳴るばかりでだれも出てこない。咲耶は住職を待ちぶせるため鬼塚に出かけたのではないか。いや、寝つかない子供をあやして、まだ麻衣の寝室にいるだけなのかもしれない……。

こんなどちらともつかない可能性に思いなやむ自分を考えると、やはり受話器を手にするのがためらわれた。それよりも鬼塚まで行き、住職を呼びだした謎の人物の正体を自分の眼で確かめた方がいい。

階段を下りるあいだ調理室にある裏口から外に出るか、それとも正面玄関から出るか、どちらとも決めかねていた。裏口まで行くには、使用人たちが寝ている私室の脇を通らなければならない。黒田や佐伯に気づかれ深夜の外出について問いただされるおそれがある。そんなことで無駄な時間を喰いたくはない。

だが、玄関広間にある大扉から外にでるのも容易ではなさそうだ。大扉の錆びた蝶番《ちょうつがい》は不気味な軋み音をたてる。それを使用人が聞きとがめるというのもありえないことではない。

階段を玄関広間まで下りると、どちらから屋外に出るかという迷いは消えた。食後、三階の客室にもどるため玄関広間を通ったときには、確かに閉じられ大きな内錠までかけられていたはずの大扉がわずかだが開いているのだ。

何者かが深夜、館から忍びでたことだけは確実だ。いちど開かれた扉がまた締めきられていないところをみると、おそらく謎の外出者は帰館していないのだろう。前後の事情から考えて、それが住職を呼びだした人物であるという可能性は濃厚だった。

扉の隙間から表にでる。謎の人物を追うため聳えたつ館を背に一歩一歩、星も月もない暗闇に身を浸していく。

厳しい寒気に身を凍らせながら、館の建物を迂回して鬼塚にいたる山道を下りはじめた。懐中電灯で照らしながら足場のわるい急坂を慎重におりていく。深夜の森は怖ろしいほどに静まりかえり、鼻先のものさえ見わけられない漆黒の闇に沈んでいる。

追跡している相手は自分に殺意をいだいている人物かもしれないのに、それほど恐怖感は湧いてこない。むしろ深夜の鬼塚というイメージの方が不気味だ。いくら凶暴でも生身の人間にできることなど知れている。肉体的な危害ならさして怖ろしいとも思わない。

それよりも昼間、鬼塚でみまわれた心身の異常現象の方が気がかりだ。あれが精神異常の徴候なのだとしたら、その方がよほど怖ろしい。ようやく脱けだしてきた狂気の沼地にふたたび引きもどされるという予感が、どうしようもなくおぞましいのだ。

暗い夜道のため昼間の倍も時間がかかる。それでも三十分ほどで葛おりの山道を下りおえた。あたりは落葉樹まじりの雑木林から鬱蒼とした杉林にかわる。闇のなかに鳥の羽音が響きわたりぎくりとさせられる。枯れ枝をふむ足音や懐中電灯の光に驚いたのかもしれない。

気を落ちつかせるためいったん足をとめた。黄色い光の輪に環状列石の外郭にあたる立石の列が浮かんだのだ。いよいよ鬼塚だ。

どこにも人の気配はない。腕時計を見るとそろそろ十二時半になろうとしている。住職は深夜十二時に何者かと鬼塚で待ちあわせをしたらしい。会見の予定時刻より三十分ほど遅れている計算になりどうしても気がせく。住職も謎の人物も立ちさり、もう鬼塚は無人なのではないか。

立石のあいだを抜け密生した杉の木立をぬって進んだ。まもなく第二の環状列石に行きあたる。懐中電灯をつけていれば相手に気づかれるだろう。しかし消してしまえば一歩も進めない。あたりは塗りつぶしたような暗闇なのだ。

決意して、懐中電灯を点灯したまま内郭の列石を通りぬけた。森のなかの小広場が、そして男根を模した中央立石が黄色い光束にぼんやりと浮かびはじめる。どうやら鬼塚にはだれもいないらしい。どこかに潜んでいるかもしれない謎の人物を警戒しながら、慎重に中央立石の周囲を廻りはじめた。

だれかがいる。中央立石の下にある、女陰をあらわしているらしい円板状の石造物の上に。ひえびえとした青白い燐光《りんこう》をまとい、三歳ほどの幼女が無表情にこちらを見ている。

あまりの衝撃に心臓が喉から飛びだしそうだ。全身がそうけだち、なまなましい恐怖感に握り潰された胃が痙攣して猛烈な吐き気に襲われる。喉笛を絞めあげられたように息苦しく、涙を滲ませながら大きく喘いでいた。

足下でふいに金属質の音がひびき跳びあがりそうになる。聴覚まで過敏になっているのだ。知らないうちに指が開き懐中電灯が地面に落ちたらしい。金属製の筒が石にあたり音をたてたのだろう。指だけではない。腕も脚も萎えたようでほとんど力がはいらない。あまりの驚愕と恐怖のため全身が麻痺しているのだ。

あの幼女だ。幾度も夢のなかにあらわれた、あの幼女に違いない。大きく見ひらかれてまばたきしない眼、病人のように青ざめて血の気のない顔、なにを考えているのか判らない茫洋《ぼうよう》とした表情。綺麗な顔立をした女の子だから、逆にデスマスクめいた無表情が不気味に感じられる。

それだけではない。幼女の背後に、もやもやした黒い影が蠢いていた。邪魔な気が凝りかためられたおぞましい影。闇にとけこんで、輪郭さえさだかでない異様な影。

視線はいやおうなく影の方に吸いよせられていく。見たくない、そんなものは見たくない。それなのにおぞましい影の方にむけて万力で固定されているようで、顔はわずかも動こうとしない。背や腋や首筋が、氷の粒みたいに冷たい汗で濡れている。

これは悪夢の世界ではないか。全身をこわばらせながらひたすら念じてみる。夢なら醒めろ。影がのろのろと動きはじめた。なにかを振りあげているらしい。ナイフだ。ナイフを握った腕。痩せおとろえた老人の枯れ木みたいな腕。それだけが燐光をあび闇に不気味に浮かんでいる。

よせ。やめろ。やめるんだ。

夢中で絶叫する。しかし喉から洩れだしたのは意味のない呻き声だけで、それも恐怖のために掠れていた。ナイフが闇を裂いた。幼女の白い子供服がいちめん鮮血にまみれる。鋭利なナイフに心臓を切り裂かれたのだ。

奔流のように吹きだした血。頰が、唇が赤い飛沫にまみれる。鮮血の川が足下を浸しはじめる。それなのに幼女はなおも無表情にたたずんでいる。どんな感情も見せることなく、苦痛も衝撃も感じていないようだ。まるで血に汚れたマネキン人形、子供服を着せられたマネキン人形だ。

仮面じみた幼女の顔に、なにか表情のようなものが浮かびはじめた。かわいい唇がねじまげられ、まなじりが吊《つ》りあがり、下品に鼻腔がふくれている。信じられないほど醜悪な悪意にみちた薄笑い。底まで墜落した娼婦《しょうふ》にふさわしい、けがれた欲望を膿汁のようにしたたらせた陰惨な嘲笑。

不気味なのは幼女がほかでもない、この自分にむけて笑いかけていることだ。呪わしい幼女の薄笑いにジュリエットの冷たい美貌が重なる。そのとき胸の底でなにかが爆発した。緊張が耐えられる限界をこえたのだ。

獣じみた絶叫が喉を裂いてほとばしる。それが自分の悲鳴だということに、しばらくしてようやく気づいた。点灯したままの懐中電灯を夢中でひろい闇のなかを走りだしていた。なにかに躓《つまず》き、ふいに上体が宙を泳いだ。肩先から大地に叩きつけられる。

いざるように後退しながら、懐中電灯で前方を照らしてみた。なにが付着したのか左手がべとついて不快だ。

革ブルゾンにジーンズを着けた男があおむけに倒れている。頭には毛糸の帽子。顔を確認するまでもない。もちろん天覚寺の住職だ。骨山の土産物屋で最初に顔をあわせたときとおなじ恰好をしている。

住職は裂けるほどに眼を剝き、きつく歯を喰いしばっている。胸元が血で汚れていた。どうやら息絶えているらしい。鋭利な刃物で左胸を抉られたのだ。傷口から流れでた鮮血が大地を染めている。倒れた拍子に血だまりに手を突いて、自分の手も血で汚れていた。

住職の死体は右手に紙片のようなものを握りしめている。ためらう気持を励まし、住職の手から紙片を抜きだした。氷みたいに冷たい手だが死後それほどの時間は経過していないようで、まだ柔らかい。もしも死後硬直がはじまっていたら、紙片を抜きとるのも容易ではなかったろう。

指で紙片をつまみ懐中電灯で照らしてみる。乱雑にちぎりとられた大判の手帳の一頁らしい。住職のものとおぼしい血の指形がついている。おそろしく読みにくい筆記体だ。

主語代名詞や冠詞からフランス語の文章が書かれているらしいことだけは判る。幼女や老人の影が出没する狂気じみた幻覚よりも——だがあれは、ほんとうに幻覚だったのか——まだ現実の死体の方がましだと思う。それでも紙片の文章を読みはじめるような精神的余裕はとてもない。

死骸の横からよろよろと立ちあがった。それにしても寒すぎる。骨まで凍りつきそうだ。一刻も早く暖かい館の部屋に逃げもどりたい。血に汚れた掌を無意識のうちに半外套にこすりつけていた。館をめざし、おぼつかない足どりで深夜の森を一歩、また一歩と歩きはじめる。

11

館までの山道を無我夢中で這いあがり、正面玄関の半開きの扉から邸内に忍びこんだ。提供されている三階の客室にたどりつくまで館のだれかに気づかれた様子はない。

物音をたてないようにドアを閉め内錠をおろした。謎の殺人者もここまでは追ってこないだろう。思わず安堵のため息が洩れた。

化粧室に入り掌にこびりついた血を洗いながした。石鹸《せっけん》をこすりつけるようにして洗うのだが、生乾きの血はなかなか落ちてくれない。白い陶製の洗面台が湯にとけた血で染められていく。清潔なタオルで手をぬぐい、おぼつかなげな足どりで寝室にひき返した。

気分を落ちつけるため、ブランデーをグラスの縁まで注いで一息に飲みほした。さらにもう一杯。燃えさかるアルコールの炎が舌を、口蓋を、喉を刺激する。まもなく体の芯が熱くしびれはじめた。

震える指で住職の血に汚れた紙片をテーブルにひろげてみた。癖のある読みにくい書体だが、なんとか判読しようとして眼をこらす。大判手帳の一頁らしいが、かなり古いもので全体に黄ばんでいた。

最初の行には、「一九二五年十二月三日」という日付がある。どうやら日録風の文章らしい。緒先石裂の第一の手帳かもしれない。今夜、住職は鬼塚で館の客と、つまりこの自分と会うために寺を出たのだという。あるいは深夜の会見は、石裂の手帳を受けわたすために設定されたのではないか。

これが問題の手帳の一頁なら、石裂はフランス語で日録をつけていたことになる。目黒のマンションで盗まれた日記もまたフランス語で書かれたものだということを、ふと思いだしてしまう。

それでも石裂と自分のあいだに、なにか重大な共通点があるというわけではない。外国に長期滞在する日本人がその国の言葉で日記を書いてみる気になるのは、たぶんありふれた発想だ。住職に電話して鬼塚に呼びだしたのは、もちろん自分ではない。謎の人物が宗像冬樹の名前を利用したのだ。客から伝言を頼まれたという口実で住職を呼びだしたのかもしれない。どうしても今夜のうちに石裂の手帳を読みたい、鬼塚で受けわたしできないかという偽りの伝言を住職は不審に思うことなく信じたのだろう。滞欧後半に書かれた第二の手帳を犯人が餌《えさ》にしたというのも、ありうる話だ。

館の客が住職に入手したばかりの第二の手帳を見せたいといっている……。郷土史の研究だけが生き甲斐《がい》だという、多少常識をはずれたところのある人物のことだ。こんなふうに第二の手帳で誘惑されたらひとたまりもないだろう。指定された時刻や場所に疑念をいだく余裕もなく夢中で寺を跳びだしたに違いない。

犯人はおそらく館の住人だ。真夜中に鬼塚まで来てくれというのは、かりに館の客の希望であるにしても非常識な話だ。こんな疑わしい伝言をそれでも住職に信じさせえたのは、電話した人物が以前から親しいこの館の住人だからとしか考えられない。

犯人のほんとうの目的は住職を殺害して石裂の手帳を奪うことだった。謎の人物は鬼塚で住職を待ちうけ、そして襲いかかった。激しく揉みあうあいだに手帳の一頁が破れ、それが住職の死体の手に残された。

謎の人物による凶行の動機もあるていどは推測できる。犯人が怖れたのは手帳が住職の手から館の客の手に渡る可能性だった。それを阻むためにこそ凶行は計画され、容赦なく実行されたのだ。そう考えなければなぜ今夜、住職が殺害され手帳が奪われたのかを説明することはできない。

眉をよせて癖のある書体を判読していく。癖さえ呑みこめば予想したよりも楽に読みすすむことができた。まもなく紙片の裏表に書かれた日録風の文章を読みおえ、驚愕のあまり茫然として中空に視線をただよわせた。文中の次のような箇所が、心臓に杭《くい》を叩きこむほどの衝撃をもたらしたのだ。

暗黒結社の秘められたる痕跡を追いつつ、異端秘儀の導師たる不死の女を求め独国から英国に、そして仏国に放浪すること前後三年に及べり。仏国はブルターニュ、海岸に聳え立つる古代遺跡の近傍にて、余は二十歳ほどとも見ゆる美貌の女の左肩に、記録にたがわぬ赤い百合形の印を認む。昨夜、余はついに魔女ジュリエットと邂逅《かいこう》するを得たり。

魔女ジュリエットは余に告げぬ。幼女供儀の異端秘儀は、暗黒と氷雪の王たるバジリフィスに捧《ささ》げんがためのものなりと。大魔王バジリフィスの復活を信ぜよ、導師なる吾《われ》の言葉に従い克己《こっき》して暗黒の行を修めよ。されば、汝《なんじ》もまた暗黒結社の最高秘儀に参入するも可なりと。

この世にあらぬ歓喜と戦慄《せんりつ》のうちに、余は、魔女ジュリエットの導きによりて暗黒結社の加盟儀礼を終えたり。長年にわたる余の秘密の探究は、かくしてその端緒を過ぎぬ。

魔女ジュリエット。手帳の文章には確かにその名前が記されていたのだ。左肩に赤い百合形の印がある女、魔女ジュリエット……。

夢のように曖昧で断片的な記憶を執拗によりあわせ、とにかく、『昏い天使』のヒロインに仕立てあげた少女の名もジュリエットであり、その肩には見まがいようもない百合形の刻印が認められた。だが、この二人のジュリエットが同一人物であるわけはない。緒先石裂の手帳にある女なら、いまでは九十歳をこえる老婆ということになる。

そんなことはありえない。絶対にありえない。幼女供儀、暗黒結社、氷雪の王、そして美貌の魔女。これでは、ほとんど幻想と狂気の世界ではないか。

しかし理性でいかに否定しようとも、消えることのない疑惑が胸の底に重苦しくわだかまるのだ。深夜の鬼塚で見た老人に刺殺される幼女の幻覚が、幾度となく夢のなかにあらわれた血まみれの幼女にかさなる。ジュリエットの百合形の痣が、鬼骨閣の露天風呂で見た裸女の左肩の痣にかさなる。それらすべてが混濁した赤黒い霧のなかで激しく渦を巻きはじめた。

あの紙片にはなにか重要なことが書かれている。緒先家をめぐる無数の謎を解くために決定的な鍵になりそうなことが。そんな気がする。だが、この混乱した頭ではどうしても考えをまとめることができない。時間さえあれば、そして意識が明晰《めいせき》ならば予想外の真相にたどりつけるかもしれない。

グラスに酒を注ぎたそうとして壜が空だということに気づいた。掌からブランデーの空き壜が抜けおち勢いよく絨毯のうえを転げた。安楽椅子から立ちあがろうとして足がもつれ、椅子の背に腕をついた。

飾り棚の時計を見てかるく舌うちする。一時間ほどでブランデーを一壜あけたという勘定になる。これでは酔うのも当然のことだ。

脳髄の襞々《ひだひだ》を酒精の炎がじりじりと灼いている。全身が重くけだるい。胃の内壁がひりつくように痛んだ。紙片の文章について考えるのは明日にしよう。こんな状態ではものを考えることなど不可能だ。

パジャマを手におぼつかない足どりで化粧室に入る。バスタブの頭についたカランをひねる。まもなく蛇口から火傷《やけど》しそうな熱湯がほとばしりはじめた。洗面台の大鏡がたちまち湯気で白く曇る。

湯加減を見てからのろのろと服を脱いだ。大きなホウロウの浴槽が酔眼には白い柩《ひつぎ》のように見えた。浴槽のなかに立ちビニールのカーテンを引いた。コックをシャワーに切りかえる。

熱い湯滴が豪雨みたいに全身に降りかかる。濡れた髪が頬にはりついた。湯をうけた両手で顔を洗おうとしてひどい眩暈に襲われる。渦巻の底にでも吸いこまれていく気分で、知らないうちにタイルの壁にもたれていた。

自分の体なのに粘るように重たく感じられる。全身の血が下がりはじめている。顔面はたぶん蒼白だろう。裸の背がタイル壁をこすり体が浴槽の底にずり落ちていく。栓をした浴槽には、もう半分ほど湯がたまりはじめていた。

熱い湯になかば浸りながら、遠ざかりそうな意識に腕をさしのべる。鼓動はいまにも爆発しそうに荒い。このまま浴槽のなかで昏睡したら無事にはすまないかもしれない。

ビニールの仕きり布のむこうでなにか気配がした。異常を察して様子を見にきた館の使用人かもしれない。佐伯郁子か、それとも慶子か。浴槽の縁に身をよせて、ビニール布の裾《すそ》を摑み夢中で揺する。カーテンの上部にある金属環が気ざわりな音をたてた。

合図に気づいたのだろう、まもなくカーテンが開きはじめた。深紅色のナイトガウンを着けた咲耶が湯気の彼方からこちらを見おろしている。奇妙なのは確かに咲耶なのに、いつもと雰囲気がまるで違うことだ。

遠慮のない咲耶の視線が剝きだしの背、肩、腿と、浴槽に蹲る男の裸体を執拗にまさぐる。誘うようにほそめられた眼は、白濁した淫蕩な光にみちていた。濡れた舌先が下唇をちろちろと舐める。

粘るような眼でこちらを見つめながら咲耶がガウンの紐《ひも》をといた。蛇のように身をくねらせて深紅色のガウンを、そしてシルクの夜着を脱ぎすてる。ショーツは着けていない。夜着を脱ぎさると、そこにあるのは彫刻よりも完璧な若い女の裸体だけだ。

熱い湯滴を浴びながらひたすら茫然としていた。あの清楚な印象の女が娼婦よりも忌まわしい露骨な仕種で男を誘惑している。意思のままにならない肉の中心がいつか充血し、どうしようもなく強張りはじめていた。

淫蕩な微笑を顔にはりつけて女が浴槽に屈みこもうとしている。剝きだしの乳房、けぶるような恥毛。女はなにひとつ隠そうとはしない。湯気のなかに白磁のような肩がのぞいた。そこに百合形の赤い痣を認めたが驚愕することはない。あるはずのないものが明らかにそこにあるというのに、それでも当然のような気がした。

ためらいもなく女の指がのび、湯のなかで隠しようもなく勃起《ぼっき》した男根をまさぐりはじめた。しなやかにうごめく指が肉体の中心に悦楽の刺激を送りはじめる。

唇のあいだから獣じみた呻き声がもれる。全身に忌まわしいほど甘美な感覚が濃密に渦巻きはじめる。濡れたタイルに背をもたせ頭や肩をシャワーに叩かれながら、ただきつく瞼を閉じていた。

目覚めるとカーテンの隙間からさむざむしい曇天がのぞいていた。戸外では小雪がちらついているらしい。気の滅入るような灰色の薄日が室内をぼんやり照らしている。吐きそうに胃がむかつく。寝汗で髪や枕がつめたく湿っていた。

頭痛と吐き気が猛烈な勢いで押しよせてくる。ここ数日は忘れていた惨憺たる朝の目覚めだった。素膚にふれるシーツの感触で、パジャマも下着もつけないまま裸で寝ていたことにようやく気づいた。生唾《なまつば》をのみ吐きたいのを我慢しながら、のろのろと上体を起こしはじめる。

ひどく喉が渇いている。サイドテーブルの水差しに手をのばし、コップ一杯の水を砂漠の旅人みたいな勢いで一気に飲みほした。さらにもう一杯。こぼれた水滴が裸の胸をつめたく濡らした。

猛烈な頭痛。心臓の鼓動にあわせてずきずきと、頭蓋骨がいまにも割れそうに疼《うず》いている。こめかみに錐《きり》でもねじこまれ容赦なく脳髄をかきまわされている気分だ。顔をしかめながら額に掌をあててみる。どうやら熱はなさそうだ。

頭痛、むかつき、喉の渇き、ひどい宿酔だ。テーブルの下の絨毯には、空になった深緑色の酒壜が無造作に転がされている。寝つくまでに一滴のこさず飲んでしまったらしい。これでは宿酔に悩まされても無理はない。

こう考えてから曖昧に首をふる。いや、寝るまで飲んでいたのではない。最後の一杯を片づけてから、そのまま泥酔して眠りこんだわけではないのだ。

殺人現場の鬼塚から逃げもどり、気分を落ちつかせるためにブランデーを際限なく胃に流しこみ続けた。最後の一杯を飲みほしてから、パジャマに着替えるつもりでバスルームに入り熱いシャワーを浴びはじめた。そして……。

淫蕩にうごめく女体、欲情にかすれた呻き声。蠱惑的に誘いかけてくる白い膚、欲情をあおりたてる官能的な愛撫。

熱い湯滴にうたれながら誘われるままに若い女の裸身を抱擁したことまでは、おぼろげながらも覚えている。ただ、そのあとの記憶がほとんど輪郭をなさないほどに混濁しているのだ。

その後ふたりはどうしたのだろう。バスルームから寝室にもどりベッドをともにしたのだろうか。そんな気もするが確かなことは自分でも判らない。記憶がまるで曖昧なのだ。

自分が自分でないような、落ちつかない居心地のよくない気分になる。体の底から熱い恥の感覚が込みあげてくる。咲耶と膚を合わせたかもしれないからではない。そうなのか違うのか、ほんとうのところが自分でも判らないからだ。このままでは咲耶と顔を合わせることもできそうにない。

バスルームから出たあとのことを思いだそうとしても、脳裏には夢の断片がたよりなげに浮遊しているばかりだ。陰気な地下室、不気味な老人、血まみれの短剣……。

思いだそうという努力とはうらはらに記憶は混乱をましていくばかりだった。いつか現実と幻覚の境界さえしだいに曖昧なものに感じられてきた。

バスルームにあらわれた若い女も鬼塚で見つけた殺人死体も、すべてはアルコールで麻痺した脳髄が分泌しただけの病的な妄想だったのではないのか。鬼塚に倒れていた死体は現実のような気もするが、そこで目撃した幼女は、そして老人はどうなのか。

バスルームの女は咲耶に違いないが、白い肩に刻印されていた百合形の真紅の痣ははたして現実のものなのかどうか。

見たものがのこらず現実だと信じるのには、どうしても無理がある。それならすべてが幻覚だという可能性もありうるのではないか。考えるほどに頭は混乱を増していくようだ。

おぼつかない身ごなしでなんとか起きあがる。頭痛を我慢して起きだしたのは気がかりな物音のせいだった。通路からでなく、どうやら窓の外から聞こえてくるらしい。

ソファの背にかけてある衣類を手にとり不審な気分でかぶりをふる。借りて着ていたはずの半外套が見あたらないのだ。鬼塚から逃げもどる途中、どこかで脱いで知らないうちに落としてしまったのだろうか。

いや、そうではない。日録風の文章がフランス語で書きつけられていた紙片、住職の死体が握りしめていた血ぞめの紙片もまたテーブルから消えていた。何者かに持ちさられたのは半外套だけではない。

旅行鞄から新しい下着をとりだしジーンズとシャツを身につけた。セーターの袖に手を通しながら飾り棚にある置き時計を見る。午前九時をすぎたところだ。窓の方に歩みよりカーテンの隙間から戸外を覗いてみた。

白い雪粒が風にあおられ暗鬱な曇天から無数に舞いおりてくる。館の玄関前にある半円形の階段の下では雪まじりの風に吹きさらされて、二十人ほどの男女が寒そうに背をまるめていた。

モンペ姿の女たちは綿入りの半纏《はんてん》の襟をかきあわせ、古毛布みたいなショールを巻くようにして北風から顔を隠している。男たちの多くは農業用の作業服に半纏、あるいは垢じみたキルティングのブルゾンという恰好をしていた。こんな風体から見て、おそらく鬼首郷の住民に違いない。

館の玄関前に押しかけた人々を代表するように、鳥うち帽の中年男が階段に片足をかけ、日焼けした無骨な顔をあげている。もちろん階段上の人物に、なにかしきりと語りかけているのだ。男の発言にあわせ、ときとして背後の男女が口々に叫びたてる。三階までの距離と厚い窓ガラスのために、なにを叫んでいるのかまでは聞きとることができない。

客室まで響いてきた物音は玄関前で二十人からの男女があげる、きれぎれの叫び声だった。叫び声は強風の音と混ざりあい海鳴りのようにどよめいている。窓を開けようとしてみても蝶番が錆びついているのか窓枠は微動もしない。

どうしても窓は開きそうにない。諦めてまた眼下の光景に注目した。代表らしい中年男が抗議するような身ぶりで、なにかを猛烈にまくしたてている。男の相手をしているのは家政婦の佐伯郁子だ。猛禽類みたいな痩せた顔が、強情そうにときおり横にふられる。

とりつく島もない頑固な顔つきで、くりかえし男の要求を拒んでいるのだ。多数を背景にした懇請も脅迫もこの女に態度をかえさせるのは無理らしい。さすがに緊張で青ざめてはいるが、家政婦の顔には相手の要求を侮辱するような、館の権威を背景とした者の断固たる拒絶の表情がある。

こんな光景をカーテンの隙間から眺めていると、どことなく非現実的な気分にとらわれてしまう。なにしろ舞台の書割は小雪の舞うルネッサンス風の城館なのだ。二十世紀末の日本というよりも、むしろ前世紀のイギリスの荘園にふさわしい光景ではないか。

要求をかかげて領主の館におしかけた小作人の代表と、主人の意思を代弁する謹厳な召使の争論。はてなく続けられる徒労めいたやりとりの数々。

交渉はいよいよ大詰めをむかえたらしい。なにか要求を叫びながら男が居丈高に拳をふりあげた。家政婦が唇をねじるようにして冷酷に首をふる。どよめきながら農民たちが群れをなして階段の方に押しよせてくる。

このままでは佐伯郁子は、憤激した二十人からの農民に袋叩きにされてしまいそうだ。玄関の大扉が破られ、泥靴に館の床が踏みにじられるのも時間の問題だろう。

階段の途中で押しよせてくる農民たちの人波が凍りついた。館から第二の人物があらわれたのだ。三角頭巾のある黒いマントを着けた女。マントは裾が床につくほどに長い。

決然として女がフードをはねのけた。咲耶だ。若い女が足早に階段を下りはじめる。気《け》おされたように階段の人垣が開いた。

咲耶が代表の男になにか烈《はげ》しい言葉を叩きつけているらしい。その気迫が三階の窓ガラスごしにも感じられる。女の美貌が怒りに青ざめている。逞《たくま》しい肩をすぼめるようにして、まもなく男がうなだれた。

貧しげな風体の男たち女たちが小雪のなかを強風に追われるように、列をなして館前の広場から去りはじめた。咲耶は無言のまま監視するように、なおも硬い表情で立ちさる農民たちのいう。

それから二十分ほどして客室にノックの音がした。扉を開くと佐伯郁子が表情のない顔でこちらを見る。家政婦の態度には冷たい敵意のようなものが滲んでいた。女が愛想のない口調でいう。

「奥さまが、お会いになりたいそうです」

「奥さまというのは、雅代さんのことですか」

質問には応えようとせず女はくるりと背をむけた。そのまま足早に階段の方に歩きはじめる。指示にさからうことなど許さないという、権高で押しつけがましい態度だった。

とても拒めるような雰囲気ではない。どうやら一夜のうちに招かれざる客の立場に転落したらしい。仕方なく家政婦について階段をおりた。

大理石のアテナ像がある二階の踊り場から天井の高い通路を左手に、建物の左翼部を奥にむけて進んでいく。石裂の書斎前をとおりすぎ、通路のつきあたりのドアを佐伯はノックした。若い女の声で返事があり、案内の家政婦に続いて大きな部屋に足を踏みいれた。返事したのは咲耶ではないだろうか。

緒先雅代の居間は館の二階左翼部のいちばん端に位置している。そこは真上にある三階の談話室とおなじ正方形で、提供されている三階の客室にすれば四室分もの床面積がある。

これだけの広間だから、家族三人が食事するのには充分だろう。広大な室内には中央にメインの応接セットが据えられている。西側には六人分の食卓があり、さらにお茶のための小テーブルと椅子が四脚、暖かそうな南の窓のあたりに配置されている。

高い天井には豪華なクリスタル製のシャンデリアがある。室内の要所には、シェードつきの大スタンドが点々と置かれていた。敷物は産地に特有の幾何学模様が織りこまれた大きなペルシャ絨毯で、床に大小四枚がひろげられていた。

飾り棚には西洋人形、大時計、彫刻、大壺などが隙間なく飾られている。どれも由緒ありげな骨董類で、おそらく石裂の滞欧時代の蒐集品だろう。

壁に掛けられているのは家族の居間にふさわしい印象派風の絵画がほとんどで、なかにはドガやルノワールらしい小品もある。予想はしていたが、『栗鼠と遊ぶ少年』というタイトルに似つかわしい絵はどこにも飾られていなかった。

家具や装飾品に古色蒼然《こしょくそうぜん》とした印象はあるにしろ貴族的な格式をほこる贅沢きわまりない広間で、その重々しい迫力に訪問者は驚嘆しないわけにはいかない。

南、西、北の三面には大きな窓がならび、東の壁だけに大小のドアが三つある。中央の大きなドアは通路につうじている。左右の小さなドアは、雅代の寝室や小さい方の居間に入るためのものだろう。

中央のソファには和服姿の老女が力なくもたれていた。銀髪、痩せて皺ばんだ顔、艶のない青白い膚。疲労しているのかもともと病身なのか、いかにも生気のない老女だった。しかし眼だけが狂気じみた光を宿し、らんらんと輝いている。

ソファの背後では咲耶が麻衣の肩に腕をまわして、娘をかばうように無言でたたずんでいた。

淫蕩にうごめいていたバスルームの裸女とは別人のようで、氷の彫刻みたいに硬い態度だ。ひどく疲れているのか表情に生気がなく、そこからはどんな感情も窺うことはできない。

館の正面玄関で強訴人めいた鬼首の農民を追いかえしたあと、そのまま二階の居間に上がってきたらしい。脱ぎすてられた咲耶のマントがまるめて長椅子の背に放りだされていた。

老女が射るような眼でこちらを見つめている。威圧的な眼光にさらされ、抵抗しようとしても体が竦んでしまう。老女のかさかさした唇がわずかに痙攣した。

「あなたが宗像冬樹ですね」

陰気な囁き声が雅代の喉から搾《しぼ》りだされる。老女の言葉に応えるため無言で頷いた。

「あなたには午後のうちに骨山に下りていただきます。以後二度と鬼首には足を踏みいれないように」

「なぜですか」

「わたしから説明する必要がありますか」

老女は反論を許さない調子で語りかけてきた。退去を命じられる可能性ははじめから考えていた。雅代が滞在客の存在を知れば、即座に鬼首の館から追いだそうとするに違いない。それでも唇からひとりでに言葉が洩れだしていた。

「なぜです。咲耶さんがぼくを、あなたに無断で館に泊めていたからですか」

「それもありますよ。宗像さんはこの館を訪問してはならない人ですから。でも、それだけではありません」

「それだけではないというのは、どういうことなんですか」

「今朝はやく鬼塚で天覚寺の和尚の死体が発見されました。安産を祈願するため鬼塚をおとずれた農婦が見つけたのです。天覚寺の史也さんは刃物で心臓を刺されて死んでいました。お寺で下女をしている老婆は、和尚が館に滞在している客に電話で呼びだされ、深夜だというのに鬼塚をめざしたと証言しています。史也さんを呼びだしたのはあなたですね」

幻覚ではない、やはり住職は殺されていたのだ。容赦ない老女の追及にそれでも無力な抗弁の声をあげた。

「違います。ぼくは、和尚さんを殺してなんかいない」

「では、これはなんですか」

老女が毛皮の膝掛の下から震える手で半外套をとりだした。裾のあたりには褐色の血痕がある。血ぞめの半外套をかざして老女が脅迫的な口調で続ける。

「あなたは真夜中に和尚を呼びだし、鬼塚で殺したんです。これが証拠です」

「ぼくは殺していない。鬼塚にたどりついたとき、和尚さんはもう死んでいたんだ。嘘じゃない、ほんとうのことです。ぼくは殺してなんかいない」

老女の断罪に必死で反論した。自分の声なのに情ない悲鳴みたいに聞こえてくる。このまま警察に引きわたされるのだろうか。そう考えて慄然《りつぜん》とする。警察が無罪を信じてくれる保証などどこにもありはしないのだ。寺の老婆の証言、血ぞめの半外套という物証。それを覆すだけの力がおそらく自分にはない。

「あなたが犯人かどうか、それはどうでもいいこと。鬼首の村人が館の客こそ犯人だと信じこんでいるのが、ほんとうの問題なんです。いいですか、村人は住職殺しの犯人に私的な制裁をくわえようとしている。身柄を引きわたせと要求して今朝も館に押しかけてきたんですよ。

咲耶が村人を追いかえさなければ、あなたはいまごろ鬼塚の裏手にある殺生沼《せっしょうぬま》に沈められていたわ。だから一刻もはやく山を下りなければならないんです。緒先家の権威など戦前ならともかく、いまでは無にひとしいもの。明日もまた、おとなしく村人が退散するとは考えられない。判りますね」

老女が眼を細めるようにして語りかけてくる。かぶりをふりながら、それでも沈痛な声で応えた。

「ぼくが逃げれば村人は骨山の駐在所に訴える。報告をうけた鳴神署は、殺人犯として宗像冬樹を全国に指名手配する。逃げても逃げなくても、ようするにおなじことです。村人に無実だという真実を示し、どんなことがあろうと納得してもらう以外に道はないんだ」

「村人は余所者になにかを訴えたりはしませんよ。あなたが鬼首から姿を消せば、それで事件は終わります」

「しかし、和尚さんの死体は残る……」

「骨山医院の医者は鬼骨閣の女将の弟です。あの家は天正の昔から緒先家の家臣だったという古い家柄で、鬼首の館とも関係はふかい。その子が医大で学んだ費用も緒先家から出ているのです。

午後には黒田と佐伯が山を下ります。佐伯はわたしの手紙を、命じられたように骨山医院に届けることでしょう。医者は依頼どおりに死亡診断書を書きます。和尚は事故か急病で死んだということになり、事件はそれで終わります」

老女は信じられないようなことを淡々とした口調で告げた。望めば緒先家には、いまだに鬼首の殺人事件を闇に葬るだけの力があると主張しているのだ。思わず低い声で叫んでいた。

「そんなことが可能なわけはない」

「可能ですとも。どうして咲耶が村人を追いはらえたと思いますか。二年前に鬼塚に迷いこんだ観光客を村人が集団で殺したこと。それを暴露すると脅して、あの人たちを退散させたのですよ。

そのときも骨山の医者はわたしの指示で、警察の疑惑をまねかないように死亡診断書を書きました。骨山と鬼首のあいだにある断崖から転落したということで、観光客の死は処理されたのです」

ほんとうかもしれない。老女の厳粛な表情には、疑念をはさませないだけの迫力が感じられた。この鬼首の地は、ほんとうに日本国の法さえもおよばない人外の異界なのかもしれない。

「でも、どうして、ぼくを逃がしてくれるんですか」

「宗像冬樹という子供は、この館と無関係ではありません。たぶん和尚から聞いたことでしょうが、子供のときにあなたは一夏のあいだ鬼首に滞在したこともあります。あなたは鬼首に来るべきではなかった。しかし来てしまった。

緒先の家からの最後の好意だと思いなさい。山を下りれば無事にもとの生活にもどれるはずです。今夜から吹雪になりそう。黒田と佐伯は午後、交通が途絶するまえに骨山に下ります。吹雪にそなえ食糧や日用品を準備するために。黒田のトラックに便乗してあなたも山を下りるのです。そうしなければ村人の手で生きたまま手足を縛られ、氷の殺生沼に沈められる運命なのですから」

老女が語りおえた。ひどく疲れている様子の咲耶は最後まで無言だった。麻衣が敵意のある白い眼で、はじめから終わりまでこちらを凝視していた。

佐伯郁子に腕をとられ広間を連れだされる。そのまま三階の客室に連れもどされ室内に押しこまれた。ドアが閉じられ、背後でかすかな音がした。家政婦が囚人を幽閉するようにドアに鍵をかけたのだ。

寝みだれたままのベッドに倒れこみ両腕で頭をかかえた。雅代に命じられたとおりおとなしく骨山に下山するべきなのだろうか。だがそれは殺人者を野放しにして、自分ひとりだけ逃げだすという結果になる。

考えなければいけない。真犯人がだれなのかを、どんなことがあろうとも考えぬかなければならない。それしか道はないのだ。

12

ドアに鍵をかけられているため外に出ることはできない。落ちつかない気分で檻《おり》のなかの獣のように室内を歩きまわる。吸い続けた煙草のせいで、あたりには息苦しいほど濃い紫煙がよどんでいた。

午後には黒田の小型トラックに乗せられ、いやおうなく骨山に下山させられてしまう。そうなればもう東京に帰る以外にないだろう。鬼首を再訪できるような可能性もない。与えられているのは一時間か二時間か、ほんの少しの余裕なのだ。鬼首から追いだされるまえに、なんとかして錯綜《さくそう》した思考の糸玉をほぐさなければならない。

推理のためにどうしても必要な材料は、すでに手にしたという予感がある。そこから明瞭な結論を導きうるなら、咲耶を説得することもできるだろう。ずきずきする宿酔の頭痛に呻きながら、それでも執拗に思考の糸をまさぐり続けた。

最大の鍵は死んだ住職が握りしめていた紙片の、魔女ジュリエットをめぐる暗示的な記述だ。二冊あるという石裂の日録を残らず読むことができるなら、こんなふうに頭を悩ませるまでもない。そこには石裂の秘密の全貌《ぜんぼう》が克明に記されているはずだから。

しかし行方の知れない日録に期待しても意味はない。かろうじて読むことができた日録の一頁を中心にして、二度にわたる幼女失踪《しっそう》事件から昨夜の住職殺害事件まで、鬼首を館をめぐる数々の謎について推理し真相に迫るため努力すること。とにかくそうしなければならないのだ。いくつもの仮説を立てては崩し、崩しては立てなおした。そして徐々に、曖昧《あいまい》な思考の霧のなかから真相の輪郭めいたものが浮かびはじめた。自分でも信じられないことだが、そう考える以外に妥当な結論は存在しない……。

そのとき遠慮がちにドアが叩かれた。飾り棚の置き時計に眼《め》をやると、午後一時になろうとしている。雅代との会見のあと三時間あまりも部屋に閉じこめられていたわけだ。たぶん訪問者は佐伯郁子だろう。準備ができたので下山せよという、女主人の指示を伝えにきたのではないか。

それでも、おとなしく追いかえされるわけにはいかない。なんとか咲耶に頼みこんで、必要な調査をするために多少の余裕をもらうこと。是が非でもそうしなければならないのだ。

窓の外では気が滅入るような曇天を背景に、凍てついた強風が小雪を舞いちらしている。雅代が予告したとおり天候は午後から夜にかけて悪化していき、最後は猛吹雪になるのかもしれない。

鍵の廻る音がして静かにドアが開かれた。予期に反して使用人の佐伯ではなく、咲耶が遠慮がちに室内に足を踏みいれてきた。こいつは幸運だ。相手が佐伯では、咲耶を呼んでもらうだけでも一苦労だろうと覚悟していたからだ。

「さきほどは失礼しました。朝からひどく体調がわるくて、そのうえ郷の人たちの相手をしなければならなかったせいかとても疲れていたの。もう骨山に下る用意ができました。黒田は館の裏で車のエンジンを暖めています。宗像さんも急いでください」

目を伏せるようにして咲耶が低い声で語りかけてきた。どう見ても、清楚な感じのするいつもの咲耶だった。浴室で恥じらう気配もなく見せつけた安娼婦めいて露骨な淫蕩きわまりない振舞いなど、いまは片鱗《へんりん》さえ窺うこともできない。

謎の過半は解けたと思う。残されているのはいくつかの細部に説明をつけることだけだ。そのひとつが咲耶という女にまつわる謎だった。この女の正体について考えると、どうしても混乱してしまう。

いかに表情や態度を仔細に観察してみても、浴室の出来事などなにも覚えていない様子なのだ。これが演技であれば天性の俳優というしかない。とても自分などに歯のたつような相手ではない。

あるいは咲耶が訪れてきたということ自体、アルコールの霧にうかんだ狂気じみた妄想にすぎないのだろうか。いや、そんなことはない。住職の死体とおなじく咲耶による深夜の訪問も現実に違いない。いくら泥酔寸前の状態だったとしてもそれくらいは判別できる。

それでも疑惑に苦しめられるのは左肩の百合形の痣のせいだ。晩餐のあとサロンで偶然に眼にした女の裸の肩には、どこにも痣などなかった。しかし浴室の女の肩には鬼骨閣の露天風呂の女とおなじように、確かに百合形の赤い痣が認められたのだ。

まるでふたりの咲耶がいるようだと思う。左肩に痣のある淫蕩な咲耶と、痣などない清楚な咲耶と。

ほんとうに深夜の浴室にあらわれたのかどうか、いまここで問いただしてみたい気持はある。しかしそのあとの記憶が完全に脱落している。浴室の出来事についてこちらから話題にするのはどうしてもためらわれた。

ふたりの咲耶という謎については、もう少し様子を見ながら考えてみよう。それより重要なのは、これまで考えぬいてきたことを説明し可能ならば調査し、住職殺しという汚名をそそぐことだ。

「咲耶さん。あなたも、ぼくが住職殺しの犯人だと信じているのですか」

咲耶が無言でかぶりをふる。青ざめた顔にはためらいともとまどいともつかない、自信なげで曖昧な表情がある。語調を強めかさねて問いかけた。

「それなら、どうしてぼくを追いだそうとするんです。雅代さんの意思だから、背けないというわけですか」

「……そう、それもありますわ」

「というと」

「このまま鬼首にいては宗像さんの身が危険なんです。母からも申しあげましたが嘘ではありません」

「村人がリンチにかけようとしているのは、住職殺しの犯人ですね。しかし、ぼくは殺してはいない」

「わたしは信じます。信じたいと思います。佐伯がこの部屋から血まみれの外套を探してきたときも、わたしには宗像さんが人殺しをしたとは思えませんでした」

早朝に天覚寺からの急報で事件を知らされた雅代は、佐伯郁子に命じて客室の様子を調べさせたらしい。佐伯は室内に忍びこみ、証拠品の半外套を見つけだしたというわけだ。泥酔状態で眠りこんでいたからか、なにひとつ覚えてはいないが。

「ぼくが寝ているあいだに、佐伯さんが部屋から持ちだしたのは、あの外套だけでしたか。ほかには、なにもありませんでしたか」

それとなく住職の死体が手にしていた紙片について尋ねてみた。咲耶は不審そうに眉をひそめ、否定のそぶりで首を左右にふるばかりだった。なにを問われているのかも理解できない様子だ。

使用人の佐伯が主人の雅代や咲耶に嘘をついているとは考えにくい。早朝、佐伯より先にこの客室に忍びこんできた人物がいると考えるべきだろうか。

そうだとしても、とくに自分の推理とは矛盾しない。その人物はたぶん客室の鍵をもっている。二日まえの夜に水差しに毒薬を入れたのも、日録の切れ端を盗みだしたのとおそらく同一の人物なのだ。

「咲耶さんに、お願いがあります」

若い女が問いかけるように大きな眼でこちらを見た。心を励まして語気つよく続ける。とにかく咲耶を説得しなければならないのだ。それ以外に黄昏の館をめぐる幾多の謎を解きほぐし、殺人犯の容疑から逃れる道はない。

「ほんの少しでいい、時間をください。このままでは、住職殺しの汚名を着せられて鬼首を追われることになる。絶対に、ぼくは殺してなんかいません。真犯人を暴露して、無実を証明してみせます。どうしても、そうしなければならないんです」

「……でも」

憂わしげに眉をひそめ咲耶が困惑して呟いた。そんなことをすれば母親の指示に背くことになりかねない。娘の咲耶にはとてもできることではない。こう考えてためらっているのだろう。

「三時間、いや二時間でいい。それで駄目なら、命じられたとおり夕方には鬼首を出ていきます。お願いだから、ぼくの調査に協力してください。

昨日、お祖父さんの書斎を見せてくれと頼みましたね。その結果は、あなたも御存知のとおりです。ぼくが子供のときに、この館に滞在したことがあるという事実は、あの『不思議の国のアリス』の本で確認されました。

あれとおなじことなんだ。でたらめを喋って、時間を稼ごうとしているわけではない。ぼくには確信がある。あとは自分の仮説を確かめるため、実際に調査してみるだけなんです。

だれが住職を殺したのか知ることは、咲耶さん、あなたにも他人ごとではないはずですよ。それどころか、いつかは直面しなければならない生涯の重大事でもあるのでは。出羽の黒鬼をめぐる不吉な家系伝説から解放されることが、ほんとうに咲耶さん自身にとって大切なことならば」

「それは、どういうことでしょう」

ふいに神隠し伝説のことをもちだされて、咲耶が疑わしげに反問した。表情には疑念と不安が影のように刻まれている。

「これから二時間か三時間か、ほんの少しだけ時間をください。そうすれば、昨夜の住職殺害事件の真相がはっきりするだけでなく、緒先家を呪縛している宿命的な謎も解けることでしょう。二代連続した幼女失踪事件の真相もあきらかになる。調査が成功すれば、ぼくは失踪した叔母さんの、そして妹さんの運命をあなたに教えてあげられるはずなんです」

「叔母や妹の失踪事件の真相を……」

咲耶の表情が微妙に変りはじめた。頬をこわばらせ射すくめるような眼でこちらを見つめている。話題が冗談ではすまされない、咲耶にはあまりに深刻な領域に入りはじめたからだ。これならあと一押しで説得できるだろう。緊張のため乾いた唇を舐めて、さらに言葉をかさねた。

「問題は昔の話にとどまりません。このままでは、お嬢さんの麻衣ちゃんの身も危険なんだ。ほんとうのことです。いいかげんな思いつきで、あなたを脅しているわけじゃない。

もしも住職殺害犯人を突きとめることができなければ、おそらく来年の夏までに、麻衣ちゃんも謎の失踪をとげることになります。このままでは緒先家は、第三の幼女失踪事件という悲劇を避けることができない」

「……麻衣が神隠しに」

悲痛な声で咲耶が呻いた。あまりに衝撃的すぎる予言を聞かされたからだろうか。無意識のうちに握りしめられた拳がわなわなと震えている。

これで咲耶も、客に立ちさるまで数時間の余裕を与える気になるだろう。調査の許可をとるために余儀ないことにしても、そのために麻衣の失踪の可能性まで持ちだしたことにかるい自己嫌悪を感じた。

しかし、発言の中身に意図的な嘘はひとかけらもない。確信していることばかりだ。その迫力が子供の身を案じる母親の心につよく訴えたのだろう。

慇懃《いんぎん》な接客の態度をもちこたえる余裕もないほど咲耶は心理的に動揺していた。苦悶の表情で思いつめたようにこちらを凝視し、そしてなにかを訴えかけようとしている。そんな反応を見ながら言葉をついだ。

「そうです。ぼくの推理が正しければ、まもなく鬼首の館で第三の幼女失踪事件が起きる。それを事前に阻止するには、だれが住職を殺したのか、どうしても突きとめる必要があるんです」

咲耶がなにかをいおうとしている。言葉を搾りだそうと青ざめた唇が痙攣したとき、ふいにノックの音が室内に響いた。緊張がはじけ、ふたりは追われる共犯者めいて互いに顔を見あわせた。そのとき咲耶はもう、どうするか心を決めていたに違いない。

「どうぞ」

咲耶の返事にドアが開かれ佐伯郁子が顔を見せた。館の家政婦は早くも防寒具をつけて外出支度をすませている。女主人の咲耶に一礼し中年女が無表情に告げた。

「お客さまをお迎えにあがりました。車はいつでも出せる状態ですから」

きつく唇を噛み咲耶が静かにかぶりをふる。それから強い口調で命じた。召使には反問も抗弁も許さないという決意がその言葉には滲んでいた。

「事情が変わりました。宗像さんは夕方までにわたしが骨山に送りとどけます。雪にそなえて買い物などする必要があるわけですから、あなたと黒田は小型トラックで一足さきに出発しなさい」

「しかし、それでは奥さまが……」

思いがけない指示に驚いたのか佐伯が伏せていた顔をあげ、おし殺した声で叫んだ。咲耶は召使のどんな抵抗も押し潰す気迫で、さらに切り口上に続ける。

「あなたがそれを気に病むことはありません。お母さまにはわたしからお許しをいただきます。あなたたちはいますぐ出発しなさい。

宗像さんの下山が遅れるとしても、せいぜい二、三時間のこと。お母さまはこの午後のうちに宗像さんを、鬼首から下山させるようにといわれました。夕方までにレンジローバーでわたしがお送りすれば、お母さまの指示に背くことにはなりません。判りましたね」

佐伯は儀礼的に頭をさげ音もなくドアを閉じた。一度は驚愕に乱れた表情だったが、立ちさるときにはもう感情めいたものはわずかも窺われなかった。たとえ咲耶の指示に不満があろうともこんなふうに厳重に命じられては、使用人の立場ではどうすることもできないのだろう。

まもなく館の裏手からかすかな車のエンジン音が聞こえはじめた。咲耶に命じられたとおり佐伯たちが骨山に出発したのだ。しばらく沈黙を守っていた咲耶だが車の発進音を確認し、そのうえで語りかけてきた。表情には毅然《きぜん》としたものがある。

「ごらんのとおり、あなたが望むように手配しましたわ。さあ、いまここで説明してください。どうして麻衣が神隠しにあうんです。それに麻衣が失踪するかもしれないという不吉な予言と、昨夜の史也さんの不幸とのあいだにどんな関係があるというんです」

「待ってください。もちろん説明しますが、そのためには昨日のように、お祖父さんの書斎に案内してもらいたいのです。書斎で目的のものを見つけることができれば、ぼくの推理は立証される。そのときに、知っていることは残らず話しましょう。もしも見つけられなければ、推理は残念ながら見当違いだったことになる。誤りだと判れば、約束どおり午後のうちに鬼首から出ていくつもりです」

咲耶はしばらく無言でこちらを凝視していた。それから大きく頷き、自分から先に客室をでた。注文どおりに石裂の書斎に案内するつもりらしい。

石裂の書斎ではドアの対面の壁に窓が四つならび、中央の窓を背に両袖の大きなデスクが置かれている。デスクの上にはシェードつきの旧式のスタンドや灰皿、ペン差し、それにブロンズ像などがある。厳重に鎧戸が閉じられているため、電灯をつけなければ室内は完全な闇だ。

左右の壁には天井まである本棚が造られていて、どの棚にも古い書籍が背表紙をつらねている。安楽椅子や寝椅子には埃よけの布がかけられているが、デスクやテーブル、飾り棚などの木製家具は剝きだしで表面は埃で薄く覆われていた。デスクの上の埃は少しばかり乱れている。

昨日、咲耶が引出を開けたりしたせいだろう。

床には古びて模様もさだかでない絨毯が敷きつめられている。かがみこんで絨毯を指でこすると指先に灰色の埃がこびりついた。絨毯の埃は足跡が残るほどの量ではない。

「それほどひどい埃ではない……」

床にかがみこんで、無意識のうちに呟いていた。そのつもりで観察すると敷物や家具の埃が薄いことに気づかざるをえないのだ。デスクの横で沈黙している咲耶にあらためて問いかけてみた。

「この書斎に入ることは禁じられているそうですね。それでは、掃除はどうしているのですか。お祖父さんの緒先石裂氏が死んだという敗戦直後から、これまで一度も掃除されたことがないとしたら、この程度の埃ではすまないはずだ」

「そういえばそうだわ。掃除から半年か一年というところね。だれがしたのかしら」

指摘されてはじめて気づいたのか、書斎をあちこち見わたしながら咲耶が不思議そうに呟いた。

「お母さんに命じられて、佐伯さんが掃除したというような話は聞きませんでしたか」

「娘のわたしにさえ入室を禁じているのですもの、使用人に立ちいらせるわけがありませんわ。年に一度は鬼首の郷から人手を呼んで大掃除をするのですが、そのときも祖父の書斎だけは指一本ふれないよう母には厳命されているんです」

「それでも年に一度か二度にせよ、掃除をしているらしい人物がいる。それがだれなのかぼくは知りたい」

咲耶に語りかけながら、かがんでいた床から腰を浮かせた瞬間のことだ。あまりの衝撃に全身がこわばる。中腰のまま、ふいに出現した異様な心象にとらえられ身動きすることもできない。

デスクの袖には卓上に飾るには大きすぎるブロンズ像が置かれている。パリのノートルダム寺院では無数のガーゴイルが天空を睨んでいるが、それを思わせる醜怪で不気味な魔物の像だ。忌まわしい角のある頭、醜悪な耳と鼻、威嚇するように剝かれた眼、怖ろしい牙のある大口。背中には蝙蝠《こうもり》のものに似た骨と膜の翼が畳みこまれている。像はデスクに坐る人間の方をむいているから、部屋の中央からは翼のある背部が見えるだけだ。さらに大人だと眼の位置の関係で、像の背中に生えた翼の下側を見ることはできない。

大人の視点で上から見おろしたときには完璧なブロンズ像だが、下から眺めあげると、蝙蝠の翼のつけ根に大きな傷があることが判る。腰を浮かせた瞬間に偶然、そのブロンズ像下部の傷が眼にとびこんできたのだ。

像の表面を抉る大きな楔形《くさびがた》の傷。以前にも見たことがある傷だ。そのことを咲耶に語りかけようとして、あまりにも鮮明で異様な心象に摑まれてしまう。息をつめ立ちすくんでいる自分が、他人のように非現実的に感じられる。

デスクの横にいるのは若い女ではなく、眼光の鋭い白髪の老人だった。痩せた体は小鳥のように縮こまり、皺ばんだ皮膚は不健康なほどに生白い。唇だけがぬめぬめと赤く濡れていた。

不気味な老人に見すえられて怯え竦みあがっている、まだ小さな子供の自分がいる。背後にはもうひとりの人物の気配がある。赤い服を着た第二の人物の気配……。

老人の薄い唇が両端とも吊りあがり口が耳まで裂けたように見える。鬼みたいだ。こんな怖ろしい印象が九歳の少年の脳裏ではじける。老人は微笑したらしいのだが、顔をそむけたいほど不気味な薄笑いでどうしても直視することができない。

生臭い恐怖のため全身の膚がそうけ立つ。おぞましいものから逃れようと夢中で頭をふると、偶然にデスクの魔物像が眼にとびこんできた。たたまれた羽の下には楔形の大きな傷がある。

耳鳴りがして意識が頼りなげに薄らぎはじめる。きつく瞼をとじ唾液《だえき》を飲みこんだ。どうやら大丈夫らしい。おそるおそる眼を開くと、そこには謎めいた老人ではなく若い女がいて、不審そうにこちらを見ていた。

「どうかしまして」

「いや……」

掠れた声で咲耶に応えた。全身が汗でつめたく濡れている。無意識の底に沈んでいた古い記憶がだしぬけに甦ったのだ。

床から立ちあがろうとすれば、ある瞬間に視点は九歳の少年の眼とおなじ高さになる。そのため二十年前とおなじ位置からデスクのブロンズ像を眺める結果になったわけだ。像の下部にある楔形の傷という映像が突然の記憶の回復をもたらしたのだろう。

ふいに甦った二十年前の記憶はこれまでの推理に大きな裏づけとなる。しかし咲耶に老人の記憶について語る段階ではない。記憶という主観的なものでは他人になにごとかを証明するわけにはいかない。精神的な動揺に気づかれないよう、できるだけ落ちついた態度を見せながら問いかけてみた。

「慶子さんから聞いたんですが、この書斎には続き間があるそうですね。どこに入口があるんですか」

「さあ。母なら知っているかもしれませんが、わたしが祖父の書斎に足を踏みいれたのは宗像さんに頼まれた昨日がはじめて。続き間のことなどこれまで知るような機会はありませんでしたわ」

あたりを見まわして咲耶が途方にくれたように呟く。もちろん部屋にあるのは通路に出るためのドアだけだ。造りつけの本棚がならぶ右手の壁に歩みよりながら、低い声で語りかけた。

「しかし、続き間には窓がある。館の裏手から見えます。ということは、こちらの方向になりますね」

古い豪華本が隙間なく並べられている本棚を通路側から窓側に、窓側から通路側に往復しながら調べていく。通路側から窓側まで続いている本棚だが、全体は厚い仕きり板で縦に八区画に仕切られている。天井まである巨大な本棚が八つ、壁ぞいに隙間なく並んでいるという感じだ。

本棚の下部は腰の高さまで扉つきの戸棚で、それも本棚の仕切りと同数、全部で八つあるという計算になる。観音開きの戸を窓側から順に次々に開いていく。

戸棚のなかには古雑誌や整理されていない書籍、たばねられた大封筒、それに山のようなSP盤のレコードなどが乱雑に詰めこまれていた。喫煙用具や宝石細工の小箱など雑多な小物類、あるいは年代物の蓄音機、扇風機、タイプライターがしまわれている戸棚もある。

戸棚の鏡板はどれも磨けば飴色の光沢をはなつだろうマホガニー製で、蛇頭のかたちをした真鍮の把手も贅沢な品だ。六つめの扉のまえで膝をつき、左右の金属把手を注意ぶかく観察しはじめた。

「どうしたんですか」

なにを調べているのかと咲耶が背後から尋ねてきた。親指ほどの大きさがある真鍮の蛇頭をしめしながら、振りかえらないで答えた。

「ごらんなさい。この把手だけ埃がついていない」

それまでに見た五組の把手はどれも薄い埃の層に覆われていた。だが六つめは左右とも表面の一部がぬぐわれたように綺麗なのだ。ごく最近この扉は開閉されたに違いない。把手をひいて六番目の戸棚を開けてみた。

これだ、と思う。戸棚の内部は空で、いちばん奥の上部中央に木製の突起が見えた。梃のような突起は左右に動かせる仕組みらしい。戸棚のなかに隠された梃については知らないまま、背後にいる咲耶が問いかけてきた。

「どうして続き間に入りたいんですか。あなたのいう証拠がそこにあるんですか」

「それは判らない。昨日の午後、続き間の窓には人影がありました。謎の人物が館の裏手にいるぼくのことを、カーテンごしに監視していたんです。書斎にも続き間にも、自由に出入りできる人間がいることだけは確かなんだ。さて、開かずの間の入口を開いてみますよ」

戸棚のなかに腕をさしこんで力をこめると、木製の棧がじりじりと右から左に動きはじめた。あたりに大きな軋み音が響き、区画でいうと四番目と五番目の本棚が床から天井まで全体として回転しはじめた。

「驚いたわ。こんな仕掛けになっていたのね」

隠し扉の隙間から続き間を覗きこんで、咲耶が驚いたように呟いた。広い書斎に比較すればいかにも狭苦しい部屋だ。部屋よりも通路という方が適当かもしれない。間口は書斎とおなじだけあるのに奥行きが三メートルほどしかないのだ。まるで中世の牢獄《ろうごく》の独房みたいな雰囲気の空間だった。

床は板張りのままで敷物も敷かれていない。その代わりに、それこそ二十年分もの埃が分厚い層をなしている。

古びて変色した床板は足で踏むと歯の浮くような音で軋んだ。朽ちかけているのかもしれない。壁の漆喰も湿気であちこち剝げおち、建築素材の切り石が黒ずんだ地膚をのぞかせている箇所がある。

あたりには息がつまるほど濃密に、湿っぽい黴と埃の臭気がよどんでいる。破れかけた厚地のカーテンの隙間からかすかに外光が差しこんでいた。

カーテンを持ちあげてみる。まちがいない。昨日の午後、謎の人物はここから館の裏手を監視していたのだ。おそろしく汚れたガラス窓から外を見ると、窓枠の左右に鎧戸の錆びた蝶番が認められた。鎧戸そのものは破損して落ちたままらしい。咲耶が窓辺にならんで立ち、信じられないという口調でいう。

「これまで知らなかったわ。この窓、書斎の端にある窓だとばかり信じていたの。館の裏手から見ると、二階にひとつだけ鎧戸のとれた窓があるでしょう。修理しなければならないと思っても、なにしろ祖父の書斎だから業者を入れるわけにもいかない。母に相談することもできずそのままになっていたのよ」

「もちろん最初は、書斎の窓として利用されていたに違いない。書斎から本棚で仕切られて隠し部屋が造られたのは、この館が建築されてからだいぶ後のことでしょう。ほんとうは窓そのものも埋めてしまうのが好都合なんだが、そんなことをしたら外から見てあまりに不自然になる。

もともとは、あの暖炉のなかに秘密の入口が造られていたんですね。それだけでは不安になり、わざわざ書斎の奥に隠し部屋を設けることにした。たぶん、そういうことでしょう」

部屋にあるのは暖炉として使用されていたらしい方形の石組みだけだ。床の埃は無数の足跡で乱されているが、それは秘密の入口から窓際に、また暖炉の方にも延びている。

「あなたの探していた証拠はありましたの」

予想もしない事態の進展になかば怯えているのかもしれない。囁くように咲耶が問いかけてきた。

暖炉のなかを覗きこみ確信をこめて頷いた。暖炉の奥には壁がない。もともとはそこにも秘密の仕掛けが造られていたのだろうが、いまは割れた石板が床に小山をなしているばかりだ。

ポケットから懐中電灯をとりだした。客室の備品で昨夜も鬼塚まで行くのに利用したのだが、こんなことになるかとも思い部屋を出るときにポケットに押しこんできたのだ。懐中電灯を点灯しかがんで上体を押しこむようにすると、暖炉の奥から狭い階段がどこまでも下に続いているのが見えた。

「ありましたよ、この秘密階段です」

「秘密階段……」

肩ごしに咲耶も暖炉の内部を覗きこんでいる。

「そう。この階段は、たぶん秘密の地下室に通じているんでしょう。そこには、住職殺しの真犯人がひそんでいる可能性があります。いや、住職を殺しただけではない。史也さんの祖父の慈念和尚も、咲耶さんの叔母さんも、そして妹さんも、全員がその人物に殺されたのかもしれない」

「そんなこと、信じられませんわ。館の地下室に家族以外の謎の人物がひそんでいたというんですか。それも何十年ものあいだ。まさか、絶対に信じられないことだわ」

大きくかぶりをふりながら若い女が断言する。それは館の住人である咲耶には、あまりに現実味のない想定だと思われるのだろう。

「慈念和尚が死んだのは半世紀以上も昔のことですが、なにもそのときから犯人が地下室に隠れていたわけではない。その人物が秘密の地下室に籠もることを決めたのは、日本の敗戦直後のことでした」

「それにしても、もう何十年もだわ。敗戦なんて、わたしたちが生まれてもいない昔のことですもの」

「そう。緒先倫太郎石裂は敗戦から四十年以上、おそらく八十歳を超える今日まで、この階段の下にある秘密の地下室に身を隠していたんです」

「緒先倫太郎ですって」

咲耶の声は、ほとんど悲鳴のようだ。暖炉の奥から頭を引きだして咲耶の方にむきなおり、説得するように続けた。

「まちがいありません。緒先倫太郎石裂、つまりあなたの祖父です」

「どういうことなんです。あなたは祖父がいまも生きていて、館の地下室に隠れているとでもいいたいの」

「とんでもないことを喋っていると疑われても、これでは仕方ないな。ぼくの推理の筋道を、簡単に説明しましょう。そうすれば咲耶さんにも理解できるはずだ」

「そうです。わたしにも判るように説明して」

咲耶は懇願するように青ざめた顔でこちらを見ている。どこから話そうかと考えてしばらく沈黙した。それからおもむろに口を開いた。

「……あなたの祖父にあたる倫太郎石裂は、少年時代から天覚寺の先々代の住職と協力して、神代文字で書かれた天覚寺文献の研究をかさねていました。石裂が東京の大学を卒業するころ、つまり大正時代の終わりころになりますが、ふたりはとうとう文献に記された神代文字の解読に成功したらしい。

らしいというのは、解読の成功以降に書かれた住職の研究ノートが、天覚寺から失われているからです。それから一年後、住職は謎の墜死事故でこの世を去りました。続いて石裂は、御存知のとおり岩手で一、二を争う大地主で貴族院議員という父親の反対を押しきり、望んだように渡欧したのです。

ところで天覚寺の史也さんは、祖父の死は事故死ではないと信じているようでした。それだけではない。神代文字の解読結果を記した研究ノートも、たんに失われたのではなく、何者かに奪われたに違いないとも」

「どういうことなんです」

驚いたように大きな眼を見ひらいて咲耶が低い声で叫んだ。隠しきれない緊張と動揺のために女の声は掠れていた。

「どうやら天覚寺文献には、鬼塚をはじめとする縄文時代の巨石遺跡と、フランスやイギリスに残されているドルメンやメンヒルのあいだにある、秘められた関係について詳しく記されていたらしい。

ほんとうだとすれば、これは驚くべき大発見です。その人物は、ユーラシア大陸の古代史を根本から書きかえるような発見を独占するために、共同研究者を事故に見せかけて抹殺し、証拠になる研究ノートを奪いとった。そして一年後に、神代文字で古文書に記された秘密を現地調査で確認するために、父親の反対意見を無視してまで渡欧したというわけです」

そのとき叫ぶように咲耶が反問した。握りしめられた拳が興奮のため小刻みに震えている。

「祖父が史也さんのお祖父さんを殺したというのですか」

「少なくとも和尚さんは、そう信じていました」

「祖父の渡欧の目的が古代遺跡の調査だなんてどうして判るのです。そんな話など一度も聞かされたことがないわ。芸術愛好家の祖父はなによりも自分の趣味のために洋行したそうです。だからこそお金を湯水みたいに撒きちらしてまで、フランスやイタリアで山ほどの美術品や骨董品を買いあつめたのです」

「前半部分だけですが、石裂が滞欧時代に書いた日録風のノートを、和尚さんはどうしてか手に入れていた。そこには三年にわたる、イギリスやフランスの巨石遺跡の調査記録が残されていたらしい」

「どこにあるんです、祖父の日録というのは」

「昨日までは、天覚寺の住職が保管していたはずです。いまは、たぶん和尚さんを殺した犯人の手にあるのでしょう。和尚さんの死体が握りしめていた一頁分だけですが、ぼくも読むことはできました」

「祖父がそんな人だなんてわたしには信じられない。それはそれとして、もしも史也さんの疑惑に根拠らしいものがあるのだとしても、それが叔母や妹の失踪事件にどんな関係をもつというんですか」

「石裂は、ブルターニュの巨石遺跡でジュリエットという美貌の魔女に出遇い、謎めいた悪魔崇拝結社の一員になったのです。たまたま読むことができた日録の一頁に、そのことが暗示されていましたよ。

日録の断片によれば、魔女ジュリエットに導かれた秘密結社は、崇拝する魔王のために幼女を生贄として捧げるらしい。日録の前半の、それも一頁だけを読んだにすぎないわけだから、それ以上の詳しいことは判りません。でも、推測することはできます。

さらに二年以上もヨーロッパに滞在し、暗黒結社の秘儀を伝授された石裂は、日本に帰国してまもなく、呪わしい生贄祭儀をみずから執行したのでしょう。最初の犠牲者は、いうまでもなく咲耶さんの叔母さんにあたる幼女でした」

「信じられません、わたしには」

茫然として咲耶が呟いた。蒼白な表情で視線はうつろに前方を泳いでいる。言葉を選びながらさらに続けた。

「帰国して鬼首の館の建設に着手した石裂は、他方で異端宗教家や過激な右翼勢力を糾合し、謎めいた地下ネットワークを組織しはじめたらしい。さらに日米戦争のさなか、南太平洋の孤島に調査団をひきいて渡り、そこで血みどろの住民殺戮事件をひきおこします。

日本の敗戦は、この石裂という異常に精力的な人物にたいして、予期しない打撃をもたらしました。そのまま事態が進めば、住民大量虐殺の責任者として占領軍に身柄を拘禁され、最終的には処刑される可能性さえ無視できない。

追いつめられた石裂は、非常手段を選ぶことにしました。世間的には病死したと偽り、鬼首の館にある秘密の地下室に身を隠すというのが、石裂の選んだ生存のための道でした」

「それでは祖父は、戦後もまだ生きていたというんですか」

「そう。少なくとも、ぼくが鬼首に滞在したあの夏までは、確実に。書斎で、埃の状態をみるため床にかがみこんだとき、ありありと思い出したんです。子供のぼくが『不思議の国のアリス』の挿絵を破いたとき、そこには不気味な老人が同席していた。怒られはしまいかと、子供のぼくは心から怯えていた。

それは、母親に連れられて鬼首から横浜の家に帰る、その前日の午後のことでした。ということはつまり……」

「妹の華子が失踪した、その日だわ」

悲鳴みたいな咲耶の声が狭苦しい隠し部屋に響きわたる。戦慄《せんりつ》を抑えがたいのか両腕できつく肩を抱きしめるようにしている。

「そう。石裂が、第二の生贄祭儀を執行した日ということになります。そして二十年、なかば狂気に陥りながらも秘密の地下室で生きのびてきた老人は、三度、慈念殺しをふくめれば四度目の殺人を犯すことになった。いうまでもなく、昨夜の住職殺害です」

「でも、なぜ祖父が史也さんを殺さなければならないんです」

「ぼくに日録を読まれ、秘密を知られる可能性を危惧《きぐ》したのかもしれない」

事実、読めたのが一頁きりでもここまでたどりつくことができたのだ。咲耶は無言でしばらく自分の考えを追っている様子だった。眼を細め乾いた唇を舐め、それから決意したように問いかけてきた。

「この階段の下には確かに秘密の地下室があるのかもしれない。でも祖父は敗戦から四十年以上も、どうしてそんな暗闇で生きのびられたのでしょう」

咲耶もその疑問に直面したらしい。いまや問題は自分が生まれる以前に病死したという祖父のことではなく、さらに身近な人物に関係してきたのだ。咲耶に衝撃をあたえないよう慎重に言葉を選んで語りはじめた。

「おそらく、館のなかに協力者がいたからでしょう。食事をはじめ、生活に必要な品をひそかに運んでいた人物がいたんです。この館で、それができたのはだれでしょうか」

「……母だといいたいのね」

「佐伯郁子や黒田源治も、仲間かもしれない。おそらく石裂は、協力者をつうじてぼくたちの運命にも干渉していたんです。あなたの恋人がブルターニュに送りこまれたのも、たぶん石裂の意思によるものです。聖マリ病院というのは、石裂が魔女ジュリエットと出遇った古代遺跡の近くなんですよ。

オザキ製紙の社員に命じてマンションから創作ノートを盗ませたのも、脅迫状やブレーキの故障を仕組んでぼくを鬼首に来させないようにしたのも、やはり黒幕は石裂だと考えるべきです」

「そんな馬鹿なことが」

悲痛な声で咲耶が呻いた。いまや推理の中身はおおよそ語りおえた。あとはその真偽を自分の眼で確認してみるだけだ。正面から咲耶の眼を見つめて断定する口調でいう。

「馬鹿なことかどうか、じきに判ります。これから、秘密階段を下りてみるつもりだから。あなたはここで、待っていてください」

「いいえ、わたしも一緒に行きます」

「それは危険だ。何十年ものあいだ、みずから地下室に閉じこもり続けた人物です。とても常識が通用する相手とは思えない。あるいは心を病んでいるのかもしれません、やめておいた方が無難です」

「いいえ。館のなかでお客さまを案内するのは、わたしの役目ですから」

思いつめた表情で、咲耶は頑固にいいはる。やむをえまい。それに相手は八十歳という高齢だ。かりに凶暴な人物だとしても、こちらが注意していればそれほど危険なこともないだろう。咲耶に頷いて暖炉のなかに体を押しこんでいく。

13

秘密階段の入口は暖炉の奥にある。身をかがめて暖炉を抜けると大人が二、三人は立てそうな石棚になり、そこから急な下り階段が続いていた。

隠し部屋から入りこんでくる弱い光は、下り階段の上部をほんの数段しか照らしていない。その先は塗りつぶされたような暗闇だ。

石の棚から暗黒のトンネルを覗きこんでいると、続いて咲耶が暖炉の奥から階段の下り口に入りこんできた。壁に背をすりつけて咲耶のために場所をあける。

「注意してください、狭いから」

相手の腕をとりバランスのわるい石棚に立たせながらいう。ふたりがならんで立つと余裕はほとんどない。懐中電灯で階段の下を照らしてみた。冷気が吹きあげてくる闇の底をおそるおそる覗きこみながら、咲耶が耳元に囁きかけてきた。

「こんなところに階段があるなんて、知らなかったわ」

「懐中電灯はあなたが持って、自分の足下とぼくの足下を交互に照らすようにしてください。ぼくが先に行きます」

頭がつかえるほどではないが階段の天井は低い。幅も、ひとりの人間がかろうじて登り下りできる程度の狭さだ。左右の壁に指がふれると石膚の粗い手触りがある。床の石段だけでなく壁も天井も石材が剝きだしで、上塗りされていないせいだ。

一段一段、踏みしめるようにして階段を下りていく。足下を踏みあやまり転落でもしたら無事にはすみそうもない急階段だ。

かすかな靴音のこだま以外は無音の世界で、濃密な闇は怖ろしいほどの静寂にみたされている。背後から咲耶の囁き声が聞こえてきた。心ぼそいのか声が震えていた。

「ここから地下になる計算だわ。階段の数で判るの」

一段の幅はせまいが、高さは館にある普通の階段とかわらない。下りた段数をかぞえていれば、どこまできたか判るというわけだ。咲耶の計算ではもう二階から一階まで下りてきたことになる。

暖炉裏の石棚とおなじくらいに狭い踊り場があり、階段はそこで方向をかえていた。これまでは北から南に下りてきたのだが、これからは南から北に下りることになる。

方向をかえて四十段ほど下りるとようやく終点らしい場所になる。広くもない地下室だがそれでも安堵の息がもれた。狭苦しい秘密階段では上下左右を分厚い石壁にかこまれて身動きもならない。いまにもおし潰されそうな閉所恐怖症ぎみの気分を強いられるのだ。

地下室まで下りると冷気はますます強まる。冷蔵庫にでも踏みこんだようで、歯が鳴りそうなほど寒い。

大気は地下室のわりには濁りがなく乾燥しているようだ。館のある台地は岩山で、地下室は岩盤を掘りぬいて造られているせいかもしれない。これなら夏でも地下室の大気は乾燥して冷気をおび、過ごしやすいことだろう。

いまは涼しいというようなものではない。気温は氷点にちかく室内用の薄着では体が震えだしそうだ。

「ここが、あなたのいう地下室なの」

「まだ奥があるはずだ。ここは地下室と階段をむすぶ通路にすぎない」

こんな言葉をかわしながら懐中電灯であたりを探ると、光の輪に古びた扉が浮かんだ。大きな木製の扉はなぜか半開きのままだ。

「懐中電灯を」

光の輪は落ちつきなく小刻みに動いている。咲耶の手が震えているのだろう。緊張していても無理はない。扉の奥には住職殺しの犯人がひそんでいるかもしれないのだ。金属製の筒をうけとりながらおし殺した声で囁きかけた。

「きみはここにいるんだ、いいね」

階段のところに咲耶を残しひとりで扉の方にむかう。扉の隙間から身をのりだし室内を照らしてみた。闇をつらぬいて光束が移動していく。天井も反対側の壁も予想よりはるか遠くに感じられた。

石裂はどこにいるのだろう。闇にまぎれ憎むべき侵入者のことを監視しているのだろうか。その手には住職の血にまみれた短剣が握りしめられているのかもしれない。

武器になりそうなものをなにひとつ用意していないことに気づいた。相手は少なくとも短剣で武装している。それでもこんなところで躊躇しているわけにはいかない。意を決して暗黒の地下広間に足を踏みいれた。

聖堂の内部のようにアーチ状に造られた天井は、地下室とは思えないほどに高い。壁と壁のあいだにもかなりの距離がある。天井を支えている石の円柱は大人がふたりがかりでも腕をまわせないほどの太さだ。円柱の上部は彫刻で飾られている。

円柱と円柱のあいだには、巨大なブロンズ像が台座に乗せられて点々と配置されていた。どれも怖ろしい魔物の像ばかりだ。石裂のデスクに飾られていたブロンズ像も、サイズは違うが同種のものらしい。

正面にある壁には異様な大レリーフが嵌めこまれている。縦横が三メートルはある壮大な規模のレリーフだ。仏教寺院でいえば、これが本尊ということになるのかもしれない。懐中電灯の光ではよく判らないのだが、牛頭を象徴化した図像にも見える。

大レリーフを見あげる位置に円形の浅い水盤がある。水盤の縁にふれてみると指先が煤《すす》でよごれた。儀式があるときは、ここに油を流して火を焚《た》くのかもしれない。

この地下広間が牛頭神を崇拝するための神殿として建設されたことは、いまや疑いないことに思われる。角のある神は西欧中世では悪魔崇拝のシンボルとして断罪されたが、その起源は古代オリエントの偶像神にまでさかのぼる。

広間の中央には大人の背よりも高い石壇がある。四角錐《すい》の頭部を切りおとしたような形状で、頂上にあがるための階段もあるらしい。

まず広間を壁にそいながら一周したのは、石裂の襲撃を警戒したせいだ。壁ぞいに進んでいけば、危険にさらされるのは半身だけということになる。

広間を無事に一周したところで、こんどは中央の石壇をめざした。そこに上がれば懐中電灯で広間全体を照らすのにも好都合だろう。また壇上なら殺人者に背後を襲われる危険もない。

壁ぎわから石壇まで小走りに進み、そして階段を駆けあがる。警戒したほどのこともなく、無事に壇上までたどりつけた。

畳三枚分ほどの広さがある壇上には、人が横たわれるサイズの矩形の台が造られていた。小型の石製寝台というところだ。その周囲には石細工の燭台《しょくだい》が点々と配置されていた。燭台には太い蠟燭《ろうそく》が立てられている。ポケットからライターをとりだし、全部で十以上もある蠟燭に火をともした。

蠟燭の火に広間の光景がぼんやりと浮かんだ。それでも隅々は漆黒の闇に浸されたままだ。広大な闇の領域に、十数本の蠟燭による淡い光の島が浮かんだというところだろう。

黒い石材で造られた矩形の台にはひと振りの短剣がころがされていた。両刃の直刀で刀身は二十センチほど、それに重たい金属の柄がつけられている。

蛇が巻きついているような紋様の柄はおそらく黄金製ではないだろうか。刀身の根元に錆が残されていること、柄に巻きついた蛇の鱗に褐色の汚れがこびりついていることなどが注意をひいた。

「冬樹さん」

足下から囁くような声がする。見おろすと階段の下に青ざめた顔が見える。どうやら待ちきれないで広間に忍びこんできたらしい。

「蠟燭の火がついたので、それを頼りに……」

「扉の外で待っている約束でしたよ。しかし、まあ、いいか。ここには石裂は、どうやらいないらしい」

「これはなにかしら」

みじかい階段を上がりながら咲耶が問いかけてきた。まだ殺人者の幻影に怯えているのか、とても落ちついた声とはいえない。

「たぶん、人身供儀の祭壇ですね。ごらんなさい、台の縁ぞいに水路みたいな溝が掘られている。生贄の体から流れだした血は、この溝を流れて水盤に集められるんです」

溝は石台の足下にある水盤まで続いていた。この説明に咲耶が身をおののかせた。短剣を見せながらさらに語りかける。

「この短剣で、おそらく犠牲者の心臓を抉るのでしょう。長いこと使用されることなく放置され、刀身は錆びついていたはずです。研《と》がれたのは最近のことで、根元にはまだ錆がある。和尚さんを殺した凶器も、たぶんこれですね。刀身は綺麗にぬぐわれているが、柄のところに乾いた血がこびりついている。もちろん、何十年も昔の血痕《けっこん》ではありません。新しいものです」

先にたち階段を下りる。壇上から入口とは反対側に、もうひとつ扉があることを確認したのだ。次にそれを調べてみなければならない。階段を下り扉の方向に石壇を廻りこむようにして進んだ。

「落ちないように注意してください。ここに井戸みたいな穴がある」

咲耶に声をかけながら足下の穴を調べはじめた。縦穴には囲み枠も手摺もなく、石畳の床にじかに口を開いていた。懐中電灯で照らしてみても底まで光がとどかない深さだ。咲耶はすがりつくようにして肩ごしに縦穴を覗きこんでいる。

「絶命した生贄は、この穴に放りこまれたのかもしれない。底をさらえば、叔母さんや妹さんの骨が出てくる可能性もある」

こんな言葉に咲耶の薄い肩がびくりと震えた。落ちつかせるために咲耶の手を握り、さらに進みはじめた。縦穴の縁をとおり扉の前にいたる。

地下の深みに造られた第二の部屋。あるいはここに石裂がひそんでいるのかもしれない。見つけたばかりの短剣を握りしめ力をこめて扉を押しひらいた。錆びついた蝶番が軋み重たい木扉がのろのろと開かれていく。

「明るいわ」

扉の隙間から洩れてくる光に咲耶が驚いたように叫んだ。どうやらここが石裂の隠遁所として利用されていた部屋らしい。

室内はそれほど広くない。床面積は三階にある客室とおなじくらいだ。寝台、デスク、本棚、そして回転式の革が褪色した安楽椅子。カビのはえた回転椅子は高い背もたれをこちらにむけている。電灯の設備もあるが、いまは天井に斜めに切られた溝から淡い光がさしこんでいた。

「外からは判らないように、明かりとりの窓が切られているんだわ」

咲耶が呟くようにいう。居室の奥にはドアのない戸口があり、その先には簡単なキッチン、浴室、トイレなどが設けられていた。

キッチンの隅には戸棚状の引き戸があり、なかには盆にのせられた食器類が見えた。横にある紐《ひも》を引いてみると戸棚の中身がそのまま上昇していく。レストランなどにもよくある設備だ。

「真上に一階の調理場があるんだ。この装置を利用して、食事をはじめ生活に必要な品は地下に届けられていた」

「そうね。でも最近は使われていないみたいだわ」

咲耶の言葉を否定するわけにはいかない。これなら人間がひとり十年でも二十年でも隠れて暮らせそうな居住環境だが、あたりはいたるところ埃だらけで、掃除されたような様子もない。ただし床の埃は足跡で乱れている。もちろん自分たちのものではない。最近ここまで入りこんだ者がいるのだ。

キッチンから手前の部屋にもどりデスクの上に注意をむけた。古びた大判の手帳が二冊、無造作にかさねられている。いちばん下には一枚の紙片が挟まれていた。

紙片を手にとり天井からの光に近づけてみる。予想したとおり何者かに持ちさられた石裂の日録の一頁だった。大判手帳の一冊を開きぱらぱらとめくってみる。最後の方に破られた頁のあとが認められた。紙片をそこに挟んでみるとふたつの裂け目はぴたりとあう。

これが住職の所持していた石裂の日録の前半部分ということだ。机上にある二冊目の手帳こそ住職が探しもとめていた日録の後半部分なのだろう。手帳を二冊とも上着のポケットに押しこんだ。

室内に心臓が潰されるような悲鳴が響きわたる。驚いて顔をあげると、安楽椅子の前で全身を硬直させている咲耶の姿が見えた。偶然に咲耶が体をふれたせいかもしれない。安楽椅子が軋み音をたてながらのろのろと回転しはじめた。

安楽椅子の回転とともに視界にとびこんできたものを、こみあげてくるおぞましい恐怖をおし殺し唇を嚙みしめながら凝視した。

変色して頭蓋骨にはりついた皺だらけの皮膚、不気味に窪んだ眼窩《がんか》、剝きだしの前歯。灰色の毛髪は頭皮ごとはがれかけ汚い束のまま垂れさがっていた。

あまりの驚愕と吐き気を誘うほどの恐怖のため、恐慌状態に陥りそうな自分を必死で押さえつける。それでも知らないうちに呻き声を洩らしていた。

「……死体だ」

ようやく体の竦みがとれたのか、夢中で床を蹴《け》り咲耶が抱きつくように身をよせてきた。痙攣する肩を抱いて落ちつかせるために背をかるく叩いた。そして囁きかける。

「なにも怖いことはない。もう死んでいる」

ミイラ化した死体が安楽椅子にもたれていたのだ。死体はナイトガウンの残骸のようなものを身につけている。夏でも低温で乾燥した地下室だから、死体は腐敗することなしにミイラ化したのだろう。

一目散に逃げだしたいという欲望はなんとか押さえこんだ。デスクの椅子に咲耶をすわらせ、心をはげまして死体の方に歩みよる。とにかく調べてみなければならない。どんなに不気味でも死体が嚙みつくことはないのだ。

ボロ布みたいな着衣はあちこち嚙みちぎられた跡がある。右手にも左手にも骨が露出している箇所が。どちらも鼠のしわざかもしれない。

死体の前にかがみこんだ。着衣の左胸あたりに変色したところがある。黒ずんだ染みの中心には、鼠の齧りあととは違う裂け目が認められた。嫌悪感を嚙みころし死体の胸のあたりを指でさぐる。

どうやら肋骨《ろっこつ》が折れているらしい。立ちあがりデスクにもたれて肩を小刻みにふるわせている咲耶に、祭壇で手にいれた短剣をしめしながら語りかけた。

「この人物は、心臓を刺されて殺されたらしい。そのとき刃は、肋骨のあいだに喰いこんだんだ。それを無理に抜きだそうとして、肋骨が折れた。おそらく抜きだしたのは、刺殺した直後ではない。刃をこじれば簡単に折れるほど、骨がもろくなってからのことだ。ごく最近のことかもしれない。

昨夜の凶器がこの短剣だとすれば、辻褄はあう。住職の殺害者は、死体の胸部から短剣を抜きとり、研ぎなおしてから凶器として使用したんだ」

「でも、どうしてそんな面倒なことを。刃物ならどこにでもあるというのに」

「判りません。なぜか殺人者は、この短剣に執着していたとしか思えない」

ようやく気をとりなおしたらしい咲耶が、薄気味わるそうに問いかけてくる。

「だれなんでしょう、そこで死んでいるのは」

石裂かもしれないと思う。だがミイラ化した死体が石裂だとすれば、自分の推理は土台から崩れおちてしまう。かぶりをふり、判らないと答えようとしたときだった。室内に自分のものでも咲耶のものでもない、第三の声が響いた。

「……咲耶さん」

ぎくりとして地下広間にいたる戸口の方を振りかえる。動転して咲耶が叫んだ。

「お母さま」

戸口にいるのは確かに咲耶の母親、緒先雅代に違いない。だが午前中に顔をあわせたときの居丈高な気迫は、もうどこにも感じられない。虚脱したように肩をまるめて戸口に力なくたたずんでいるばかりだ。老女の声には希望を奪われた者の悲惨な諦念《ていねん》が滲んでいた。

「咲耶さん。あなたにはお詫《わ》びしなければなりません、長いことずいぶん沢山のことを隠してきましたもの。でも、あなたに見つけられてしまってはもう仕方ありませんわね」

「見つけたって、なにを」

「お祖父さまの死体をですよ」

「嘘でしょう」

「ほんとうのことです。椅子のなかの死体はお祖父さまなんです」

咲耶が息を呑んだ。老女は椅子のなかの死体が石裂だというのだ。衝撃をおぼえながらも、母娘のやりとりに割りこんで問いかけてみた。

「石裂は殺されています。心臓を刺されている」

老女は苦渋の表情でしばらく沈黙していた。ため息をついて語りはじめたのは、それからしばらく後のことだった。

「その短剣は義父がフランスからもち帰ったもの。義父の倫太郎はそれで義妹の芳枝さんと娘の華子の心臓を抉りだし、殺したんです。あの日わたしは娘を殺されたことを知り、逆上して義父を刺し殺してしまいました」

「お母さま」

夢中でデスクから立ち上がり咲耶が悲痛な声で叫んだ。予想もしない雅代の告白に思わず呟いてしまう。自分の声なのに、まるで遠方からの声みたいにかすかに聞こえた。

「……そうでしたか。ぼくは、まるで誤解していた」

「冬樹さん。あなたのお話は書斎で聞いていましたよ。あなたが考えたことにそれほど大きなまちがいはありません。華子が殺されるところまでは、おおよそのところ真実を射ぬいています。

咲耶だけでなくあなたにもお詫びしなければなりませんね。ほんとうはこの館の主になる権利もある方なのに、わたしは邪険な扱いをしなければなりませんでした。わざわざ訪問してくだされたのに追いはらおうとしたり」

「どういうことなの、お母さま」

「もうすべては終わりました。咲耶にも冬樹さんにも、知りたいということはなんでも教えてさしあげますよ」

また深いため息をついて老女は口をつぐんだ。どうやら雅代は隠し部屋で咲耶に話した推理を、書斎の物陰に隠れて聞いていたらしい。そして推理の前半部分は、ほぼ正しいというのだ。自分には緒先家の当主になる権利もあるという雅代の謎めいた言葉は無視して、まず先に知りたいことを質問してみた。

「それではお聞きしますが、あなたは石裂が生きているということをいつから知っていたんですか」

みじかい沈黙のあとこちらを見て力なく頷くと、老女はようやく口を開いた。雅代のながい話に黙って耳をかたむける。

「わたしは東京の生まれです。この子の父親とも東京で結婚しました。戦争直後のことでしたわ。そのときにはもちろん、義父の倫太郎は鬼首で病死したものとばかり信じておりました。咲耶の妹を身ごもっているときに夫の邦彦が亡くなりました。交通事故と判定されましたが、わたしは自殺ではないかという疑念を捨てきれませんでした。

結婚したばかりのころから夫は、妻のわたしにも告白できない悩みをいだいているように感じられました。咲耶が生まれてからは、それがさらに激しくなったようにも思われたのですが。

仕事の上ではとても有能な人で、戦後に起こした製紙会社の事業にも成功し、緒先家を没落の危機からみごとに救いさえしたのです。夫の奮闘がなければ、ほかの旧家とおなじように緒先家も資産の売り喰いを強いられ、この館も人手に渡り、いつか没落して消える運命でした。

仕事は順調でしたが夫は人知れぬ悩みごとのせいか、次第に深酒をするようになりました。そして、とうとう飲酒運転で事故を起こして死んだのです。

遺書を読んでわたしはあまりのことに驚愕しました。そこには信じられないことが書かれていたからです。あなた、咲耶に『栗鼠と遊ぶ少年』という絵のことを尋ねられたそうですね。そこにあるのが、『栗鼠と遊ぶ少年』ですよ」

雅代は、デスクの横の隙間に立てかけてある絵を指さした。咲耶が取りだしてデスクに置いた。額縁ごと絵を包んでいた白い布が、続いてとり去られる。

油彩の小品だ。森のなかで十歳ほどの少年が、セーラー風のシャツに半ズボンという恰好で寝ころんでいる。少年の肩や腕には栗鼠がまつわりついている。驚かされたのは少年の顔だった。信じがたいものを見せられた気分で思わず眉をひそめてしまう。不思議そうに咲耶が呟いた。

「子供のときの冬樹さんだわ。どうして冬樹さんの絵がここにあるのでしょう」

「いいえ、冬樹さんではありませんよ」

「そう、ぼくじゃない」

他人のものめいた掠れ声でいう。こんな絵のモデルになったような記憶はない。それに少年の服装や髪形は、おそらく戦前の富裕階級のもので、戦後に育てられた子供にはふさわしくない。

「もう、あなたにもお判りでしょう。その絵は、夫の邦彦がまだ子供のときに、有名な洋画家の手で描かれたもの。冬樹さんが館に滞在されることになり、それまで居間に飾られていた絵が地下室に移されたのでした。ほかのお客さまの注意をひかないように。それから二十年ものあいだここで埃に埋もれていたのです。

でも二十年前に小学生のあなたを見た天覚寺の史也さんには、気づかれてしまったようでした。冬樹さんの実の父親は緒先邦彦――わたしの夫なのです」

信じられない告白なのにそれほど驚きを感じないのはなぜだろう。雅代の言葉をあらかじめ予想していたわけではない。それでもごく自然に納得できるような心の動きが、むしろ奇妙なものに感じられる。

母が自分の飲酒をあれほど気にしていたのも、実の父親が自殺とも思われる交通事故で死んだという過去のせいなのだ。咲耶が叫んだ。

「冬樹さんがお父さまの子供」

「そうです。咲耶さんには腹ちがいのお兄さまということになるんですよ」

「そんな」

「わたしだって驚きました。信じられない思いでした。お父さまの遺言状を読んで、はじめて知らされたことですもの。それを知らされたばかりの二十数年前はともかく、わたしはもう佳子さん――冬樹さんのお母さまを憎んではおりません。夫の裏切りを恨んでもおりません。妻にさえ明かすことのできない忌まわしい秘密をかかえこんで、邦彦は懊悩《おうのう》していたのでしょう。そんなときに冬樹さんのお母さまと知りあい、愛しあうようになったのだろうと思います。あのような重荷を背おわされた人ですもの、どこかに心の逃げ場を求めた心の弱さも責めることはできない気がします」

「その秘密とは」

雅代をさらに問いただした。咲耶は茫然とした表情で黙りこんでいる。

「占領軍に追及されることを怖れて父親が館の地下室に身を隠したこと。それを夫は知らされていたのです。遺言状にはそのことも書かれておりました。それまで義父の世話は戦前から鬼首の館に仕える執事――佐伯郁子の父親にあたりますが――の手にゆだねられていたのです。秘密を知っているのは執事と夫のふたりだけなので、夫が死亡した場合は妻のわたしが鬼首に移り、秘密を守りながら義父の世話をしてほしいと遺言状には書かれていました。それでわたしは夫の死後、こんな山奥で暮らすことにしたのです。

山奥でしたが東京の親戚や友人の訪問などもあり、最初はまずまずの生活を楽しむことができました。心が落ちつくとともにあなたのことも思いだされてきました。

あなたのお母さまは生前に強い口調で、緒先家から遺産を分与されることなど拒否されたということです。それでも生活に困るようなことがあれば必要な手配をするようにと、夫の遺言状には書かれていました。

夫の遺志を尊重しないわけにはまいりません。鬼首の新生活が軌道に乗りはじめたころ、わたしは佳子さんに手紙を書き、折をみて夫が生まれ育った館を訪問してくださるよう丁重にお願いしたのでした。あの夏、あなたが鬼首に滞在したのは、そんなわたしの願いにお母さまが応えてくだされたからなのです。

お母さまはほんとうに素敵な方でしたよ。わたしの方に残されていたこだわりも、一夏のあいだには徐々に消えていきました。死んだ夫のことは忘れてわたしたちはお友達になりさえしたのです。あの怖ろしい事件に襲われるまでは」

「怖ろしい事件……」

「怖ろしい、忌まわしい出来事でした」

「華子の神隠しのことね」

「あの日の夕方、三歳の華子の姿が館の内にも外にも見えないことが判ったのです。わたしは緒先家の神隠しの伝説など、それまで真面目に考えてはいませんでした。神隠しだと騒ぐ使用人をよそに、わたしは子供が山にでも迷いこんだのか、谷にでも落ちたのかと心配して半狂乱でした。

そんなときでした。佳子さんが深刻な表情で語りかけてきたのは。夫は父親の秘密を知っていたのです。父親が邪教の信仰に狂い、妹の芳枝を生贄にして殺したことまでを。夫が酒に逃げるようになったのも、そんな忌まわしい父親の所業を知ったせいでしょう。

そのことは妻のわたしにも告白できない秘密でしたが、あなたのお母さまにだけは洩らしたことがあったらしいのです。佳子さんは義父が地下室に隠れているというのは事実かと、わたしに尋ねました。

義父の世話をしていた老執事は前年に病死して、それ以後はわたしが使用人にも知らせることなく地下室に食事などを運んでいたのでした。口の堅い執事は娘の郁子にさえ秘密は守り通したはずですから、そのとき義父のことを知っているのは世界でもわたし一人きりのはずでした。

佳子さんがなぜ義父の秘密を知っているのかと驚いたのですが、詳しい話を聞けばさらにおぞましいことばかりで身の毛がよだつ思いでした。もう夜もおそい時刻でしたが、わたしは佳子さんを書斎の隠し部屋に案内して秘密の階段を下りたのです。

いくど悪夢にうなされたでしょう。あのときの地獄のような光景はいまでも忘れることができません。

たくさんの蠟燭で照らされた祭壇は血まみれでした。大理石の祭壇に捧げられている肉塊は抉りとられた華子の心臓だったのです。殺人現場を見つけられたというのに義父はわるびれる様子もなく、義妹とおなじように娘の死体も井戸に捨てたと嘲《あざけ》るように告げたのでした。

その井戸は昔この台地に緒先氏の山城が建てられていたころ、非常のときのために掘りぬかれた百尺もあるという古井戸なのです。そんなところに落とされたら引きあげることもできません。

義父はすでに狂気におちていたのです。そうでなければ占領軍に追及される危険が消えたあとまで、わざわざ秘密の地下室に隠れひそんでいた理由が判りません。

わたしは半狂乱で義父に躍りかかりました。そのあたりに投げられていた短剣を握りしめて、まるで無我夢中でした。佳子さんが椅子の上に義父をとり押さえてくれていました。気がつくと、義父は短剣で心臓を刺しつらぬかれ絶命していました。こうしてわたしは、夫の父親を殺害した殺人犯ということになったのです。

茫然としているわたしに、佳子さんは心をこめて説得してくれました。これはだれも知らないことで明るみにだすような必要はない。がんぜない娘を残酷なやり方で殺した男にたいする復讐《ふくしゅう》は、人の法では許されないとしても天の法では許されるはずだ。咲耶のことを考えるなら、この事件は闇に葬るのが母親の務めではないかと。

もうひとつ理由はありましたが、とにかく呪わしい事件を忘れるために、佳子さんとは二度と顔を合わせない約束をしました。そして翌日まだ稚ないあなたの手を引いて、佳子さんは鬼首をたち去ったのでした」

二十年前の夏にそんな事件が起きていたのか。それで母は鬼首の館について二度と語ろうとはしなかったのか。雅代はさらに語り続ける。

「こうして義父の死は闇に葬られました。もともと死んでいるはずの人です。ことあらためて問題が生じるわけもありません。

それでも事件の衝撃は心に大きな傷をのこしたようです。わたしは神経を病んで、しばらく盛岡の病院で治療をうけたりしなければなりませんでした。それでも冬樹さん、あなたのことを忘れたわけではありませんよ。

佳子さんとはひそかに連絡がありましたし、あの方が亡くなられたあともあなたから眼を離したことはなかったのです。なにか困ることがあれば、かならず手をさし延べるつもりでした」

「フランスでも……」

「冬樹さんがフランスに留学されてからも、オザキ製紙のパリ支店に配属された調査員が、いつもあなたの身辺に眼を配っていたはずです。あなたが不意に姿を消したと報告されたときは、わたしも動転しました。

あなたは銀行のミスかなにかで、預金のすべてを一瞬のうちに失われたそうですね。判っていればこちらでなんとかしたはずでしたが、事情を知らされたのは失踪したあとのことでした。わたしの叱責《しっせき》にパリ支店の社員は必死の調査を続けて、とうとうあなたの行方を摑んだのです。そのときはもう、あなたはロリアンの精神病院で治療をうけているところでした」

「お母さまが首藤を、麻衣の父親をロリアンの病院に送りこんだのね」

気色ばんで咲耶がつめよる。雅代は無力に穏やかな声で答えた。

「そうよ、咲耶。少しでも冬樹さんの力になりたいと考えたのです」

「でも、どうして」

「咲耶が東京でおつきあいしていた方は、あなたにふさわしい相手ではありませんでした。入院していたころ、あの方の父親が主治医だった関係で、わたしは浩之さんのことを子供のときからよく知っていましたが。

もちろん、わるい人だとは思いませんよ。精神医として有能なのも、確かなことでしょう。でも真実、あなたのことを愛しているとは思えませんでした。それは咲耶にしてもおなじこと。ずるずると続いているだけならば早めに終わらせた方がいい。わたしにはそう思えたのですよ。

冬樹さんの治療にあたることを前提にフランス行きを勧めてみると、予想したとおりの結果でした。必要な手配はのこらずオザキ製紙の力ですませました。あの方がロリアンの病院で冬樹さんの主治医を務めることになったのは、こんな事情からなのです」

そうか、首藤という日本人医師が聖マリ病院に配属されてきた裏にはそんな事情があったのか。感情のこもらない平板な口調で雅代が続ける。

「あの方の治療のせいか、あなたは無事に帰国されました。それから小説家としても成功された様子で、わたしは安心していたのですよ」

咲耶は唇を噛みしめていた。母親とはいえ、そんなかたちで自分の恋愛に介入したことが、許せない気持なのだろう。非難する口調で咲耶が問う。

「それなのになぜ、お母さまは冬樹さんを鬼首から追いはらおうとしたのです。確かに郷の人たちは冬樹さんが和尚さんを殺したのではないかと疑っている。でも、それだけではないわ。わたしにはちゃんと判ります」

「冬樹さんは鬼首に来てはならない方なのです。わたしは冬樹さんが鬼首の地に足を踏みいれないようにと、いろいろ配慮しました」

雅代の告白で謎は徐々に解けはじめていた。これまで頭を悩ませていた疑問の数々を、たて続けに問いかけることにした。

「鬼首閣で脅迫状を送りつけたのも車のブレーキに細工したのも、あなたの指示だったんですか」

「脅しの文は黒田に書かせました。ブレーキが故障するように細工したのは、運転手の黒田の独断でした。

　脅しが功を奏しないことに動転した黒田は、自分だけのとっさの判断であんなことをしてしまったのでした。危険な事故を起こすつもりではなかったと本人は弁解していましたが。骨山を出てじきに車が動かなくなるよう細工したつもりだったというのです。どちらにせよわたしの責任です。お詫びしなければなりません」

「毒薬もですね」

「あれは毒薬ではありません。わたしが常用している睡眠薬です。東京に帰るよう警告するために水差しに入れたのです」

「昨日の午後、書斎の隠し部屋の窓から見ていたのも」

「わたしです。昼の光のもとで、佳子さんの子供がどんなふうに育ったのか、どうしても見てみたい気持をおさえきれなかったのです」

　座にしばらく沈黙がおりた。脅迫状、ブレーキの故障、水差しの白い粉、そして窓辺の人影。これらの謎の背後にひそんでいたのは石裂ではなく雅代だったというのだ。それでも、最後の謎は残る。声を震わせて咲耶が問いかけた。

「では和尚さんを殺したのは」

「史也さんは昔から緒先家に反感をいだいているようなところがありました。義父の石裂が史也さんのお祖父さんを、断崖から突きおとしたのは事実なのです。わたしは罪ほろぼしのつもりで史也さんの研究の役にたてばと思い、書斎で義父の日録を探して渡してあげさえしたのですが。

ほんとうはお祖父さんの研究ノートを返してあげたかったのです。それでも見つけられたのは、欧州滞在時代に書かれたらしい義父の日録一冊だけでした。

史也さんは日録は二冊あるはずだというのです。後半部分も見せてもらいたいと居丈高に詰められたことも、一度や二度では。けれども書斎にはありませんでしたわ」

雅代は住職殺害の責任について明言しようとしない。二十年前の犯罪はともかく昨夜に犯したばかりの殺人については、まだ告白する用意ができていないのだろうか。第二の日録の所在について低い声で雅代に告げてみる。

「後半部分はそのデスクにありました」

「そうでしたか。ときたま書斎の掃除こそしておりましたが、わたしは二十年のあいだ、この地下室まで下りてきたことはないのです。あなた方のあとを追い、いま階段を下りてきたのが、ほんとうに二十年ぶりのこと。自分の罪の証拠が残されている場所になど、とても足を踏みいれるような気持にはなれませんでしたもの」

悲哀にそめられた老女の顔に疑わしい表情を見つけることはできない。石裂殺害のあと、これまで一度も地下室まで下りてきたことがないという言葉に、意図的な嘘があるとは感じられないのだ。

住職が日録の前半を手にいれた経過はこれで判明した。後半部分が地下室に残されていたのもとりわけ不自然なことではない。だが、住職から奪われた日録の前半がここに隠されていた事実はどのように説明されるのだろう。ちぎれた一頁までもがおなじ机上に置かれていたのだ。今朝のうちに殺害犯人が持ちこんだと考える以外ない。二階の隠し部屋も地下の居室も、床の埃は新しい足跡で乱されていた。日録を持ちこむときに犯人が足跡を残したのだろう。

石裂が犯人でないとしたら疑わしいのは雅代だ。だが雅代はこれまで地下に来たことはないし、日録の後半がこの部屋に隠されていたことも知らなかったという。嘘をついているのだろうか。だが表情を読んだところではそうとも思えない。

「目黒のマンションに監視役を送りこんだのもあなたですね。創作ノートを盗ませたのも。どうしてあんなものが欲しかったのです」

「手紙がきたのです」

「だれから」

「あなたの主治医から」

「首藤医師からですか」

「半年前のことですがあの方は亡くなりましたよ。公式には旅行に出たまま音信不通ということで処理されているはずですが」

「お母さま」

咲耶が絶句した。別れたとはいえかつての恋人であり、娘の麻衣の父親なのだ。その男が死んだと聞かされたのだから、やはりひどい衝撃だろう。

「咲耶には折をみて知らせるつもりでした。でも、これまで機会がなくて」

「どうして死んだと判るの」

「フランス語で書かれた、わたしには読めない原稿の束と一緒にあの方の遺書が送られてきたのです。そこにはロリアンの断崖から身を投げて自殺するつもりだと記されていました。潮流が激しいところなので、たぶん死体はあがらないだろうとも」

「自殺した……」

咲耶が呻いた。驚いたのは自分もおなじことだ。ながいこと親身に面倒をみてくれた医師が、ブルターニュの断崖から身を投げて自殺したというのだから。

「咲耶には残酷かもしれませんがフランス人の恋人のためらしいわ。ジュリエットが死んだ以上もう生きていることはできない、というようなことが遺書には書いてありましたもの」

「ジュリエット……」

雅代がなにげなく口にした名前に背骨がゆがむほどの衝撃をうけた。むしろ咲耶の方が冷静で小さな声で呟いていた。

「その人のこと、たぶんわたしも知っているわ」

「ジュリエットのことを、きみが知っている」

「そう。一度だけロリアンを訪れたときに、首藤の友人だという女の人のアパートに食事に招かれ泊めていただいたから。紹介されたときにもう、首藤の新しい恋人だということは判った。夕食をすませると首藤は宿直だといって病院にもどったの。わたしはホテルに泊まるつもりなのに拒めないような言葉で勧められて、とても断れる雰囲気ではなく朝までその人とふたりで過ごしたわ」

「ジュリエットが、首藤医師の恋人だって」

「女のわたしが見ても、心を惹かれそうな美人だった。それにあの人、男よりも女の方が好きだったみたい。まるで誘惑するようにわたしのまえで服を脱ぎさえしたのよ。泊まるようにしつこく勧めたのはそのためなんだなって思った。もちろんベッドは別にしてもらったけれど」

語り方では露骨になりかねない話題を咲耶は淡々と述べた。相手の言葉を遮るようにして夢中で質問してしまう。

「その女の左肩に、なにか痣のようなものは」

不思議そうな顔で、咲耶がこちらを見る。考えるように頭をうつむけておもむろに答えた。

「そういえば百合の形をした赤い痣のようなものが」

それが真実なら、病室の窓から目撃したジュリエットの謎も解ける。ジュリエットは実在したのだ。あの謎の女は、やはり自分と一緒にブルターニュまで来ていた。そして、かつての恋人が入院しているあいだ、こともあろうにその主治医の愛人として過ごしていたのだ。

しかしなぜ、首藤医師はジュリエットという愛人のことを隠していたのだろう。患者の強迫観念の焦点に位置している女が、いまは自分の愛人であるために、とにかく伏せておいた方が無難だとでも考えたのだろうか。雅代にむきなおり、あらためて問いかける。

「雅代さん。そのジュリエットが、死んだというんですね」

「三年前というから、咲耶が麻衣の養育問題を話しあうため、ブルターニュ旅行したころかしら。そのころから病気がちになり、半年前にとうとう亡くなったということでした」

ジュリエットが死んだ……。頭蓋の芯が我慢できないほど熱く、思考の断片が猛烈な勢いで渦を巻いている。あのジュリエットが、呪われた美貌の天使が、ただの人間とおなじように死んだというのだ。あまりの衝撃のため黙りこんでいると、代わりに咲耶が質問した。

「それでなぜ、お母さまは冬樹さんの創作ノートを盗ませたりしたの」

「首藤さんの遺書に、暗示的なことが書かれていたのです」

「どんなことかしら」

「宗像冬樹の『黄昏の館』が完成されたときに、はじめて緒先家の幼女失踪事件の真相もあきらかになるだろう。こんなふうに書かれていたのです。

なにをいおうとしているのか、あまりに暗示的すぎて文意は曖昧でした。わたしにも判ったのは、『黄昏の館』という本が冬樹さんの第二作として予定されているということだけ」

「それで創作ノートを」

「盗むことを命じたわけではありませんよ。ほんとうに申しわけないことですが、第二作の構想について判ることがあれば調べてもらいたいと指示された調査員が、結果的に独走したのです。大切な資料でしょうから、機会をみて返すように命じておきましたが」

「それでも判らないのは、なぜお母さまが冬樹さんの鬼首訪問を拒んだのかということだわ」

老女の表情が悲嘆にゆがんでいた。かさねて咲耶が問いかける。

「どうしてなの、お母さま」

「まだ判らないの、咲耶。あなたと冬樹さんが兄妹だからですよ」

「兄妹では、どうしていけないの」

「あの日に佳子さんは、邦彦の話だがと前置きして、わたしに教えてくれたのです」

「なにを」

「邦彦が父親の正体を知らされたのは、咲耶、あなたが生まれた直後のことでした。石裂という悪魔のような老人は、邪教の信仰にまつわる自分の正体を誇らしげに告白したばかりか、生まれたばかりの孫娘の呪われた運命までを予言したというのです」

「わたしの呪われた運命を」

「……咲耶という娘は、みずからの兄とまじわるであろう。それは聖なる宿命であり、祖父の自分が宿命を成就するための導き手になるつもりだ」

「いや」

嫌悪のために表情をこわばらせて咲耶が小さく叫んだ。汚れたものを振りすてるように二度、三度とかぶりをふる。

「だからこそ佳子さんとは二度と顔をあわせないことにしたのです。佳子さんとわたしというよりも、たがいの娘と息子を、咲耶と冬樹さんを会わせないために。

それでも怖れていたことは現実のものになりました。わたしの警告にもかかわらず、とうとう冬樹さんは鬼首の館にたどりついてしまった。そして咲耶は義父のいう呪われた宿命のとおりに、どうやら冬樹さんに心を惹かれているらしい。

昨日の夜、佐伯に命じてサロンまで麻衣を連れていかせたのはわたしです。あなたと冬樹さんが許されないほどに近づいてしまわないように。それくらいしかわたしにできることはなかったから」

雅代の危惧はあのとき現実のものになろうとしていたのだ。家政婦が娘の麻衣を連れてあらわれなければ、咲耶も若々しい官能と欲望の熱い奔流に頭から呑みこまれていたはずだ。咲耶が大きく息をついて母親を安心させるように答えた。すっくりと頭をあげ、相手の眼をまじろぎもせずに見つめている。

「もうそんな心配はないわ。お母さまが感じたとおり、これまでは確かに冬樹さんに心を惹かれたこともありました。でも兄妹だということが知れた以上、そのようにおつきあいします。冬樹さんを好きになったのも、事情は知らないまでも心のどこかでお兄さまだということを感じていて、他の人には判らない親近感をいだいたからかもしれない」

「咲耶。あなたが言い訳したい気持は判らないでもない。でもお母さまは見てしまったのよ」

老女の声は悲鳴に似ていた。不審そうに咲耶が反問する。

「なにを」

「昨夜の夜、あなたが冬樹さんの部屋に入るところを」

「嘘よ。わたしはそんなことなんかしていない。真夜中に男性の寝室に忍びこむなんて」

憤りをこめて咲耶が叫んだ。それでも老女は狂ったようにいいつのる。

「いいえ、いいえ、いいえ。あの男の呪いは成就されたのです。あなたたちのために緒先家の血は穢れてしまった。それだけは起こらないようにと必死で努力してきたのに、なにもかも無駄だった……」

「お母さま」

咲耶が叫んだ。悲しげに顔をひきつらせ興奮のあまり肩をふるわせていた雅代が、戸口で身をひるがえした。ながく尾をひく悲鳴が地下広間に響いたのは、次の瞬間のことだった。

14

無数の雪粒を濃密にふくんだ強風が、ガラス窓を破りそうな勢いで吹きつけてくる。屋内でさえ轟々《ごうごう》という不気味などよめきが鼓膜を連打する。これほどの猛吹雪は脊梁《せきりょう》山脈にちかい北の山国でも稀なのではないか。

長いこと閉じられたままの書斎の鎧戸を一枚だけ開けてみて驚いた。崖縁にある大木さえ舞い狂う雪粒の彼方にかすんで見えるのだ。戸外を歩こうとしても視界はほとんどなく、吹きつける雪まじりの烈風に足を進めることさえ困難だろう。

これでは今日中に骨山温泉に下山するどころの話ではない。台地にある館から鬼首郷の窪地まで、雪に埋もれた葛おりの小道をたどるのさえ難しそうだ。

咲耶とふたりで地下室を探索しているうちに天候は急激に悪化していた。そろそろ五時で空にはかすかな残光が認められるが、それもあと少しのことだ。まもなく日没で、あたりは荒れ狂う白い闇に鎖されてしまう。この吹雪が続くかぎり鬼首の館に閉じこめられたも同然だ。

石裂の書斎にあるデスクを借りて二時間にもわたり、地下室で手にいれた日録を読むのに熱中していた。疲れた眼を休めるため視線を宙にただよわせる。あのときの雅代の悲鳴が、まだ耳のなかでこだましているようだ。

兄妹相姦《そうかん》を事実と信じこんだ雅代は、やり場のない絶望感に耐えかねて前後の見境もなく地下広間に走りこんだ。そして足を滑らせ、底なしの井戸に転落したのだ。

さしあたりはそのように考えられる。しかし違う解釈もまた可能だろう。飲酒運転で死亡事故を起こしたという緒先邦彦だが、雅代は最後まで夫は自殺したのかもしれないという疑念に悩まされていた。それとおなじことがこの場合にも考えられるのではないか。

雅代は自己弁護することなく、二十年前の石裂殺害についてありのままに告白した。前後の事情から、天覚寺の住職を殺したのも雅代だと考えるのが妥当だろう。これらの犯罪の責任をとるために、みずから井戸に投身したと想定することもできなくはない。

百尺もあるという井戸の底に素人が降りるのは不可能だ。ロープをはじめ必要な道具もない。

幾度となく声が枯れるほど呼んでみたが、井戸の底から雅代の返事はもどってこなかった。死んだと考える以外にない。

母親が井戸に転落し、おそらく死亡したことを知って咲耶はほとんど半狂乱だった。錯乱して自分も井戸に跳びこみかねない咲耶を懸命になだめ、どうにか落ちつかせるのが大変な苦労だった。

底まで降りられないだけではない。咲耶とふたりで井戸の底をさらうのも無理だ。使用人の佐伯と黒田は骨山に下りたままで、この吹雪がおさまるまで館にもどる可能性はない。帰館できるのは早くても明日以降になるだろう。猛吹雪が続けばいつになるか予想もつかない。

慶子を使いにだして、井戸さらいのため鬼首の村人を集めるというのも難しい。小間使いの娘は父親の厳命で朝から実家に帰り、この時刻になっても館にもどる様子がないのだ。

午後からの猛吹雪のせいもあるだろうがそれだけではない。村人は館の客が住職殺しの犯人だと信じこんでいる。館に奉公している慶子が実家に呼びもどされたのも、緒先家が犯人をかばおうとしたからだ。そんな家に大事な娘を預けてはおけないというわけだろう。

咲耶は麻衣をつれて寝室に閉じこもり、そのまま出てくる気配もない。母親の事故死が、人格を底から揺さぶるほどの強烈な打撃をもたらしたのだ。

ほかにも理由はある。地下室で雅代は、咲耶の精神をうちのめすような怖ろしい秘密の数々をみずから告白した。邪教に狂った祖父による近親の幼女虐殺、母親による祖父の殺害、不意に出現した異母兄、フランスで自殺したらしい恋人、等々。

これだけでも心理的に咀嚼《そしやく》しきれるまで、他人と顔を合わせたくない気分になっても当然のことだ。それに母親の突然の悲惨な死が続いた。若い女がこれほどの打撃に平然と耐えられるわけがない。

井戸から離れたくないと身もだえる咲耶の肩を抱き、なだめながら秘密階段をひっぱり上げるようにして、隠し部屋から石裂の書斎にもどった。嗚咽《おえつ》する咲耶を寝室まで送りとどけると、ベッドでは麻衣がいかにも心ぼそげにすすり泣いていた。

三人いた使用人もそれぞれの事情で全員が出払ってしまっている。地下室に祖母が消えたあと無人の邸内に子供がひとりだけ残されていたのだ。我慢できない不安におののき、三歳の子供が泣きだしたのも無理のないことだろう。

咲耶は娘を抱きしめて、自身も涙をこぼしながら必死であやしはじめた。これでさしあたりは安心だ。保護しなければならない子供がいる以上、咲耶も母親の義務にめざめて気をとりなおすことだろう。

精神が安定するまでには時間がかかるにしても、母を見殺しにしたという自責の念で錯乱し、無謀な自損的行為に走るようなことはあるまい。

体を休めるように命じて寝室のドアを閉めたあと、さしあたり石裂の書斎に陣どることに決めた。三階の客室では遠すぎる。書斎は咲耶の寝室とおなじ二階の左翼部にあたる。これならどんな突発事態にも迅速に対処できるはずだ。

物音が聞こえるように書斎のドアを開けはなして、石裂の日録に眼をとおしはじめたのが二時間ほどまえのことだ。母娘とも眠りこんだのか室内を歩きまわるだけの気力がないのか、寝室は長いこと静まりかえり足音も聞こえてこない。

手にしていた第一の日録を吐息とともにデスクの上に放りだした。斜め読みだが、それでも驚嘆すべき内容だということは判る。

信じられないことだがオザク族の父祖の地は、ローマ時代にブリタニアやガリアやゲルマニアと呼ばれていたユーラシア大陸の西端地方なのだ。かれらはみずからを「オルザリック」と呼んでいた。オルザリックとは「石の声を聴く者たち」の意であるという。オルザリックの転《てん》訛《か》であるオザクに「石裂」の字をあてた子孫たちも、その原義を完全に忘れさっていたわけではないらしい。

ケルト人の先住民族であるオルザリック族は、五千年も昔に各地に巨大な石造構築物を建設した。だが長い繁栄の時は前ぶれもなく中断される。想像を絶する悪病が蔓延《まんえん》し、いたるところに死骸の山が築かれた。悪病の流行から逃れるためかれらの一部は新天地をもとめて広大なユーラシア大陸を横断し、縄文中期の日本列島にたどりついた。

神代文字文献の記事を解釈すればこのような内容になる。石裂が渡欧した最大の目的はヨーロッパと日本にまたがる謎の民族オルザリックの存在を立証するために、イギリスやフランスの巨石遺跡を調査するところにあった。そのためにはまず、西欧と日本の巨石建造物のあいだに共通性があることを証明しなければならない。

日録の前半には鬼塚など日本の巨石遺跡とストーンヘンジやカルナック遺跡のあいだに見ら

れる共通点を、考古学的に実証するための調査結果が詳細に書きこまれていた。

七十年後の現在であれば海外から必要な書物や研究論文をとりよせるだけで、ある程度まで把握できる種類の情報かもしれない。日本に翻訳紹介されている考古学書を参照するだけでも、なんとか輪郭は摑めるはずだ。

しかし石裂が青年時代をすごしたのは、二十世紀もまだ初期にあたるころだ。ヨーロッパの巨石遺跡にかんする考古学的な研究はその時代、現地のイギリスやフランスでも充分にはなされていなかった。

日本で入手できる文献資料はあまりに貧弱で、知りたいことを知るためには現地調査にたよるしかない事情だった。建造物の形状、規模、方位、季節による太陽や星座との対応、等々。これらの基礎的なデータを収集するため、石裂は三年ものあいだ各地で苦心をかさねたらしい。

精密な測量器具をたずさえヨーロッパ先住民の古代遺跡をたずねて転々とした石裂は、しだいに悪魔学の研究にのめりこんでいく。一冊目の手帳には苦心して入手した魔術書や悪魔学文献のリスト、それらの読書感想、研究の進展具合、現存する秘教家やオカルト研究者との会見の模様などが詳細に書きのこされていた。

スイス旅行のさいに試みたのだが、心理学者ユングからは面談を拒まれた。そのせいか日録には、ユングの錬金術研究にたいする批判が数頁にわたり書かれている。神秘学研究家のルネ・ゲノンや、すでに多大の影響力を獲得していた秘教家ルドルフ・シュナイターとの会見には成功したが両名の見解にも失望したらしい。

それよりも共感したのは第一次大戦後に敗戦国ドイツで勢力をのばしたイリュミネ主義の秘密結社で、この土壌から成長してきたナチスの神秘主義についても、日録ではあちこちに好意的な言及がみられる。

石裂の着眼点はエジプトの古王国よりも古い時代に、イギリスやフランスで巨石文明を築きあげた謎の先住民族オルザリックの痕跡が、はるか後代の西欧中世までたどれるということだった。その信仰が日本列島に定着した子孫のあいだで鬼伝説に変貌《へんぼう》したように、本拠地のヨーロッパでは悪魔崇拝となって中世まで残存したのではないか。

石裂の結論によれば、五千年にわたり蒼古の信仰を守り続けた祭祀《さいし》集団が実在する。その有形無形の影響は、魔女として狩りたてられ火刑に処せられた土俗的な呪術師《じゅじゅつ》だけでなく、各派のキリスト教異端にまで浸透していた。

ルネッサンス期の魔術師や秘教家もまた、この祭祀集団から啓示をえた者が少なくない。近世から近代にかけて存在した薔薇十字会、黄金の暁《あかつき》、フリーメーソンなどの秘儀結社にもその痕跡を見出すことができる。

五千年にわたりオルザリック族の信仰を守り続けてきた祭祀集団は、不死と信じられている女祭司により指導されていた。この女祭司をドミニコ会の異端審問官は「サタンの娼婦」とか「毒竜の女」とか呼んで憎悪し、ローマ教会から巨大な権力を与えられた宗教警察組織の総力をあげて数百年にもわたり西欧全域で執拗に狩りたて続けた。

鬼首の館にある大広間の天井では普通の宗教画とは反対に、サン・ジョルジュが炎を吐く巨竜に圧倒されているのも当然のことだろう。オルザリック族の信仰を守る女祭司は、ローマ教会から「毒竜の女」と呼ばれていたのだ。広間の天井画はこの館を建設した人物の立場を象徴している。巨竜はキリスト教の戦士を鋭い鉤爪でずたずたにひき裂かなければならない。

歴代の異端審問官は異端派や魔女集団など憎むべき反教会勢力を、背後からひそかにあやつる秘密結社とその首領らしい謎の女の存在を確信していたのだが、「サタンの娼婦」は神出鬼没でどうしても捕らえることができない。

それでも不老不死の女祭司は、一度だけ十六世紀のフランスで追跡者の手に落ちたらしい。捕らえられた女祭司は、魔女ジュリエットという名前で宗教裁判の記録に残されている。

魔女ジュリエットは肩に聖水をかけられ王家の紋章である百合形の焼き印をおされたのち、まもなく処刑される運命だった。しかし、どんな妖術を駆使したものか、「毒竜の女」は処刑の前日に獄舎から姿をくらましたのだ。以後、魔女ジュリエットは歴史の表面にあらわれたことがない。

以上の経過は、石裂が閲覧に苦労した五百年も昔の古文書に書きのこされている。聖水で濡れた肩におされた焼き印は、魔女の妖術でも消しさることができない。焼き印は赤い痣として残り、以後はそれが魔女ジュリエットの正体を暴露すべき証拠となるだろう。

石裂は「サタンの娼婦」にまつわる伝説が、先史時代の巨石遺跡の付近に集中的に分布していることを確認した。さらに十六世紀以降も肩に百合形の痣がある美女が、伝説の残る各地に出没していることまでを調査したのだ。それは公式に記録されているわけではないが、各地の

わかる。

民話や伝承のなかに暗示されている。

こうして石裂の探求の中心は魔女伝説や巨石遺跡の現地調査から、ジュリエットという不老不死の美女を探しもとめる方向にしだいに変化していった。どうやら石裂は二年以上にわたる調査と探求の過程で、あらたな使命に目覚めたらしい。残された日録を読むとその過程がよくわかる。

西欧と日本の巨石建造物が蒼古の時代に同一の民族の手で造られたということ。オルザリック族の一部がユーラシア大陸を横断して縄文中期の日本列島にまで渡来し、先住民と混住したこと。これらの仮説を立証することなどいまやさほど重要なことではない。めざすべきは数千年という時の彼方に沈んで消えた謎の民族と、そしてかれらの謎の宗教を二十世紀に再興することなのだ。鬼とされ魔王とされた暗黒の王バジリフィスの復活のため、みずから奉仕すること以外ではない。

古代の魔道書によればバジリフィスに選ばれた者は世界の王になるともいう。西欧やロシアに宗教秘密結社は数多いが、多少ともこの秘密を嗅ぎつけ世界の王たらんという野望をいだいているのは、大戦後に南ドイツで勢力を拡大しつつあるイリュミネ主義の一派のみだった。

絶対にドイツ人に遅れてはならない。なぜなら日本民族こそがドイツ人よりも純粋に太古の巨石民族である父祖の血を伝えているからであり、世界の王者、世界の指導的民族たるべき特権をあたえられているからだ。それは日本列島でも、とりわけ縄文民族の血が濃い東北地方北部、青森や秋田や岩手について指摘される。

オザク族はユーラシア大陸を横断し、縄文日本に渡来した偉大な巨石民族オルザリックの子孫なのだ。であればオザク族王家の直系子孫にあたる緒先家は、ミュンヘンのビヤホールにたむろする陰謀家たちなど及びもつかない高貴な血統というべきだろう。

緒先家の次代当主は文字どおり世界の王たるべき使命をおびている。その使命を実現するためにも魔女ジュリエットを探しあてなければならない。古代秘教の女祭司である不老不死の美女に導かれるならば、緒先倫太郎は暗黒の神バジリフィスの加護により、ついには至高の王として世界に君臨するという使命をさえ実現しうるはずだ。

あらゆる苦難を排して魔女ジュリエットを見つけだし、偉大な祖先の信仰を回復するために暗黒の秘儀に参入すること。それは巨石民族の直系子孫である、緒先家の次代当主にこそ課せられた崇高な義務ではないのか。

青年石裂のこの野望を、たんに狂気や錯乱の結果であると無視しさることはできない。石裂が強力なライヴァルとみなした南ドイツの魔道師たちは、まもなくドイツ国家の全権力を掌握することに成功する。そのリーダーは世界の王たらんとして、数千万の屍《しかばね》の山を築くだろう未曾有《みぞう》の大戦争をはじめさえした。

この世界戦争に日本が積極的な役割をはたしたことは、二十世紀前半の歴史がしめすとおりだ。石裂は帰国後、軍部や右翼や異端宗教勢力を結んだ地下ネットワークの組織化に着手しかなりの成果をあげたという。

日本が戦争に勝利したなら、石裂には自認するとおり世界の王になるという可能性もありえたのだ。そのためには二・二六事件など昭和初期の権力闘争にふたたび火をつけ、石裂の地下ネットワークが日本の国家権力を奪取することが前提であったとはいえ。

日録にはのちに南海の孤島で石裂がひきおこした住民虐殺事件についても、その理由を暗示するような箇所がある。魔術関係の古写本類をはじめとする石裂の蒐集品のなかには、アイスランドにあるヴァイキング王の墓地で発掘されたという、円形の金属板に刻まれた古い世界地図がふくまれていた。

十世紀と推定される制作年代から考えると驚嘆するほどに克明な世界地図で、そこには南北アメリカ大陸だけでなく南極大陸までがほぼ正確に描かれていた。ほぼ正確というのは海岸線に多少の誤差がみとめられるからだ。石裂はそれを三万年前の世界地図を模写した結果だろうと解釈している。

三万年前といえばヴュルム大氷期のさなかだ。発達した大陸氷床のため海面は現在よりもはるかに低く、海岸線にもかなりの異同がみられた。ヴァイキング王の世界地図は、オリジナルが三万年前のものであると仮定すれば海岸線の狂いも狂いでなくなり、きわめて正確なものと評価することができる。ネアンデルタール人の時代に何者が、このような世界地図を作成したのかという謎は残るにしても。

金属板の裏には古代ルーン文字で短い文章が刻まれていた。それによるとストーンヘンジを建設した古代民族の賢者たちは、長年にわたり時の秘密を研究していた。そしてついに時を支配する中心点を発見することに成功した。この地図は、「世界の時の臍《へそ》」の位置をしめすものである。「世界の時の臍」を発見した者は、時間だけでなくあらゆる空間をも支配することになるだろう……。

それは世界支配のための最終兵器としても利用できそうだ。金属板の地図によれば「世界の時の臍」は南太平洋の孤島に位置している。そこには時を支配する秘密が隠されており、秘密をときあかした者は一瞬にして敵国を地上から抹殺し、あらゆる戦争に勝利するだろう絶大な力を獲得する。

日本が太平洋戦争でアメリカを屈服させるには、オルザリック族の賢者により研究されたという最終兵器をおのれの掌中におさめなければならない。おそらく石裂はそう考えたのだ。そのためにみずから考古学調査団を組織し、ヴァイキング王の地図をたよりにカロリン群島の孤島に乗りこんだのではないか。そして強制的な調査が住民とのあいだに摩擦をひきおこし、大量殺戮というような結果を招いたのではないか。戦争が日本の敗北に終わった以上、石裂による調査は失敗したと考えるべきだろうが。

住職の死体が握りしめていた頁は、第一の日録のなかでは最後の部分にあたる。滞欧三年目にして石裂は、ついに魔女ジュリエットと接触することに成功した。記念すべきその日をもって二年以上も使用されていた古い手帳は捨てられ、以後日録は新しい第二の手帳に記されることになる。

二冊目の日録に目を通さなければならない。ここまでは天覚寺の住職も読んでいた中身にすぎないのだ。石裂という人物にかかわる知識は緻密化されたが、緒先家をめぐる不可解な謎に最終的な解答が与えられたわけではない。

第二の手帳を開こうとしたが思いかえして席をたつ。あれから二時間も経過しているのだ。咲耶がどうしているか気になる。

様子をみるため咲耶の寝室にむかう。ドアを叩いてみるが返事がない。心配になり乱暴にノブを揺すった。

「……冬樹さんね」

「どうですか。落ちつきましたか」

「いまわたし、首藤から送られた手紙や原稿を読んでいるの。母の部屋で見つけてきたのよ。いろいろなことが判るわ」

知らないうちに雅代の部屋にいき、首藤の手紙などを探しだして読んでいたらしい。手紙はともかく同封されていた分厚い草稿はフランス語で書かれているという。咲耶もまた手書きのフランス文を読むのに神経を消耗していたようだ。

咲耶の声にはどことなく不可解な調子がある。平板で感情のこもらない口調。魂が浮遊しているような現実味の希薄な口調。それも母の事故死という衝撃のせいだろうか。ドアを開けてくれる様子がないので仕方なく応えた。

「そうですか。こちらは、石裂の日録を読んでいるところです」

「ごめんなさい。まだ冬樹さんとも会いたくないの。もうしばらくひとりにしておいて」

「判りました。六時か七時には、夕食にしましょう。だれもいないから、ぼくが調理場に下りて適当に作ります。それまで、休んでいてください」

「ありがとう、冬樹さん。でもお客さまに食事を用意してもらうなんて。元気がでたらわたしが支度します。それまではそっとしておいて」

「判りました。お祖父さんの書斎にいますから、なにかあったら呼んでください」

書斎にもどり、一枚だけ開いておいた鎧戸の窓から吹雪の戸外を眺める。不気味に白濁した黄昏は荒れ狂う強風の轟きに満ちていた。猛吹雪はおさまる気配もない。これから夜半にかけて天候はさらに悪化する気配だ。

こんど鬼首の村人が押しかけてきたら、おそらく無事にはすまないと思う。リンチにかけられ殺されるかもしれない。緒先家にはもう自分を庇護《ひご》するだけの力がないのだ。

それでもさほど不安にはならない。空元気ではなく、明日までにおさまりそうもない猛吹雪のせいだ。吹雪のため鬼首から脱出するという可能性は奪われたが、これでは村人が押しかけてくる可能性も少ない。

二冊目の日録さえ読めば緒先家と鬼首の館をめぐる謎も最終的に解明しうるはずだ。おそらく住職殺しの犯人も名ざせるだろう。犯人は日録を奪いとる目的で住職を殺害したのだから。村人のリンチを怖れる必要はない。この日録さえ読みきれば真犯人を名ざし、おのれの潔白を証明することもできる。とにかく読まなければならない。

心を励ましてふたたびデスクにむかう。吹雪のどよめきを耳にしながら、おもむろに第二の手帳の頁を開いた。

15

　窓の外は底しれない白濁した闇だ。たえまない強風の音が轟きわたる。積雪量も尋常ではない。二階の書斎から見おろすと、吹きだまりのせいかもしれないが裏手は一階の窓のあたりまで雪に埋もれているのが判る。表もおなじなら玄関扉を押しあけることさえ難しいのではないか。

　午後十時。夜がふけるにつれて天候はさらに悪化していく。充血した眼でぼんやりと前方を見る。ようやく二冊目の日録を読み終えたところだ。

　息苦しいほどに鬱血した肩を拳で乱暴に叩いた。首をまわすと骨のなる鈍い音がする。こめかみを痛いほど強く揉んでみた。過労でぼんやりした頭がそれで少しは冴《さ》えるかもしれない。大判の手帳で二冊、全部で二百頁にもおよぶ手書きのフランス文を午後から夜にかけて猛烈な速度で読み続けてきた。石裂の書斎の本棚に戦後に編集された辞書などあるわけがない。刊行が戦前のため引きにくい、活字も読みにくい仏和辞典、仏仏辞典を利用するしかなかった。

　異常に疲労したのにも無理はない。頭がぼんやりして意識の焦点をあわせるのが難しい。日録に没頭していて夕食のことなど忘れていた。咲耶はどうしているだろうか。ふと心配になるが、寝室まで様子を見にいくだけの気力が湧いてきそうにない。咲耶もまた、首藤浩之が郵送してきたという草稿の束を読むのに夢中なのだろうか。

日録を読むにつれ輪郭のさだかでない疑惑が脳裏をよぎりはじめていた。これまで浮かんだこともない、なぜか考えるのもためらわれる、神経を不安にかき乱すような重苦しい疑惑……。

第二の日録には石裂が日本に帰国する前日までの記録がある。旅客船が明日は横浜港に入るという夜に書かれたのが最後の文章だ。第一の日録は五年前のマルセイユ上陸の日に書きだされているから、二冊の手帳を読めば石裂のヨーロッパ滞在の全貌を知ることができる。

ヨーロッパ滞在の後半に石裂はパリを本拠にスペイン、イタリア、ドイツ、ポーランド、ハンガリーなど、それまで以上に各国を精力的に旅行している。しかしすでに旅の目的は巨石遺跡の調査ではない。帰国後、鬼首の地にルネッサンス様式の館を建築するという構想はそのころから練りあげられていたのだ。

石裂の旅は家具や美術品など鬼首の緒先邸を飾る品々の購入、日本では入手が困難な建築資材の調達や特殊技能をもつ建築職人の招聘《しょうへい》の手配、さらに設計家との面談などのために続けられた。

鬼首の地に予定されている工事計画には、あきらかにジュリエットの意思が介在している。日本に渡来したオルザリック族の聖地である鬼首に、ジュリエットを女祭司とする秘密宗教の神殿あるいは祭儀場を建設すること。遠からず日本を訪れる予定のジュリエットに快適な住居を提供するため、地下神殿の上には豪華な館が建設されなければならない。

第二の日録には魔女ジュリエットの秘密についても暗示的な記事が多い。ジュリエットの不老不死の秘密。それと残忍きわまりない幼女生贄の儀式との関係……。

日録に触発された忌まわしい疑惑を徹底的につきつめ、考えぬかなければならない。石裂の日録で暴露されている魔女ジュリエットの秘密を支点として、緒先家をめぐる半世紀の謎の数々をいまや土台から考えなおしてみなければならない。

デスクに肘《ひじ》をつきこめかみを拳で揉んだ。疲労の極点で脳髄は灰色のパルプみたいに隙間だらけだ。とても論理的に思考することなどできそうにない。曖昧な疑惑だけが、墓場の灰色の霧のように意識の襞々にまといついてくるばかりだった。

気がつくとデスクに飾られたブロンズの魔物像をぼんやりと眺めていた。湧きだしてきた疑惑について思考しなければならないと念じながらも、意識は頼りなげに漂いだしていく。ようするに疲れすぎているのだ。

いまなら、あのときのことを最初から最後まで詳しく思いだせそうだ。茫洋とした気分で、ふとそう感じてしまう。この書斎で『不思議の国のアリス』の挿絵を破いてしまった、二十年前のあのときのこと。

ふつう体験することのない極度の精神的疲労が、厳重に閉じられていた記憶装置の弁をゆるめるように作用したのだろうか。午後から長いことあのときとおなじ書斎にいたことが、記憶を回復するために有利にはたらいたのかもしれない。

……そうだ、赤い服の少女。あれは咲耶ではないか。館にいる姉妹のうち姉娘は綺麗な薔薇色の服や薄緑色の服を着ていた。まだ小さな妹は幼児用の白い服を着せられていたのだから、赤い服を着ていたのは姉の方に違いない。

頭蓋の中心でなにか閃光のようなものが爆発した。脳髄が灼熱《しゃくねつ》する白色に染めあげられ、無意識の底から洪水のように古い記憶が溢れだしてきた。

そうだ、あれは暑い午後のことだった。鬼首の館がある高原でさえ、日向《ひなた》で直射日光をあびていると汗が吹きだしてくるほどの猛暑。

ひとしきり庭園を駆けまわったあと、あまりの暑気にうんざりして館に入った。がらんとした午後の館。十人以上いる滞在客は三階の寝室で昼寝でもしているか、遊戯室や談話室で夕食までの時間をつぶしているのだろう。一階にも二階にも人の気配は感じられなかった。

石造の邸内の空気はひんやりと冷たく、汗ばんだ膚に心地よい。母がいる三階の客室にもどるつもりで人気ない正面階段を駆けあがった。とにかくシャワーを浴びて汗を流したい。洗濯したばかりの清潔なシャツに着がえたい。それなのに二階まできたところで、なぜか気が変わったのだ。

館の二階左翼部は滞在客の子供には禁断の地だった。広間や食堂やサロンがある一階は共用のスペースであり、三階は客室がならんでいる滞在客用のスペースだった。二階でも右翼部には図書室や画廊などがあり、とくに立ちいりが禁じられていたわけではない。

緒先家のプライベートなスペースである二階の左翼部だけが勝手には入りこめない聖別された空間であり、子供心にもタブーの場所であると了解されていた。しかし、タブーは破られるために存在するともいう。禁忌が厳重であればあるほど、それを破りたいという欲望は果てもなく挑発されるのだ。

階段をアテナ像のところまで駆けのぼり、いつものようにちらりと左手の廊下の方を見た。少年の心に刻印された禁忌はきわめて強力で、その方向は好奇心で眺めてもいけない領域と信じられていたのだ。

だからいつもちらりと見るだけにしていた。大人にとがめられても盗み見ようとしていたわけではない、首をまげたら偶然に見えてしまったのだと弁解できるように、さりげない動作で一瞬だけ眺める。

いつもと違うのは、奥の方にある通路に面した部屋のドアがなぜか半開きになっていたことだ。そんなことはこの館に滞在するようになって初めてだった。ドアは窓からの風に揺られかすかに動いているようだ。それが子供には、壁にはえた大きな掌がおいでおいでをしているようにも見えた。

なにもタブーを破ろうと決意したわけではない。ほとんど意識することなしに、誘うように揺れるドアの方に歩きだしていた。

そうだ。無人の通路で半開きのドアがいかにも誘惑的に揺れていた。それに誘われたのだ。あの日、そうして偶然にも秘密の書斎に足を踏みいれた。

入りこんだ書斎は無人だった。室内にはデスクや椅子など大きな家具があり、小学校の図書室みたいにたくさんの本棚がならんでいた。手のとどく棚から面白そうな本をぬきとり、頁をめくるのに夢中だった。どれくらいの時間が経過したことだろう。

子供ながら狡猾《こうかつ》に、あるいは周到に大人から見とがめられないよう閉じておいたはずのドアが、軋み音をたてながら開きはじめた。

だれか来る。見つかる。叱《しか》られる。ぶたれるかもしれない……。

ドアの軋み音を耳にして恐慌状態になり、手のなかの本を思わずとり落としていた。それは英語の活字が印刷された大判の書物であり、あちこちに挟まれた挿絵が魅力的に思われて、ながいこと手にしていた本だった。

描かれた少女は子供の服装なのに大人の顔をしていた。大人みたいに醒めた表情で、なにもかも心得ている賢そうな顔をしていた。かわいらしさが冷酷そうでもある、子供でも大人でもないアンバランスな娘の顔が、かき乱すように少年の心を奪った。

乾いた音をたて少女のいる挿絵が破れた。本が手から滑りおちるとき開いていた頁が破れてしまったらしい。子供は動転し絶望的な気分に襲われていた。この部屋にいるだけでも罪なのに本の挿絵まで破いてしまった。いったいどうすればいいのか……。

戸口から姿をあらわしたのは、痩せた白髪の老人だった。緒先家の家族も使用人も、そして滞在客ものこらず顔みしりなのに、この老人だけは見たことがない。どこのだれなのだろう。

老人は部屋を横ぎり足音もなくデスクの横まできた。そして禁忌に反した罪ある子供を、どんな非難の眼よりも怖ろしい無感動な眼で見おろしたのだ。

老人は女の子を連れて書斎にきたらしい。しかし老人の背後に隠れている子供がだれなのか、確かめるだけの精神的余裕はない。老人と視線をあわせてからは、万力で固定されたように眼をそらすことなど不可能だった。

視線は縛りつけられたみたいに老人とともに移動していく。それ以外のものを見るような余裕などない。

老人は醜怪なブロンズ像の横で無言のまま執拗にこちらを見おろしていた。叱責の言葉を浴びせられないことが、むしろ激しい不安をあおりたてる。怖くて怖くてただ震えているばかりだった。

老人がおもむろに動いた。床に落ちた本をひろい、それをデスクの引出に放りこんだのだ。子供の自分は身動きもできないでまま大きく眼を見ひらき、ひたすら老人の動作を見守るばかりだった。背後では老人が連れてきたらしい赤い服の子供が、アリスのように大人びた表情でこちらを凝視しているようだ。

甦った記憶はあまりに鮮明だった。そうだ、あのときの子供は咲耶だった。赤い服を着ていた以上、咲耶だったと考える以外にない。まだ五歳のことで本人が記憶していなくても無理はないが、あのとき咲耶はこの書斎にいた……。

老人は石裂で老人が連れてきた少女は咲耶だ。背後にいたアリスみたいな印象の少女は咲耶なのだ。あのとき咲耶がこの書斎にいた……。

あまりの衝撃に世界がゆがんで見えた。二冊目の日録に記されていた秘密の数々が、一瞬のうちにおさまるべき場所におさまる。露呈された真実に慄然とした。動悸がはやまる。息苦しさでシャツの襟ボタンをもぎとるように外した。

知らないうちに書斎からさまよい出ていた。夢遊病者の足どりで通路を歩き、気がつくと咲耶の寝室のドアを叩いていた。錯覚かもしれないが、通路にはかすかに鉱物質の異臭が漂っているようだ。

ノックしても室内から返事はない。ノブを廻すとドアは静かに開いた。寝室を見わたしたがあたりに人影はない。咲耶はどこにいるのだろう。

メイクされたままのベッド。籐《とう》製のテーブルと椅子。大きな鏡がついた化粧台と洋服箪笥。照明はテーブルの横にある大スタンドだけで、青いシェードから洩れる光が室内を淡く照らしていた。

テーブルには辞書があり厚い紙束が丁寧にかさねられている。首藤医師から送られてきた草稿だろう。咲耶はどうやらそれを読みおえたらしい。

サイドテーブルに電話がある。震える手で受話器をとり、そのまま暗記している番号をプッシュした。文芸書房編集部の直通番号。この時刻だが三笠が会社にいる可能性はある。仕事がこんでくると編集室で徹夜することもあるからだ。

こんな場合に相談できるのは三笠だけだ。三笠に事情を話せば、どうすればいいか助言してくれるかもしれない。三笠の声を聞けば少しは落ちつけるだろう。

電話がつながらない。コール音も響いてこない。乱暴にフックを叩いてまた受話器を耳に押しあてるが、無音のままで通話可能を示す信号音が聞こえない。どういうことなんだ。

人の気配がする。ぎくりとしてドアの方に振りむいた。戸口では咲耶が猟銃を脇《わき》にかいこみ、ぎらぎら光る眼でこちらを睨みつけていた。どこに残してきたのか麻衣は連れていない。

「電話は夕方から不通よ。雪で電話線が切れたんだわ。ところであなた、どこにかけようとしていたの」

咲耶の言葉にのろのろと首をふる。これでは逃げることも助けを呼ぶこともできない。出口なしだ。この女と一緒に吹雪の館に閉じこめられた。どうしたらいいのだろう。

「そこから動かないで。わたしは銃をあつかえる」

「ぼくを殺そうというのか」

いや、そんなはずはない。咲耶は殺人狂ではない。殺人狂は肩に百合形の痣がある女だ。あの女があらわれるまえに、なんとかして咲耶を説得しなければならない。

さして邪魔者でない住職さえあっさり殺してしまった女だ。ここまで真相を摑まれた以上、その相手を見のがすわけがない。あの女が出現したらもう逃げることなど不可能になる。生身の人間に抵抗できるような女ではないのだ。

銃口はこちらの心臓を狙って微動もしない。不用意に身動きしてはならない。身の危険を感じたら咲耶は容赦なく引き金をひくだろう。蒼白な顔で若い女が叩きつけるように叫んだ。

「わたしには判らない。あなたが危険なら、麻衣にとって危険な存在ならわたしは撃《う》つわ、ためらわずに。でも冬樹さん、ほんとうにそうなの。あなたが二十年前、妹の華子の心臓を抉りだしたの」

咲耶はなにを誤解しているのか。銃で狙われていることも忘れ思わず強い言葉で反論してしまう。

「とんでもない。きみの妹の心臓を抉りだしたのは、もちろん石裂だ。しかし、石裂が計画したおぞましい人身供儀に、結果的に加担した人物がいる。本人の責任は問わないよ。まだ子供だし、自分のしたことの意味も理解できなかったのだろうと思う。でも、だれがなにをしたのかは明瞭なんだ」

「そうよ。それが、あなたなんだわ。あなたは偏執狂の祖父に手引されて、華子の心臓から生血を飲んだのよ。なんて怖ろしいひと」

決めつけるように甲高い声で咲耶が叫んだ。疑わしげに細められた眼からは刺すような敵意が溢れだしてくる。なぜ猟銃などを持ちだしたのかそれで判った。どんな理由からか咲耶は信じこんでいる。祖父とともにかつて妹の華子を惨殺した男が、こんどは娘の麻衣を手にかけようとしていると。

落ちつかなければならない。いつまで時間の余裕があるか見当もつかないのだ。あの女が出てこないうちに、なんとかして咲耶を説得し誤解をとき、全員が生きのこれるよう可能な手を打たなければ。

あの女をたとえば地下室に閉じこめる。あるいは縄で縛りあげる。吹雪がおさまり骨山に脱出できるまで、とにかく時間を稼がなければならない。ともすれば上ずりそうな声を落ちつかせ、相手を刺激しないようにできるだけ平静な口調で語りはじめる。

「五時間もかけて、ぼくは石裂の二冊の日録を読んだ。斜め読みしたところもあるけれど、必要な箇所は二度も三度も読んだ。すべては明らかになったんだよ」

「なにが判ったというの」

「残された謎のすべてが」

「残された謎……」

「そう。まだ石裂が生きており、石裂が住職殺しの犯人だという推理は、まるで見当ちがいだった。この推理は、石裂の死体と雅代さんの告白で覆され、真相は暴露された。そのときは、ぼくもそう思った。でも違う。違うんだ」

「そうよ。違うのよ」

「お母さんの告白でも、明瞭にならない部分が残されていた。天覚寺の和尚さんを殺したのは何者なのか。これが最大の問題だ。お母さんは、これについて最後まで自分が殺したとは明言しなかった。そうだろう」

「あたりまえだわ。母は無実よ。史也さんを殺したのは、そう、あなたなんだもの」

「お願いだから、話を最後まで聞いてほしい。住職殺しの真相だけではないんだ。ぼくの前に二度あらわれた女、きみとおなじ顔をした女という謎が、まだ残されている。

　きみは来たんだよ、ぼくの部屋の浴室に。そのとき、きみの左肩には百合形の赤い痣があった。肩に赤い痣のある緒先咲耶がいる。鬼骨閣の露天風呂でも、ぼくは百合形の痣のある女を目にしている。その女は、きみとおなじ顔をしていたんだ」

「でも、わたしの肩には痣なんかない」

いかにも疑わしげに咲耶がいう。表情には不信の念が刻まれている。それはそうだろう。おそらく咲耶はなにひとつ記憶していないのだ。どうしたらこのことを納得させられるのか。

「ないはずだ、いまはね。しかし、違うときにはある。それはときによって、浮かんだり消えたりするらしい。とにかく痣のある咲耶と、痣のない咲耶がいるんだよ」

「馬鹿馬鹿しい話だわ」

「石裂の日録を読むまでは、ぼくも混乱していた。魔女ジュリエットの不死の秘密を知ることで、ようやく理解できたんだ」

「祖父の日録……」

眉をひそめるようにして、咲耶が呟いた。これで少しは話を聞いてくれそうだ。日録という証拠があることを強調した方がいい。

「これから話すことは、全部、石裂の日録に書いてあることだ。でたらめでも、ぼくの創作でもない。疑うなら、きみも読んでみることだ。

石裂を殺人狂にしたてあげたのは、ジュリエットという名前の魔女だ。ジュリエットは十六世紀に一度、ブルターニュで異端審問官に捕らえられたことがある。そのときに押された百合形の焼き印が、いまも肩に残されている」

「十六世紀に生きていたという魔女を、あなたは骨山温泉で目撃したというの。五百歳にもなるフランス人の老婆が日本の山奥にあらわれたとでも」

鼻に皺をよせて咲耶が嘲弄《ちょうろう》した。まだ信じる気にはならないらしい。それでもこの話を信じてもらわなければならないのだ。

「五百歳になるからといって驚いてはいけない。ジュリエットは不老不死なんだ。それにジュリエットはフランス人ではない。石裂が信じていたところでは、五千年も昔にイギリスやフランスやドイツを勢力圏にしていたオルザリックという古代民族があり、かれらを導いていた女祭司こそジュリエットなんだ」

「五百歳でなく五千歳だというの」

「霊としてのジュリエットは」

「どういうこと」

「ジュリエットの霊は、いわば若い女にとり憑くんだ。女の肉体に憑依《ひょうい》し、宿主の生命力がおとろえると次の女の肉体に乗りかえる。そして宿主の生命を喰いつぶしながら永生をたもつ。これが不老不死の秘密だよ。

ジュリエットと呼ばれた、肩に痣みたいな焼き印がある女は、この五百年で何十人も存在したことだろう。だが精神はひとつだ。女たちの肉体をわたり歩いても、精神は五千年も昔の女祭司のものなんだよ」

「そんな夢みたいな話を信じろというの」

「ぼくは信じている。信じるしかないんだ。肩に赤い痣のある女を二人も知っているんだから。ひとりは『昏い天使』のモデルになったジュリエットだ。首藤医師の意図的な誘導で、いつか彼女にまつわる記憶は妄想かもしれないと思いはじめていた」

だがそれは、精神医の説得と誘導のみによるものではない。あれは妄想にすぎない、幻覚にすぎない。そして精神医の治療により、ジュリエットをめぐる病んだ固定観念からは解放されたのだと、みずから信じこむ必要があったのだ。

医師に指導されて、妄想は『昏い天使』という虚構のなかに封じこめられた。正確な記憶は喪われたままにせよ、『昏い天使』を書きあげることで現実の世界、正気の世界にかろうじて立ちもどることができたのだ。

それでも心の深いところでは、いつも解消しがたい疑念に悩まされていたように思う。『昏い天使』にまとめられた日記のなかの曖昧な描写、断片的な記述は確かに妄想的なものだ。狂人の幻覚としか考えられない箇所がほとんどだ。

しかし体験した現実そのものが異様であり非常識であり妄想的だったとすれば、自分の精神だけが狂っていたことにはならない。狂っていたのは現実であり世界そのものであり、個人的な狂気はそれを正確に反映した結果にすぎないからだ。

ジュリエットという昏い天使が現実に存在していると考えるのは、おのれが狂気にとらわれていたことを認めるよりもはるかにおぞましいことだ。精神が病んでいたとしても、その外部には平明で合理的な現実の世界がある。そう信じられたからこそ正気の世界に立ちもどることも可能だった。

だが世界そのものが狂っているのなら、帰るべき正気の世界などもうどこにもないということになる。自分の狂気が狂気の世界の一部にすぎないなら、事態はあまりにも絶望的だ。確かなものはどこにもない。世界そのものが錯乱と幻影と妄想の無秩序な集積にすぎない。ようするにそういうことになる。

だからこそジュリエットは存在しなかったと信じなければならない。そう信じることで現実の秩序と正気の世界を支えなければならない。もしも日記に書かれていることが事実なら、この世界は土台から崩壊してしまう。あれは精神錯乱の産物であり、自分は治療されて正気の世界に立ちもどることができた。是非ともそのように考えなければならない。

「それでも底ぶかい疑惑をぬぐいきれなかったのは、『昏い天使』を書いていたころに、病院の窓からジュリエットの姿を目にした記憶があるからなんだ。晩秋の冷たく透明な日ざしが、あたりをしらじらと照らしていた。その白い光景の中央に、栗色の髪の若い女がいる。ジュリエットは中庭にあるマロニエの樹の下から、憂鬱そうな顔でぼくの病室の窓を見あげていた。

その直後に、凶暴な精神錯乱の発作にみまわれ特別室に拘禁されたというんだが、拘禁中の記憶はない。半月後に首藤医師は、ようやく精神の安定をとり戻したぼくを、ジュリエットが見えたというのも幻覚にすぎないと説得した。そうかもしれない。たぶん、そうなんだろう。

それでもしばしば、ぼくはマロニエの樹の下にいるジュリエットの記憶に悩まされた。ときおり脳裏をよぎる白い光景は、あまりにも鮮やかなんだ。それは、かつて現実に目撃したことのある光景としか思えない」

帰国してからまた酒びたりの荒廃した生活に陥ったのも、あの白い光景の記憶と無関係ではない。ジュリエットが実在するなら世界のリアルな秩序は瞬時にして崩壊するだろう。平明な日常世界はたちどころに、残酷な昏い天使が跳梁《ちょうりょう》する戦慄と恍惚《こうこつ》にみちた夢幻的な異世界に変貌するのだ。

そこにのめりこんでしまえば、もう二度と現実世界に立ちもどることはできない。帰還すべき現実世界そのものが虚空に消滅してしまうのだから。自分もろとも世界は異様な、狂気じみた混沌《こんとん》のなかに崩れおちるだろう。こんな不安を麻痺させるためには、夜ごと脳髄をアルコール漬けにしなければならなかった。

「だが、ジュリエットは確かに実在したんだ。狂っていたのはぼくじゃない、怖ろしいことに世界の方だったんだよ。あの娘はブルターニュ旅行にぼくを誘った。そして古代遺跡のある海岸で、精神錯乱に陥った男を捨てて身を隠した。そのあとはきみも知っているように、首藤医師の愛人としてロリアン郊外で人目につかないように暮らしていたらしい。

肩に痣のある女はジュリエットだけじゃない。いうまでもなく、もうひとりはきみだ。少なくとも、きみとおなじ顔をした女だ。鬼骨閣の露天風呂でも、深夜のバスルームでも、きみの肩には百合形の痣があった」

「あの夜、わたしは露天風呂に入ってはいない。あなたの部屋に忍びこんだこともない。これは事実だわ。どちらの場合もあなたはお酒を浴びるほど飲んでいたのでしょう。それで幻を見たんだわ。そうとしか思えない」

咲耶の口調に揶揄《やゆ》するようなところはない。真面目な反論だ。確かに咲耶はなにも覚えていないのだ。こんな水かけ論をかさねても意味がない。相手を説得するためには話の筋を変えなければならない。追いつめられた気分でなおも続けた。

「石裂はなぜ、残念なやり方で幼女を虐殺したのか。日録には、それについても詳しく書かれていた。三歳の幼女を暗黒の王バジリフィスに生贄として捧げるのは、ジュリエットの秘密教団では最高の秘儀なんだ。

オルザリック族は、ラスコーやアルタミラに洞窟絵画を残した種族の直系子孫だという。神代文字で記された天覚寺文献には、それを暗示するような資料がふくまれている。ジュリエットの口から語られた言葉にもオルザリック族の祖先がクロマニヨン人らしいことを裏づける箇所があると、石裂は日録に書きのこしているんだ」

一万年前にヴュルム大氷期が終わると、氷原の狩猟民であるオルザリック族の祖先は種族存亡という重大な危機に直面した。急激に温暖化していく気候のせいで獲物は激減し、人々は飢餓に苦しみはじめた。種族の一部は北アフリカにわたり、ナイル河のほとりに定住して農耕生活を営みはじめたともいう。しかし、あえて父祖の地に踏みとどまる人々もいた。これがのちにオルザリック族の祖先になる。

年ごとに氷河を解かし生ぬるい水にかえて獲物を追いちらしていく不吉な太陽を、かれらは呪わしい悪魔であると見なした。暗黒の王にして氷雪の王たるバジリフィスを神として信仰し、その復活を、つまり大氷期の再来をひたすら祈り続けた。

氷雪と暗黒の王というイメージのなかには、あきらかに極地の冬の体験が刻まれている。オルザリック族の黄金時代に種族の賢者にひきいられた探検隊は、北極地方だけでなく南極大陸にまで到達したのかもしれない。賢者たちはかつての氷の時代を再現するために、時間の逆転という秘密さえも探究したのかもしれない。

だがすべてが推測にすぎない。不老不死の魔女ジュリエットでさえ五千年前に生まれたのであり、それ以前のことは断片的な伝承から想像するしかないのだ。ジュリエットが生まれたころには巨石信仰と幼女の生贄祭儀はすでに確立されていて、オルザリック族の宗教生活の中心をなしていた。

三年におよぶ考古学的調査で石裂が確認したように、オルザリック族により残された巨石建造物は西のストーンヘンジから東の鬼塚にいたるまで、いずれも東西の方位および夏至と冬至の日を計測するためという明瞭な目的がある。しかし、それは農耕民族の太陽信仰によるものではない。考古学者が想定したような、播種《はしゅ》の時期を正確に知るための石製時計というわけでもない。

オルザリック族は獲物の宝庫である氷河を灼きつくし破壊した、太陽という悪魔との永劫《えいごう》の闘争を強いられていた。悪魔そのものである太陽の力の増減を正確に計測し、その最強の日と最弱の日を確定するためにこそ巨石建造物は各地に造られたのだ。

それに隣接して太陽の力がおよばない地下神殿が設けられた。選ばれた幼女を地下神殿でバジリフィスの生贄に捧げるという残酷な儀礼の起源はかならずしも明らかではない。氷雪と暗黒の王であるばかりか、破壊と流血の王でもあると信じられたバジリフィスの復活を願うため、おそらくオルザリック族の祭司により考案されたのだろう。

五千年以上もの長きにわたり狩猟民たる父祖の生活と信仰を守り続けてきたオルザリック族存亡の危機は、ジュリエットが生まれたころに到来した。想像を絶する悪病が猛烈な勢いで流行しはじめたのだ。それは治療不能の病であり、血液癌の一種かもしれないと石裂は記している。

オルザリック族の一支族は、この悪病から逃れるために父祖の地を捨て、ユーラシア大陸を西から東に横断するという大いなる放浪の旅に出た。かれらは最後に、縄文中期の日本列島に到達して定住することになる。

父祖の地に残ることを選んだ一族には、さらに過酷な運命が待ちうけていた。ケルト人が、そしてゲルマン人が、数千年にもおよぶオルザリック族の支配地を蹂躙《じゅうりん》しはじめた。悪病の大流行により人口が激減したオルザリック族に、もはや侵入者を撃退するだけの力は残されていなかった。かれらは農耕民族の眼にふれない山岳地帯に、あるいは大森林の奥地に、しだいに追いつめられていく。

時代はいつか先史時代から有史時代に移る。森や山に逃げこんだオルザリック族の末裔に、さらに強大な敵があらわれた。いうまでもなく、ローマ帝国に庇護されたキリスト教だ。ついにかれらは、秘密結社として古来の信仰を守るよりほかにない立場にまで追いこまれてしまう。

西ローマ帝国の滅亡後もキリスト教は強大な勢力を誇り、オルザリック族の信仰を伝承する秘密結社を圧倒し続けた。中世の黄昏とともに、ローマ教会による最後の大迫害が開始される。いうまでもなく異端審問、そして魔女狩りだ。

時代が近世に移り、ローマ教会の勢力がおとろえはじめても、ジュリエットにひきいられた秘密結社には希望のない日々が続いた。

長きにわたりローマ教会に迫害されたばかりか、さらに近代の啓蒙主義や合理精神の光にさらされて、西欧の地にもはや未来を見出すことが困難になるまでに、ジュリエットの秘密教団は衰微していった。そのためにジュリエットは、かつて東方に新天地を求めた一族の祖先にならい、バジリフィスに仕える暗黒結社の本拠地を日本に移す可能性をも検討しはじめる。

帰国した石裂は、バジリフィスの暗黒教団を日本に根づかせるため精力的に努力した。その背後には、もちろんジュリエットの意志があった。

石裂はまず、蒼古の時代にユーラシア大陸を横断して日本列島にたどりついた祖先が、聖なる地として選んだ鬼塚にバジリフィスの祭儀場を建設した。そして祭儀場の完成とともに、みずからの娘を暗黒の王に生贄として捧げたのだ。

鬼首の民間伝承は、何代にもわたり緒先家の女児が鬼の黒童子にさらわれ、失踪したことを物語っている。おそらく祖先から伝えられた生贄祭儀は、この一族のあいだで極秘裡《り》に、ごく最近までとりおこなわれていたのだろう。民間伝承に残されている以上、たぶん南北朝時代までは。

このように考えなければ、緒先氏と幼女の神隠しをめぐる伝承の意味は理解できない。娘の心臓を抉りだすという残虐行為も、石裂が祖先の秘密を知っていたとすれば、それほどの抵抗感なく実行しえたはずだ。

二十年後におこなわれた第二の供儀には、孫娘が犠牲として選ばれた。そこには最初の供儀と異なり、さらに重大な目的が秘められていた。ジュリエットが憑依するための新鮮な肉体を用意するという、忌まわしい目的が。

「帰国以後のことは、日録には書かれていない。しかし、このように考えて誤りはないはずなんだ。日録には、帰国後の計画についてあれこれと述べられている。それを現実に起きた事件にかさねれば、事態の輪郭は明瞭になる」

「ジュリエットがとり憑くための新鮮な肉体、それを用意するための生贄の儀式……。いったいどういうことなの」

咲耶が疑わしげに眉をひそめて問いかけてくる。オルザリック族の数奇な運命をめぐる物語にはあまり関心がないらしい。それよりも無視できないのは、あくまでも魔女ジュリエットにまつわる秘密なのだろうか。

「ジュリエットが魔術的な力を最高に発揮するためには、憑依する相手も厳格な条件をみたしていなければならない。かつて人身供儀という秘儀に参入したことのある女というのが、その最小限の前提なんだ。

可能ならば、かつて三歳の妹が生贄として捧げられた姉、抉りとられた心臓から妹の生血を飲んだことのある姉、この条件が満たされた女なら、憑依は完璧になる。霊と肉が絶妙のバランスを達成しうるわけだ。やむをえず条件を欠いた女に憑依しても、どこかに無理が生じて、せいぜい二、三年しかもたないらしい」

「なにをいいたいの」

咲耶の顔が青ざめていた。敵意をこめたまなざしでこちらを睨みつけている。しかし表情は内心の動揺を隠しきれていない。やはりなにか思いあたることがあるのではないか。

しばらく口を噤んで相手の表情を窺った。これからの決定的な発言に咲耶はどのような反応を見せるだろうか。咲耶の神経は暴露される怖るべき真相に耐えることができるだろうか。口ごもるようにして語りはじめた。

「……あの日の午後のことを、とうとう完璧に思い出したんだ。その瞬間に、あらゆる謎がとけた。ふたりの緒先咲耶という謎も、住職殺しをめぐる謎も。

あの午後、ぼくは書斎に入りこんで、『不思議の国のアリス』の挿絵を夢中で見ていた。そこに、見たことのない老人が赤い服の少女を連れて入ってきた。老人は石裂で、少女はきみだ。石裂はなぜ、隠れひそんでいた地下室を出てきたのか。もちろんきみを、書斎から秘密階段に誘いこむためだ。地下にある祭儀場に連れこむためなんだ。すでに祭壇には、生贄に選ばれたきみの妹が縛りつけられていたろう。呪われた供儀に参入させようとして、石裂は孫娘のきみを書斎に連れてきたんだ」

「そしてわたしは華子の心臓から血を啜り、いつか魔女にとり憑かれるための準備をおえた。そういいたいのね」

よほどの衝撃をうけたのか若い女が血相をかえて叫んだ。ひどい興奮のため薄い肩がこきざみに痙攣している。こちらにむけられた銃口もそれについて震えていた。

「魔女の霊が新しい肉体に入りこむために、愛欲の秘儀がおこなわれる。そのとき、ふたりの女は全裸で抱きあい、長時間にわたり淫蕩きわまりない愛技を演じる。古い肉体にみちびかれ、新しい肉体がエクスタシーに達した瞬間、ジュリエットの霊は悦楽に痙攣する新しい肉体に移動する。

魔女の霊に見捨てられた古い肉体からは、まばゆいほどの生命の輝きが急激にうしなわれる。憑依される条件を完璧には満たしていない肉体を、妖《あや》しいほどの美と生命で輝かせるには、一生分の生命力を二、三年のあいだに濫費《らんぴ》してしまわなければならないんだ。

古い肉体は抜け殻になり、徐々に衰弱して数年のうちに死ぬ。これが、ぼくの知っているフランス娘ジュリエットの身におきたことだ。

すべてが、魔女ジュリエットの計画どおりに進行したんだ。なにかのミスで銀行の預金残高がゼロになったのも、彼女の作為によるものかもしれない。とにかくジュリエットは、ぼくの精神を狂わせるようにしむけて、計画どおりにロリアンの精神病院に送りこんだ。首藤医師を誘惑して愛人になったのは、事態の進行をコントロールするのに有利だと考えたからだろう。

宗像冬樹は、きみを釣りあげるための餌《えさ》だった。緒先家は長年、ひそかにぼくのことを監視していたのだから、ロリアンで網を張っていれば、緒先家の者が精神病院に訪ねてくるにちがいない。緒先雅代が病身で海外旅行などできない以上、たぶん来るのは娘の咲耶ということになる。

きみではなく、緒先雅代に送りこまれてきたのは首藤医師だった。ジュリエットは誤算したのだが、結果は計画どおりに進行した。やはりきみは、ロリアンにあらわれたのだから。こうして二十年前から、いつかその身をジュリエットに捧げることを運命づけられていた女が、ついに魔女の仕かけた罠《わな》に引きよせられてきた。

もう否定することはない。きみはその夜、ジュリエットからベッドに誘われたんだろう。絶妙の愛撫でエクスタシーに達したはずだ。そうでなければ、きみの肩に痣があらわれる理由を説明することができない」

しばらく、咲耶は無言だった。きつく嚙みしめられた唇には、ほとんど血の気がない。大きく眼を見ひらき、魂をうばわれたように虚空を凝視している。そのうちに唇のあいだから、ふいに言葉が奔出しはじめた。脅かされ、怖ろしいものから逃れたいという様子で、夢中で叫びたてる。

「そうだわ、そのとおりよ。あのときわたし、たくみに誘われて変な気分にさせられたの。女の人に抱かれるのは生まれてはじめてだけれど、相手があれほど綺麗で魅力的なら、それでもいいと思った。首藤の恋人を奪ってやろうという復讐心も、どこかにあったかもしれない。

ジュリエットに乳房や太腿や背中を愛撫されると、みるみるうちに体が溶けだしていくの。全身から力がぬけて、気が遠くなる。いくどもたて続けに快楽の絶頂に達して、わたしはもう死んだようになった。そうだわ、あれほど素敵なセックスは、相手が男の人であろうと一度も経験したことがなかった。

でも、もう一度いうけれど、わたしの肩には痣なんてない。五歳のときに妹の惨殺の共犯者になり、三年前にジュリエットと裸で抱きあい、そのときからわたしのなかに魔女の霊が宿っている。これがあなたの思いついたお話らしいけど、どこにも現実味なんてない。わたしはわたし、緒先咲耶でジュリエットなんかじゃないわ」

最後のあたりは悲鳴にも聞こえた。荒い息で咲耶が語りおえる。わずかのあいだに頰がこけ、眼は熱病のようにぎらついていた。静かにかぶりをふりながら答えた。

「ジュリエットは新しい肉体にもぐりこんだあと、それから三年ほどは意識をもたない。憑依してからしばらくのあいだ、魔女の霊は、いわば眠り続けるわけなんだ。

目覚めのときが近づくと、ジュリエットは宿主の意識の表面に断片的なかたちで浮上しはじめる。この時期に宿主は、二重人格者とおなじような状態になるんだ。以前からある第一の人格は、新しく生じた第二の人格の存在を知らない。もちろん第二の人格は、第一の人格のことを熟知している。まだ断続的に、その肉体を支配しているにすぎないことを自覚している。

きみがジュリエットのことを知らないというのは、無理もないことだ。それでもジュリエットは、きみのなかにいる。すでに二度、鬼骨閣の夜と昨日の深夜、緒先咲耶の肉体はジュリエットに乗っとられているんだ。そのときには、きみの肩にあるはずのない痣が浮かぶ。

きみは今朝、とても疲れているように見えた。鬼首の村人を追いかえすため、精力を使いはたしたのかとも思ったが、どうやら違うらしい。最初に遇った日にも、おなじようなことを洩らしていた。どちらもジュリエットが出現した夜の、その翌朝のことなんだ」

「疲れていたのは事実よ。否定はしない。昨日の夜、麻衣を寝かしつけながらわたしも眠りこんでいたわ。一晩中、悪夢にうなされていたような気がする。目覚めたとき頭痛がして全身がだるく感じられたのは、眠りが浅かったせいよ。そんな夢中遊行者みたいなこと、わたしにはありえない」

咲耶はなおも必死でいいつのる。そんなことはありえないという確信も、心の底では動揺しはじめているのだ。自分が自分でないかもしれないという、忌まわしい可能性に怯えはじめた女の力ない最後の抵抗。

「証言しているのは、ぼくだけではない。お母さんも、深夜きみが歩いているのを目撃しているんだ。きみに記憶がないからといって、それを否定するのには無理がある。眠りについた直後から、すでにきみはジュリエットの操り人形だった。まず天覚寺に電話して和尚を呼びだし、それから鬼塚に出むいて和尚を殺した。ぼくの部屋に忍びこんで日録の一頁を盗みだし、和尚から奪った第一の手帳とあわせて地下室に隠したのも、きみのしたことなんだ」

「嘘よ、嘘だわ」

「きみが、そう信じたい気持は判るよ。魔女にとり憑かれていることを、本人は自覚できないことも。しかし、そう考えるしかないんだ。頼むから、ぼくのいうことを落ちついて聞いてほしい。

いまきみは、疑いなく緒先咲耶だ。だれもそれは否定できない。それでも昨夜とおなじように、今夜もまたジュリエットが出現するかもしれない。そして今度あらわれたら、朝には消えてくれる保証はないんだよ。そのままきみが、ジュリエットになってしまう可能性もある。ジュリエットは、秘密を嗅ぎつけた住職とおなじように、ぼくを殺そうとするだろう。きみに乗りうつる以前のジュリエットを、ぼくは知っている。確かに魔女だ。普通の人間が抵抗できるような女ではない。ジュリエットが本格的に覚醒したら、すべては終わってしまう。

ぼくのことは、どうでもいいよ。ほんとうに危ないのは、麻衣ちゃんの方だ。目覚めたジュリエットは、かならず三歳の幼女を暗黒の王に生贄として捧げる。心臓を抉りとり、生血を呑みほすんだ。どうにかして、それを阻止しなければ」

「どうすればいいと思うの、あなたは」

「吹雪がおさまり、山を下りられるときまで、地下室にきみを閉じこめて縛りつけておきたい。こんなことをいわれて、きみが愉快でないことは充分に承知しているつもりだ。でも、それしかないんだ。麻衣ちゃんを連れて山を下りたら、きみを治療してもらうために医者に連絡するよ」

咲耶が唇をめくりあげ薄気味わるい含み笑いをもらしている。眼が濡れたように白く光っている。銃口がこちらを脅迫的に睨んでいる。

「あなた。魔女に憑依された女を相手にして医者になにができるというの。せいぜい精神病院の檻のなかに閉じこめるだけでしょう。それなら悪魔祓《ばら》いの資格があるカトリックの司祭でも連れてきてよ」

「冗談じゃないんだよ。このまま事態が進めば、麻衣ちゃんが惨殺されるのは確実なんだ。さあ、その銃をおいて地下室に行こう。いますぐに」

祈るような気持で最後の言葉を咲耶に語りかけた。これで説得できなければ自分も麻衣も絶望的だと思う。運命はおなじ悲惨きわまりない死だ。そして復活した魔女がこの館に君臨することになるだろう。石裂は死んだが、半世紀前に石裂がもくろんだ計画は実現されるのだ。おさえきれない敵意に頬をゆがめ咲耶が吐きすてるようにいう。

「そうして銃をとりあげ、わたしを縛りあげるのね。母親という邪魔者を片づけたら麻衣を生贄の祭壇に横たえ、あの短剣で心臓を抉りとるつもりなんだわ。ほんとうに冗談じゃない。騙されるものですか。

判っていないのはあなたの方。宗像冬樹こそ二十年前に華子の惨殺に加担したんだわ。証拠はそこにある。あなたが聖マリ病院に入院中なかば錯乱状態で書いたという『黄昏の館』の草稿。首藤が手紙と一緒に送ってきたのは、あなたの草稿だったのよ」

「なんだって」

咲耶が意味の通らないことをいかにも断定的にいう。作者自身がまだ書いていないのだから、世界のどこにも存在しているわけがない『黄昏の館』の草稿。それがテーブルの上にあるというのだ。

どんなつもりでそんな嘘をいうのだろう。咲耶の内心をはかりかねて困惑してしまう。だが見れば判ることだ。肩をすくめながらテーブルに歩みより草稿の束を覗きこんでみた。いちばん上の頁にはタイトルと作者の名前だけが書かれている。

それを見て愕然とする。『黄昏の館』、そして宗像冬樹とフランス語で書かれていたのだ。震える指で紙束をめくる。最後まで白紙は一枚もない。どの頁にも几帳面《きちょうめん》な手書き文字が隅々まで書きこまれている。

どういうことなのだ。これから書かれるはずの小説、二年以上も書こうと努めていた小説、どうしても書きはじめることができなかった小説。それがこのテーブルの上に無造作に放りだされている。

原稿を一枚とりあげスタンドの光にかざして見た。漢字や仮名のある日本文ほど特徴が出ているわけではないが確かに自分の筆跡だ。

「首藤の手紙にはあなたの推理を裏づけるような箇所がある。それは否定しないわ。これを読んでごらんなさい」

咲耶がキュロットスカートのポケットから封筒をとりだして、こちらに投げてよこした。床に落ちた封筒を手にとり中身の航空便箋《びんせん》をぬきだした。椅子にもかけないで首藤の手紙を夢中で読みはじめる。

手紙の前半には推測したとおりのことが書かれていた。患者の妄想にすぎないと考えていたジュリエットという女にロリアンの街で出遇ったこと。巧妙に誘惑されたからにしても、いつかジュリエットを真剣に愛するようになったこと。医学的には解明できない謎めいた病でジュリエットが衰弱しはじめ、ついには死に至ったこと。ジュリエットが死んだ以上もはや生き続ける理由がないこと、等々。

哀切な調子でこれらが綿々と記された手紙だが、咲耶がいうとおりあらかじめ想定されていた範囲にとどまる。真に衝撃的なのは後半にある次のような箇所だった。

ロリアンの聖マリ病院に着任するとじきに、あなたの期待どおり日本人患者の宗像冬樹を担当することに決まりました。前任者から引き継いだ治療記録のなかには『黄昏の館』という小説草稿がふくまれており、それを読んだときの驚愕は忘れることができません。

前任の精神医によれば、宗像冬樹は錯乱状態で病院にかつぎこまれ、その後も半年ほどは自己統覚意識に無視できない障害が観察されたとのことです。判りやすくいえば、病的な錯乱状態が続いていたということになります。

自分が何者であるかも、いまどこにいるのかも判断できない状態。意識はひどく混乱していて、なにか支離滅裂なことをうわごとのように語り続けるだけだったとか。医師とのあいだに、治療のため要求される会話など成立しないような状態が、それから半年も続いたようです。

それでも患者は、しばしば分裂病末期に見られる人格崩壊という、最悪の症状を呈していたのではありません。確かに宗像冬樹の意識は、ひどく混乱していました。しかし、理性が麻痺しているのは人格の表層のみであり、深いところでは保持されていたのです。その証拠としてあげられるのが、『黄昏の館』という小説草稿でした。

入院から半年のあいだ、患者は、この小説草稿の執筆に熱中していたらしい。たとえば医師が、なにを書いているのかというような質問をしてみても、患者の返答はとても正常なものではない。ほとんど支離滅裂で、意味をなしているとは考えられない。

にもかかわらず書かれた文章には、どこにも異常性が認められない。おかしな話ですが、このような精神症状は稀に観察されることがあり、臨床医の報告も先例が存在しないわけではありません。

現実に生活している人格は錯乱しているのに、紙の上にあらわれる人格は健全である。小説を書いているときにのみ、みずから創造した作品空間を彷徨しているときにだけ、患者の精神は健全であるらしいのです。『黄昏の館』が、患者の母国語ではないフランス語で書かれたのにも、このような異常と正常の二重性が影を落としているのではないか。前任者は、このような診断を下していました。

『黄昏の館』を診断資料として読めば、頻用語彙《ひんようごい》と心理的固着の関係、統辞論上のバランスと自己統覚意識の関係、虚構世界におけるリアリティの是非などが問題になるわけで、これは他の患者が書いた素人の作文でもおなじことです。

驚嘆すべきなのは、『黄昏の館』が診断資料としてこれら諸点をクリアしているばかりか、おそらく文学作品としても読むに耐えることでした。ある傾向の造形美術や音楽では、初期の分裂病患者が優れた才能を発揮することも稀ではありません。文学ならば、詩ということになるでしょうか。

しかし『黄昏の館』という小説は、ゴッホの絵画ともロートレアモンの詩とも異なるジャンルに属しているのです。確かに作風は幻想的です。しかし、幻想的作品が読者にリアルな感動をもたらすには、なによりも作者自身のうちに確かな現実感覚が存在していなければなりません。

病者が書きちらした妄想なのに、偶然に幻想小説として通用してしまうような偶然は、原理的にありえないことなのです。『黄昏の館』には、作者のバランスのとれた現実感覚が明らかに認められました。

わたしが『黄昏の館』を読んで衝撃をうけた理由は、それ以外にもあります。この作品の舞台であるルネッサンス様式の館が、まさに鬼首に実在する緒先邸にほかならないことが第一です。作中に「鬼首」という地名や、「緒先」という名前が明記されているわけではありませんが、当地を知っている者であれば、そのことは疑う余地がありません。

そして第二に、あなたが二十年前に体験されたお嬢さんの失踪という、悲惨な出来事に関係する物語が、そこには詳細に描かれていたことです。あなたは父の患者でしたから、わたしもその事件について無関心ではいられませんでした。東京で咲耶さんと交際しはじめてからは、なかば以上も彼女の人格を決定した重大事件として、それはしばしば脳裏をよぎりました。

小説作品に書かれていることを、そのまま事実であると断定するわけにはいきません。しかし事実と虚構のあいだにも、なんらかの照応関係は認められるはずです。正直に申しまして、そのどこまでが事実でありどこからが虚構なのかを、わたしは自信をもって判断することができませんでした。『黄昏の館』の草稿を同封いたしますので、この点については、あなた御自身で判断されることを希望します。

その際には、才能ある翻訳家に仕事を依頼することを、とくに勧めておきたいと思います。小説のモデルらしい事実を確認するだけなら、仏文科の大学院生にも翻訳することは可能でしょう。

しかし、小説としてのリアリティこそが『黄昏の館』に描かれた「事件の真相」の説得力を保証している以上、やはり文学作品として翻訳され読まれることが望まれるのです。緒先家の財力をもってするならば、才能ある翻訳家を私的に雇いいれるなど容易なことでしょう。翻訳された『黄昏の館』を刊行するかどうかは、あなた御自身の判断ということになります。

咲耶さんはフランス語が上手ですが、あなたが『黄昏の館』の内容を知る以前に、彼女にそれを読ませることだけは避けていただきたい。あなたが内容を承知した上で、あえて咲耶さんに読ませると決められるなら、それはそれで結構ですが。

というのは、これは精神医としての診断でもありますが、咲耶さんの心には二十年前の事件をめぐるぬぐいがたい傷があるからです。それは心理的に抑圧されて、かならずしも充分には意識されておりません。しかし彼女が東京に出たのも、そして鬼首に帰郷したのも、さらにいえば恋愛や出産をめぐる意志決定についても、ようするに人生上の重大事の背後にはつねに、それが大きな影を落としてきたと想定できるのです。

あの小説には、咲耶さんの人格の鋭敏で脆弱《ぜいじゃく》な部分を直撃しかねない箇所があり、それがわたしを慎重にさせるのです。書かれていることがもしも事実ならば、あるいは咲耶さんが事実であると信じこむならば、精神医としてはあまり歓迎できない事態も生じかねないという不安が残ります。

話を戻さなければなりません。わたしが宗像冬樹の担当医に選任されたとき、患者はすでに、かなりの程度まで精神的安定をとり戻していました。

残された主要な障害は、前後一年にわたる時期の記憶喪失症状でした。後半の半年は、入院して治療をうけながら『黄昏の館』を書き続けていた時期にあたり、治療者であるわたしにはさして問題ではありません。記憶のない本人には困ったことであるにしろ、そのとき患者がどこでなにをしていたのかについては、とにかく医師の側が熟知しているわけですから。

困惑させられたのは、記憶喪失期の前半にあたる半年でした。とりわけジュリエットという女性をめぐり、患者が徐々に思い出した曖昧で混濁した記憶の断片については、どこまでが現実で、どこからが妄想なのか、医師であるわたしにも判断しがたいところでした。記憶の回復を誘うために、わたしは二つの治療方針を決めました。

第一には、『黄昏の館』という小説草稿の存在を患者自身にも秘匿《ひとく》しておくこと。この判断には、精神医としての相応の理由がありました。幾度か暗示的に草稿の存在を示したところ、患者の精神状態が極度に悪化するという経過が、反復的に観察されたのです。もしも『黄昏の館』を読んだなら、病状は一挙にもとに戻り、次はもう回復する可能性もないのではないか。わたしは、そのように診断していたのです。

その第二は、新しい小説を書かせることでした。依然として記憶が曖昧である半年間についての小説。錯乱状態のなかでさえ、文学的完成度の高い小説作品を書きあげた患者です。第二の小説が書けないということはありますまい。患者は、与えられた課題に意欲的に挑戦しました。二年がかりで完成された作品は、日本で『昏い天使』というタイトルで刊行されましたから、宗像冬樹についてもともと関心のあるあなたは、すでに手にとられたことでしょう。

患者には、「失われた黄金の時」という強迫観念が顕著に認められました。それが病的なものであるとは断定できません、失われた黄金時代をめぐる強迫観念は、個としても類としても、人間という奇妙な動物には普遍的なものだからです。

ただ患者の場合には、そこに、きわめて不自然な齟齬《そご》が観察されたのでした。要約すれば宗像冬樹は、「黄金の時」を探し求めているかぎりで精神的に健全であり、それが回復されたときは精神的な危機に陥るという解決しがたい矛盾を背負わされているのです。『黄昏の館』という小説草稿は、まさに患者のなかで「黄金の時」が回復されたことを示している。しかし、その時に宗像冬樹は、人格崩壊にも逢着《ほうちゃく》しかねない精神的危機の渦中にありました。しかし、この二重拘束を解消しないかぎり、過度のアルコール依存や記憶喪失をはじめとする精神障害が、最終的にいやされることは期待できません。

創作にまつわる患者の欲望は、「黄金の時」を求め続けているかぎりで健全な自我を保証します。しかし、それが実現されたときには、悲惨にも患者の精神は崩壊するのです。可能なのは、そこにおいて「黄金の時」を回復しえた『黄昏の館』という作品を患者には秘匿し、「黄金の時」を探究する新しい小説を書くようにしむけること以外ではありません。

それでも、わたしが選んだ治療法には致命的な欠陥がありました。回復のために『昏い天使』を書いた宗像冬樹は、どうしても次に『黄昏の館』を書かなければならない。しかし、それは皮肉にも、すでに書かれているのです。そして、ふたたび『黄昏の館』を書きおえたときには、患者の心は致命的な危機に瀕《ひん》し、あるいは崩壊しているかもしれない。

患者は、どうしても第二作を書かなければならない。しかし、狂気に陥ることなしに第二作は、絶対に書きえないという仕組みなのです。つまるところ、このような新しいジレンマに患者を追いこんだだけかもしれないという疑惑が、医師であるわたしを時として苦しめます。しかし、それ以外に現実的な治療法はありえませんでした。

なぜ患者は、このようなジレンマを宿命的に強いられているのか。『黄昏の館』を一読すれば、それは明らかなことです。宗像冬樹は、かつて体験した「黄金の時」を回復しなければならない。だが、それを回復したときには、自我崩壊を強いられるほどの衝撃に見まわれる。

なぜなら宗像冬樹の「黄金の時」は、限りない魅惑の対象であるとともに、限りない嫌悪、戦慄、恐怖、否定の対象だからです。患者は、あまりのおぞましさから逃れるため、「黄金の時」の記憶を抑圧しました。そうする以外に、正常な心と安定した人格は保持しえなかったからです。

結果として必然的に、それを回復しなければならないという強迫観念の虜《とりこ》にならざるをえない。この無限循環こそが宗像冬樹という人格を決定しています。精神医であろうと、この宿命的な無限循環から患者を解放するような力など、与えられてはいません。

薬物療法に依存しないとすれば、『昏い天使』という小説を書くように勧めることだけが、わたしに可能な唯一の治療法でした。精神医学について知識のない人は、しばしば誤解することも多いのですが、狂気といい異常といい病的といっても、なにも固定した領域が客観的に実在しているわけではありません。心の病は、病原体を試験管のなかで確認できるような肉体の病とは、基本的に性質が異なるのです。

正気とは、日常生活を妥当に送ることのできる状態以外ではありません。宗像冬樹の難問は、此岸において彼岸を渇望せざるをえない宿命でなく、望めば彼岸に達しうるという天賦の能力にあるのです。彼は最終的には「跳んで」しまえる人間であり、問題は「跳んで」しまったあと普通の日常生活を送ることが不可能になるという点にのみあります。

この患者と接触した三年のあいだに、しばしば精神医としての自負が揺らいだという事実を、ここであなたに隠すような必要はありますまい。この世界では狂気、異常、病的と診断されようとも、その結果として生存さえもが困難になろうとも、それはそれでいいのではないか。かりに人格崩壊に逢着しようとも、それは此岸でのことにすぎない。彼岸での人格の回復が此岸では、陰画のように反対にあらわれるだけではないのだろうか。とすれば、医師としてわたしが為したすべては、つまるところ無益だったのではないか……。

わたしにとってあなたは、得難いフランス留学のパトロンでしたが、約束した宗像冬樹の治療に関して報告できることは、ほぼ以上のとおりです。精神医としての無能を責められることがないよう、ひたすら願うのみです。

かさかさと音をたて掌のなかの薄い紙束が揺れている。便箋をもつ手がひどく震えているせいだ。

ほうけたようにのろのろと首をふる。薄い航空便箋が幾枚も宙を舞ってひらひらと床に落ちていく。知らないうちに掌のなかの手紙をとり落としていたのだ。麻痺しているのは便箋を押さえていた右手の指だけではない。全身の細胞からあらゆる力が搾りとられていくような脱力感。これでは体を立てていることさえできない。いまにも床に倒れこんでしまいそうだ。

ひどい衝撃のため部屋の光景が奇怪にゆがみはじめた。瞼の裏でたて続けに白い閃光が爆発した。頭蓋の芯が熱い、熱い、熱い。脳髄の襞々が見えない炎でじりじりと炙られているようだ。途方もない遠方から咲耶が秘密めかした声で囁きかけてきた。

「読んだわね。だったら『黄昏の館』の草稿にも眼を通して。なにも隅から隅まで読むことはないわ。栞《しおり》が挟まれている数頁だけ読めばそれで充分なはずよ」

いやだ。そんなものを読むのはいやだ。あえぎながら身をなげるようにして籐椅子に倒れこんだ。これから書かれるはずなのにすでに書かれている小説。狂気のなかで書きなぐられたという何百枚もの草稿の束。白い炎が眼底を灼きつくし心臓が爆発しそうに苦しい。きつく閉じられた瞼から涙が滲みでる。

読みたくない。小説の草稿なんか一頁でも読みたくないんだ。ひどい悪夢にうなされている気分で狂ったようにかぶりをふる。体内から湧きあがる腥い恐怖のためいまにも窒息しそうだ。我慢できない胸苦しさに喉笛《のどぶえ》をかきむしりたくなる。底意地のわるい咲耶の囁きが、また嘲るように聞こえてきた。

「あなたの構想どおり『黄昏の館』は、九歳の夏の出来事を回想した自伝的作品だわ。複雑きわまりない迷路みたいな文章、蜿々《えんえん》と続くセンテンス、比喩《ひゆ》を比喩する比喩、幻想的で陰惨な雰囲気。凝っているともわざとらしいともいえる独特の文体は、確かに『昏い天使』の作者のものよ。

さあ、お読みなさい。あなたの書いた小説をいまここで読んでみるのよ。そして血にけがれた怪物という自分の正体を発見するがいいんだわ。

ここよ。主人公の少年が半開きのドアに誘われて、禁断の地である書斎に入りこんでしまう。破れた『不思議の国のアリス』の挿絵、陰惨な雰囲気の老人。そうね、『薄笑いを浮かべながら、老人が語りかけてきた』という箇所から早く先を読んでごらんなさい」

いやだ、いやだ。絶対にいやだ。そんなものは読みたくない。読みたくないんだ。

咲耶の言葉を無視して怖ろしい草稿の束から必死で顔をそむけ続けた。まもなく膝の上に数枚の紙片が舞いおりてくる。どうしても読もうとしない相手に咲耶が苛だちを覚えたのかもしれない。栞のある箇所から数枚分を選びだし、無理にでも読ませようと籐椅子の方に投げてきたらしい。夢中でそれを膝から払いおとしてしまう。読みたくない、そんなものは読みたくないんだ。

ぎりぎりと頭蓋が割れるように痛む。急激に高まる水圧が、心のなかにある検閲装置の弁をはじき飛ばそうとしているのだ。

それまで無意識の暗渠《あんきよ》ふかく埋められていた記憶の大河が、猛烈な勢いで氾濫《はんらん》しはじめた。存在することさえ忘れられていた記憶の河の想像を絶する大氾濫。もう駄目だ、もう駄目だと思う。荒れ狂う豪雨と強風で、邪悪なものを心の底ふかく閉じこめていた堤防がついに決壊する。おぞましい記憶の濁流が頭蓋に溢れかえる。

無意識の底から湧きあがる記憶の大波。すべてを破壊して呑みこむ呪わしい過去という濁流。意識の抑圧を叩きやぶり、なおも荒れ狂う悪夢の怒濤《どとう》。

いつか子供のように泣き叫んでいた。両手で頭をかかえ、甦った記憶に獣じみた苦悶の唸り声をあげていた。まもなく痙攣する唇から悲鳴みたいな言葉が洩れはじめた。

「そうだ。老人に導かれ、ぼくは少女とともに秘密階段を下りたんだ。地下広間の祭壇には、恐怖に全身を硬直させた三歳の幼女が、全裸で横たえられていた。断末魔の悲鳴。鮮血の霧。老人が刃をふるい、血まみれの心臓が抉りとられた。老人に命じられるまま、ぼくは少女とともに生贄の傷口から噴出する血を身にあびたんだ。ひくひく痙攣する小さな心臓から、熱い生血を啜りさえしたんだよ」

そうだ。それこそが失われた「黄金の時」の秘密だった。この世のものならぬ殺戮の恍惚、流血の至福、暴力と死の光まばゆい官能的な戦慄。かつて黄昏の館で経験した時もとまるほどの黄金の日々。それが甦るのを身を焦がすほどに切望していた彼岸の夢は、しかし、夢というよりも呪わしい悪夢だった……。

短剣で心臓を切り裂かれ惨殺される白い子供服の幼女。ここ数日、毎晩のようにうなされたあの悪夢。さらに深夜の鬼塚の、現実と見まがうばかりに鮮明な老人と幼女の幻覚。ながいこと厳重に封印されていた殺戮の記憶は、不吉な運命に導かれて鬼首に足を踏みいれた日から無意識の底で不気味に蠢動《しゅんどう》しはじめていたのだ。

咲耶に『黄昏の館』の草稿を突きつけられなくても、いつかは血にまみれたおのれの正体に目覚めたことだろう。暗示的な夢や幻覚のかたちで記憶は徐々に甦りはじめていたのだから。

憤りをこめて咲耶がなじるように問いかけてくる。さらに警戒心がましたのか、いつでも発砲できるよう指は引き金にかけられている。

「なぜあなたは小説のなかでわたしまで巻きぞえにしたの。あなたについて書かれていることはおそらく事実でしょう。偏執狂の祖父に誘惑されたのだとしても、九歳のあなたは現実に妹の心臓から血を啜ったんだわ。そして生血の味覚に陶然となりさえした。なんて怖ろしい子供なの。

でもわたしは違う。わたしはそんなことなどしてはいない。それなのになぜ、わたしまでもがおなじ非道な振舞をしたように小説に書いたの」

遠方で咲耶が非難の叫び声をあげている。望遠鏡をさかさまに覗いたように、若い女の姿が小さく克明に非現実的に見える。咲耶の糾弾めいた問いかけに誘われて唇からひそかな囁き声が洩れてきた。

「小説に書いたことは、事実だよ。ぼくたちは共犯なんだ」

「嘘よ」

「きみが納得しようとしまいと、どちらでもおなじことだ。緒先咲耶の肉体に、まもなくジュリエットが甦る。魔女の霊にとり憑かれたきみは、暗黒の王に捧げるため、おのが娘の心臓に短剣を突きたてる」

「嘘よ、嘘だわ」

金切り声で否定の言葉を叫びたてる咲耶の様子が異常だった。こちらに狙いをつけていた銃口が下がり床の方をむいている。なにが起ころうとしているのか、自分にも理解できない不安な表情で、茫然と虚空を見つめていた。

怖ろしい悲鳴とともに床に金属質の音が響いた。猟銃が咲耶の腕をはなれ床にころげ落ちたのだ。

がくんと首がのけぞり白い喉笛があらわになる。その首がもどり、こんどは足下を見る角度までむりやりに折りまげられる。まるで見えない力に肩を摑まれ、全身を乱暴に揺さぶられているようだ。前後に折れるほど猛烈な勢いで、肩が、首が揺れ続ける。

女の美貌が直視できないほど醜怪にゆがみはじめた。唇を吊りあげ歯を剝きだしにして唾液の泡をふいている。熱い荒々しい息のため、瀕死の馬か牛みたいに鼻腔が裂けるほど膨れあがる。

「咲耶さん、どうしたんだ」

眼前のおぞましい光景に驚愕し叫ぶように問いかけていた。激しく痙攣する体をなんとか押さえこもうと、女は両腕を交差させて力のかぎり左右の肩を抱きしめていた。それでも咲耶の体は壊れた人形みたいに激しく震動し続ける。

万力にかけられたように咲耶の身がよじれはじめた。肩を抱いた腕に力がこめられ、袖からのぞいた手首の皮膚が蒼白になる。見えない力が女の腕を肩から、むりやりにひき剝がそうとしているのだ。咲耶がそれに力のかぎり抵抗している。

悲痛な叫び声とともに肩を抱きしめていた両腕がはじけ飛んだ。一気に厚地の布が裂けて、あたりに鋭い音が響いた。深緑色のコーデュロイのジャケットが、下に着ていたブラウスもろとも両肩から背にかけて大きく引きちぎられている。呪われた力にあらがおうとして、咲耶は必死に衣服の布地を摑んでいたのだ。

裂けちぎれたジャケットやブラウスの残骸が、女の上体から垂れさがる。爪のあとが残る白い肩と左の乳房が剝きだしになる。きれぎれの絶叫が室内に響きわたる。半裸の咲耶が苦しげに身をよじり、四肢を引きつらせて奇怪な舞踏を演じはじめたのだ。背まである長い髪が宙に乱れて舞い狂う。

「咲耶さん」

女の狂態を黙って見てはいられない。精神異常の発作を起こしたらしい咲耶をなんとかとり押さえようとした。胴を波うたせ四肢を舞わせる女に隙をみて抱きついたが、ほんの片腕のひと振りで頭から床に叩きつけられてしまう。

猛烈な勢いで床に激突し胸をうった衝撃のため息もできない。狂気じみた舞踏とも見えるのは、かろうじて意識をのこした咲耶と体の深部から湧きあがる不気味な強制力との、肉体の支配権をかけた死活の闘争の結果なのだ。

咲耶というよりも、咲耶にとり憑こうとしている悪霊が手ひどく自分を突きとばした。そいつは一瞬にして厚地の布をひき裂き、長身の男を叩きのめすほどの力を発揮した。とても人間業とは思えない。

おぞましい力にあらがう咲耶の抵抗力が徐々に衰えていくようだ。きれぎれの悲鳴さえもしだいに間隔が開いていく。いまや咲耶は大波に翻弄される無力な肉塊にすぎない。白目が剝きだされた両眼はもうなにも見ていないようだ。意識が遠ざかりはじめているのかもしれない。鼓膜がやぶれそうな音響でたえまなく床を踏みならしていた足音がとだえた。床に這いつくばりながら見あげると、咲耶は両腕を脇にはりつけて棒のように全身を硬直させ立ちすくんでいる。

錯覚ではないかと眼を疑いきつく瞼を閉じた。咲耶の体がゆるやかに回転しながら宙に浮きあがりはじめたのだ。おそるおそる眼を開いてみたが見える光景に変化はない。確かに狂っているのは自分ではない。この世界の方なのだ。

咲耶は頭を下にして、天井にむけて伸ばした両脚を密着させている。キュロットスカートがめくれ白い太腿が剝きだしだ。両腕は裸の肩のところで左右に水平に突きだされている。空中で逆十字形になった咲耶がベッドとテーブルのあいだで床まで髪をたらし、なおもゆるやかに回転している。

裸の左肩に異変が生じはじめていた。白磁のような膚に薄い薔薇色の斑点が滲んでいた。それがしだいに色彩を濃くしていく。まもなく見まがいようもない真紅の百合形が、咲耶の膚にあざやかに浮かんできた。

室内に女の誇らしげな笑い声が響きわたる。咲耶の声ではない。意地のわるい嘲るような、神経にさわる女の哄笑《こうしょう》。犠牲者の肉体を奪いとることに成功した魔女の、おぞましい勝利の哄笑。

笑い声が高まるにつれ硬直した女体の逆十字が回転をよわめ、ついに静止した。咲耶の顔が天地さかさまのまま、異様な表情でこちらを凝視している。輝きわたる美貌には咲耶が見せたことのない邪悪な、忌まわしい精気が溢れるばかりに漲《みなぎ》っている。紅でも塗りつけたように赤い唇を、軟体動物めいて蠕動《ぜんどう》する舌がぺろりと舐めた。

「ほんとうに、ひどく手こずらされたわ。この女が眠っているあいだなら、これほど苦労しなくてもすんだの。まだ、こんなふうにして出てくるには早かったのだけれど、仕方ないわね」

女が唇をまげ、艶めいて妖しげな囁き声を洩らしはじめた。魔女ジュリエットだ。魔女ジュリエットがついに咲耶の体を乗っとることに成功したのだ。十字架の左の横木にあたる片腕が救いをもとめるように痙攣する。女が苛だちを表情に見せながら語りかけてきた。

「ほら、まだ抵抗してる。しばらくは、この体を金縛りにしておくしかなさそうね。自由にしたら、なにをはじめるか判らないもの」

「……ジュリエット」

「そうよ、わたし。あなたに呼ばれてとうとう来たわ」

蠱惑的な微笑を見せて女が誘うように唇をすぼめる。なんという美貌だろう。濃密に官能的な精気を発散する美女の、この悪魔的な魅力に抵抗できる男がいるとは思われない。それでも掠れ声をふり絞り、なんとかして応えた。

「きみを、呼んだりしてはいない。お願いだ。咲耶さんを、自由にしてあげてほしい」

「なにをいうの。あなたのためにわたしは遠く旅してきたのよ。最初のとき、あなたには覚醒できるだけの準備が不足していたわ。そのために最初の試みは失敗した。

ブルターニュの海辺にある聖なる祭壇で記憶の底ふかくに埋もれた黄金の時を甦らせてあげたとき、まだ準備できていないあなたの心と体は予想したより激しい抵抗をみせた。やむなくわたしは一度、錯乱状態のあなたから離れることにしたのよ」

そうだ。夕日に炙られた巨石の上で残忍な官能の天使が、海風に白い衣をなびかせていた。おぞましい黄昏の館の記憶に錯乱し砂地をのたうちまわりながらも、ジュリエットを求めて泣き叫んでいた。行かないでくれ、捨てないでくれ。叫びながら身もだえる男の耳に、昏い天使の声がとおく響いた。『わたしはまた、あなたの前にあらわれる。遠からぬいつか、あなたの前にあらわれるわ』。

そして地元の漁師に発見され精神病院に運びこまれたのだ。『黄昏の館』はジュリエットに無理に甦らせられた記憶を、錯乱状態のなかで書き綴ったものだ。半年後に意識を回復したときには、黄金の時の記憶も、それを書き記した草稿の存在もすべては忘却の闇に沈んでいた。

何カ月も同棲《どうせい》していたジュリエットの記憶さえばらばらの断片に砕けちり、脳裏を曖昧に浮遊するばかりでなにひとつ確実と思えることはない。医師の勧めで『昏い天使』を書きあげてさえジュリエットをめぐる記憶は依然として混濁したままで、ついに回復されることはなかった。

だがいまはもう、記憶は隅々まで鮮明だった。『昏い天使』に書かれていたことにほとんど虚構はない。異邦で無一文になり絶望のあまり酒びたりの生活を送っていた青年の前に、宿なしの不良少女が忽然《こつぜん》とあらわれたのだ。ジュリエットという名の少女が。

少女は官能的な裸身を惜しげもなくさらし、青年を灼熱の砂丘よりも熱い欲情に狂わせたのだ。少女の裸身には暴力と死の不吉な気配が染みついていた。そこには身の気のよだつ恐怖とあらがうことのできない魅惑とが、ともに滴るほどに滲んでいた。

少女は青年の渇望する失われた黄金の時を、みずからの力で甦らせようと告げたのだ。そのためには数々の試練を越えなければならないと。その果てにブルターニュの海岸にある聖なる祭壇で、黄金の時の記憶を回復するために最後の秘儀をとりおこなうだろうと。

「なぜなんだ。なぜ、ぼくにまといつくんだ」

どうすることもできない絶望的な呻き声を洩らしていた。子供のときに祖父だという老人の手で、身の毛のよだつ生贄の秘儀に参入することを強いられたのだとしても、それは無意識の底に抑圧され長年にわたり忘れさられていた。

愚かにも真の意味を知らないまま失われた黄金の時が甦るのを渇望していたとしても、ジュリエットに先導されることさえなければ、それはついに無意識の底に埋もれたまま朽ちたことだろう。

そうなるべきだった。あのような呪われた記憶など甦るべきではなかった。それなのになぜジュリエットはあらわれたのだ。なぜ放っておいてくれなかったのだ。

ふいに女の顔が厳粛なものに変わる。それからほとんど荘重というべき口調で語りはじめた。

「今夜にもバジリフィスは復活し、この世界に王として君臨するのです。どんなに長いこと、いつかわたしはこのときを待ち続けたでしょう。蒼古から流れきたる選ばれた血のなかに、いつか神神がやどるべき男子が誕生する。それを助けるためにこそわたしは不死を授けられたのでした。

みずから選ばれた身であると信じこんだ石裂なる男を、わたしは意図的に欺瞞《ぎまん》したのです。神がやどるはずの男子は石裂ではなく石裂の孫として生誕する。天啓により、わたしはそれを知らされていました。あの者はバジリフィスの降臨を予告する存在にすぎません。

それを知らずに石裂なる男は命じられたとおり、すべてを忠実に実行したのです。この地にバジリフィスの地下神殿を築き、みずからの娘の血で祭壇を清め世間から身を隠して、そのときがくる日を待ち続けました。三人の孫が運命に導かれて顔をあわせるだろう、運命のその瞬間まで。

妹の心臓から流れでた生血を祭壇で兄と姉が呑みほしたとき、来るべき日の準備はととのえられたのです。あとは撒《ま》かれた種がしだいに成長することを待つのみ。まず兄なるお方が、かつてわが身に体験した人身供儀の聖なる記憶を回復し、みずから選ばれたる者としての運命を覚《さと》ること。さらに姉のなかにわたしが目覚め、そして二人が膚をあわせるときこそバジリフィスが世界の王として降臨するときなのです。

待ちきれずにわたしは昨夜、あなたを誘惑しました。猛々《たけだけ》しい肉の槍が女の秘部をつらぬき白い粘液を吐きちらしましたが、しかしそれではまだ充分ではないのです。最後の条件として、あなたとわたしの褥《しとね》は血で清められなければなりません。

幼女の心臓から流れでる鮮血で真紅に染められた大理石の褥。その上であなたとわたしが膚をあわせたときにようやく、世界の王としてバジリフィスは降臨するのです」

「……そんな馬鹿な」

力ない声で呟いていた。この自分の身に古代民族が神とあがめた呪わしい魔王が降臨する。そんな馬鹿なことがあるわけはない。

「わたしはかつて、おなじような種を東と西と二箇所にわけて撒いたのです。石裂には暗示したのみでしたが、日本とそしてドイツに。ドイツに撒かれた種の方がさきに収穫期に達しました。しかし慎重に選びぬかれた種なのに、なぜか中身は腐敗していたのです。のびた蔓《つる》は力なく垂れ咲いた花はしおれ、そして実った果実は腐臭を漂わせていました。どこかに手違いが生じたのです。太古の血により選ばれた三人兄妹、生贄となる三歳の妹、姉のなかに目覚めるわたし、そして姉の娘が流した血の褥でおこなわれる兄と姉の聖なる交合……。この複雑な手順のどこかに狂いが生じたのでしょう。生誕したのはただの狂人でした。とんだ失敗作でしたが、それでもバジリフィスの聖なる息吹きを吹きこまれた男です。あの男は世界の王になる寸前のところまでいきましたが、力つきて自己崩壊し惨めな敗北を喫したのです。

あなたこそがあの男の失敗を超えて偉大な征服者になる。まずこの国を支配し次には全世界を屈伏させるのです。血と戦慄が世界をみたし死と破壊が世界をおおう来るべき日にこそ、最初の文明人たるわれらが最後の文明人として全人類の頭上に無慈悲に君臨するのです」

どうやら魔女ジュリエットは石裂を操りつつ、同時にヒトラーの独裁権力の生誕にも力を貸していたらしい。だが、そんなことが本当にありえたのだろうか。話があまりにも大きすぎて理解力の限界を超えている。

そのとき戸口の方で稚ない悲鳴が聞こえた。胸を掻きむしられるような幼女の悲嘆にみちた叫び声。

麻衣だった。どこに隠れていたのか防寒着を厳重に着こんだ三歳の幼女が、母親の寝室に走りこんできたのだ。

「ママ、ママ、ママ」

支えるものもなく虚空に逆吊りにされた母親の無残な姿を目撃して、幼女が戸口でたち竦んでいる。子供を抱きとるために駆けよろうとした瞬間、轟音とともに咲耶の体が床の上に叩きつけられた。苦痛に呻きながらも、女は腕で上体を立てようともがいている。

乱れ髪のあいだにのぞいた顔は蒼白だが、表情からジュリエットに憑依されたときの邪悪な精気は消えていた。肩先に刻まれた百合形の赤痣もいつか見えないほどに薄らいでいる。

「その子にさわらないで」

床の猟銃に手をのばして咲耶が叫んだ。金縛りがとけたように麻衣が母親の胸に抱きついた。娘を背後にかばいながら咲耶が渾身の力で立ちあがる。猟銃の銃口が震えながらもこちらを狙いはじめた。

床を蹴って跳びかかり猟銃をもぎとるだけの余裕はあった。しかし体が自由にならなかった。そうするべきなのかどうか判断がつかなかったのだ。

咲耶はいまジュリエットの忌まわしい拘束から逃れているらしい。それなら彼女のしたいようにさせるべきではないのか。自分の正体を知った以上、咲耶に銃で脅されても仕方がないことだと思えてしまう。

もちろんいまは違う。確かに自分は麻衣の心臓を抉りだしかねない半狂人なのだ。違うと思いたい。それでも、いつ心底の闇で蠢動する悪霊が暴れだすかもしれないのだ。混乱していた。自分が何者なのか、なにを求めなにを為そうとしているのか自身でも判断できないという混乱。娘を背後にかばいながら咲耶がきびしい声で命じた。

「麻衣。いいつけた通りになさい。いますぐに下におりて窓から逃げるの。そのとき紐を引くことを忘れないで。館が燃えあがれば、どんな吹雪のなかでも郷の人たちが様子を見にくるわ。それまで庭の雪のなかに隠れているんです。いいわね」

「……ママ」

「さあ、行くのよ」

猟銃をかまえながら咲耶が娘を叱責する。紐をひく、館が燃えあがる、村人が様子を見にくる……。咲耶の言葉の意味がまるで理解できない。必死の形相でまた咲耶が叫んだ。

「早く、麻衣。早く行くの」

前もってよほど厳重に言いふくめられていたらしい。咲耶が後ろ手に押しやると、幼女が後ずさりしながら戸口にむかいはじめた。

「ママ」

寝室のドアのところで麻衣が悲しげに叫んだ。まだ母親を残して自分だけ部屋を去るような気になれないらしい。

「麻衣、行って」

咲耶の悲痛な声とともに、子供の駆ける足音が通路を遠ざかりはじめる。かまえられた猟銃はそのあいだも微動もすることがない。

「きみは、咲耶さんだね。ジュリエットは、どこにいるんだ」

緊張のあまり青ざめた顔で咲耶が悲しげに語りかけてくる。前歯で噛みきられた唇が血で汚れていた。

「麻衣の声がした瞬間、それまで朦朧としていた意識が覚醒したのよ。心の底の暗闇にひそんで、わたしを操ろうとしていた力が急に弱まった。その隙にあいつの力をはねのけたんだわ。でも、いつまで魔女ジュリエットを封じこめておけるかわたしには判らない。

朦朧としていたけれど、自分の身になにが起きているのかは理解できたわ。確かにあなたがいう通りだった。わたしのなかには魔女の霊がひそんでいる。もう自分で自分を信用できない。でも信用できないのはあなたもおなじこと。あの子がいわれたようにしたかどうか、見にいきましょう」

銃口で背中をこづかれながら寝室を出た。通路をたどり階段のところまで連れてこられる。あたりには鉱物質の異臭が充満していた。さきほど通路で感じた臭気はどうやら錯覚ではなかったらしい。異臭はそのときよりも比較にならないほど強くなっていた。

見ると階段から階下の広間にかけて、いたるところ濡れたような染みがひろがっている。階下の広間では中央にプラスチック製の赤い燃料タンクが積みあげられ、その上に旧式の灯油ランプがのせられていた。点火されたランプには細引のようなものが結ばれていて、それが右棟の方までのびている。

脳裏に娘に語りかけた咲耶の言葉が甦る。心臓を摑まれたような気分で思わず叫んでしまう。

「なにをしたんだ、きみは」

「邸中に灯油を撒いたのよ。ランプの下にあるのは錐で穴をあけたガソリン缶。ランプが倒れたらガソリンが爆発して灯油に引火し、この館は一瞬のうちに火の海になるわ。さあ、わたしたちは三階に上がるの」

「あの子に、火をつけさせようというのか。館が猛火につつまれたら、ぼくたちはどうなる」

「焼け死ぬのよ、あなたもわたしも。わたしたち呪われた兄妹は、生きていればいつか狂気におち麻衣の心臓を抉りだして殺すことになる。いざというとき麻衣を連れて逃げるために仕かけた自動放火の装置だけど、わが身もろともに燃やしてしまう役にたつとは思わなかったわ。さあ、三階に」

猟銃を突きつけられやむなく三階まで階段をのぼる。三階の手摺からも身をのりだせば一階の様子が眺められた。

「麻衣だわ」

階段の吹きぬけから階下を眺めて咲耶が呟いた。どうやら戸外から細引が引かれているらしい。だがランプは揺れるばかりで倒れようとしない。

三歳の幼児の力だ。サロンの窓の外から引いたのではそれが精一杯なのかもしれない。細引の揺れがとまる。麻衣は母のいいつけを果たしたと思いこんで、もう雪の庭園に走りでたのだろうか。咲耶が顔を強張らせて命じる。

「仕方ないわ。わたしは階段を下ります。あなたはここにいるのよ。勝手な動きを見せたら容赦なく撃つわ」

猟銃をかまえたまま咲耶が後ずさりして階段を下りはじめた。銃弾をあびせればガソリンに点火することは可能かもしれない。しかし銃の腕前には自信があるという咲耶でも、三階の手摺ごしに赤い燃料タンクを狙撃《そげき》するのは難しいと考えたのだろう。

そのためには無理な姿勢で、銃口を吹きぬけの底にむけなければならない。そんなことをすれば背後から襲われる危険性があると、咲耶は警戒しているのだ。

女は一階まで下りて自分でランプを倒すつもりらしい。炎は穴のあいたガソリン缶に引火して、たちまち大爆発を惹きおこす。もちろん咲耶は瞬時にして火達磨《ひだるま》になる。

そのことを知らないはずはないのに、決然とした表情にはためらいの色さえ認められない。だめだ、そんな自殺的な行為を傍観するわけにはいかない。

「咲耶さん」

この声に振りむいた咲耶の顔に、ふいに激しい痙攣がはしる。魔女ジュリエットがふたたび咲耶の肉体をコントロールするために、意識の表面に浮かびでてきたのだ。

胸の潰れるような絶叫が響きわたる。咲耶の四肢がひきつり、壊れるほどに全身の関節がねじまげられる。魔女の意思と咲耶の意思が熾烈《しれつ》な闘争を演じている。

息を呑んで拳を握りしめ、手摺に身をのりだして凄惨《せいさん》な光景に見いる以外にない。肉体の支配権を奪いとろうとする見えない力に抵抗して、じりじりと、じりじりと猟銃が足下にむけられていく。

轟音とともに咲耶の左の足先が、モカシン革の室内靴ごと吹きとんだ。あたりに血の霧が舞う。ジュリエットの意思に圧倒され、しだいに薄れていく意識をむりやり覚醒させようとして、咲耶が最後の力を振りしぼり自分の足を撃ったのだ。

音をたてて猟銃が階段をころげ落ちていく。力なく階段の手摺に身をもたせ咲耶がこちらを振りあおいだ。顔は激痛にゆがんでいるが、その眼は冷静なまでに澄んでいた。瞳には訴えるような悲哀の色があり、それが痛いほどに胸をつく。咲耶は自分の体を渾身の力で階段の手摺に引きあげはじめた。

「咲耶さん、なにをするんだ」

「昨日あなたに抱かれたこと、いま思いだしたわ。でも後悔していない。あれはジュリエットじゃない。知らないうちに操られていても、まだまだわたしだった。冬樹さん、こうするしかないわたしをどうか許して」

咲耶が手摺に大きく上体を乗りだしている。その肩が嘔吐《おうと》するように激しく痙攣した。ふい打ちを喰わされたジュリエットが猛烈に反撃しているのだろうか。首がぎりぎりと背後をむきはじめる。真横をむき、さらに背後にとねじくれていく。

いまや咲耶の顔は真後ろをむいていた。頸骨《けいこつ》がねじ折れているに違いない。裸の肩にはありありと百合形の痣が浮かんでいる。眼球のまるみが判るほど見開かれた眼には、おぞましい恐怖と憎悪の光がある。咲耶の腹部が激しく波うち、唇から灰緑色の吐物が中空に吹きあげられた。粘りつく多量の吐物からは異様な悪臭が匂いたてる。

「よせ。よすのだ、女よ」

死者のような仮面よりも無表情な顔の唇が裂けて、ジュリエットの絶叫が響いた。そのときにはもう、咲耶の体は後もどり不可能なまでに石の手摺の上で傾いていた。

各階の天井が高いため三階から一階まで二十メートルもある階段の吹きぬけを、咲耶の体が一直線に落下していった。次の瞬間、紅蓮《ぐれん》の炎が三階の手摺まで吹きあげてきた。髪を焦がし、顔面の火傷に悲鳴をあげながら夢中で身をひいた。赤い燃料タンクの真上に転落した咲耶が、身をもって点火装置のランプを叩きこわしたのだ。

石造の館にこれほどの可燃物があったのだろうかと思う。階下は轟々と不気味な音をたて燃えさかる炎の海だ。黒煙と異臭に喉が刺激され激しく咳《せき》こんでしまう。煙は眼にもしみて涙がとめどなくこぼれる。まるで煙突のように火焰と煙が吹きあげてくる階段を離れ、よろよろと通路の奥をめざした。

あまりの息苦しさに倒れこみ通路の床を搔きむしりながら、ここで焼け死ぬのだろうかと思った。

それでも咲耶を憎むような気にはなれない。妹の咲耶にあれ以外の選択がありえたろうか。自分が咲耶であってもおなじように考えたろう。娘の麻衣の命を救うためには、自分たち呪われた兄妹をともに業火のなかで焼き滅ぼしてしまうしかないと。

赤い光景

階段も玄関広間も、轟々と音をたてて荒れ狂う炎の海だ。火焔と黒煙に追われ、通路の床を這うようにして三階の自室にころげこんだ。客のために用意された寝室以外、三階にある部屋はどれも厳重に施錠されている。三階で逃げ場になるのは、もう自分の部屋しかなかった。

夢中でドアを閉める。浴室から濡れタオルをもちだして、ドアの上下にある隙間に詰めこんでみた。だが、それも無力な気休めにすぎない。まもなくドアの鏡板が、火傷するほどに熱せられてきた。発火点に達してドアが燃えはじめるのも、これでは時間の問題だろう。

室内に息苦しい煙が充満しはじめる。狂おしい気分で窓に跳びついた。だが蝶番が錆びついている窓はどうしても開かない。窓ガラスに小テーブルを叩きつける。壊れた窓から外に上体を乗りだしてみた。三階の窓から地上まで、目測で二十メートルほどだ。眼もくらむような高さで、とても飛びおりる勇気など湧いてきそうにない。飛びおりられない以上、二十メートルも二百メートルもおなじことだ。雪に覆われている地上は絶望的に遠い。

新鮮な大気をもとめて窓から首を出しているのに、あたりに充満する煙の微粒子のため、それでも我慢できないほどの息苦しさを覚える。真下にあたる二階の部屋の窓ガラスが、音をたてて砕けた。すでに室内まで火がまわっていたのだろう。高熱に炙られてガラスが砕けたのだ。次の瞬間には、真下の窓から猛烈な勢いでオレンジ色の火焔が吹きだしてきた。

煙で、ひどく咳きこんでしまう。苦しさのあまり、涙が滲んでくる。背中が焦げるほどに熱い。室温も急上昇しているのだ。この部屋も、十分後には階下とおなじ焦熱地獄になるだろう。どう考えても、焼死から逃れられる可能性はない。それでも錬鉄の手摺を摑んで、無力に肩を震わせているばかりだ。とても飛びおりるような勇気はない。これでは絶望的だ、どうすることもできない。

そのとき、電撃にうたれたように身をこわばらせた。頭蓋に轟きわたる大音響で、謎めいた声が語りかけてきたのだ。邪悪に感じられるほど力が漲る、抵抗できない威圧的な声。『跳ぶがよい、選ばれた者よ。跳ぶがよい、世界の王たる者よ』と、その声は語りかけてくる。

物理的な音声ではない。薄明に鎖された意識の底部に巣喰うものが、ついに心のなかで叫びはじめたのだ。もう一人の人物が、この自分のなかにいる。それが確信にかわり、おぞましさのあまり戦慄してしまう。

謎の声は、なおも執拗に叫びたてる。『跳ぶがよい。炎から逃れるがよい。そのときこそ、わたしのものになる。おまえはわたしのものになる』。いや、だめだ。絶対にだめだ、と思う。心の底で叫びたてるもの、それは、咲耶が命を捨ててまで封じこめようとした悪魔的な意思なのだ。

手摺にしがみつき、きつく瞼を閉じて、強大な意思に抵抗しようとする。いやだ。おまえの誘惑にはのらない。それよりも、咲耶のようにわが身を焼き滅ぼした方がいい。いやだ、いやだ。絶対にいやだ。

体内に、かつて感じたことのない異様な力が満ちてくる。全身のあらゆる細胞が、忌まわしい精気にふくれあがる。砂の城みたいに、抵抗する意思が強大な波にあらわれて崩れはじめる。いやだ、だめだ、いやだ。

こじあけられるように、のろのろと瞼をひらいた。地上が、すぐそこに見える。ほんとうに、すぐそこに見える。飛びおりる勇気がないなんて、なぜだ。そんなことなど、とても信じられない。無力で臆病だった自分が、まるで他人のように感じられた。

これならできる、簡単なことだ。いまの自分なら、なんでもできる。熱にうかされたように、窓枠に手をかけた。そのまま一気に、錬鉄の手摺に体を押しあげる。跳ぶのだ、跳ぶのだ、跳ぶのだ。

あの声が、なおも執拗に語りかけてくる。そうだ、あの声は第二の自分のものだ。いや、ほんとうの自分が目覚め、そして語りかけてきた。いまや声は、自分の声そのものにも聞こえる。跳ぶのだ。そして宿命に目覚めよ。そうだ。ここから跳んで、ほんとうの自分を見いだすのだ。それこそ、長年おまえが渇望してきたことではないか。

悪夢のような陶酔に襲われ、頭の芯が麻痺している。病的な高揚感にあおられ、いつか渾身の力で窓の手摺を蹴っていた。

炎につつまれた黄昏の館に魅惑され、赤や白やオレンジ色の火焔の乱舞に恍惚として見いる。巨万の富を惜しげもなく消尽して、吹雪の闇に燃えさかる豪勢な松明《たいまつ》。雪に埋もれた前庭が、樹木が、凍りついた池が、あざやかな炎の色を反射して赤々と輝いている。豪奢きわまりない真紅の光景が、瞬時にして見る者の心を奪いとり、陶然とした心地にいざなう。

襟先や袖口から衣服のなかに吹きこみ、下着を濡らしはじめた雪の冷たさも、ほとんど気にはならない。轟音とともに燃えあがる膨大な火焔の群塊は、あたりに猛烈な熱気と無数の火の粉を撒きちらしている。高熱で髪が焦がされ、膚の露出部が炙られる。熱い、熱い、熱い。

知らないうちに大声で笑いだしていた。狂気じみた哄笑の発作におそわれて、苦しいほどに身をよじらせる。邪悪な活力に、細胞がざわめいている。肉体の深部から突きあげてくる狂おしいまでの興奮のため、ひとりでに四肢が動きはじめる。吹雪のなかの即興舞踏、巨大な炎に照らされた歓喜の舞踏だ。

高熱の強風にあおられて、闇空に豪奢な黄金の滴が、きらきらと無数に撒きちらされる。窓から吹きだしてくるのは、火傷しそうな熱風と炎の微粒子だけではない。どの窓からも、大小の真紅の炎が猛烈と吹きだしている。高熱に輝くオレンジ色の舌先は、外壁とテラスを、庇《ひさし》と屋根を、なおもじりじりと舐め続ける。

白濁した闇の彼方で、吹雪の強風の轟きにかき消されそうな鐘の音が、かすかに響きはじめた。緒先邸の異変に気づいた鬼首郷の村人が、火事を知らせるため半鐘を突きはじめたのだ。鬼首の見すぼらしい集落は、窪地の底にある。だが火事の現場は、集落を見おろす台地の上だ。鬼首郷から緒先邸までたどりつくには、腰までありそうな深雪を踏みわけ、葛おりの山道を這いあがらなければならない。

大丈夫だ、あいつらには邪魔なんかできない。ここまで連中がたどりつくのは、早くても一時間後になるだろう。やるべきことをやる時間は、そうだ、充分すぎるほど充分にある。

二十や三十の人手では、この大火を消しとめることなどできない。ようするに自然鎮火を待つしかないのだ。あいつらにできるのは、咲耶の一人娘を保護することくらいだろう。

だが、そうはいかない。そうはいかないぜ。汚れない幼女の新鮮な肉は、あくまでも氷雪と暗黒の王に捧げられる。こうして待っていれば、そのうちに獲物も隠れ穴から跳びだしてくるに違いない。なにしろ相手は、三歳の子供なんだ。あとから来ると約束した母親を待ちきれないで、かならず猟師の腕のまえに跳びだしてくる。そうさ、そう考えていい。

庭園のどこかに隠れている、あの可愛い雛鳥《ひなどり》を捕まえてやる。心臓を抉りとり、新鮮な血を全身にあびるんだ。まだ痙攣している心臓から、熱い生血を呑みほしたい。記憶にしみこんだ血の味に、喉がごくりと鳴る。甘美な血の味をもとめるように唇を舐め、そのときが来るのを我慢できない気分で待ち続ける。

「ママ、ママ、ママ」

聞きちがいではない。吹雪のなかに、幼女の悲痛な叫び声がまざりこんでいる。これで期待どおりになる。可愛い雛鳥は、まもなく猟師の手におちるんだ。にやつきながら下品に揉み手して、声の主をもとめて燃えさかる館の方に足をふみだした。

そこだ、そこにいる。ようやく見つけたぜ。館の正面階段を見あげる前庭で、母親を呼びながら幼女が泣きさけんでいる。夜空を焦がす巨大な松明の炎に照らされて、ちっぽけな体が強風に吹きとばされそうだ。

雪をふむ足音に気づいて、幼女が背後を振りかえる。涙によごれた顔が期待に輝いている。母親かもしれないと思ったのだ。その表情が、瞬時にして恐怖にゆがんだ。全身を硬直させて、身うごきもならず眼を見ひらいている。息がつまり、声もだせないらしい。

そうだ、逃げるんじゃない。逃げるんじゃないぜ、可愛い雛鳥ちゃん。だらしなく唇をゆるめ、両腕を大きくひらいて獲物に跳びかかる。よし、捕まえたぜ。これでいいんだ。雛鳥ちゃん、おまえはもう逃げられない。

「いや、いやよ。ママ、ママ」

柔らかな肉塊が、腕のなかで激しく暴れまわる。稚ない顔が涙によごれ、怯えに頰をひきつらせている。全身の血が逆流するような、怖しい悲鳴。眼がまなじりの裂けるほどに見ひらかれ、無力な抵抗で小さな拳がふりあげられる。

まもなく吹雪に血の霧が舞い、腥い血の奔流があたりを浸しはじめる。あの夢だ。幾度となくうなされた、あの悪夢。

心臓が締めつけられるように苦しい。ふいに腕から力がぬけて、抱きすくめていた幼女の体を落としてしまう。ひどい吐き気で、胃が裏がえしになりそうだ。猛烈な頭痛のため、両腕で頭をかかえてしまう。混乱した意識で、なにをしているんだ、自分はなにをしているんだと自問する。

そうだ、この子を殺そうとしていた。悪霊にとり憑かれ、咲耶の子供を殺そうとしていたのだ。愕然として、背後の幼女に警告の叫びをあげる。

「麻衣ちゃん。逃げるんだ、早く逃げるんだ」

だが、唇から洩れてくるのは獣みたいな呻き声だけだ。おぼつかない足どりで、前方に身を泳がせる。鉛を詰めこまれたようで、体が異常に重たい。まるで粘液の海をかきわけているみたいだ。

渾身の力をふりしぼり、心底で蠢動する無気味な力を押さえつけた。こんどあの声が聞こえてきたら、もう逃れることはできそうにない。それまでに、どうしてもそれまでに、ここで最後の決着をつけなければならない。あの呪わしい存在を、わが身もろとも浄火で灼きつくすんだ。

足先が石段にかかる。あえぎながら一歩、また一歩と、むりやりに体を押しあげていく。正面階段は、溶鉱炉みたいな炎熱のるつぼだ。火の粉が舞い狂い、熱風が容赦なく吹きつけてくる。たちまち頭髪が、衣服が焦げはじめた。

熱気を吸いこまないように息をつめ、左右の掌で顔を覆った。歯を喰いしばり、それから紅蓮の炎めがけて最後のジャンプ……。

本書の引用は次の文献によります。

「塀についたドア」H・G・ウェルズ（『ウェルズSF傑作集』阿部知二訳）東京創元社
『角川日本地名大辞典　4　宮城県』角川書店
「国文学の発生（第三稿）」折口信夫（『折口信夫全集1』）中央公論社

失われた小説を求めて

千野帽子

笠井潔の長篇小説『黄昏の館』は、一九八九年九月に刊行されました。僕は一九九四年の徳間文庫版で読みました。この創元推理文庫版は二度目の文庫化。

一九八九年は昭和から平成に改元した、バブル経済最盛期の年です。小説の冒頭で東京の物価高が触れられています。こんにちの若い読者に、本作を読む前の予備知識として必要な「解説」はこれくらいです。

むかしから僕は、文庫本は「解説」を先に読んでしまうタイプでした。そして「解説」に「こんな解説なんか読まないで、まずは小説本体から読んでほしい」などと書いてあるのを見ると、「おいまたこれかよ、逃げるなよ」などと思っていました。その自分が文庫本の「解説」を書く機会を持つようになってみると、「まずは小説本体から読んでほしい」というのは、それぞれの「解説」執筆者の本音だったのだなあと思わされることがあります。

どうかここでこの解説を読むのをやめて、さっさと本体に進んでください。読了後にこの頁でお会いしましょう。

この解説を先に読まないほうがなぜいいのか。『黄昏の館』をお読みになったあなたは、もうおわかりになったと思います。

なにしろこの小説はなんとも不思議な、ジャンル分けに困る小説なのです。作品の構造だけで言えばサイコホラー。しかしいっぽうで、作中世界の設定や取り上げられたモティーフから見れば、これは伝奇小説です。他方、プロットだけ見ると探偵小説と言えそうだ。そして最終的に、作品の仕掛けはメタフィクション。

「いったいこの小説はなにをしようとしているのか」「読者をどういう体験へと導こうとしているのか」というのを、前もって知らずに、見通しの悪い状態で手探りで読み進めていくことこそ、この小説から得られる体験であり、いちばん「おいしい」読みかただと思います。

そうは言っても、これはあくまで理想というか空想というか、思考実験のようなものですね。『黄昏の館』をはじめて読んだときの僕自身、作者・笠井潔が謎解き探偵小説や伝奇SFの書き手であることは知っていましたし、小説本体を読む前に徳間文庫版カヴァーに印刷された〈戦慄のホラー・ミステリー〉という惹句や若森栄樹氏の「解説」を読みましたし、同様にこの創元推理文庫版のカヴァーや帯にもなんらかの作品情報は記載されているはずですし、インターネット上でこの作品にかんする噂を先に読んでしまっている読者も多いことでしょう。

でも、事前の解説はここまでです。未読のかたは本体へお進みください。

『黄昏の館』を読み終わったあなたは、少し頭が混乱しているかもしれません。この小説はいったいなんだったのか……。その混乱を生み出す直接の要因である、サイコホラー要素から見ていきましょう。

主人公は宗像冬樹という二九歳の小説家です。小説『昏い天使』で新人賞を受賞、フランス帰りの美青年作家として注目され、小説は版を重ねた。それから二年、題を予告している第二作「黄昏の館」をまだ書けないまま、酒に飲まれるような破滅的な生活になっている。

この小説の地の文は、いわゆる「一人称」の語りなのか、それとも「ひとりの登場人物の視点のみから語る三人称」の語りなのか、じつのところはっきりしません。しかものっけから鬱々と暗い語りです。これにつきあうのは読者もなかなかたいへんですが、すぐにストーリーは動き出します。

宗像の小説『昏い天使』は、自分の体験をもとにして書かれたものでした。パリでひとり暮らししていた若い男性主人公が、あるとき不条理にもとつぜん銀行の預金がゼロになってしまい、ついで彼の前に姿をあらわした謎めいた女性ジュリエットにいわばとり憑かれ、彼女に命じられるままに、幼女救出のために生きるか死ぬかの危ない橋を渡ったり、犯罪に手を染めたりする——そういう神秘的な通過儀礼小説だったのです。

宗像の人生には大きな記憶の欠落がふたつあり、彼はそのふたつにずっとこだわっています。そのひとつめは、九歳の夏に母とともに洋館を訪れたときの体験です。なんだか強烈に甘美な忘我の経験をしたはずなのですが、二度と取り戻せない至福の時間といった茫漠たる印象だけがあって、具体的になにを経験したのか思い出せない。

もうひとつは、フランスの大学で文学を勉強しているときに、銀行の預金がなぜかとつぜん失われてしまったあと、宗像はじっさいにジュリエットという謎めいた美女と暮らしていたようなのですが、あるとき精神の平衡を失った状態で発見され、その発見までの半年間の記憶が欠落しているのです。『昏い天使』の原稿はもともと、発見後の宗像を担当した日本人医師の慫慂《しょうよう》によって、社会復帰のためのいわば魂のリハビリを目的として書かれたものでした。

作家デビュー後のいま、東京で、次回作を書けないまま創作ノートまで盗まれてしまった宗像は、かつて『昏い天使』の原稿の真価を見抜き宗像を作家デビューさせた編集者・三笠に背中を押されて、ひとつめの幼時の失われた時間を再把握するため、東北地方、オニコベノゴウに存在する洋館を訪れます——。

一九九〇年代の日本では、抑圧されたトラウマ的記憶の再構成を試みるタイプの探偵小説やホラー小説が数多く書かれました。多重人格やアダルトチルドレン、「信頼できない語り」（ウエイン・C・ブース）、といったキーワードが浮上してきた時代です。文学史家になりきって、それらの作品を、先駆的な本作と、二〇〇二年に発表された集大成的な、綾辻行人の恐るべき『最後の記憶』（角川文庫）とのあいだに存在する作品群、と位置づけたくなってしまいます。

はい、じゃあ小説まだ読んでいないあなた、本文を先に読んでください。

サイコホラー要素に続いて、伝奇小説的な要素。主人公は、そして読者は、周囲から隔絶された因習的な村のゴシック風味漂う洋館で、さまざまな「物語」に出会います。山人＝縄文人説、日猶《にちゆ》同祖説、神代文字、巨石文明、東北古代文明論、ルーン文字、義経ジンギスカン説、秘密結社……。こういったキーワードは、一九八〇年代中盤以降さかんに刊行されていた伝奇小説の雰囲気を戦略的になぞるかのようです。

この点で『黄昏の館』は笠井潔の伝奇小説シリーズであるコムレ・サーガにとっては、ひとつの「外伝」のようにも、またセルバンテスの『ドン・キホーテ』(正篇一六〇五)やウンベルト・エーコの『フーコーの振り子』(一九八八)を思わせるパロディのようにも見えます。

そして中盤で起こる殺人事件の真相をめぐる主人公の推理、これがミステリ小説的な興味です。自分とのあいだに半透明の薄膜の一、二枚も挟まっているかのような、あれほどまでに茫洋とした世界を小説冒頭では見ていた、内向的で暗くて記憶も不鮮明な主人公が、ひとたび殺人事件が起こったとたん、頭がシャッキリする悪いお薬でもキメたかのように、細部にまでピントが当たった博物画のような解像度の高い世界把握をしてしまう。その落差のおもしろさ。

え? あんなに警告したのに、あなたまだ解説を先に読んでいるのですか? しょうがないなあ。最後に、メタフィクション的要素について触れますから、こんどこそこの行で解説は読みやめて、本文を先に読んでくださいね。

『黄昏の館』では、作品の題と同じ題の小説「黄昏の館」の存在が語られるけれども、それが(ごく断片的なフレーズを除いては)入れ子状に引用されるわけではないという点で、本作はジッドの『贋金つくり』(一九二五)やナタリー・サロートの『黄金の果実』(一九六三)タイプのメタフィクションだと言えます。

しかしその「黄昏の館」の原稿がどういうものであるかが判明してくると、その作中原稿と、僕たち読者が手にとっているまさに同じ題の小説の本文それ自体との関係が、『贋金つくり』とは異なる——むしろガルシア・マルケスの『百年の孤独』（一九六七）の本文と作中に出てくる予言書、あるいはアゴタ・クリストフの『悪童日記』（一九八六）の本文と作中に出てくる〈大きなノート〉との関係を思わせる——ものである可能性が高くなるのです（『悪童日記』の原題はズバリ『大きなノート』）。

と考えると、『黄昏の館』の本文全体は、その最終行まで含めて、作中世界で宗像冬樹によって、すでに書かれていたものかもしれず、そして作中で報告されていた事件は、書かれたあとに起こったのかもしれないし、また起こらなかったのかもしれない。そういう不思議な空想へと読者は誘われるのです。

本作発表後、笠井潔はやはり「失われた小説を探求する」タイプの小説『梟の巨なる黄昏』（講談社文庫）を発表、さらに数年後には『梟の巨なる黄昏』の神代豊比古と本作の宗像冬樹および編集者・三笠の名前は、メタミステリによるメタミステリ批判（つまりメタメタミステリ）ともいうべき『天啓の宴』（創元推理文庫）にはじまる連作にも姿をあらわし（そこでの宗像の経歴は本作の主人公の経歴とは共通点もあれば相違点もある）、二一世紀にはいってからは《矢吹駆シリーズ》の外伝的な一作『青銅の悲劇　瀕死の王』（講談社文庫）にも同名の人物が登場します。

つまり宗像冬樹は、名前こそ村上春樹に似ていますが、コムレ・サーガ、矢吹駆シリーズ、《天啓》連作という笠井潔の複数の作品系列をつなぐポイントに立っているわけです。『黄昏の館』は、笠井潔の小説群を読む人が、ときどき立ち返って読み直してみると、またいろんな発見がある、そういう小説なのだと思います。

本作品は一九八九年、徳間書店より刊行され、
その後九四年に徳間文庫に収録された。

検印
廃止

著者紹介　1948年東京生まれ。79年デビュー作『バイバイ、エンジェル』で角川小説賞を受賞。98年『本格ミステリの現在』編纂で日本推理作家協会賞受賞。2003年『オイディプス症候群』と『探偵小説論序説』で本格ミステリ大賞小説部門と評論・研究部門を同時受賞。著書に『哲学者の密室』『ヴァンパイヤー戦争』『魔』などがある。

黄昏《たそがれ》の館《やかた》

2020年3月19日　初版

著者　笠《かさ》井《い》　潔《きよし》

発行所　（株）東京創元社
代表者　渋谷健太郎

162-0814/東京都新宿区新小川町1-5
電話　03·3268·8231-営業部
　　　03·3268·8204-編集部
URL　http://www.tsogen.co.jp
暁印刷・本間製本

乱丁・落丁本は、ご面倒ですが小社までご送付ください。送料小社負担にてお取替えいたします。

ISBN978-4-488-41510-5　C0193

この本は、きみが解く事件

MURDER TO READ◆Reflections on the Fin-de-Siecle Detectives

殺す・集める・読む

推理小説特殊講義

高山 宏

創元ライブラリ

◆

シャーロック・ホームズ探偵譚を
世紀末社会に蔓延する死と倦怠への
悪魔祓い装置として読む
「殺す・集める・読む」、
マザー・グース殺人の苛酷な形式性に
1920～40年代の世界崩壊の危機を
重ね合わせる「終末の鳥獣戯画」ほか、
近代が生んだ発明品〈推理小説〉を
文化史的視点から読み解く、奇想天外、
知的スリルに満ちた画期的ミステリ論集。
博覧強記の名探偵タカヤマ教授が
推理小説という文化史的〈事件〉に挑む！

本格ミステリの王道、〈矢吹駆シリーズ〉第1弾

The Larousse Murder Case◆Kiyoshi Kasai

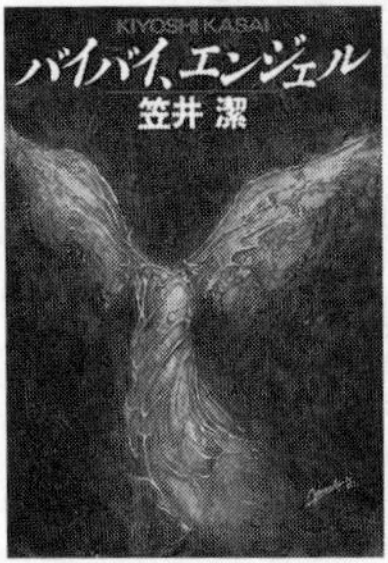

バイバイ、エンジェル

笠井 潔

創元推理文庫

◆

ヴィクトル・ユゴー街のアパルトマンの一室で、
外出用の服を身に着け、
血の池の中央にうつぶせに横たわっていた女の死体には、
あるべき場所に首がなかった！
ラルース家をめぐり連続して起こる殺人事件。
司法警察の警視モガールの娘ナディアは、
現象学を駆使する奇妙な日本人・
矢吹駆とともに事件の謎を追う。
創作に評論に八面六臂の活躍をし、
現代日本の推理文壇を牽引する笠井潔。
日本ミステリ史に新しい１頁を書き加えた、
華麗なるデビュー長編。